KB145896

# 식민지의 기억과 서사

**류동규**

경북대학교 사범대학 국어교육과를 졸업하였고, 2008년 경북대학교 대학원에서 「전후 월남작가의 소설에 나타난 자아정체성의 형성 양상」으로 박사학위를 받았다. 2009년부터 2년간 한국연구재단의 지원을 받아 박사 후 연수를 수행하였다. 금오공대 강의교수를 거쳐, 현재 경북대 국어교육과에 재직하고 있다. 저서로는 『전후 월남작가와 자아정체성 서사』(역락), 『글누림 작가총서 이호철』(공저), 『글누림 작가총서 손창섭』(공저) 등이 있다.

**식민지의 기억과 서사**

초판 인쇄　2016년　4월　23일
초판 발행　2016년　4월　30일

지 은 이　류동규
펴 낸 이　박찬익
편 집 장　권이준
책 임 편 집　정봉선
펴 낸 곳　㈜**박이정**
주　　소　서울시 동대문구 천호대로 16가길 4
전　　화　02) 922-1192~3
팩　　스　02) 928-4683
홈 페 이 지　www.pjbook.com
이 메 일　pijbook@naver.com
등　　록　1991년 3월 12일 제1-1182호
I S B N　979-11-5848-128-5(93810)

# 식민지의
# 기억과 서사

류동규 지음

(주)박이정

# 차 례

이 책 막바지 작업에 한창일 무렵, 정확히는 2015년 12월 28일, 한일 양국 정부가 위안부 협상 타결을 선언했다. 이 분야에 있어 문외한인 나로서는 협상 내용을 두고 책임 있게 말할 수 있는 위치에 있지 않지만, 이번 위안부 협상 타결과 그 이후 반대 여론 형성의 과정이 1965년 한일협정 타결이 가져온 기억의 위기와 여러 모로 닮아 있다는 생각을 하게 되었다. 국가가 역사의 주체가 되는 근대체제 하에서, 집단기억으로 수렴되지 않는 개인의 기억은 종종 억압된다는 점에서이다. 식민지 역사 극복 문제로 한정해서 말하자면, 2016년 현재 우리는 여전히 65년체제를 살고 있다고 말해도 좋을 것이다.

65년체제의 성립으로 인해 기억의 위기에 당면한 작가들은 식민지 역사를 다룬 소설을 발표함으로써 식민지를 다시 기억하고자 했는데, 이런 현상은 지금도 나타나고 있다. 위안부 협상 타결 소식이 전해진 지 두 달 뒤 영화 〈귀향〉이 개봉되었는데, 이 글을 쓰는 현재 이 영화의 누적 관객수가 350만 명을 넘었다고 한다. 이 영화를 본 이들은 이야기를 나누어 가짐으로써 기억의 위기에 맞서고 있는 셈이다. 〈귀향〉은 위안부의 경험을 다룬 서사로서, 굿의 형식을 빌려 트라우마적 사건을 재현함으로써 상처의 치유와 회복을 의도하고 있다는 점에서, 이 책의 주제인 '식민지의 기억과 서사'와 관련된 중요한 논점을 함축하고 있기도 하다.

식민지 경험에 대한 집단기억은 어떻게 형성되는가? 집단기억으로 수렴되지 않은 개인의 기억은 어떻게 환기되는가? 식민지 경험이 트라우마가 된 경우 트라우마적 사건은 어떻게 기억되고 재현되는가? 이 책은 해방기부터 1970년대 초에 이르는 작품 중 식민지의 기억을 담은 소설을 대상으로, 식민지의 기억과 그 서사적 재현 과정에서 제기될 수 있는 다양하고 복잡한 물음에 대해 답하고자 한 것이다.

'식민지의 기억과 서사'를 연구주제를 설정한 것은 2007년 박사학위 논문을 준비할 무렵부터였다. 전후 월남작가의 작품을 대상으로 논문을 작성하던 중, 전후작가의 1960-70년대 이후 소설이 식민지의 기억을 담고 있다는 사실에 주목하였다. 이후 2009년 '전후작가의 식민지 기억과 역사 내러티브의 재구성'이라는 주제로 한국연구재단의 지원을 받아 박사 후 연수를 수행하였다. '식민지의 기억과 서사'는 이를 확장한 것으로, 2011년부터 3년간 한국연구재단의 지원으로 연구를 이어온 끝에 이 책을 내놓게 되었다.

당초 계획은 1960-70년대 작품을 대상으로 한 것이었는데, 연구를 수행하는 과정에서 해방기 작품으로 연구대상을 확장하기로 하였다. 그래서 이 책은 해방기 소설을 다룬 1, 2장과 60-70년대 소설을 다룬 3, 4장으로 나누어지게 되었다. '식민지의 기억과 서사'라는 주제로 소설을 논의하고자 할 경우, 해방기와 65년체제 성립기를 크게 구분할 필요가 있다고 보았다. 해방기의 지상 과제가 민족국가 건설이었던 만큼 해방기 소설은 식민지의 불편한 기억을 망각하면서 집단기억을 형성하고자 하였다. 한편 65년체제의 성립은 식민지의 기억을 전면적으로 다시 불러오는 계기가 되었으며, 이 시기 소설은 식민지의 불안을 드러내면서 집단기억으로 수렴되지 않는 개인의 기억을 불러와 재현하고 있다.

이 책이 설정한 구도는 '식민지의 기억과 서사'를 통시적으로 살피는 데 적절하다고 생각하지만, 다른 한편 논의 대상과 시기가 지나치게 넓어져 작가와 작품을 집중적으로 논의하기에는 어려움이 되기도 했다. 그러다보니 해방기와 1960-70년대 둘 다 의도한 만큼의 성과를 거두지 못한 느낌이다. 부족한 것은 이후 연구를 통해 더 채워 나가겠다.

이 책 1장에 내놓은 채만식의 해방기 역사소설을 다룬 글에 대해서는 각별한 의미를 부여하고 싶다. 학부 때부터 지도교수이셨던 이주형 선생님이 학계에 내디딘 큰 발자취를 더듬어 가는 길이었기 때문이다. 선생님의 가르침 덕분에 채만식을 알게 되었고, 공부하는 내내 관심 있게 읽은 작가였지만, 정작 선생님의 그늘이 너무 컸던 탓인지 채만식 소설을 대상으로 한 논문은 그간 한 편도 쓰지 못했다. 이 책을 내놓은 지금 이제야 뒤늦게나마 연구자로서 홀로서기를 한 기분이다. 이 자리를 빌려 선생님께 다시 한 번 감사드린다.

박사 후 연수를 진행하는 동안 많은 도움을 주신 박종홍 교수님과 영남대학교 국어교육과 교수님들께 감사드린다. 또 여러 모로 미숙한 사람을 구성원으로 맞아 주시고 늘 이끌어 주시는 경북대학교 국어교육과 교수님들께 감사드린다.

이 연구를 진행하던 중 삶에 많은 변화가 있었다. 우선 모교인 경북대학교 국어교육과에서 연구하고 가르칠 수 있는 기회를 얻게 되었다. '은총'이라는 말 외에 이를 표현할 어떤 말도 찾을 수 없을 것 같다. 연구자로서 더 겸허하게, 교사로서 더 성실하게, 이 은총의 시간을 살아가겠다. 또 연구를 진행하던 중 둘째 아이를 얻었다. 인류가 우주 생명 공동체의 일원이 되어 이야기를 말하고 전해온 저 아득한 시간에 비할 때, 한 인간의 시간이란 무엇일까? 또 아이에게서 느끼는 생명 경험, 이 영원하고도 압축된 시간경험은 대체 무엇이란 말인가? 이 깊고 그윽한 세계 앞에서 나는 아무 것도 말할 수 없다. 그저 내게 허락된 일상을 은총으로 받아들이고 살아갈 뿐.

자기 일을 하면서도 길고 긴 육아의 수고를 감당하는 아내에게, 새로 태어난 동생으로 인해 엄마아빠의 사랑을 나누어 가져야 하는 첫 아이에게, 미안함과 고마움을 아울러 전한다. 이제 인생의 황혼을 살아가시는 부모님께, 당신의 삶이 의미 있었다고, 그러니 더 힘을 내시라고, 삼가 말씀 올린다.

2016년 4월
류동규

# 제1장

## 해방기 역사소설과
## 식민지 전사(前史)의 재구성

# 1. 식민지 전사(前史)를 재현하기

## 역사(들), 역사적 시간

해방기 역사소설은 식민지 전사를 재현함으로써 해방된 현재 시점에서 신생 독립국이 나아가야 할 방향을 모색하고자 하였다. 이는 '역사상 그 현단계에 있어서의 현실의 발견'이 '역사문학의 정도'[1]라고 했던 채만식의 역사소설관에서 간명하게 표명되었다.

해방기 역사소설이 식민지 전사를 재현하는 데는, 식민지 역사는 불가피한 것이었는지, 다른 역사는 불가능한 것이었는지에 대한 가정법적 물음이 내재되어 있다. 이런 역사에 대한 가정법은 다른 역사의 가능성을 제기한 것으로서, 이 이면에 '단수(單數)로서의 역사'에 대한 의문이 자리 잡고 있다.

독일 역사학자 코젤렉은 역사적 시간이란 무엇인가라는 물음을 던지면서, 역사적 시간의 단수성 개념에 의문을 제기한다. '역사적 시간이라는 개념이 고유한 의미를 지니고 있다고는 할지라도, 이 개념은 사회적 · 정치적 행동단위, 구체적으로 행동하고 고통받는 인간들과 그 인간들의 제도 및 조직에 연결되어 있기 때문'에 하나의 역사적 시간이란 존재하지 않는다는 것이다. 따라서 역사적 시간은 과거와 미래 사이에서, 혹은 경험과 기대 사이에의 차이규정 속에서 포착될 수 있다고 말한다.[2]

뿐만 아니라 역사적 사건이 언어로 구성되는 과정에서도 역사의 단수성은 도전받는다. 코젤렉에 따르면 역사적 '사건은 그것의 언어적 파

---

1) 채만식, 『옥랑사』 후기, 『채만식전집』 5, 창작사, 1987, 6쪽에서 재인용.
2) 라인하르트 코젤렉, 『지나간 미래』, 문학동네, 1998, 11-13쪽.

악 속에서만' 나타난다. 따라서 역사 서술에서 '중요한 것은 지나간 사건들을 언어화하고 미래의 사건들을 기대하는 데에서 나타나는 고유성을 탐구'하는 일이 된다.[3] 이를 위해 코젤렉은 자연적 시간범주인 '연대기'와는 구별되는 역사적 시간범주, 즉 역사적 시간경험의 유형을 발견하고자 한다. 여기에서 '비동시적인 것의 동시성'이라는 시간경험의 범주가 제안된다. 그가 말하는 '비동시적인 것의 동시성'은 자연적 연대기와는 다른 시간층위가 존재한다는 점을 포착한 개념이다. 이 시간층위들은 행위자나 상황에 따라 서로 다르게 지속하며, 서로가 서로의 측정단위가 된다.[4]

> 우선 중요한 것은 자연적 시간범주와 역사적 시간범주를 구별하는 것이다. (중략) 물론 사건과 상황들은 자연적 연대기와 연관될 수 있고, 자연적 연대기는 심지어 상황해석의 최소한의 전제이다. 즉 자연시간과 그것의 흐름은 어떻게 경험되건 간에 역사적 시간의 조건들 중의 하나이다. 그러나 역사적 시간이 결코 자연시간 안에서 나타나지 않는다. 그것은 자연이 보여주는 시간리듬과는 다른 시간연쇄를 지닌다.[5]

해방기 역사소설에서 식민지 전사가 재현되는 양상을 규명하는 데 있어서 코젤렉의 이러한 관점은 유용하다. 해방기 역사소설은 식민지 과거에 대한 가정법적 물음과, 신생 독립국이 나아가야 할 미래에 대한 기대 속에서 식민지 전사를 재현함으로써, '다른 역사' 혹은 '역사의 복수성'을 모색하고자 했다.

---

3) 위의 책, 295쪽.
4) 위의 책, 148쪽.
5) 위의 책, 149쪽.

## 역사 기억, 역사 내러티브

역사학에서 기억이 중요한 문제로 떠오르게 된 것도 역사 개념의 고정성에 대한 도전이라 할 수 있다. 역사의 진행을 객관적 사건이나 구조의 전개로 상정해 오던 것과는 달리, 기억은 과거를 재현하는 다양한 이야기들에 주목한다. 이러한 흐름은 탈근대주의 역사학의 전개와도 닿아 있다. 탈근대주의 역사학은 역사 서술이 객관적 진리를 전달한다기보다 특정한 가치관을 그럴듯하게 풀어내는 이야기에 속한다고 본다. 이처럼 역사 서술이 '내러티브' 개념을 받아들이게 되면 역사 서술은 더 이상 역사소설이나 사극의 스토리 등과 구별되는 특권적 지위를 누릴 수 없게 된다. 이러한 관점이 역사 서술의 과학성과 반드시 배치되는 것은 아니다. 기억과 망각의 변증법을 통해 이루어지는 이야기의 과정은 객관적 과거를 포기하는 것이 아니며, 역사 서술은 '내러티브' 구성을 통해 새로운 정체성의 확립에 기여하기 때문이다.[6]

역사학의 새로운 관점은 해방기 역사소설을 이해하는 데에도 시사점을 준다. 첫째, 역사소설의 내러티브 역시 역사 서술과 마찬가지로 새로운 정체성 확립에 기여한다는 점이다. 해방기 역사소설 연구에서 이러한 관점을 적용한다면 다음과 같은 물음이 제기될 수 있다. 해방기 역사소설이 정립하고자 했던 역사 주체는 누구이며 어떻게 정립되는가? 해방기 역사소설에서 '역사'와 '주체'는 집합적인 개념으로, '주체'는 해방 후 민족공동체가 창출해야 할 '민족국가' 또는 '국민'이며, 따라서 '역사'는 '민족국가의 역사'이다. 그리고 이러한 역사 주체의 정립은 그것을 구성하는 서로 다른 범주들의 상호 연관을 통해 부단히 정립, 재정립되는 과정으로 보아야 할 것이다.[7]

---

6) 전진성, 『역사가 기억을 말하다』, 휴머니스트, 2005, 105-108쪽.

둘째, 역사소설의 내러티브가 기억과 망각의 변증법을 통해 이루어진 구성물이라는 관점이다. 이 관점은 역사소설에서 '역사'가 재현되는 과정에 대한 물음으로 이끈다. 역사를 재현하는 방식은 다양하며, 때로는 이질적인 양식들이 서로 결합하면서 역사를 재현하기도 한다. 해방기 역사소설은 과거를 재현하기 위한 다양한 양식을 동원하였다. 전통적 이야기 양식인 설화, 식민지 시대 새롭게 대두된 가족사 연대기 소설 형식, 그리고 역사 연대기 양식 등이 그것이다. 이들 과거 재현의 양식은 특정한 방식의 기억과 망각을 내포하는 것으로, 역사 주체가 정립되는 과정 역시 역사 재현 방식과 따로 논의할 수 없다.

역사학에서 제기하는 '내러티브'의 개념을 역사소설을 규명하기 위한 관점으로 받아들일 경우 종합적으로 다음과 같은 물음을 제기할 수 있다. 역사소설이 새로운 역사 주체의 정립을 목표로 한다고 할 때, '역사'는 어떻게 재현되는 것인가? 또 재현된 역사에서 '주체'는 누구이며 어떻게 정립되는가? 이 물음에 한 마디로 답하기는 어렵다. 역사를 재현하는 방식은 다양하며, 역사 주체 역시 이질적인 요소들의 상호작용을 통해 역동적으로 구성되는 것이기 때문이다.


## 해방기 역사소설의 역사 재현

해방기 역사소설에는 과거를 재현하는 다양한 방식, 그리고 역사 주체를 구성하는 다양한 정체성들이 서로 얽혀 있는데, 그 양상이 특히 복잡하다. 해방기 역사소설의 성격을 규명하기 위해서는 '해방기'라고

---

7) 최근 역사학의 한 흐름으로 등장한 기억 연구는 '역사'가 지닌 유동성, 비결정성을 잘 보여준다. 기억이란 언제나 유동적이며, 항상 수정되고 표상되기를 거듭하는 것이다. '공식기억'으로서의 역사 역시 어느 정도는 이러한 성격을 지닌다. 전진성, 위의 책; 윤해동, 「'만들어진 기억'과 국민 형성」, 『근대역사학의 황혼』, 책과함께, 2010 참조.

명명된 시기의 특수성을 이해해야 한다.

해방기는 이미 식민지에서 해방되었지만 아직 민족국가 체제가 성립되지 않은, 그리하여 식민지 과거를 전면적으로 부정하였지만 어떤 미래로 나아갈지에 대한 합의가 이루어지지 못한 혼란스러운 시기였다. 이런 상황에서도, 아니 상황이 이러하기에 더더욱 역사소설은 씌어져야 했다. 해방기 상황에서 역사 주체를 정립하는 것은 식민지 과거를 청산하고 새로운 민족국가 수립으로 나아가기 위한 필수적인 과제가 되었기 때문이다.

해방기 역사소설이 역사 주체를 정립하는 일은 그 이전 시기 역사소설과 구별되는 특수한 과제였다. 해방기 역사소설이 구성하는 '역사'는 다름 아닌 '민족국가의 역사'이다. 해방기의 역사소설은 식민지 이전의 역사를 민족국가의 역사로 수렴하는 한편 역사 속의 개인을 민족국가와의 관련 속에서 정립해야 하는 과제를 떠안고 있었다. 이를 위해 해방기 역사소설은 전근대의 시공간에 속한 인물을 근대 민족국가 체제가 산출해 낸 시공간 위에 다시 위치시키는 과정을 통해 새로운 정체성을 창출해야 했다.

한편 해방기 역사소설이 새로운 정체성을 창출하기 위해서는 새로운 형식이 필요했다. 근대적 혁신을 이루려는 내재적인 힘과 이와 상반된 타율적인 힘이 첨예하게 부딪히는 장을 재구성하기 위해서는 역사 주체들의 상호 이질적인 욕망이 모순을 일으키며 공존하는 양상을 담아낼 수 있는 형식을 창안해야만 했다. 해방기 역사소설에는 한 작품 안에 여러 이질적인 역사 재현 방식이 공존하고 있음을 볼 수 있는데, 이러한 방식으로 역사 재현을 시도해야 했던 이유가 여기에 있다. 해방기 역사소설은 역사를 재현하기 위해 설화나 가족사연대기 양식 등 이전 시기부터 있어온 과거 재현 방식을 활용할 수 있었다. 그러나 이러한 양식들로는 민족국가의 역사를 재현할 수도 없고, 국민이라는 새로운 정체성을 확립할 수 없었기 때문에 민족국가의 기원 및 형성과 관련된 역사 연대기를 작품 안으로 끌어들여야 했다. 이처럼 해방기 역사소설은 다양한 과거 재현 양식들을 끌어들임으로써 민족국가의 역사를 재현할 수 있었지만, 이 과정은 필연적인 것이 아니었으며 이로 인해 역사 서사에 균열이 일어나기도 했다.

이러한 해방기 역사소설의 과제와 문제성을 가장 깊이 이해한 작가는 채만식이다. 채만식은 해방기 동안 가장 많은 역사소설을 발표한 작가로서 그의 역사소설은 현재의 전사(前史)로서의 역사를 다루고 있다는 점에서 특히 주목할 만하다. 『여자의 일생』, 『옥랑사』, 「역사」 연작 등이 그것인데, 이들 작품은 모두 식민지 전사(前史)를 재구성 하고자 한다. 왜 식민지 전사인가? 식민지 전사를 재구성하는 일은 식민지의 기원을 탐구함으로써 해방기 역사 주체를 정립하는 데 필요불가결한 과제였기 때문이다. 이를 위해 채만식은 설화, 연대기 등 다양한 과거 재현 양식을 활용한다. 요컨대 채만식의 역사소설은 다양한 과거 재현 양식을 활용하여 식민지 전사(前史)를 재구성함으로써 해방기 역사 주체를 정립하고자 한 텍스트이다.


## 채만식과 해방기 역사소설

채만식은 해방 전부터 역사물에 대한 관심을 표명해 왔다. 이는 해방 전 희곡 작품인 「제향날」(1937)에서 그 단초를 보인 이후 이 구도를 활용하여 삼부작 역사물을 쓰는 것을 필생의 작업으로 상정하였다는 작가 자신의 포부에서 단적으로 드러난다.

이것은 오래 전부터 3부작으로 장편을 쓰려고 뱃속에서 두루 길러오던 것인데, 차차로 세정(世情)은 불여의하고 손은 미처 돌아가지를 않아 초조하던 끝에 우선 시험삼아 그러한 형식과 분량으로다가 모형을 만들어보았던 것이다.

물론 세평(世評)마따나 뼉다구만 골라 세운 실패작이나(그렇다고 유치진 씨가 말한 대로 小成이라고 자인함은 아니요) 장차 심신을 가다듬어 이「제향날」을 가지고서 동학 혹은 갑신정변을 제1부로, 기미(己未) 전후를 제2부로, 그 뒤에 온 시대를 제3부로, 이렇게 3부작을 쓰고 다시 유보(遺補)로 정축·무인으로 한편을 더 쓰고 해서 그걸로 필생의 사업을 삼을 엉뚱한 대망의 재료다. 만약 그것을 못하고서 죽는다면 임종에 눈이 감기지 않을 성부르다.[8]

채만식의 역사물에 대한 관심은 해방 후에도 계속되어 『옥랑사』, 「역사」 연작 등으로 이어지게 된다. 그가 역사물에 이처럼 각별한 관심을 표명한 이유는 무엇일까? 『옥랑사』 후기에서, '역사상 그 현단계에 있어서의 현실의 발견'이 '역사문학의 정도'라고 당당히 밝히고 있듯이,[9] 채만식은 역사소설을 통해 당대 현실을 탐구하고 역사의 전망을 탐색하고자 하였다.

그러나 해방을 맞은 작가 채만식이 이 기획에 곧장 뛰어들 수는 없었다. 채만식은 작가로서 모순된 상황에 처해 있었다. 해방 이전 그는 식민지 체제에 협력하여 창작 및 강연 활동을 하였으며, 태평양전쟁 말기 소개령이 내려지자 고향으로 내려가 있던 중 해방을 맞이하였다. 이무렵 채만식의 내면은 그의 작품 「민족의 죄인」에 잘 드러나 있다.

그 동안까지는 단순히 나는 하여커나 죄인이거니 하여 면목 없는 마음, 반성하는 마음이 골똘할 뿐이더니 이날 김군의 P사에서 비로소 그 일을

---

8) 채만식, 「자작안내」, 『청색지』 5집, 1939. 5. 『채만식전집』 9, 창작과비평사, 1989, 512쪽.

9) 채만식, 『옥랑사』 후기, 앞의 책, 6쪽.

당하고 나서부터는 일종의 자포적인 울분과 그리고 이 구차스런 내 몸뚱이를 도무지 어떻게 주체할 바를 모르겠는 불쾌감이 전면적으로 생각을 덮었다. 그러면서 보름 동안을 머리 싸고 누워 병 아닌 병을 앓았다.[10]

'하여커나 죄인이거니'라는 「민족의 죄인」 첫 구절에 단적으로 드러나 있듯이, 해방 후 그는 매우 복잡한 심리상태에 처하게 된다. 해방이라는 엄정한 현실과 마주할 때 체제에 협력했다는 데 대한 죄의식을 떨쳐버릴 수 없지만, 다른 한편으로 식민지 말기와 해방기 당시의 상황 논리에 기대면 할 말이 없는 것도 아닌, 일종의 착종된 죄의식의 상태에 있었던 것이다.

이러한 채만식의 내면적 상황은 그의 역사소설에도 고스란히 드러나 있다. 그는 식민지 시대 말기인 1944년부터 그 이듬해까지 내선일체의 역사를 서사로 구현한 『여인전기』를 쓰게 됨으로써 대일협력의 정점에 도달하게 된다. 이러한 사실이 해방기 채만식의 작품 활동에 영향을 준 것은 두말할 것도 없다. 그가 역사소설 창작을 통해 식민지 전사를 재구성하는 데 있어 『여인전기』는 부인할 수 없는 원죄로 엄연히 자리 잡고 있었던 셈이다. 이런 상황에서 그가 역사와 새롭게 대면하기 위해서는 『여인전기』에 대한 자기 속죄의 과정이 필요하였는데, 그것이 바로 『여자의 일생』(1947)이다. 『여자의 일생』은 『여인전기』의 전면적 개작으로, 이 지점에서 채만식의 해방기 역사소설은 다시 시작된다.

---

10) 채만식, 「민족의 죄인」, 『채만식 전집』 8, 창작과비평사, 1989, 414쪽.

## 2. 채만식의 해방 전후와 『어머니』 개작

### 채만식의 『어머니』 개작

채만식의 해방기 역사소설은 식민지 전사를 거듭 재현함으로써, 식민지 역사에 대해 가정법적 물음을 제기하고, 이를 통해 '역사의 복수성'을 탐색하고자 했다. 이를 본격적으로 규명하기 위해서는 우선 해방 전과 후에 걸쳐 발표된 『어머니』와 그 개작 작품들을 살펴볼 필요가 있다.[11] 이 작품들은 시기적으로도 해방기 역사소설의 바로 앞에 놓여 있을 뿐만 아니라 과거 재현의 방식 및 역사 주체의 다양한 정체성 등에 있어서 해방기 역사소설의 성격을 미리 보여주고 있기 때문이다. 『어머니』는 개화기 가족의 풍속을 재현한 작품이지만, 이 작품이 『여인전기』와 『여자의 일생』으로 개작되는 과정에서 식민지 전사(前史)를 작품 내로 끌어들임으로써 역사소설의 면모를 지니게 된다.

『어머니』와 그 개작 작품들은 모두 각 편으로서의 독립적인 지위를 지니면서도 상호텍스트적으로 연관되어 있다.[12] 이 세 작품을 모두 독립적인 작품으로 보아야 하는 이유는 무엇보다도 『어머니』와 그 개작 작품들이 서로 다른 방식으로 과거를 재현하고 있다는 점에서 찾을 수

---

11) 『어머니』는 『조광』에 1943년 3월부터 10월까지, 『여인전기』는 〈매일신보〉에 1944년 10월 5일부터 1945년 5월 17일까지 연재되었다. 『여자의 일생』은 1947년 서울 타임즈사 『조선대표작가전집』 8권으로 간행되었다.

12) 이들 작품 사이의 상호텍스트성을 규명한 논의로 다음을 참고할 수 있다. 류종렬은 『어머니』와 『여자의 일생』 사이의 관계를 구조적인 관점에서 살펴 이 두 작품이 서로 다른 작품이라고 밝힌 바 있다. 한편 황국명은 『여자의 일생』이 『여인전기』의 대일협력에 대한 자기 방어 혹은 정당화의 결과라고 지적하고 있다. 류종렬, 「채만식의 소설 「여자의 일생」 연구」, 『국어국문학』 23, 1986; 황국명, 『채만식 소설연구』, 태학사, 1998, 168쪽, 심진경, 「통속과 친일, 이종동형의 서사논리」, 군산대학교 채만식연구센터 편, 『채만식 중장편소설 연구』, 소명출판, 2009.

있다. 『어머니』(1943)는 구시대 여성 주인공들을 설정하여 개화기의
조혼 풍습 및 시집살이의 파국을 그린 풍속소설로서, 연재 중 중단되었
다. 『여인전기』(1944-45)와 『여자의 일생』(1947)은 『어머니』 연재분
을 작품의 일부로 수용하면서 여기에 식민지 전사를 끌어들여 가족사
이야기로 나아간다.

『여인전기』와 『여자의 일생』은 『어머니』가 재현한 개화기 풍속에
서로 다른 가족사를 결합시켜 놓는다. 『여인전기』는 '내선일체'를 주제
로 한 작품으로, 이를 위해 러일전쟁과 태평양 전쟁으로 이어지는 내선
일체의 역사를 끌어들인다. 반면 『여자의 일생』은 내선일체의 역사를
지운 자리에 갑신정변과 동학, 독립협회 운동 등으로 이어지는 구한말
의 역사를 대체해 놓는다. 그리하여 이 두 작품은 각각 친일 가계의 가
족사 이야기, 그리고 혁명가 가계의 가족사 이야기로 나아가게 된다.

이러한 역사 재현 방식의 차이는 정체성의 차이로 이어진다. 『어머
니』가 개화기 풍속을 묘사하기 위해 설정한 주인공들은 가부장적 질서
에서 타자의 위치에 놓인 개별자들일 뿐이다. 풍속의 세계에 개인과 전
체의 변증법은 개입하지 않으며, 따라서 이들은 아직 국민국가의 호명
을 알지 못한다. 그런데 『여인전기』와 『여자의 일생』으로 오면 사정이
달라진다. 『여인전기』와 『여자의 일생』이 끌어들이는 역사적 시공간
속에서 주인공들은 '일본제국' 혹은 '신생 민족국가'를 대표하는 인물로
격상된다. 『여인전기』가 그리고자 하는 '군국의 어머니', 그리고 『여자
의 일생』이 그리고자 하는 '혁명가의 후예'가 바로 그것이다. 그러나 전
통적 가부장적 질서가 역사적 시공간으로 확장되는 과정, 그리고 가부
장적 질서로부터 소외된 개별자가 국민국가의 역사에서 역사 주체가
되는 과정은 균질적으로 진행되지 않는다. 이 비균질성은 텍스트에 일
정한 흔적을 남겨놓게 되는데, 『어머니』와 그 개작들에서 볼 수 있는

균열의 흔적은 이 시기 채만식 소설의 내적 논리를 해명하는 단초가
된다.

## 풍속, 개화기 재현의 방식

### ① '풍속'의 발견

『어머니』는 개화기를 배경으로 과부 수절과 조혼, 시집살이 등 결혼
풍속을 그린 풍속소설로, 숙희와 어린 남편 준호, 시어머니 박씨 부인을
중심인물로 설정하여, 숙희의 시집살이의 비극을 중심 줄거리로 다룬
작품이다. 작품의 줄거리로만 보자면 이렇다 할 문제성을 지니지 않지
만, 개작된 작품이 지닌 문제성 때문에 여러 차례 논의의 대상이 되었
다. 이러한 사정으로 인해 『어머니』는 개작된 작품의 성격에 의해 역규
정되어 온 점이 없지 않다. 『어머니』에 대한 개별 논의는 거의 이루어
지지 않았으며, 면밀한 실증적 검토 없이 『여자의 일생』과 동일 작품으
로 간주하여 가족사소설로 분류하기도 했다. 작품의 선후 관계를 고려
한다면, 우선 『어머니』를 발표 당시의 맥락을 따라 읽은 다음, 이후 작
품과 구별되는 지점을 규명하는 것이 순서일 것이다.

『어머니』를 발표 당시의 맥락을 따라 읽을 때, 가장 두드러지는 특
징 중 하나는 이 작품이 개화기의 풍속을 다루고 있다는 점이다. '풍속'
이란 무엇인가? '풍속'은 1930년대 후반 '문학의 위기'에 대한 대응으로,
김남천이 제기한 개념이다. 당시 문단이 인식한 문학의 위기는, 임화의
표현을 빌리자면, '작가가 주장하려는 바를 묘사하려면 묘사되는 세계
가 그것과 부합하지 않고 묘사되는 세계를 충실하게 살리려면 작가의
생각이 그것과 일치될 수 없는 상태',[13] 즉 주체와 상황 사이의 괴리로

요약된다. 김남천은 문학의 위기를 타개하기 위한 창작방법론으로 로만개조론으로 나아가는데, 이 과정에서 '모랄론', '풍속론' 등을 제기한다.

김남천에 따르면 '모랄'은 현실 세계에 대한 과학적 인식 및 그 주체화의 원리가 되는데, 문학에서 '모랄'은 사회적 습관, 곧 '풍속'과 연관되어 있다. 이때 '풍속'은 '생산관계의 양식에까지 현현(顯現)되는 일종의 제도(예컨대 가족제도)를 말하는 동시에 다시 그 제도 내에서 배양된 인간의 의식인 제도의 습득감(예컨대 가족적 감성, 가족적 윤리의식)'으로 규정된다. 이러한 모색의 과정을 통해 김남천은 '가족사'와 '연대기'의 길을 제시하는데, '풍속'을 들고 '가족사'로 들어가되 그것을 다시 연대기로 파악하라는 것이 그 핵심이다.[14]

> 풍속을 가족사로 들고 들어가면 우리 작가가 협착하게 밖에 살펴보지 못하던 넓은 전형적 정황의 묘사가 가능할 수 있으리라고 생각한 때문이고, 그것을 다시 연대기로써 파악하자는 생각은 우리의 정황의 묘사를 전형화하고 그 묘사의 핵심에 엄밀한 합리성과 과학적 정신을 보장하겠다는 심사이다. 다시 말하면 작가의 지적 관심을 높이겠다는 심사이다. 한편 우리가 현 순간에서 발견하지 못하였던 발랄한 생기 있는 인물로 된 이데를 현세인의 형성 내지는 생성과정에서 잡아보려는 야심을 일으키어 현세인 그 자체에 대한 새로운 발견이 가능하지는 않을까, 그것을 희망하는 마음도 실인즉 없지 아니하다.[15]

김남천은 '풍속'을 들고 '가족사'로 들어가라는 명제를 제시하면서도,

---

13) 임화, 「세태소설론」, 〈동아일보〉, 1938. 4. 2.
14) 김남천, 「일신상이 진리와 모랄 - '자기'의 성찰과 개념의 주체화」, 〈조선일보〉 1938. 4. 22; 「현대 조선소설의 이념 - 로만 개조에 대한 일작가의 각서」, 〈조선일보〉, 1938. 9. 10-18.
15) 김남천, 「현대 조선소설의 이념 - 로만 개조에 대한 일작가의 각서」, 〈조선일보〉, 1938. 9. 10-18.

이에 대해 구체적으로 논의하지는 않는다. 그러나 그의 작품『대하』에서 드러난 양상을 보면, '풍속'과 '가족사'의 결합이 순조롭지만은 않았음을 확인할 수 있다. '풍속'을 통해 '대상의 총체성'을 그리면서 동시에 '가족사'를 통해 그 변화의 양상을 포착하고자 한 김남천의 창작방법론은 분명 리얼리즘적 지향을 내포하는 것이었지만,『대하』에서 '풍속'은 사건들의 인과관계를 약화시켜 가족사의 역동적인 전개를 방해하는 요인이 되었다.『대하』는 개화기 이후 한 가족의 운명의 변화를 추적함으로써 개화기로부터 현재에 이르는 전형적 상황을 그리고자 하였지만, 조혼, 단발, 세시풍속 등 개화기의 세부적인 세태 묘사로 기울어지게 된다.[16)]

『어머니』와 그 개작 작품이 '풍속'과 '가족사'를 과거 재현의 범주로 채택하고 있는 것은 1930년대 후반 이후 문단의 사정과 무관하지 않아 보인다. 개화기를 현재의 기원으로 인식하고 이를 재현하고자 한 문학적 시도 자체가 이 시기의 새로운 현상이었다는 점, 그리고 이를 위해 '풍속'과 '가족사'가 비평과 창작 양면에서 논의되고 채택되었다는 점, 여기에 하나 더, 채만식 자신이 이 시기 소설론에 관심을 가지고 있었고 이를 통해 자신의 창작 방향을 설정하고자 했다는 점 등을 그 근거로 제시할 수 있다.[17)]

그런데,『대하』도 그렇지만,『어머니』와 그 개작 작품들을 두고 보

---

16) 이러한『대하』의 한계에 대한 지적은 연구자들의 공통된 지적이다. 이주형,『한국근대소설연구』, 창작과비평사, 1995, 176-177쪽; 정호웅,「새로운 세계에 대한 열망과 그 한계 -『대하』론」,『문학정신』1990. 3; 박헌호,「30년대 후반 '가족사연대기' 소설의 의미와 구조」,『민족문학사연구』4호, 1993.

17) 채만식은『탁류』를『천변풍경』과 묶어 '세태소설'이라고 비판한 임화와 김남천의 논의에 반대 의사를 밝힌 바 있다. 이는 채만식이 당대의 비평에 관심을 갖고 있었고 비평 방면과의 적극적인 대화를 통해 자신의 창작 방향을 찾으려 하였다는 증거가 된다. 채만식,「자작안내」, 앞의 책, 519-520쪽.

더라도 '풍속'과 '가족사' 이 두 범주의 결합은 필연성이 없다. 『어머니』 연재분에서 개화기의 풍속은 가족사와 결합하지 않는다. 『여인전기』와 『여인의 일생』으로 개작되면서 비로소 가족사 형식이 도입되는데, 이 경우도 두 범주의 결합이 자연스럽지 않다. 그렇다면, 『어머니』와 그 개작 작품을 놓고 다음과 같이 각기 다른 물음을 제기해야 할 것이다. 첫째, 개화기를 재현하는 범주로서 '풍속'은 어떤 특징을 지니며, 『어머니』에서 이는 어떻게 드러나는가? 둘째, 『여인전기』와 『여자의 일생』으로의 개작 과정에서 '가족사'가 어떻게 도입되는가? 셋째, 『어머니』 개작 작품에서 '풍속'과 '가족사'는 어떤 방식으로 결합되는가?

### ② 가부장 부재의 시공간

첫 번째 논점, 즉 『어머니』에 재현된 개화기의 풍속에 대해 논의하기 위해 1930년대 후반의 풍속소설 및 풍속소설 논의로 돌아가 보자. 이 시기 소설이 개화기 재현의 방식으로 '풍속'을 도입할 때 그 구체적인 양상은 어떤 것이었을까? 그것은 우선적으로 가부장을 중심으로 하는 가족 제도와 그 제도 아래에 놓인 구성원의 태도에 관한 것이었다. 『대하』와 『탑』, 『봄』 등 개화기의 풍속을 재현한 작품들은 가부장의 형상 및 이 가부장에 의해 관장되는 농촌 공동체의 질서를 특징적으로 그리고 있다. 이렇게 볼 때, '풍속'은 일차적으로 가부장 중심의 가족 제도 및 그 연장으로서의 농촌 공동체를 공간적 배경으로 하는 범주라 할 수 있을 것이다.

'풍속'은 이러한 가부장적 질서를 정태적으로 드러낸다. 예컨대 『대하』가 세밀하게 그려내고 있는 결혼 풍속은 그 자체로 그 시대의 한 단면, 즉 전통과 근대가 서로 부딪치는 개화기 특유의 장면을 흥미롭게 포착해 보여주는 데 성공하지만, 시대의 변화상을 역동적으로 표현하지는 않는다. 전통에서 근대로의 이행 과정을 그리기보다는 두 다른 시간대에 속한 세계가 공존하는 장면을 삽화처럼 그려놓을 뿐이다. 마찬가지로 가부장 중심의 가족 질서에 속한 소년 주인공의 성장 역시 제도 자체의 변화를 추동시키는 데까지 이르지 못한다. 이렇게 볼 때 '풍속'은 자연적이고 정적인 시간관을 내포하는 범주라 할 수 있다.[18]

『어머니』가 재현하는 개화기 풍속 역시 이러한 성격을 벗어나지 않는다. 『어머니』의 공간은 가부장적 질서 아래의 전통적 가정, 그리고 그 질서의 연장인 읍내로 설정된다. 작중 사건 역시 가부장적 질서를 벗어나지 않는다. 이 작품은 1930년대 후반의 풍속소설들과 달리 작품 내에 가부장적 인물이 등장하지 않는다는 점이 특징적이지만, 가부장이 등장하지 않는다고 해서 이 작품의 공간이 가부장적 질서를 벗어나 있는 것은 아니다. 가부장보다 더 가부장적인 의사(疑似) 가부장을 설정함으로써, 작품은 가부장적 질서가 왜곡된 방식으로 작동하는 공간이 된다.

가부장의 부재는 이 작품의 서사를 이끌어가는 심층 논리를 제공한다. 박씨 부인의 성격과 이에 대한 숙희의 태도, 그리고 그 결과로 나타난 숙희의 시집살이의 파국은 모두 가부장의 부재에 그 기원을 두고 있다. 박씨 부인은 서른한 살에 과부가 되어 외아들 준호를 키워 온 여장부이지만, 이러한 사정이 아들 준호와 며느리 숙희에게 고통의 원인이 된다. 박씨 부인은 아들에게는 가혹하기만 한 어머니요, 며느리에게는 과대망상증과 피해망상증에 걸린 병든 홀시어머니일 따름이다. 이

---

18) 이혜령은 1930년대 가족사연대기 소설의 형식을 논의하면서 자연적 연속성과 역사적 목적론이 공존하는 것으로 규정한다. 이 두 상반된 시간이 공존하는 것은 '풍속'과 '가족사'라는 서로 다른 범주가 작품 안에 공존하기 때문에 드러난 현상이라 할 수 있다. 이혜령, 「1930년대 가족사연대기 소설의 형식과 이데올로기」, 『상허학보』 10, 2003.

점에서 박씨 부인은 가부장이 부재하는 가족에서 가부장적 질서를 관장하고자 하는 '억척 모성'의 한 예가 된다.[19]

> 남이 박씨부인을 일러, 여장부라고 한다. 혹은 여걸이라고도 한다.
> 언변 좋고, 감때 괄괄하고, 한문이 웬만한 선비 뺨 쳐 먹을 만치 도저하
> 고, 체집 크막하고 기운 세고, 진시 여장부였다. 삼백여 호나 되는 이
> 향콧골 온 마을을 쥐락펴락 한다. (중략) 서른 한 살 때 갓 제돌 잡힌
> 외아들(준호) 하나를 데리고 과부가 되어, 이래 십 년 남짓한 동안에
> 적수로 백여 석 거리 성세를 장만하였으니 그 또한 장한 일이었다. 그
> 러나 여장부는 여장부요, 병든 홀시어머니는 따로이 또, 병든 홀시어머
> 니였다.[20]

준호는 어머니의 가혹한 처사에도 불구하고 그 뜻을 따라야만 하고, 숙희 역시 복종과 인고를 최고의 부덕(婦德)으로 알고 이를 실천해야만 한다. 박씨 부인의 히스테리는 가부장의 빈자리를 채우기 위한 욕망이 전도되어 나타난 것으로, 이로 인해 준호와 숙희는 중층적으로 뒤얽힌 가부장제의 모순에 처하게 된다. 이렇게 보면, 박씨 부인을 비롯한 등장인물 모두가 가부장제의 타자들이며, 이들의 행동과 그 결과를 결정짓는 유일한 요인은 결여 상태의 가부장적 질서라는 점을 알수 있다.

이 작품에서 결여 상태의 가부장적 질서는 고정불변의 상황으로 설정되어 있다. 숙희가 겪게 되는 시집살이의 파국이 그나마 이 작품에서 가장 큰 사건이라 할 수 있는데, 이 사건도 박씨 부인의 성격에서 이미

---

19) 심진경은 박씨 부인의 이러한 성격을 정신분석학의 용어를 빌려 '남근적 모성'으로
　　설명한 바 있다. 가부장의 부재와 이로 인한 억척 모성의 형성은 박완서의 「엄마의
　　말뚝」 연작, 김원일의 『마당깊은 집』 등 우리 근대소설에서 반복적으로 설정하는
　　구도가 되어 왔다. 심진경, 「채만식 문학과 여성」, 『한국근대문학연구』 3, 2002; 박
　　혜경, 『박완서의 「엄마의 말뚝」을 읽는다』, 열림원, 2003.
20) 『어머니』, 『조광』, 1943. 3. 184쪽.

예고되어 있던 것으로 새로운 상황을 만들어내지 않는다. 최고의 부덕을 지닌 여성임에도 불구하고 숙희가 시집살이의 파국을 막지 못하는 것은 박씨 부인의 히스테리 혹은 가부장 부재의 가족 상황이 서사를 이끌어가는 유일한 원인이 되고 있음을 보여준다.

한편, 숙희의 시집살이를 중심으로 진행되는 이야기 사이에 준호의 읍내행이 배치되어 있어 이채롭다. 추석날 읍내의 풍속을 전해주는 이 이야기에서는 준호와 그의 친구 윤석이 중심인물이 된다. 이 이야기는 소년들의 모험 이야기로 접근해 가면서 서사의 방향을 다른 쪽으로 열어놓지만, 연재된 부분만으로 보면 큰 의미를 부여하기 어렵다. 도리어 이 읍내행이 빌미가 되어 숙희의 시집살이가 파국을 맞게 된다는 점에서 이 이야기는 박씨 부인이 중심이 된 가정사에 종속되어 있음을 알 수 있다.

준호의 읍내행 이야기가 시집살이 이야기와 구별되는 지점도 없지 않다. 이야기가 진행되는 과정에 개화기 학교의 풍속을 그리는데, 여기에서 시간의 변화가 가까스로 개입된다. '학교공부는 개글'이라는 박씨 부인의 뜻에 따라 준호는 낮에는 학교공부, 밤에는 서당에서 한문공부를 하느라 늘 피곤하다. 그러던 중 읍내에서 준호는 맹목적 개화꾼 원선생을 만나게 되고, 이어서 원선생과 관련된 일화가 소개된다. 이 장면들은 전통과 근대가 겹쳐지는 지점을 포착하고 있다는 점에서 변화의 계기를 내포한 것이라 할 수 있다. 그러나 이러한 장면들조차 전통과 근대를 단순히 병치해 놓고 있을 뿐 준호의 성장의 계기로 기능하지 못한다. 읍내에 간 준호는 '초립동이'라는 점 때문에 거듭 망신을 당하고는, '죽드래도, 모친에게 매를 맞아 죽드래도, 이 야속스런 상투를 잘라버리리라'[21]고 결심하는 데서, 그리고 윤석과 우정이 싹트게 된 것에 대

---

21) 『어머니』, 앞의 책, 170쪽.

해 '운명의 날[22]'이라고 한 데서, 성장에 대한 복선이 마련되고 있지만 이 이야기는 본격적으로 진행되지 못한다. 더욱이 소년의 성장이 제도의 변화를 이끌어낼 것이라는 단서는 어디에서도 찾아볼 수 없다.

이렇게 보면 '풍속'은 가부장적 질서가 지배하는 개화기 공간을 자연적, 정태적인 시간관에 토대를 두고 재현한 형식으로 이해할 수 있다. 풍속은 전통과 근대의 공존을 그리면서도 그것을 심대한 변화의 계기로 표현하기보다 지나간 시대의 삽화로 처리한다. 또 새로운 세대의 성장을 그리고 있지만, 이러한 성장이 더 큰 흐름으로 이어지거나 가부장적 질서 자체의 변화를 이끌어내는 것으로 나아가지 못한다.

## 가족사소설로의 전화(轉化)

### ① 역사적 필연성의 개입

이제 두 번째 물음으로 넘어가 보자. 『어머니』의 개작 과정에서 '가족사'는 어떻게 도입되는가? '풍속'이 개화기의 가부장적 질서를 자연적, 정태적 시간관으로 재현하는 범주라면, 그 개작 작품인 『여인전기』와 『여자의 일생』이 '가족사'로 나아가기 위해서는 시간의 변화를 그 계기로 도입하는 것은 필수적이다. '가족사소설'이라는 개념에 이미 이 점이 내포되어 있다.[23]

---

22) 위의 책, 178쪽.

23) '가족사소설'은 '혈연적인 구속과 사회적인 변화에 따라 흥망성쇠가 반복되는 가족의 역사를 그려낸 소설'로서, 한 가족의 연대기 기술에만 국한하지 않고 역사와 사회적인 변천 속에서 가족의 운명을 제시하는 소설 유형이다. 한편, 1930년대 가족사소설에 대한 논의는 개념 및 포함되는 작품에 따라 두 부류로 나누어진다. 이재선과 신상성 등은 『삼대』와 『태평천하』 등을 『대하』와 함께 가족사소설에 포함하여 논의하고 있는 반면, 이주형과 류종렬 등은 『대하』와 『탑』, 『봄』 등을 다루되

다시 1930년대 후반의 논의로 돌아가 보자. 김남천이 '풍속'을 들고 '가족사'로 들어가라는 명제를 제시하면서도 '가족사'에 대한 본격적인 논의로 나아가지는 않은 데 반해, 같은 시기 최재서는 가족사 소설의 성격에 대해 본격적으로 논의하고 있어 주목할 만하다. 최재서는 '가족사소설의 이념'에 대해 논의하면서 크게 두 가지 논점을 제기한다. 하나는 가족사소설에서 가족사는 고대 민족사 이야기를 대체한 근대의 양식이라는 점이다. 그는 서구의 가족사소설을 민족의 성격과 운명을 노래한 민족사담(民族史譚)의 근대적 표현으로 보았다. 다른 하나는 가족사소설이 '가족을 한 전체'로 표현하면서 개인과 전체의 관계를 문제 삼는다고 본 것이다. 여기에서 가족은 하나의 전체인 동시에 '개인의 성격을 형성하는 가장 유력한 그리고 결정적인 인자(因子)'가 된다.[24]

최재서의 논의는 서구의 가족사소설을 대상으로 한 것으로, 당시 문단에 발표된 가족사소설과 비교할 때 작지 않은 간극이 있는 듯하다. 최재서의 글이 발표될 시점에서 볼 때 엄밀한 의미의 가족사소설은 김남천의 『대하』뿐이었는데, 이마저도 1부만 발표된 상태여서 이에 대한 구체적인 논의는 이루어지지 못했다. 『대하』를 두고 보더라도 이 작품에서 다루는 가족의 운명이 사회·역사적 변동과 결부되어 민족사 이야기로 확장되기에는 민족의 운명에 대한 전망이 극히 불투명하였다. 마찬가지 이유에서 개인은 가족 혹은 민족이라는 전체와의 관련 속에서 자신의 행로를 찾기 곤란하였다. 『탑』, 『봄』 등이 자전적인 쪽으로 기

'가족사연대기소설'이라는 용어를 사용한다. 가족사소설의 성격에 대한 논의로 다음을 참고할 수 있다. 이재선, 『한국현대소설사』, 홍성사, 1979; 신상성, 「1930년대 한국 가족사소설 연구」, 동국대 박사논문, 1986; 이주형, 앞의 책; 류종렬, 『가족사 연대기소설연구』, 국학자료원, 2002.

24) 최재서, 「토마스 만 「붓덴부로크 一家」」, 『인문평론』, 1940. 2, 114-116쪽.

울어지고 있는 것도 이러한 시대적 한계와 무관하지 않아 보인다.

이후 가족사소설은 서서히 그 내적 형식을 갖추게 되면서 우리 근대소설사의 중요한 유형으로 자리 잡게 되는데, 이러한 가족사소설의 형성과정에 『어머니』 개작 작품을 놓고 보면 그 위치가 오롯이 드러나게 된다. 우선 『여인전기』와 『여자의 일생』은 1930년대 가족사소설보다 한층 진전된 면모를 보여준다. 1930년대 가족사소설과 비교할 때 『여인전기』와 『여자의 일생』에서 가족의 운명은 민족(혹은 국가)의 운명과 보다 긴밀하게 결부되고 있으며, 주인공의 성격 역시 전체 집단의 운명 속에서 형성되고 있다는 점에서 이를 확인할 수 있다.

『어머니』의 개작과정에서 나타난 변화를 살펴보자. 『어머니』가 그리고 있는 개화기의 풍속, 즉 결여 상태의 가부장적 질서는 개작 과정에서 식민지 전사를 작품 안으로 끌어들이게 되면서 가족사소설로 전화하게 된다. 『여인전기』는 러일전쟁을, 『여자의 일생』은 갑신정변과 동학란을 작품 내 사건으로 끌고 들어오는데, 이들 사건은 작품 내 다른 사건들에 '역사적 필연성'을 부여하는 원리로 작용한다.

『어머니』에서 등장인물의 성격과 사건은 역사적 필연성을 지니지 않는다. 『어머니』에서 박씨 부인의 히스테리는 개별적이고 우연적인 것이다. 굳이 제도와 연관 짓는다면 이 역시 가부장제의 모순으로 해석할 수는 있겠으나, 그렇다고 하더라도 작품이 박씨 부인의 성격을 역사적, 제도적인 것으로 파악하지는 않는다. 또 박씨 부인의 성격이 발단이 되어 일어나는 일련의 사건에는 필연성이 없다. 준호가 읍내에 갔다가 돌아와 인절미를 급히 먹다 체하고, 마침 약수터에 갔던 박씨 부인은 예의 그 기괴한 집착 때문에 일정을 바꾸어 다음날 새벽 일찍 집으로 돌아오게 되고, 읍내에 가는 준호에게 숙희는 모시 겹것을 입혀 주는데 거기에 하필 잃어버린 바늘이 들어가 있고, 공교롭게도 돌아온 박씨 부인이 준호의 배꼽 어림에 꼿꼿이 서 있던 바늘을 발견하게 되는, 이러한 사건의 연쇄에는 어떠한 필연성도 내재되어 있지 않다. 박씨 부인의 히스테리에서 숙희의 시집살이의 파국으로 이어지는 과정은 우연의 연속이다.

『여인전기』는 이와 다르다. 『여인전기』는 이제 세월이 흘러 새댁이던 진주(『어머니』의 숙희)가 중년 과부가 되어, 태평양 전쟁에 나간 아들의 편지를 받는 데서 시작된다. 작품의 첫 대목에서 '내지의 어머니'를 내세우는 데서부터 '풍속'과는 다른 범주가 개입하고 있음을 알 수 있는데, 이를 『어머니』의 박씨 부인을 묘사한 대목과 비교해 보면 그 차이가 확연히 드러난다.

> 내지의 어머니들은 이천육백여 년을 두고 한결같이 나라를 위하여 아들네를 전지에 내보내되, 동치 아니하도록 도저한 도야와 훈련과 그리고 자각 가운데서 살아 내려왔다. 그런 결과 일본 여성은 사랑하는 아들을 나라에 바쳤으되 조금도 미련겨워하며 슬퍼하는 등 연약한 거동을 함이 없이 가장 늠름하기를 잊지 아니하는 천품이--정신이 잡히기에 이르렀다. 어머니 된 정에 노상 어찌 슬픔이 없을 리가 있을꼬마는, 한때 속으로 슬퍼하였지, 혼자서 암루(暗淚)나 흘리면 흘렸지 일상에 상심하는 얼굴을 지닌다거나, 항차 남 앞에서 눈물을 보인다거나 하는 법은 전연히 없다.[25]

'내지의 어머니'를 어머니의 이상으로 내세운 위 인용문에 이어, 작품은 옥동댁(진주)의 처지를 그리고 있는데, 여기에 역사적 필연성이 개입되어 있다. 아들을 전장에 내보낸 옥동댁은 불안한 마음이 없지 않지만 그것을 표출하지 않는다. 작품은 옥동댁의 불안한 내면을 드러내는 대신 전장에서 보내온 아들의 편지를 장황하게 소개함으로써 전장에 선 아들의 비장감을 압도적으로 드러내 놓고 있다. 이어서 옥동댁의

---

25) 「여인전기」, 『채만식전집』 4, 창작사, 1987, 310쪽.

회고를 통해 『어머니』에서 서술한 내용의 시집살이 이야기를 전하는데, 이 이야기 중에 옥동댁이 일로전쟁에서 전사한 임중위의 딸이었다는 사실이 밝혀진다. 이처럼 태평양 전쟁에 아들을 내보낸 어머니가 바로 일로전쟁에서 전사한 장교의 딸이었다는 설정은 '내선일체'의 역사가 서사의 궁극적 목적이 되어 일련의 사건들을 배열하고 있음을 단적으로 보여준다.

### ② 역사 서술의 주체 문제

그러나 '가족사'로의 전화는 텍스트에 균질적으로 드러나지 않음으로 해서 텍스트는 곳곳에 단절과 균열의 흔적을 남겨 놓는다. 우선, 풍속의 세계에 역사적 시간이 개입되는 과정은 매우 갑작스럽다. 『여인전기』에서 시집살이 회고담을 전해주는 목소리와 임중위의 전쟁담을 전해주는 목소리는 전혀 이질적이다. 시집살이 이야기에서 전쟁담으로 이어지는 대목인 '이영산(爾靈山)' 부분의 시작은 다음과 같다.

> 爾靈山險豈攀難　男子功名期克艱
> 鐵血山覆山形改　萬人齊仰爾靈山

> 명치 삼십칠년 십이월 초엿샛날 이른 아침, 여순공위군 사령관 내목희전(乃木希典) 대장은 막료를 거느리고, 어제로서 완전히 점령한 바 된 이영삼고지(二〇三高地)를 향하여 천천히 천천히 말을 나아갔다.[26]

한시 한 수를 비석처럼 세워놓고 있는 것도 갑작스럽지만, 이는 이후 내목희전 대장의 작전을 장엄하게 서술하는 데서도 이질성이 그대로 이어진다. 이렇게 시작한 이야기는 작전 중 전사한 임중위에게로 초점

---

26) 위의 책, 376쪽.

이 옮겨지게 되고, 임중위의 영웅적인 투쟁담, 생전의 임중위와 내목희전 대장 사이의 일화, 진주의 집으로 전해 온 내목 대장의 편지에 관한 이야기로 차례로 이어진다.

내목희전 대장의 전투 장면을 전해주는 시선과 목소리는 누구의 것인가? 그것은 두말할 것도 없이 내선일체의 역사관에 따라 사건을 배열하는 역사 서술자의 것이다. 이렇게 보면, 『여인전기』는 시집살이 이야기를 전해주는 옥동댁의 목소리와 내선일체의 역사에 따라 사건을 배열하는 역사 서술자의 목소리가 공존하는 텍스트라 할 수 있다. 작품 내에서 이 두 서술자의 목소리는 빈번히 교체되고 있지만, 인물의 행로 및 사건을 배열하는 최종 심급의 원리가 되는 것은 물론 역사 서술자의 목소리이다. 이 역사 서술자는 시골 소읍에서 시작한 진주의 이야기가 서울을 거쳐 다시 박씨 부인의 임종 장면에 이르기까지, 그리고 세월이 흘러 아들 철을 전장에 보낸 현재 시점까지, 이 모든 이야기를 내선일체의 역사적 필연성에 따라 배열해 놓는다. 이 역사 서술자의 목소리에 의해 시골 소읍의 진주는 아들을 전장으로 보낸 옥동댁과 한 인물이 되며, 여기에 이르면 이제 진주는 고된 시집살이를 사는 한 착한 며느리를 넘어 친일 가계의 딸로서 아들을 전장에 내보낸 어엿한 군국의 어머니가 된다.

한편, 해방 후 개작된 작품인 『여자의 일생』은 『여인전기』와는 전혀 다른 역사를 끌어들인다. 『여자의 일생』 후반부 이야기는 『어머니』의 마지막 부분에서 이어진다. 진주가 친정으로 쫓겨나게 되자 준호는 기다리다 못해 처가를 찾아가게 되고, 이 장면에서 진주의 할머니 강씨 부인이 겪은 역사 이야기가 펼쳐지게 되는데, 이 연결은 부자연스럽다. 준호의 유순한 성격을 진주의 할아버지와 아버지로 이어지는 역사의 주인공들과 대조함으로써 이 두 이야기는 가까스로 연결된다.

천하일에 참여하고 서둘고 납뛰고 하느라고 집안을 떠나 집안을 돌아보지 아니하고, 마침내는 신명을 그르친 지아비를 섬기었으며 아들을 두었던 할머니는, 손자사위의 그러한 성품이, 사랑하고 소중한 단 한 점의 혈육인 진주의 안온한 장래를 위하여 작히 다행스런 일이었다.

할머니는 성을 강씨라고 하고, 소공주골 남진사의 부인이었다.

할머니 강씨부인이 아직 정정히 젊던 서른한 살 적, 고종 이십일 년(서기 1884년) 갑신 시월 열아흐렛날…… 이 날은 말할 것도 없이 수구파의 사대당이 김옥균 일파의 새 정부를 도로 없이하려고 창덕궁으로 원세개의 청병(淸兵)을 이끌어들여 쿠데타를 일으킨 결과 개화당이 삼일천하로써 패를 당하고 정권은 다시금 민씨네 일파의 수중으로 돌아가던 그날이었다.[27]

풍속의 세계에서 펼쳐지던 이야기는 이제 '고종 이십일 년(서기 1884년)'이라는 역사 연대기 위에 자리 잡게 되어, 남진사와 그의 아들 병수는 역사를 무대로 한 투쟁에 나선다. 갑신정변에 실패한 남진사는 이후 아들 병수와 함께 동학에 가담하지만 실패하여 죽음을 맞게 된다. 이제 아버지를 대신하여 아들 병수가 역사 무대의 주인공이 된다.

갑신정변에서 동학, 그리고 독립협회 운동으로 이어지는 구한말 역사의 파노라마에서 남진사 부자가 그 중심을 가로지른다는 이러한 설정은 다소 무리하다. 이런 역사 이야기를 전반부의 풍속의 세계와 연결하는 것은 더욱 그러하다. 그럼에도 불구하고 이런 방식으로 이야기를 이끌어가는 이유는 무엇인가? 여기에는 이 이야기의 진정한 서술 주체가 '민족국가'라는 사정이 놓여 있지 않을까. 남진사 부자가 중심이 되어 이끌어가는 역사 이야기에서 모든 사건은 민족이 겪은 공식적 식민지 전사이며, 이들의 역사를 무대로 벌이는 혁명은 민족의 자존을 지키기 위한 투쟁이 되며, 이들이 겪는 좌절과 죽음은 곧 민족의 수난이 된다. 여기에 이르면 진주가 겪는 수난도 민족 수난으로 확장된다.

---

27) 「여자의 일생」, 『채만식전집』 4, 창작사, 1987, 274쪽.

'역사'는 '풍속'의 세계를 지배하는 원리가 된다. 이 작품에서 역사 이 야기는 시간적으로 보아 여주인공 진주를 중심으로 한 시집살이 풍속 의 앞에 놓이는 것으로서, 이 이야기가 전반부의 시집살이 풍속에 소급 적용됨으로써 진주의 행동에 역사적 필연성을 부여하고 있는 것이다. 『어머니』 연재분만으로 보면 여주인공 숙희의 이후 행로를 알기 어렵 고 적극적인 행동으로 나설 어떤 암시도 보이지 않지만, 『여자의 일생』 의 진주는 그가 혁명가의 후예라는 사실 때문에 시집살이에서 쫓겨난 이후 새로운 인생 역정으로 나아갈 것을 기대하게 한다.

이상의 논의에서 보듯 '풍속'이 내포하는 시간과 '역사적 시간'은 크 게 다르다. 1930년대 말과 1940년대 초의 소설이 '풍속'을 통해 개화기 를 재현할 때, 개화기는 현재와 이어진 시기로 받아들여졌다.[28] 아버지 의 세대와 아들 세대의 구별이 점진적으로 일어나고 있지만, 이들이 속 한 시간은 본질적으로 연속적이다. 개화기를 역사적인 시간으로 재현 하는 것은 이와는 전혀 다른 경험 구조가 나타남으로써 가능해졌는데, 그것은 집단 주체, 즉 민족국가가 시간 및 사건 구성의 담당자로 설정 되면서부터이다. 『여인전기』의 러일전쟁과 태평양전쟁, 『여자의 일생』 의 갑신정변과 동학, 독립협회 운동 등이 역사적 연쇄를 이루는 데는 집단 주체의 시간 경험이 내포되어 있다. 다시 말해, 러일전쟁이 '내선 일체'의 역사의 기원이 된다는 인식, 그리고 갑신정변과 동학, 독립협 회 운동은 해방 후 새롭게 구성되는 민족사의 기원이 된다는 인식은 '역사적'인 시간 경험을 내포하는 것이었다.

---

28) '풍속'은 '당대에 소박하게 그냥 존재하는 것으로만 받아들여질 뿐'인 것, '그 당대가 어디서부터 그리고 어떻게 전개되어 왔는가 하는 점은 작가의 형상화 작업에 있어 서 아직 문제점으로 떠오르지 않은 것'이라는 점에서 '역사'와 구별된다. 게오르그 루카치(이영욱 옮김), 『역사소설론』, 거름, 1987, 14쪽.

## 가족 모델을 통한 역사 재현

이제 마지막 물음에 답할 차례이다. 『어머니』의 개작 방향이 '풍속'에서 '가족사'로의 전화였다면, '풍속'의 세계는 '가족사'와 어떤 방식으로 결합되는가? 개화기 풍속을 그린 작품이었던 『어머니』를 토대로 『여인전기』와 『여자의 일생』을 개작하게 된 것은 단지 우연한 선택이었을까? 그렇지 않다면, 『어머니』가 그렸던 풍속의 세계에 가족사 및 역사 인식의 모델이 내포되어 있었던 것일까? 이 지점에서 『어머니』가 결여 상태의 가부장적 질서를 배경으로 하고 있다는 점에 새삼 주목할 필요가 있다. 이 구도는 『어머니』와 그 개작 작품이 공통분모로 삼고 있는 서사의 출발점이 될 뿐만 아니라, 역사적 시간을 끌어들이고 있는 『여인전기』와 『여자의 일생』 후반부에서도 서사를 추동하는 원리가 되기 때문이다.

가부장적 질서는 근원적인 결여를 기본 성격으로 지니고 있기 때문에 서사는 당연히 그 결여를 채우기 위한 방향으로 나아가게 된다. 그렇다면 『여인전기』와 『여자의 일생』에서 결여 상태의 가부장적 질서가 작동하는 범위는 과연 어디까지일까? 그것은 시집살이 이야기를 다루는 풍속의 세계에 한정되는가, 아니면 역사의 시공간까지 확장되는가? 결론부터 말하자면 『여인전기』와 『여자의 일생』에서 풍속의 세계뿐만 아니라 역사적 시공간에 이르기까지 결여 상태의 가부장적 질서가 일관되게 관철되고 있다. 그리하여 『여인전기』와 『여자의 일생』에서 여주인공은 풍속의 시공간과 역사의 시공간을 넘나들면서 가부장적 질서의 결여를 채우기 위한 행로, 즉 가부장 찾기에 나선다. 그런데 이 두 작품이 각기 다른 역사를 끌어들이고 있다는 점 때문에 여주인공의 가부장 찾기의 양상은 크게 달라진다. 여기에서 친일소설인 『여인전기』

와 해방 후의 소설인 『여자의 일생』의 내적 구조의 차이가 드러나게 된다.

이 점을 차례로 검토해 보자. 『여인전기』는 옥동댁(진주)이 전장에 나간 철의 편지를 받는 데서 시작된다. 그리고 이야기는 다시 과거 시점으로 돌아가 진주의 시집살이 회고담이 펼쳐진다. 임중위의 전쟁담, 그리고 친정으로 쫓겨 온 진주가 죽은 아버지 임중위의 제사를 지내는 장면 등이 그것이다. 그리고 작품의 마지막 부분에서 옥동댁은 이복동생 무일을 만나게 되는데 이 장면에서 옥동댁은 마치 죽은 아버지가 되살아난 것 같은 착각을 하게 된다. 옥동댁에게 있어 아버지 임중위와 이복동생 무일, 아들 철은 가부장의 복원을 표상한다는 점에서 등가의 의미를 지닌다. 이 모든 장면에서 결여 상태의 가부장적 질서는 역사의 시공간으로 확장되고 있으며, 옥동댁의 가부장 찾기는 역사적 필연성의 맥락으로 옮겨지고 있음을 확인할 수 있다. 요컨대 『여인전기』는 친일 가계를 완성함으로써 가부장 찾기에 도달하는 셈이다.

그러나 친일 가계를 완성하기 위한 가부장 찾기의 길은 일목요연하게 진행되지 못한다. 작품에는 친일 가계의 복원과는 사뭇 다른 가부장 찾기의 길이 그 흔적을 드러내고 있어, 상반된 서사적 욕망이 충돌하고 있는 것처럼 보인다. 작품의 배경이 서울로 옮겨진 이후 서사는 일견 불필요해 보이고 다분히 통속적이기까지 한 긴 우회를 거치게 된다. 서울에서 여학교를 졸업한 진주가 추영산과 오영달로부터 결혼 의사를 전해 듣게 되고, 그 후 진주가 화가 추영산에게 자신의 몸을 의탁하려고 하는 순간 준호와 해후하게 되고, 그리하여 다시 준호의 아내로 되돌아오는 과정이 그것이다.

섬뻑 준호가 그렇게 눈앞에 나타났을 때, 그 순간 진주는 저도 모르게 여섯 해 전 그 당시로 돌아가지고 말았던 것이었다. 완전히 여섯 해 전의 상냥코 다정스럽던 준호의 새댁이요, 얌전한 며느리요, 애련한 시골 소부요 한 그 당시의 진주로 요술처럼 돌아가졌었다. 그 당장에서 고 평일이고, 그러려니 하고 전혀 마음먹은 것이 있던 바도 아니었다. 그러는 것이 옳다고 여기거나, 그리하여야 하느니라고 누가 시킨 일도 없었다. 그저 제풀로였었다. 곧 여자의 첫정의 잠세력적(潛勢力的)인 힘의 조화였었다. 그것이 있고 그리 할 수가 있음으로써 여자는 한결 그 아름다움이 빛나는 것일는지도 모른다. (중략)

이리하여 진주는 의(義)를 살리었다. 물론 큰 희생이었다. 장차로 헤아리기 어려운 고난이 있을 것이었다. 그러나 그것은 큰 의의 가벼운 대상에 불과한 것이었다.[29]

서울에서 여학교를 졸업하여 삶의 가능성이 무한히 열려 있던 진주가 하필이면 유약한 남편인 준호를 다시 만나 고난의 여주인공이 되어야 할 이유는 무엇인가? 이후 진주는 남편 준호의 죽음과 극심한 생활고를 겪고, 시어머니 박씨 부인의 임종을 하고 나서야 가까스로 철과 문주를 기른 '군국의 어머니'가 된다. 작품은 이 과정을 진주의 '의'(義)라고 설명하고 있거니와, 여기에서 결여 상태의 가부장적 질서가 진주의 행로를 여전히 지배하고 있음을 알 수 있다. 이 대목에서 박씨 부인에게서 진주에게로 이어지는 여성의 절개라는 구시대의 관념이 군국주의 이데올로기와 결탁하고 있음을 간파할 수 있다.

문제는 진주와 추영산의 만남으로 연결되는 서사의 행로가 이것으로 끝나지 않는다는 점이다. 작품의 첫 장면은 문주(진주의 딸)와 고농(高農) 학생의 만남을 그려놓고 있는데, 작품은 이 고농 학생이 추영산의 아들이라는 점을 암시해 놓고 있다. 진주와 추영산과의 만남이 실현되지 못한 가능성으로 끝난 반면, 문주와 고농 학생과의 만남을 통해 새

---

29) 「여인전기」, 앞의 책, 424-425쪽.

로운 가능성을 열어놓고 있는 셈이다. 게다가 이 젊은이들의 만남은 작품 전체의 분위기와 크게 동떨어져 보일 만큼 생동적이다. 그러나 이들의 만남은 중동무이되어 더 이상 서사로 나아가지 못하는데, 그 이유는 이 서사의 길이 아버지 임중위에서 이복동생 무일, 그리고 아들 철로 이어지는 친일 가계의 완성과는 화해할 수 없는 길이었기 때문이다. 작품은 첫 머리에서 인상적으로 그린 두 젊은이의 만남을 끝내 묻어 놓은 채 이복동생 무일의 등장으로 급히 마무리된다.

> 군도(軍刀) 차고 누런 장화 신고 금테 안에 별 붙이고 한 장교가 모자만 둥근 모자가 아니요 전투모였지 그 외에는 일찍이 사십 년 전 일로전쟁 때 이영삼고지의 쟁탈전에서 용맹히 싸우고 장렬한 전사를 한 임중위 즉 진주의 바로 친정아버지 그냥 그대로가 시방 철그럭거리면서 차면 안으로 서언히 들어서는 것이 아니었던가. 여덟 살 적 그날 밤 마지막으로 보였고, 궂긴 지 이에 사십 년. 그런 아버지가 사십 년 전 생전시의 그 모양대로 여기에 나타나다니. 가사 그동안 살아계셨다손 치더라도 이미 칠순이 아닌가. 그런데 그때와 조금도 다름없이 젊은 모습인 채로.[30]

이 장면은 작품 도입부의 옥동댁이 추영산의 아들을 만나는 장면과 의미심장하게 마주 서 있다. 뜻밖의 만남이라는 점에서도 그러하거니와, 그 외양이 닮았다는 점 때문에 아들을 보자마자 아버지를 떠올리고 놀란다는 설정이 서로 비슷하다. 또 추영산으로 연결된 서사가 포기된 지점에서 임중위의 아들 무일이 등장하고 있다는 점은, 이 작품의 서사가 궁극적으로 도달하려는 지점을 보여주는 동시에, 이 궁극적인 도달점을 위해 포기한 것이 무엇인지를 명백히 보여준다. 무일의 등장으로 완성된 친일의 가족사는 실상 추영산의 길로 요약되는 진주의 또 다른

---

30) 위의 책, 466-467쪽.

행로의 가능성을 중도에 차단함으로써만 가능한 것이었다.

『여인전기』에서 끝내 실현되지 못한, 추영산으로 연결되는 진주의 행로는 무엇이었을까? 해방 후 개작에서『여인전기』의 친일의 가족사 대신 새로운 역사 이야기를 쓰고자 한다면, 추영산으로 연결되는 서사를 복원해야 마땅할 것이 아니겠는가? 과연『여자의 일생』은 그 가능성의 일면을 보여준다.

『여자의 일생』의 이야기의 순서는 대체로『어머니』의 이야기 순서에 따른다. 새롭게 끼어 든 이야기는 진주의 가계가 혁명가의 가계였다는 것뿐이고, 이마저도 진주의 할머니 강씨 부인의 회고로 이루어져 있어 서사의 흐름이 바뀌지 않는다. 또『여자의 일생』에서 진주는 복잡한 가부장 찾기 행로로 나설 필요가 없다. 왜냐하면 그녀의 할아버지와 아버지는 민족의 위기를 구하기 위해 몸을 던진, 그리하여 그 자체로 민족과 동일시되는 거대한 가부장이기 때문이다. 이들의 존재는 강씨 부인의 회고를 통해 되살아나거니와, 작품은 가부장 복원의 장치를 또 하나 마련해 두고 있다. 진주의 할아버지와 아버지의 자리를 양자로 들어온 진주의 오라비 창수가 대신하고 있는 것.『여인전기』에서 창수는 미두로 재산을 날리고 하바꾼으로 전락한 인물로 그려지는 반면,『여자의 일생』에서 그는 호걸풍의 개화꾼으로 바뀌어 있다.

> 조선이 일본에게 합방이 되던 한국 말년 바로 전부터 조선에는 세 가지의 큰 사회적 움직임이 머리를 들기 시작하였다. 국민의 정치에의 관심이 그 하나요, 산업 즉 경제에의 관심이 그 하나요, 새로운 학문 즉 문화에의 관심이 그 하나요 하였다.
>
> 이 세 가지 관심 가운데 정치적인 것은 정복자의 '계다'짝에 짓밟혀 버렸고.
>
> 경제에의 관심과 문화에의 관심은 그것 역시 정복자의 핍박이 노상 없었던 바는 아니나, 그래서 부득불 기형적이기는 하였으나 아무튼 현

실에로 발전을 하여 나아갔다.

　창수는 처음 그 새로운 학문에의 뜨거운 지향이 그와 같이 가정적인 사정으로 인하여 일단 꺾이게 되자 고향으로 돌아온 그는 '그러면 당분간 아직…'이라는 생각으로 경제 방면으로 행동 방향을 바꾸었다. 작년부터 시작한 매갈이가 그것이었다.[31]

창수는 친정으로 쫓겨 온 진주에게 다시 시집으로 돌아갈 생각 말고 '개화'의 길로 나서라고 권한다. 물론 창수가 제시하는 '개화'의 길은 본격적인 서사로 이어지지는 못하며, 작품은 진주가 다시 시집으로 돌아갈 수 없는 것을 확인하는 데서 끝난다.

작품 내에서 창수가 차지하는 비중은 작지만, 『여인전기』와 비교할 때 그의 성격이 바뀌어 있는 것은 주목할 만하다. 『여인전기』와 『여자의 일생』에 등장하는 인물 중 동일 인물의 성격이 변화한 예로는 창수가 유일하기 때문이다. 게다가 이 창수의 성격 변화는 결여 상태의 가부장적 질서가 지배하는 공간 자체의 성격을 어느 정도 바꾸어 놓고 있다. 그가 가부장으로서의 위치를 지닌다면, 진주가 놓여 있는 공간은 더 이상 결여 상태의 가부장적 질서의 공간이 아니다. 진주는 이제 부재하는 가부장을 찾아 나서야 할 필요가 없다. 본래의 질서, 즉 할아버지와 아버지, 창수로 이어지는 가부장적 질서로 되돌아오면 된다. 창수가 제시하는 '개화'의 길이 비록 본격적인 서사로 이어지지는 못하지만 여전히 굳건한 가능성으로 남아 있는 것으로 보아야 한다. 왜냐하면, 이 길은 진주의 할아버지 남진사와 아들(진주의 아버지) 병수의 역사 모험과 역사적 필연성으로 이어져 있기 때문이다.

이처럼 결여 상태의 가부장적 질서로 요약되는 가족 모델은 식민지 전사를 인식하는 틀이 된다. 가부장의 부재는 개화기 풍속의 실제 상황

---

31)「여자의 일생」, 앞의 책, 267쪽.

인 동시에 식민지 전사를 상징적으로 드러내는 상황이 되며, 따라서 『어머니』 개작의 주인공들의 가부장 찾기의 행로는 식민지 전사를 무대로 한 가부장들의 역사 모험과 이어지게 된다.

## 『어머니』 개작의 의미

『어머니』를 발표한 이후 『여인전기』와 『여자의 일생』이 차례로 개작된, 1943년에서 1947년에 이르는 시기는 갑작스럽고도 거대한 체제 변전이 전 세계를 휩쓸고 지나간 시기였다. 작가 채만식은 이 거대한 체제 변전 앞에서 양극단의 행보를 보였는데, 이 행보가 하나의 작품군으로 이어져 드러난 작품이 바로 『어머니』와 그 개작 작품이다. 『여인전기』는 채만식이 친일 협력의 의도를 가장 적극적으로 표명한 작품이며, 『여자의 일생』은 이에 대한 반대급부로서 식민지 직전 민족의 역사를 재구성하고자 한 시도였다.

『어머니』는 개화기 풍속을 그린 풍속소설로, 가부장적 질서 아래의 가족 제도 및 그 구성원들의 소소한 삶의 갈등을 자연적, 정태적 시간 속에서 표현하고 있다. 주인공들은 가부장이 부재하는 가부장적 질서의 모순으로 인해 고통을 겪는다. 풍속의 세계에서 결여 상태의 가부장적 질서는 고정불변의 상황으로서 서사를 이끄는 원리가 된다. 주인공들은 가부장적 질서의 타자들로서 자신들이 처한 상황의 본질을 꿰뚫어 인식하지 못하며, 따라서 제도의 변화를 기대할 만한 행동으로 나서지 못한다.

한편, 『어머니』의 내용을 토대로 개작한 작품인 『여인전기』와 『여자의 일생』은 식민지 전사를 작품의 상황으로 끌어들임으로써 가족사 소설로 나아간다. 작품에서 식민지 전사는 서사에 역사적 필연성을 부여하는 원천이 된다. 『여인전기』는 러일전쟁의 영웅 임중위를 진주의 아버지로 설정하고, 작품의 마지막에 임중위의 아들 일본군 중좌 무일을 등장시킴으로써, 친일 가계를 복원하고 내선일체의 역사를 완성한다. 『여자의 일생』은 진주의 할아버지 남진사와 아버지 병수를 갑신정변과 동학, 만민공동회 등 혁명의 역사 위에 배치한다. 이들의 역사 속의 모험은 결국 좌절되지만, 진주가 혁명가의 후예였다는 사실은 이후 진주의 행로에 새로운 가능성을 부여해 놓고 있다.

『여인전기』와 『여자의 일생』의 관계는 일목요연하다. 『여인전기』와 『여자의 일생』은 가부장 부재의 가족 모델에서 가부장을 복원하기 위한 시도라는 점에서 공통점을 지니면서도, 그 구체적인 양상에서는 정반대의 길을 보여준다. 『여인전기』의 가부장 찾기는 친일 가계를 통해 내선일체의 역사를 완성하는 것으로 드러나지만, 이 과정은 실상 그 이면에 놓여 있는 상반된 서사적 욕망을 거세함으로써만 성공할 수 있는 것이었다. 이 점에서 『여인전기』는 내선일체의 역사와 더불어 그 역사를 완성하기 위해 감행한 욕망의 거세를 그 흔적으로 보여주고 있는 작품이다. 그리고 『여자의 일생』은 『여인전기』가 거세한 서사적 욕망, 즉 진주의 개화 및 개가의 길을 복원한 작품이다. 진주의 새로운 행로는 결국 그녀의 할아버지 남진사, 아버지 병수로 이어진다는 점에서 이 길이 혁명의 길, 민족 복원의 길임은 자명하다.

그렇다면, 왜 『여자의 일생』은 진주의 후일담을 가능성으로만 제시할 뿐 개화, 개가의 길을 서사로 펼쳐 보이지 않았을까? 작품이 가지 않은 길에 대해 명확히 답하기는 어렵지만, 그것은 아마도 해방기의 작가 채만식이 가졌던 역사적 전망과 무관하지 않을 것이다. 요컨대 『여자의 일생』은 과거의 경험에서 볼 때는 역사 전개를 명확히 짚어낼 수 있었지만, 미래에 대한 기대로 보자면 극히 불확실한 상태에 있었던 것이다.

글의 서두에서 채만식의 해방기 역사소설이 과거를 재현하는 다양한 방식을 활용하여 다양하고 이질적인 정체성을 표현하고 있다고 전제하였는데, 이제 그 구체적인 의미가 어느 정도 밝혀진 셈이다. 채만식의 해방기 역사소설은『여자의 일생』이 의도하였던 바, 복원 혹은 신생의 서사가 더 이상 나아가지 못하는 지점에서 다시 시작된다. 채만식의 해방기 역사소설이 식민지 전사를 넘어 식민지 역사 및 현재 시점까지를 포괄하는 시간대를 설정하고 있다는 점이 이를 잘 보여준다.

## 3. 식민지 전사(前史) 재현의 두 양상

### - 채만식의 『옥랑사』, 「역사」 연작 -

### 채만식 역사소설의 역사 재현

채만식은 역사소설을 자신의 작품 목록 마지막에 올렸다.[32] 해방기 역사소설 『옥랑사』와 「역사」 연작이 그것이다. 그가 이전부터 역사에 대한 각별한 관심을 표명해 왔기에 해방기에 이르러 역사소설을 썼다는 사실이 그 자체로 새삼스러울 것은 없다. 그의 역사에 대한 관심은 삼부작 역사물을 쓰는 것을 필생의 사업으로 삼겠다는 포부에서 단적으로 드러나는데, 이러한 그의 포부는 실현되었을까? 이 물음에 답하기 위해서는 채만식의 해방기 역사소설 『옥랑사』와 「역사」 연작에 주목해야 한다.

해방기 채만식은 식민지 전사에 각별한 관심을 기울여 이를 재구성하고자 하였다. 그가 역사소설을 통해 식민지 전사를 거듭 재현하고자 한 이유는, 식민지 전사를 통해 해방된 국가의 미래를 가늠해 보고자한 것이 아니었을까? 그렇다면 채만식에게 있어서 식민지 전사는 코젤렉이 말한 '지나간 미래'였을지도 모른다.[33]

---

32) 작가 및 작품 연보에 따르면 채만식은 1950년 6월 11일에 작고하였는데, 1949년 『학풍』 2호에 「역사」를, 1949년 『신천지』 2·3월호에 「늙은 극동선수」를 발표하였다. 「역사」 연작의 또 다른 작품인 「아시아의 운명」과 장편 역사소설 『옥랑사』 역시 이 무렵 탈고한 것으로 작고한 뒤에 발표되었다. 그의 마지막 작품으로 알려진 「소년은 자란다」 역시 역사에 대한 관심을 표명한 작품이다.

33) 코젤렉은 '지나간 미래'라는 역설을 통해 근대의 불연속성, 시간의 복수성 등을 포착하고자 했다. 라인하르트 코젤렉, 앞의 책; 황정아, 「지나간 미래와 오지 않은 과거 - 코젤렉과 개념사 연구 방법론」, 『개념과 소통』 13, 2014.

이 시기 채만식의 역사소설은 모두 식민지 전사를 배경으로 하고 있다. 이는 해방기의 역사소설 대부분이 식민지 전사를 배경으로 하지 않는다는 점을 고려할 때 크게 주목할 만하다.[34] 역사소설이 '역사상 그 현단계에 있어서의 현실의 발견'을 목표로 한다고 했던 작가 자신의 표명을 굳이 언급하지 않더라도, 그의 역사소설은 해방기 현실에 대한 인식을 내포하고 있다. 그리고 그 핵심은 외세(外勢)의 영향에 따른 타율적 근대에 대한 비판적 인식에 있다.

그렇다면 이런 식민지 역사 경험을 담아내기 위한 역사 주체는 어떻게 정립될 수 있는가? 이 물음은 채만식의 역사소설이 식민지 전사를 재구성하기 위해 불러오는 일련의 역사적 사건을 관통하는 서사 원리가 된다. 해방기 역사소설이 새로운 역사 주체를 정립하기 위해서는 새로운 형식이 필요했다. 해방기 역사소설은 근대 민족국가를 건설하려는 내재적 힘과 이와는 상반된 타율적인 힘이 첨예하게 부딪히는 장을 재구성하기 위해 역사 주체들의 상호 이질적 욕망이 모순을 일으키며 공존하는 양상을 담아낼 수 있는 형식을 창안해야만 했다.

채만식의 해방기 역사소설『옥랑사』와「역사」연작 등은 이러한 형식 실험의 산물로서, 이상과 같은 해방기 상황의 복잡성이 내포된 작품이다. 이 때문에 이 작품들 안에는 기원이 다른 양식들이 서로 충돌하면서 공존하고 있다. 채만식의 해방기 역사소설을 파악하는 데 있어서 이 점은 결정적으로 중요하다. 지금까지 채만식의 해방기 역사소설에 대한 연구는 많은 성과에도 불구하고 이 점을 충분히 고려하지 못하였다. 이 시기 채만식의 역사소설을 루카치의 역사소설론에 의거하여 충

---

34) 해방기 역사소설로 채만식의 역사소설 외에 식민지 전사를 재현한 작품으로 박종화의『민족』(〈중앙신문〉, 1945.12.5-1946.11.30)을 꼽을 수 있다. 『민족』은『전야』(『조광』, 1940.6-1941.10), 『여명』(매일신보사, 1944)과 더불어 3부작을 이루는 작품이다.

분한 현실성을 획득하지 못했다고 평가한 것은 채만식의 역사소설이 내장하고 있는 상호 이질적인 양식들의 공존과 이로 인해 구성되는 역설적 의미망을 제대로 파악하지 못한 결과라 할 수 있다.[35]

『옥랑사』와「역사」연작은 설화적 양식과 연대기 양식을 통해 식민지 전사를 재구성하는데, 이 두 양식은 주체와 사건이 연관되는 방식에서 큰 차이를 나타낸다. 다시 말해 연대기는 '이전'과 '이후'라는 시간 연쇄에 고정되는 데 반해, 설화는 특정 사건을 중심으로 한 구조의 연관에 중요성이 있다.[36] 그런데 채만식의 역사소설에서 이 두 양식은 하나의 작품 안에서 유기적으로 결합되지 못함으로써 작품 곳곳에 균열을 드러낸다. 이는 식민지적 근대를 경험한 해방기의 역사 주체가 두 시공간 사이에서 분열되어 있으며, 이 두 시공간을 가로지르는

---

35) 최원식은 채만식의 역사소설이 '대부분 도식주의에 빠져 성격 창조에 실패하고 강사적(講史的) 양식으로 말미암아 충분한 현실성을 획득하지는 못했다'고 평가하였다. 황국명은『옥랑사』에서 역사적 상황에 대한 진술이 많은 이유를 해방기의 채만식이 역사를 추진할 어떤 세력도 신뢰하지 못했고 따라서 미래에 대한 전망도 갖지 못한 데에서 찾고 있는데, 이 역시 크게 보아 최원식의 입장과 같은 것이라 할 수 있다. 한편 류종렬은 채만식의 역사소설『옥랑사』를 구조적 관점에서 논의한 바 있다. 그 밖에 채만식의 작품을 포괄적으로 논의한 연구에서 해방기 역사소설을 단편적으로 다루고 있는데, 그 중에서도 방민호는 채만식의 해방기 역사소설에 주목하여 이를 식민지 근대의 극복으로 평가한 바 있다. 최원식, 「채만식의 역사소설에 대하여」,『민족문학의 논리』, 창작과비평사, 1982; 황국명, 「『옥랑사』에 나타난 역사인식과 현실인식」, 군산대학교 채만식연구센터 편, 『채만식 중장편소설 연구』, 소명출판, 2009; 류종렬, 「채만식의 역사소설『옥랑사』연구」, 『국어국문학』25집, 1988; 방민호, 『채만식과 조선적 근대문학의 구상』, 소명출판, 2001.

36) 코젤렉은 역사가의 입장에서 보면 여러 시간층위들이 존재하며 따라서 역사가는 그때 그때 다른 방법으로 이 층위에 접근해야 된다고 지적한다. 그리고 자연적 연대기와 구조사를 서로 다른 시간 층위로 제시하고 있다. 이 글에서 채만식의 역사소설이 식민지 전사를 재현하는 방식으로 설화와 연대기를 구분하여 논의하는 것은 이러한 코젤렉의 이론에 부분적으로 기대고 있다. 라인하르트 코젤렉, 「서술, 사건, 구조」, 앞의 책.

통합된 역사 주체를 정립하는 것이 불가능하였음을 보여주는 것이라 할 수 있다.

## 설화와 역사 연대기의 결합

### ① 설화적 주인공의 역사 모험

『옥랑사』는 구한말에서 식민지에 이르는 시기를 배경으로 주인공 장선용의 일대기를 다룬 역사소설이다. 작품의 서사는 크게 두 갈래로 나누어져 있다. 하나는 장선용이 구한말 역사에 투신하여 벌이는 모험 이야기이고, 다른 하나는 옥랑의 사랑을 얻기 위한 장선용의 분투를 담은 이야기이다.

모두 12장으로 구성된 작품에서 1-3장까지는 주인공 장선용이 봉건 체제의 모순을 겪는 이야기를 그리고 있다. 아전의 자식으로 태어난 장선용에게 있어서 구한말 체제는 억압적인 체제였다. 그의 부친은 봉건체제의 학정으로 인해 죽음을 맞게 된다. 또 장선용은 신분 제도의 모순으로 인해 옥랑과의 사랑에도 실패하게 된다. 봉건체제의 모순은 주인공이 역사 변혁과 사랑을 위한 투쟁에 나서게 되는 근본 원인이 된다.

이제 서사의 길은 두 가지 방향으로 정해진 셈이다. 하나는 체제의 모순에 맞서 이를 극복하기 위한 역사 모험으로 나서는 길이다. 4장에서 9장까지 이어지는 서사의 흐름은 이를 보여준다. 4장에서 선용은 집을 나선 후 역사의 흐름에 뛰어들기 위한 모색과 자기 확장의 과정을 겪는다. 5-9장에서는 서사의 시공간이 크게 확장되어 임오군란에서 갑신정변을 거쳐 동학, 만민공동회 등 역사적 사건을 연대기적으로 서술하면서 그 역사의 현장에 장선용이 참여하게 되는 과정을 그린다. 다른 하나는 사랑을 얻기 위한 투쟁의 길이다. 10-12장의 이야기는 1-3장에서 좌절된 사랑 이야기의 후반부라 할 수 있다. 역사 변혁에 실패한 장선용은 다시 고향으로 돌아와 산막 생활을 이어가게 되는데, 여기에서 다시 사랑을 위한 투쟁이 시작된다. 선용은 과부가 된 옥랑을 데리고 옴으로써 다시 옥랑과 인연을 맺게 되지만 이 인연은 행복한 결말에 이르지 못한다. 이렇게 보면 1-3장이 서사의 원인이 되어, 4-9장의 역사 모험과 10-12장 사랑의 투쟁으로 나뉘어 이야기가 전개되고 있음을 알 수 있다.

『옥랑사』가 이원적 서사로 이루어져 있다는 점은 이미 여러 차례 논의되었지만,[37] 이에 대해서는 역사 재현 방식의 차원에서 보다 심도 있는 논의가 필요하다. 『옥랑사』의 역사 이야기는 한편으로는 설화적 양식과 이어져 있으며, 다른 한편으로는 연대기적 양식과 닿아 있다. 설화적 주인공은 이야기 담당자가 공유하는 구조 및 이들의 상황 해석에 영향을 받는 데 반해, 연대기 속의 인물들은 구체적인 시간 연쇄에 제약을 받는다는 점에서 이 두 양식은 시간 및 인물을 다루는 태도에 있어 큰 차이가 있다.[38] 『옥랑사』의 이원적 서사는 이처럼 발생론적

---

37) 류종렬은 『옥랑사』가 장선용의 일대기를 다룬 일대기적 구조와 역사에 참여하여 겪은 일을 다룬 삽화적 구성으로 나누어져 있다고 보았고, 황국명은 『옥랑사』에 '낡은 제도와 가치의 부정이라는 역사적 충동과 시효 없는 사랑의 감정이라는 낭만적 충동이 공존'한다고 보았다. 류종렬, 앞의 논문; 황국명, 앞의 논문.

38) 역사소설의 역사 재현 방식에 대한 논의는 루카치의 역사소설론과도 닿아 있다. 루카치는 역사소설을 특정한 시기에 출현한 재현의 방식으로 보았다. 그는 역사소설의 출현의 조건을 '인간의 구체적인 시대 제약성'을 표현하고, '자기 시대의 특수성을 역사적으로' 포착한 데에서 찾았다. 이렇게 보면 연대기적 사건과 구조가 다양한 방식으로 관계함으로써 근대 역사가 기술된 것과 역사소설이 출현한 것 사이에 일정한 연관이 있음을 알 수 있다. 게오르그 루카치, 『역사소설론』, 거름, 1987, 14쪽; 라인하르트 코젤렉, 앞의 책, 170-171쪽.

기원이 서로 다른 역사 재현의 양식이 모순적으로 공존하는 데서 비롯하고 있다.

이를 좀 더 자세히 논의해 보자. 작품 1-3장에서 그려지는 주인공 장선용의 성격과 그가 겪게 되는 사건은 설화의 전통에서 이어지고 있다. 주인공 장선용이 설화에 등장하는 민중 영웅과 닮아 있다는 점은 작품 곳곳에서 드러난다. 그는 아전의 자식으로 봉건 체제의 횡포 때문에 아버지를 잃는다. 이로 인해 장선용은 체제의 불합리함에 맞설 운명을 담지한 주인공이 된다. 한편 그는 남다른 담력과 기운을 지니고 있다. 곰의 고개에서 도적을 만나 혼자서 도적들을 물리치고, 불이 난 집에 뛰어 들어 처녀 옥봉을 구해낸다. 이런 비범함은 체제의 불합리함에 맞설 수 있는 내적 자질이 된다. 선용과 옥봉의 운명적인 사랑과 비극적 결말도 설화를 연상하게 한다. 선용은 운명적으로 처녀 옥봉을 사랑하게 되지만 신분 차별로 인해 좌절을 겪게 된다. 10장 이하에서 선용이 낙향한 후 옥봉을 산막으로 데리고 가지만, 어긋난 운명 때문에 결국 사랑은 실현되지 못한다. 그리고 마침내 작품은 옥봉의 죽음과 장선용의 죽음으로 비극적 결말을 맞게 된다. 체제의 불합리함과 주인공의 비범함이 맞부딪치는 와중에 비극적 결말을 맞게 된다는 이와 같은 구도는 설화의 구조를 그대로 차용한 것이라 할 수 있다.[39]

특히 옥랑과의 사랑 이야기는 설화적 시공간에서 펼쳐진다. 선용은 불이 난 집에서 옥랑을 구한 후 옥랑과의 운명적 사랑에 빠지게 되는

---

39) 조동일은 영웅이야기를 상층영웅이야기와 민중영웅이야기로 구분하면서, 문학사의 전개에서 민중영웅이야기가 상층영웅이야기를 대체하면서 이야기의 전통을 계승했다고 보았다. 그의 논의에 따르면 민중영웅이야기의 구조는 다음과 같이 요약된다. A 미천한 혈통을 지닌 인물이다. B 범인과는 다른 탁월한 능력을 타고났다. C 능력을 발휘하지 못하고 비참하게 죽었다. 이를 통해 볼 때, 『옥랑사』 전체를 관통하는 이야기 구조는 민중영웅이야기에서 비롯한 것임을 알 수 있다. 조동일, 『민중영웅이야기』, 문예출판사, 1992, 55쪽.

데, 선용과 옥랑의 인연을 둘러싼 이야기는 근대의 합리적, 객관적 시공간으로부터 어느 정도 벗어나 있으며, 도리어 설화의 이야기 구조와 일치한다.

> "글쎄… 그렇다면 모르겠다만서두 아전의 집에서 섣불리 양반의 집으로 청혼 갔다 옛날 두껍할멈 짝 나면 어떡하느냐?"
> 옛날 어떤 노구(老嫗)가 두꺼비를 얻어다 길렀더니 그 놈이 자라 뒷집 장자네 딸한테로 장가를 들여달라고 졸라싸서 노구가 그 청혼을 했다 흔침을 맞았다는 그 이야기였다.[40]

이처럼 작품은 부분적으로 설화를 끌어들이고 있거니와, 이는 이후 옥랑에 대한 선용의 사랑이 좌절될 것임을 미리 보여준다. 이후 이야기에서 선용은 사랑의 열정으로 내달리지만 결국 좌절되고 마는데, 이는 이미 정해진 비극적 운명을 향해 달려가는 설화적 주인공의 행로로 설명할 수 있다.

한편, 사랑의 좌절은 주인공 선용이 역사 모험으로 나서게 되는 계기를 제공한다. 옥랑과의 사랑이 좌절된 후에도 그의 낭만적 열정은 사라지지 않는다. 그리하여 그는 역사의 흐름에 자신을 던지게 되는데, 이는 한편으로는 모험에 대한 열정에 끌린 것이지만 다른 한편으로는 사랑의 좌절에 따른 자포적인 심정이 개입한 것이었다.

> 선용은 지나간 해 겨울, 매부 강영석에게서 세상 물정 이야기를 들은 끝에, 나도 땅이나 파먹고 소리없이 가만히 살다만 말 것이 아니라, 차라리 한번 세상 가운데 뛰어들어, 물 굽이치는 세상과 함께 들레면서 나아가는 세상과 함께 나아가 보았으면 하는 생각이 인 것이 있었다. 그리고 이 생각은 사그라지지 않고 있다가, 마침내는 옥봉으로 인하여 가슴에 묻힌 불이 그로 하여금 집을 뛰쳐나가, 그 생각하던 바에다 몸

---

40) 채만식, 『옥랑사』, 『채만식전집』 5, 창작사, 1987, 31쪽.

을 던지게 한 것이었었다.[41]

작품의 서사는 이제 설화적 시공간에서 연대기의 시공간으로 옮겨가게 된다. 그러나 설화적 주인공인 장선용이 설화적 시공간을 벗어나 연대기의 시공간으로 들어서게 되는 과정은 큰 균열을 내포하는데, 이는 서로 다른 양식이 소설로 전환되는 과정에서 생겨난 불연속선이라 할 수 있다.

이를 압축적으로 보여주는 대목이 4장 '마주걸이 삽화'이다. 작품은 이 대목에서 여러 차례 우회를 반복하면서 장선용을 조금씩 역사적 시공간으로 나아가도록 한다. 그러다가 마침내 5장에서 역사적 시공간으로의 결정적인 전환이 일어나는데 여기에서 서사는 큰 공백을 내포한다. 이를 자세히 살펴보자. 막연히 집을 나선 선용은 맏동서 송서방과 셋째 외숙 재춘을 차례로 만나는데, 이 두 만남은 장선용의 여로에 있어 의미심장한 전환점이 된다. 맏동서 송서방과 만난 선용은 동학에 대한 소문을 듣지만, 그에게서 전해 듣는 동학은 '이상한 주문을 외우고' '도통을 하면 총알이 몸에 들어오지 않는' 등 설화적 세계에 속한 것이다. 이 세계에서 선용은 토호를 혼자 힘으로 응징하는 등 민중 영웅으로서의 비범한 능력을 여실히 드러낸다. 뒤이어 셋째 외숙 재춘을 만나게 되는데, 재춘에게서 전해 듣는 동학은 송서방에게서 듣는 것과는 사뭇 다르다. 동학 접주인 재춘은 설화적 세계에 비친 동학에 대한 소문을 일소에 부치는 한편 합리성에 근거하여 동학의 역사적 정당성을 설파한다. 재춘의 말을 듣고 나서 선용은 동학에 대해 긍정적인 생각을 갖게 되고, 이런 과정을 거쳐 그는 설화적 세계를 벗어나 역사의 시공간으로 점차 들어오게 된다.

---

41) 위의 책, 41쪽.

장선용의 역사 모험은 연대기적 시간으로 대략 1890년에서 1910년 대에 이르는 시기를 배경으로 펼쳐진다. 조선 내부의 체제 모순은 극에 달하였고, 이를 견디다 못한 농민들은 동학란을 일으키게 된다. 근대화를 위한 조선 정부의 시도는 실패하고, 청국과 일본 등의 조선 침략이 가속화 되고 있었다. 이러한 연대기적 역사의 시공간에서 주인공 선용은 역사의 압력으로부터 자유로울 수 없다. 다음 인용문은 역사 모험에 나선 선용의 위치를 단적으로 보여준다.

> 　이렇게 안으로는 동학란이 일어 국내가 소란하고, 밖으로는 그것이 국제문제에 물결이 미쳐, 온 동양 전판이 한바탕 시끄러울 조짐을 보이고 있을 이때, 장선용은 서울서 경복궁을 파수하는 병정으로 있었다.[42]

　　역사적 시공간에 놓인 선용은 이제 더 이상 설화적 주인공이 아니다. 곰의고개에서 그는 도적을 쉽게 물리칠 수 있지만, 경복궁 파수병으로 나선 선용에게 그런 비범한 능력을 기대할 수는 없다. 동학란에 가담하기도 하지만, 동학군이 겪게 될 처참한 실패를 되돌릴 능력을 갖고 있을 리 없다. 이처럼 역사 모험에 나선 선용이 동학란과 만민공동회 운동 등 구한말 역사의 현장에 있으면서도 망국을 지켜보고만 있어야 하는 까닭은 역사적 시공간이 부여하는 구체적이고 객관적인 제약 때문이다. 근대 역사 이야기에서 설화적 영웅이 더 이상 주인공이 될 수 없다는 점은 자명하다. 근대 역사 이야기의 주체는 민비, 전봉준 등 민족국가의 대표자이거나 일본이나 청국 등 민족국가 자체이기 때문이다. 민족국가가 역사의 주체가 된 근대 역사의 시공간에서 설화적 영웅은 역사 전개에 영향을 끼칠 수 없는 한갓 왜소한 개인일 뿐이다.

　　『옥랑사』의 연대기적 사건 역시 역사 자체일 수는 없다. 소설로 전

---

42) 위의 책, 75쪽.

환되는 과정에서 연대기적 시공간에도 변화가 일어나게 된다. 작품 내에서 연대기적 시간은 때때로 선용의 일대기에 종속된다. 10-12장에서 옥랑과의 사랑을 그린 이야기는 이를 확연히 보여준다. 역사 모험에서 큰 실망을 안고 고향으로 돌아온 선용은 다시 옥랑과의 인연을 이어가게 되는데, 이후 일어나는 사건은 연대기적 사건으로부터 일정 부분 벗어나 있다. 옥랑의 죽음과 맞바꾼 불명의 탄생, 그리고 갑작스러운 불명의 죽음에 이르기까지, 이러한 일련의 사건은 선용의 운명에 결정적인 사건이 되지만, 연대기적 사건과는 아무런 관련이 없다.

역사 연대기와 인물의 일대기가 공존하고 있는 이 작품에서 이 두 시공간적 질서는 유기적으로 연관되지 않는다. 작품의 첫 부분인 1-4장과 마지막 부분인 10-12장에서는 선용의 일대기가 중심이 되어 연대기적 시간은 중요한 기능을 하지 않는다. 여기에서 선용은 구체적인 역사의 제약으로부터 벗어나 있으며 설화적 주인공의 운명을 충실하게 따라간다. 반면 5-9장에서 선용은 전적으로 연대기의 시공간 위에 놓여 있어 역사가 부여하는 압력으로부터 한 걸음도 벗어날 수 없다. 이처럼 이질적인 역사 재현 양식의 공존과 이로 인해 나타난 서사의 균열은 『옥랑사』의 형식을 규정하는 핵심적인 요소가 된다.


## ② 설화 화자의 역사 강담

「역사」 연작에 해당하는 「역사」, 「늙은 극동선수」, 「아시아의 운명」 등은 같은 형식을 지니고 있다. 해방기를 배경으로 한 가족사 이야기가 바깥 이야기를 구성하고, 그 가족 구성원 중 하나인 '총기 좋은 할머니'가 후손들에게 들려주는 역사 강담이 안 이야기를 구성하도록 되어 있다는 점이다. 이때 바깥 이야기와 안 이야기는 각각 가족 수난과 그 가족 수난의 원인이 된 민족 수난이 중심 주제가 되고 있어 일정한 연관성을 지닌다.

해방기 현재 시점에서 일어나는 이야기는 '총기 좋은 할머니'의 가족 구성원의 내력담이 주를 이룬다. '총기 좋은 할머니'의 남편 박규천은 동학란에 가담했다가 처형을 당하였고, 그의 맏아들 윤석과 둘째 승석도 역시 의병과 삼일운동에 나섰다가 일찍 죽었다. 막내 중석이 가족을 돌보아 왔지만 해방이 되자 곧 병으로 죽게 된다. 이런 가족사는 해방기인 현재 시점까지 이어지고 있다. '총기 좋은 할머니'의 손자인 관희도 집을 나간 후 소식이 끊어져 가족들이 걱정하고 있는데, 그의 가출이 해방기의 혼란한 정치 상황과 관련되어 있음이 암시되고 있다.

한편, '총기 좋은 할머니'가 전해주는 역사 강담에서 이야기의 중심 줄거리는 외세에 의한 민족 수난으로 수렴된다. 「역사」에서는 신미양요를, 「늙은 극동선수」에서는 강화도 조약과 임오군란을, 「아시아의 운명」에서는 갑신정변을 전해준다. '총기 좋은 할머니'가 전해주는 역사 이야기 역시 『옥랑사』의 역사 이야기와 마찬가지로 연대기적 사건을 매우 충실하게 재현한다. 작자가 식민지 전사를 재현하는 데 있어 일차적으로 연대기에 충실하고자 하였음을 볼 수 있다. 특히 「아시아의 운명」 중 김옥균이 처한 상황을 전해주는 대목을 보면 민태원의 『갑신정변과 김옥균』 등 역사 저술의 일부를 길게 인용하기도 하는데, 이는 작자가 연대기적 사실에 얼마나 충실하고자 하였는지를 단적으로 보여주는 예이다.

'총기 좋은 할머니'와 그 후손들이 겪고 있는 가족사 이야기는 해방기의 혼란한 상황을 매개로 '총기 좋은 할머니'가 전해주는 역사 강담과 이어진다. 해방기인 현재 상황은 계엄령이 내려 야간에는 통행이 금지되고, 전기가 제대로 공급되지 않으며, 이따금 총소리가 들려오기도 하는 등 불안하고 혼란스러운 상황이다.

> "땅."
> 하고 야무진 총소리가 그리 멀지 않은 근처에서 한 방이 울렸다.
> 난데없이 한 방 땅 울리고는, 그러나 그 뒤는 씻은 듯 괴괴하다.
> 방 안의 셋이는 순간 먹기와 말을 한꺼번에 뚝 그치고 얼굴들은 든다.
> 계엄령이 내린 이후로 밤이면 종종 한 방씩 나는 총소리였고, 그래
> 서 별반 놀라지는 않는다. 놀라하는 대신 막연히 어떤 위태스러하는
> 무엇인지 마땅하지 않아 하는, 또 불안한 것도 있고 한 복잡한 표정이
> 얼굴에 드러난다.[43]

　여기에서 '총소리'는 중요한 서사적 장치가 된다. 총기 좋은 할머니
의 역사 강담이 시작되는 단서가 되고 있기 때문이다. '총소리'는 민족
수난과 겹쳐 태어나고 자란 할머니의 개인사를 단적으로 표현하고 있
거니와, 이렇게 시작된 역사 이야기는 민족 수난 이야기로 이어지게 된
다. 이 점에서 '총기 좋은 할머니'에 의해 전해지는 역사 강담과 해방기
현재의 가족사 이야기는 유비 관계에 있다고 하겠다.

　식민지 전사를 연대기적으로 재현한다는 점에서 「역사」 연작의 역
사 강담은 『옥랑사』의 역사 재현과 크게 다르지 않지만, 연대기적 사
건이 소설로 전환되는 과정에서 설화와 결합되는 양상에서는 큰 차이
를 보인다. 『옥랑사』의 경우 설화적 시공간에서 행동하던 설화적 주인
공 선용이 연대기적 시공간으로 진입하는 방식으로, 연대기와 설화가
결합된다. 이 과정에서 설화적 주인공은 역사의 압력을 받게 되어 그
비범함을 잃고 만다. 이에 반해 「역사」 연작의 경우 연대기적 사건이
설화적 맥락에 따라 재배치되는 양상을 보여준다.

　　'노구할미'가 졸고 앉았다. 상전(桑田)이 벽해(碧海) 되는 것을 보고

---

43) 채만식, 「역사」, 『채만식전집』 8, 창작과비평사, 1989, 500쪽.

입에 물었던 대추씨 하나를 배앝았다. 그러고는 또 졸고 앉았다. 벽해가 상전이 되는 것을 보고, 입에 물었던 대추씨 하나를 배앝았다. 그렇게 졸고 앉았다는 상전이 벽해 되고, 벽해가 상전이 되고 할 적마다 대추씨 하나씩을 배앝고 하기를 오래도록 하였다.

　　누가 '노구할미'더러 나이 몇 살이냐고 물었다. '노구할미'는 말없이 손을 들어 대추씨로 이루어진 큰 산을 가리키더라……는 옛이야기가 있다.[44]

위 인용문은 「역사」의 첫 대목인데, 「역사」가 연작 중에서 내용상 맨 앞에 놓이는 작품이라는 점을 감안하면, 위 대목은 연작 전체의 프롤로그에 해당하는 것으로 볼 수 있다. 이를 보면 작자가 '총기 좋은 할머니'가 전해주는 역사 이야기를 위의 '노구할미' 이야기와 겹쳐놓고자 의도한 것으로 짐작할 수 있다.

이러한 구도에서 역사 이야기는 설화적 시공간 위에 재배치된다. '총기 좋은 할머니'는 '노구할미'와 유비 관계에 놓이는 인물이며, 따라서 '총기 좋은 할머니'에 의해 전해지는 민족 수난 이야기는 '노구할미'의 시간 위에 재배치된다. 이처럼 연대기적 사건이 설화적 시공간에 재배치되면 역사적 사건이 개인에게 부여하는 구체적인 압력도 일순간 그 힘을 잃게 된다. '노구할미'의 시간은 연대기적 시간과는 비교할 수 없을 만큼 긴, 초월적인 시간이다. '노구할미'의 시간에 대비해 보면 식민지 전사에서 해방된 현재에 이르는 시간도 찰나에 불과하다. 이처럼 역사를 초월적 시간 위에 놓게 되면 역사가 부여하는 구체적인 압력 역시 무화되고 말 것이다.[45]

---

44) 위의 책, 490쪽.

45) '노구할미'의 시간을 식민지 근대의 극복 문제와 관련지어 논의한 것으로 방민호의 연구를 들 수 있다. 방민호는 '노구할미'의 시간을 '탈근대적' 시간으로 규정하고, 이러한 시간 관념을 통해 작가는 근대가 낳은 지배와 피지배, 억압과 피억압의 관계를 해소하고자 하였다고 보았다. 방민호, 앞의 책, 310쪽.

한편 「역사」 연작에서 역사 이야기를 재현하는 상황이 설화를 구연하는 상황과 유사하다는 점도 주목할 만하다. 총기 좋은 할머니는 옛이야기를 전해주듯이 역사 이야기를 전해준다. 손자들은 할머니에게 옛이야기를 청해 듣듯이 역사 이야기를 듣고 이 이야기를 들으면서 나름대로 논평하기도 한다. 이런 이야기 상황에서 역사 이야기 속 인물은 이야기 바깥에 아무런 영향을 주지 못하며, 이야기 바깥의 인물들은 역사로부터 어떤 압력도 받지 않는다. 이 점에서 이야기 안의 역사와 이야기 바깥인 현재 상황은 불연속적이다.

「역사」 연작이 민족 수난의 역사를 다루고 있고 이 수난 이야기가 현재의 가족에게 이어지고 있으면서도 작중 현재의 분위기는 비장하기는커녕 해학적이라고 할 만큼 건강한 웃음을 포함하고 있는데, 이는 설화적 이야기 상황과 무관하지 않다. 민족 수난 및 가족 수난 이야기가 설화적 맥락으로 재배치되면, 작중 인물들은 설화의 화자 및 청자로서 이야기를 향유하는 위치에 놓이게 된다. 설화의 화자와 청자는 이야기 내부의 시공간과 전혀 다른 시공간에 놓이게 되어 이야기 내부에서 작동하는 역사적 압력으로부터 자유로워지게 된다.

사실 「역사」 연작의 이야기 바깥 상황의 분위기가 보여주는 건강성은 해방기 채만식의 소설 전체를 두고 보더라도 매우 이채롭다. 총기 좋은 할머니가 전해주는 역사 이야기의 내용과 상관없이 작중 현재의 분위기는 원초적인 건강성을 담고 있다. 할머니와 며느리, 손자며느리 등 여성 구성원들과 소년들로 이루어진 가족 구성으로 보자면 큰 결핍을 안고 살아가고 있다고 해야겠지만 이런 결핍이 이야기의 분위기에 거의 영향을 주지 못한다. 남편들이 죽은 후 과부로 살아가고 있는 총기 좋은 할머니와 며느리의 신산한 삶은 이들의 맞담배질 장면이 주는 건강한 웃음으로 대체되고 있다. 또 해방기의 혼란한 상황이 배경이 되고 있고 그 혼란상이 가족 구성원에게도 영향을 주고 있지만, 이 역시 총기 좋은 할머니와 손주, 손주며느리 사이의 건강한 대화로 대체되고 있다.

「역사」 연작이 내포하고 있는 이러한 건강성은 민족 수난사 및 가족 수난사에 대한 서사적 극복이라 할 만하다. 이는 연대기적 사건을 설화적 시공간에 재배치함으로써, 역사가 부과하는 압력을 벗어남으로써 가능했다. 그러나 이러한 서사적 극복은 또 다른 문제를 낳게 된다. 역사적 사건을 초월적 시공간 위에 재배치하게 되면 그 과정에서 역사 주체가 설 수 있는 구체적 시공간마저 상실되고 말기 때문이다.

## 해방기 역사 주체의 불가능성

채만식의 해방기 역사소설은 설화와 역사 연대기라는 이질적인 양식의 모순적 공존을 통해 식민지 전사를 재현하고 있다. 그리고 이러한 재현 방식을 통해 해방기 역사 주체의 확립을 모색하고자 하였다. 이처럼 해방기 역사 주체를 확립하는 과정에서 이질적인 양식을 결합한 것은 이 과제가 그만큼 어려운 일이었음을 보여주는 것으로, 이는 해방기 채만식의 역사의식과도 관련된다.

『옥랑사』와 「역사」 연작은 식민지 전사에 대한 공통적인 인식 위에서 있다. 이들 작품이 재현하는 역사 이야기의 핵심 주제는 두 가지이다. 하나는 구한말 체제가 내부 모순으로 인해 망할 운명에 처해 있었다는 것이고, 다른 하나는 그 이후 새로운 체제가 성립되는 과정에서 외세에 의해 내부 동력이 꺾이게 되었다는 것이다.

"나는 개화당 싫소."
　"어째? 자네 조선이 개화하는 거 반댄가? 문명개화해서 일등국 되가
지구 남처럼 잘 사는 거 반댄가?"
　"개화는 불가불 해야겠습니다. 고 왜놈들 뇌꼴스러, 우리두 어서어
서 개화해 가지구 보아란드끼 살아야 하긴 하겠습니다. 형님 다니시는
미국 사람 병원두 그게 다 개화속 아뇨? 다 부럽습디다. 그렇지만…"
　"그렇지만 무어야?"
　"남의 불에 게 잡아 무얼 허우?"[46)]

　작가에 따르면, 구한말에서 해방에 이르는 시기 조선의 역사는 '남의
불에 게 잡기'라는 말로 요약된다. 이 점은 『옥랑사』와 「역사」 연작의
역사 강담이 구한말의 역사적 사건을 취사선택하는 데에서 잘 드러난
다. 『옥랑사』의 동학란과 만민공동회 운동, 「역사」 연작의 신미양요와
강화도 조약, 임오군란과 갑신정변 등은 모두 외세에 의해 역사 모순이
심화되는 과정을 그리기 위해 선택된 사건이라 할 수 있다.
　물론 이러한 역사의식은 그 자체로 새로울 것은 없다. 채만식의 해
방기 역사소설이 지니는 문제성은 이러한 역사의식 자체에 있다기보다
역사를 재현하는 과정에서 역사 주체의 가능성을 집요하게 모색하고자
한 점에 있다. 이 두 작품은 각기 다른 이유에서 해방기 역사 주체의
확립이 불가능한 일이었음을 보여준다.
　『옥랑사』의 후반부에서 설화적 주인공 선용은 역사 모험에 참여하
였다가 좌절하여 낙향하게 되는데, 이는 연대기적 시공간에서 설화적
시공간으로의 퇴행이라 할 수 있다. 그리고 이후 선용의 행보는 그가
해방기에서 역사 주체로 서지 못하는 과정을 보여준다. 이를 단적으로
보여주는 것이 바로 '불명'(不名)의 존재이다.
　'불명'은 누구인가? 서사에 드러난 것만 단순하게 말하자면, '불명'은

---

46) 『옥랑사』, 앞의 책, 85쪽.

장선용과 옥랑 사이에 태어난 아들로, 장선용에게 있어서 옥랑의 죽음
과 맞바꾼 아이이다. 낙향한 선용은 옥랑이 죽은 후 입산하여 중이 되
고 그로부터 얼마 지나지 않아 '불명'마저 갑작스럽게 죽게 되자, 삶의
의미를 잃고 자포적인 심정으로 혼자 일본 헌병에 맞서다 비장한 죽음
을 맞이하게 된다. 이렇게 보면 선용의 운명은 '불명'의 탄생과 죽음에
깊이 연루되어 있음을 알 수 있다.

그러나 '불명'의 의미는 그 이상이다. 낙향하여 설화적 시공간으로
퇴행한 선용은 더 이상 역사의 주체가 될 수 없지만, 역사 모험에 나서
기 전의 설화적 주인공일 수도 없다. 그렇다면 이 이야기가 다다른 종
착점에서 선용은 어떤 존재인가? '불명'은 서로 다른 차원의 주체 형식
을 연결하는 고리가 되는 동시에, 이 이야기가 다다른 종착 지점에서
선용이 어떤 존재인지를 설명할 수 있는 단서가 된다. 이를 작품의 서
두에서 확인할 수 있다.

> 마침내 그날로 선용은 강보의 불명(不名)을 안아다 아내 서씨에게
> 부탁한 후 표연히 다시 집을 나가 산으로 들어갔다. 진정 이번은 입산
> 이었다. 노루재 산막에서 멀지 아니한 백학동의 백련암으로 가, 머리
> 깎고 혜광이라는 법명으로 중이 된 것이었다. 그것이 광무 4년 경자-서
> 기 1900년…… 선용의 나이 서른한 살 적이었다.[47]

작품은 불명의 탄생 후 선용이 입산하여 중이 된 것을 알려주는 데서
시작되어, 그 사연의 전모를 전하기 위해 장선용의 내력과 역사 여행의
길고 긴 서사적 우회를 거친다. 그리고 다시 '불명'에 대한 이야기로 돌
아와 그의 죽음과 선용의 운명을 그리고 있다. 이렇게 보면 이 작품은
역사 연대기를 전달하는 데 목적이 있다기보다는 역사 모험에 실패한

---

47) 위의 책, 7쪽.

한 주체의 절망과 환멸을 표현하는 데 초점이 있다고 할 수 있다. 여기에서 '불명'은 더 확장된 의미를 얻게 된다. 설화적 주인공 선용은 연대기의 세계로 진입하여 역사 주체로 자신을 확인하는 과정에서 역사의 심연을 만나게 되고, 그리하여 연대기의 시공간에서 자신의 존재를 확인할 방법을 찾지 못하고 길을 잃게 된다. 이처럼 설화적 시공간과 연대기적 시공간 사이에서 길을 잃어버린 주체를 '불명'이라고 부를 수 없을까. '불명'이라는 명명법이 역설을 간직하고 있는 이유는 여기에 있다.

불명의 죽음을 그리는 장면은 이를 뒷받침한다. 불명의 죽음은 이렇다 할 연유가 제시되어 있지 않다. 이런 죽음은 운명적인 것이라고 말할 수밖에 없는데, 작가는 이런 불명의 운명을 민족공동체의 운명과 의미심장하게 병치시켜 놓고 있다.

> "조선이란 나라는 좋애속으루만 살기루만 마련인가 보지, 병자호란
> (丙子胡亂) 때에는 청나라가 명나라를 때려뉘구서 집어삼키더니, 이번
> 엔 청국허구 아라사를 때려뉘구서 일본이 늘럼 집어삼켰으니, 이댐엔
> 그럼 아라사가 일본을 때려뉘려면 아라사가 집어삼키구, 미국이나 영국
> 법국이 일본을 때려뉘면, 미국이나 영국 법국이 집어삼키구 하렷
> 다…… 이리저리 팔려다니는 종의 자식 신세만두 못하구나."
> 그 뒤로 선용은 울적한 날을 보내고 있던 중, 닷샌가 되어서 본집으
> 로부터 급한 전갈이 왔다. 불명이 몹시 앓는다는 것이었다. 의원은
> 상한이라고 한다면서, 닭 울 임시에 떠나서 왔는데, 밤 새기가 어려울
> 까보다고 하였으니, 그동안 어떻게 되었는지 모르겠다고 전갈 온 사람
> 은 말하였다.
> 이름이 없다는 불명(不名)은, 막상 명(命)이 없다는 불명(不命)이었
> 던지, 선용이 달려 내려가 석양 무렵에 본집엘 당도하였을 때에는, 이
> 미 싸늘한 시체 앞에서 서씨가 홀로 울고 앉아 있었다.[48]

불명의 죽음을 전해주는 이야기 앞에 외세의 개입으로 인한 민족의

---

48) 위의 책, 162쪽.

비극적인 운명을 앞세워 놓은 이유는 무엇일까? 그것은 '종의 자식 신세'인 민족 공동체의 상황으로 인해 역사 주체의 정립이 불가능함을 보여주고자 한 것은 아닐까? 설화적 시공간에서 연대기의 시공간으로 진입한 주인공은 '불명(不名)' 혹은 '불명(不命)'으로만 말해질 수 있는 주체라는 것, 다시 말해 불가능성으로서의 주체라는 것이다. 불명의 죽음 이후 선용은 혼자서 일본인과 순사, 헌병 보조원 등을 닥치는 대로 죽이게 되는데, 그의 이러한 행동은 식민지인으로서의 자각이나 민족적 저항과는 거리가 멀다. 그의 행동에 대해 서술자는 '분풀이', '날뛰는껏 날뛴다는 것'이라고 설명해 놓고 있거니와, 이를 굳이 말한다면 불가능성으로서의 역사 주체가 감행한 운명에 대한 자포적 저항이라고 할 수 있을 것이다.

한편, 「역사」 연작은 연대기적 사건을 초월적 시공간으로 재배치함으로써 역사가 주체에게 부과하는 압력을 벗어나고자 한다. 그리고 이러한 초월적 시공간에서 역사 주체의 정립은 애초에 불가능하다. 무한히 긴 시공간 위에 놓고 보면 육체를 지닌 한 주체의 삶은, 그리고 그보다 긴 역사마저도 찰나에 불과한 시간일 수밖에 없다. 이런 시간 속에서는 해방과 같은 거대한 역사의 변전조차도 자연의 섭리로 수렴되고 말 것이다. 이는 다음의 '총기 좋은 할머니'의 말에서 엿볼 수 있다.

> 이렇게 열두 명의 손자와 스무 명의 증손이 생겨나는 것을 눈앞에 보면서 할머니는 가끔가다
> "허…… 씨를 말릴 듯기 극성으로 잡아 죽이더니, 쯧, 씨가 마르기는 커녕 박규천이 하나에서만두 손이 이렇게 수둑히 퍼지구, 늡늡장병 같은 놈들이 득실득실하니!…… 망하기는 되려 저이가 망해버리구…… 천도가 무심한 법이 아냐!"[49]

---

49) 「역사」, 앞의 책, 494쪽.

'총기 좋은 할머니'에게 있어서 역사의 변전은 '천도'로 표현된다. 이 역시 연대기적 사건을 초월적 시공간으로 옮겨 놓게 되면서 나타난 시간의 비대칭성에서 비롯되는 것이라 할 수 있다. 총기 좋은 할머니의 가족사 이야기에서 모든 인물들은 단편적으로만 소개된다. 그들은 모두 그의 각자 자기 분수에 따라 혹은 민족을 위해 삶을 던지기도 하고, 혹은 가족의 생계를 돌보기도 하면서, 자신의 삶을 살다가 죽었다. 손자들과 그 뒤에 태어나는 후손들도 모두 그럴 것이다.

이처럼 「역사」 연작은 설화적 시간 위에 연대기적 사건을 옮겨 놓음으로써 역사가 부여한 압력을 벗어날 수 있었지만, 그 대가도 작지 않았다. 초월적 시공간 위에서는 육체를 지닌 어떤 개인도 주체가 될 수 없다. 총기 좋은 할머니가 전해주는 역사 이야기를 들으면서 후손들은 이 이야기의 논평자가 되는데, 이때 이들의 위치는 역사 이야기가 부과하는 구체적인 압력으로부터 벗어난 초월자의 위치이다. 말하자면, '노구할미'와 동등한 위치를 부여받고 있는 셈이다. 따라서 「역사」에 등장하는 인물 모두가 구체적인 시공간 속에서 움직이는 역사 주체가 될 수 없었다.


## 미완의 기획

채만식의 역사물에 대한 포부는 자못 비장했다. 앞에서도 인용하였지만, 「제향날」에 대한 해설에서, '이것은 오래 전부터 3부작으로 장편을 쓰려고 뱃속에서 두루 길러오던' '대망의 재료'라고 하면서, 3부작 역사물을 쓰지 못하고 죽는다면 '임종에 눈이 감기지 않을 성부르다'고 말한 데서 잘 드러난다.[50] 이로 미루어 보건대 채만식의 해방기 역사

---

50) 「자작안내」, 앞의 책, 521쪽.

소설은 자신이 설정한 필생의 과제에 대한 미완의 결과물이었던 셈이다. 그것이 미완일 수밖에 없는 이유는 무엇보다도 『옥랑사』와 「역사」 연작이 그가 설정한 3부작 역사물의 구도에 현저히 미치지 못한다는데 있다. 그가 구상한 3부작 역사물은, 동학, 갑신정변을 제1부로, 기미 전후를 제2부로, 그 뒤에 온 시대를 제3부로 하고, 여기에 정축무인으로 한편을 더 보탠 것으로, 식민지 전사로부터 식민지 역사 전반을 포괄하는 방대한 것이었다. 『옥랑사』와 「역사」 연작은 이 중 1부에서 크게 벗어나지 못하는 것이었다.

이처럼 채만식의 기획이 미완으로 그치게 된 이유는 무엇일까? 여러 측면에서 논의할 수 있겠지만, 역사와 주체 사이의 관계 설정 문제를 그 내적 원인으로 지목할 수 있을 것이다. 그의 역사소설의 구도에 따르자면 식민지 전사로부터 해방에 이르는 시기의 역사가 주체에게 부과한 압력은 시간에 매인 한 주체가 감당할 수 없을 정도로 무거운 것이었다. 이 압력을 벗어나기 위해 주체는 설화적 시공간으로 퇴행하거나, 특정한 역사의 시간을 무한히 긴 시간과 대비함으로써 역사의 압력으로부터 초월해야 했다. 『옥랑사』와 「역사」 연작은 설화와 역사 연대기를 결합한 실험적인 형식을 통해 역사가 주체에게 부과한 압력을 표현하는 한편, 주체가 이를 어떻게 모면할 수 있는지 모색하였다.

『옥랑사』는 설화적 주인공 선용이 연대기적 사건 속으로 뛰어들지만 결국 역사의 구체적 압력을 견디지 못하여 다시 설화 속으로 퇴행하여 결국 '불멸'의 주체가 되는 과정을 그리고 있다. 『옥랑사』가 역사 주체의 정립이 불가능했던 이유는 역사가 주체에게 부과한 압력이 너무나 커서 개별자로서의 주체가 그것을 감당할 수 없었기 때문일 것이다. 선용이 비록 비범한 능력을 지닌 설화적 주인공이었다고 하나, 그가 연대기적 시공간으로 진입하는 순간 그는 역사의 거대한 흐름에 뛰어든

한 개인일 수밖에 없었다. 그가 특정 집단의 일원으로서 그 집단이 공유하는 이념의 담지자가 되지 않는 한 역사 주체가 될 수는 없었다.

한편「역사」연작은 연대기적 사건을 설화적 시간 위에 재구성함으로써 역사가 부과하는 압력을 벗어나고자 한 시도였다.「역사」연작은 프롤로그에 해당하는 이야기로 노구할미에 대한 옛이야기를 배치해 놓고 있다. 뒤에 이어지는 '총기 좋은 할머니'의 역사 강담은 이 옛이야기와 대비되어 초월적 시공간 위에 배치되고, 이에 따라 역사가 부과하는 압력은 영점으로 수렴하게 된다. 그러나 이러한 역사 초월은 역사 주체가 설 수 있는 구체적인 시공간마저 사라지게 하였다.

채만식의 역사소설이 보여주는 역사 주체의 불가능성은 식민지 전사에 대한 추상화, 그리고 이를 통한 역사 주체의 이상화와는 크게 다른 것이었다는 점에서 주목할 만하다. 해방이 가져다 준 새로운 기대와 긍정은 자칫 식민지 전사를 추상화, 이상화할 위험을 안고 있는 것이었다. 식민지 전사를 추상화하게 되면, 해방은 '민족 불멸'이라는 과장된 수사로 포장되어 지극히 당연한 것으로 받아들여지게 된다. 이렇게 되면 '민족'이라는 추상화된 집단 주체만 드러날 뿐, 근대 역사의 모순 속에서 형성되는 역사 주체의 문제는 사라지고 만다. 채만식은 이러한 상황에서 역사의 모순을 그것 자체로 받아들이면서 분열 상태에 놓인 주체를 재현하고 그 가능성을 모색하고자 했다. 『옥랑사』와「역사」연작은 식민지 전사를 재현하기 위해 설화와 연대기를 활용하고 있으면서도, 구체적인 양상에서 큰 차이를 보이고 있는데, 이는 그가 역사 주체의 가능성을 다각적으로 모색하였으며, 그러나 그 모색 과정이 어느 한 방향으로 수렴되기 극히 곤란하였음을 보여주는 것이라 할 수 있다.

# 제2장

# 해방기 소설과 기억의 정치학

# 1. 식민지를 기억하기

## '지금시간'으로서의 해방

'해방'은 그 자체로 서사적이다. 어떤 억압 상황을 전제하면서 동시에 그 억압으로부터 벗어남을 의미한다는 점에서, 시간적 계기 및 시간에 따른 상황의 변화를 포함하기 때문이다. 또 '해방'이 표현하는 억압에서부터의 벗어남은 이전 질서로부터의 극적인 변화를 의미하고 있기도 하다. 발터 벤야민의 표현을 빌리자면, 해방은 '균질하고 공허한 시간이 아니라 지금시간(Jetztzeit)으로 충만된 시간[1]이다.

해방기 소설이 식민지의 기억을 재현하는 양상을 밝히기 위해서는 '해방'이라는 메시아적 시간에 대한 이해가 필수적이다. 식민지의 기억은 해방이라는 '지금시간'의 질서에 따라 구성된 것으로 보아야 한다. 이를 설명하는 데 벤야민의 역사 인식을 참고할 만하다. 그에게 있어 역사는 '과거에 존재했던 것'이 아니다. 역사 인식의 방점은 과거에 있었던 일이나 그것의 기록에서, 그것을 현재화하려는 지금, 그리고 그것을 기억하기로 옮겨진다.[2]

> 역사는 어떤 구성이나 구조물의 대상인데, 이 구조물이 설 장소를 형성하고 있는 것은 동질적이고 공허한 시간이 아니라 〈현재시간 Jetztzeit〉에 의해 충만된 시간이다. 그래서 로베스피에르에게는 고대의 로마는 현재시간에 의해 충전되어진 과거였다. 프랑스혁명은 스스로를 다시 태어난 로마로 이해하였다. 프랑스혁명은 고대의 로마를, 마치 유행이 지나간 의상을 기억에 떠올리는 것과 똑같은 방식으로 기억하고 회상시켰다.

---

1) 최성만, 『발터 벤야민 기억의 정치학』, 도서출판 길, 2014, 378쪽.
2) 발터 벤야민, 「역사철학테제」, 『발터 벤야민의 문예이론』, 민음사, 1983, 353쪽.

벤야민의 이러한 역사 인식은 해방기 소설에 나타난 식민지의 기억을 규명하는 데도 다음과 같이 적용될 수 있다. 첫째, 해방기 소설에서 해방은 식민지 과거에서 연속된 시간이 아니다. 오히려 해방이라는 메시아적 시간에서 식민지 과거가 구성된다. 둘째, 따라서 더 중요한 것은 '기억된 과거' 자체라기보다 해방된 현재 시점에서의 '기억하기' 행위이다.

해방이 이처럼 그 이전의 질서와 급진적으로 단절된, 새로운 의미로 충만한 신기원으로 받아들여지게 될 때, 해방기의 서사는 어떤 양상을 띠게 될까? 해방기의 서사는 해방 이전과 이후 사이에 놓인 시간의 단절로 인해 일정한 균열을 피할 수 없다. 그러나 서사의 균열이 발생하는 것은 이 때문만은 아니다. 식민지의 기억이 구성, 재현되는 과정에서도 서사의 균열이 발생한다. 식민지의 기억은 해방이라는 메시아적 시간에서 역으로 구성되기 때문에, 그 궁극적인 주체는 해방이후의 신생 민족국가가 된다. 이 민족국가의 시선에 따라 식민지의 집단기억이 구성되며, 식민지를 경험한 개인들의 복잡다단한 기억은 집단기억으로 수렴된다. 하지만 집단기억으로 수렴된다고 해서 개인의 기억이 사라지는 것은 아니다. 해방기 소설이 민족국가가 구성하는 집단기억을 재현하고자 할 때, 그것과 다른 지점에서 그것과 갈라지는 개인의 기억이 하위 서사를 발생시킨다.

## 집단기억

기억 이론은 기억이 사회적, 문화적 구성물이라는 점을 강조하기 위해 여러 개념을 제안해 왔다. 집단기억, 문화적 기억 등이 그것이다.

이들 개념은 기억이 개인에게 귀속된 것이 아니라, 공유적 성격을 지니고 있음을 포착하기 위해 제안되었다.[3] 대표적인 예로, 프랑스의 사회학자 모리스 알박스는 기억을 사회적 구성물로 보고, 특정한 집단을 이루는 구성원들 간의 의사소통과 상호작용을 기억의 '사회적 구성틀'로 보았다. 알박스에 따르면 집단기억은 그 집단 구성원들에게 자신들을 여타의 집단과 구별 짓는 정체성을 제공한다.

한편 알라이다 아스만은 '문화적 기억'이라는 개념을 제안한다. 아스만에 따르면 집단기억은 그 기억의 형성 과정을 먼 기원으로 소급함으로써 그 기억을 공유한 자기 집단의 보편적 정당성을 얻고자 한다. 이를 위해 기록물, 텍스트, 건축물, 도상, 묘비, 사원, 기념비 또는 제의와 축제 등 매체를 동원하며, 이때 이들 매체는 '문화적 기억의 저장소'가 된다. 이런 과정을 통해 동시대인의 생생한 경험과 기원에 대한 신성화된 전승이 문화의 차원에서 결합된다. 개인의 경우 기억의 과정은 대부분 자연발생적으로 진행되고 심리적 기제의 일반적 법칙을 따라 일어나는 데 반해, 집단적·제도적 영역에서는 이 과정들이 의도적인 기억 내지 망각의 정치를 통해 조정된다. 따라서 문화적 기억이 구성되는 과정에서 기억은 왜곡, 축소, 도구화될 수 있으며, 이를 해결하기 위해서는 공공의 비판, 성찰, 토론이 필요하다.[4]

집단기억이 어떤 방식으로 존재하며, 개인의 기억에 어떤 영향을 끼치는지를 보여주는 흥미로운 사례가 있다. KBS에서는 광복 60주년 특

---

3) 집단기억 이론의 전개에 대해서는 전진성의 논의를 참고하였다. 알박스의 집단기억과 아스만의 문화적 기억은 그 개념상 차이가 있지만, 기억의 공유적 속성을 강조한다는 점에서 공통점을 지닌다. 이 글에서는 이 공통점에 주목하여 두 개념을 구별하지 않고 '집단기억'이라는 용어를 쓰기로 한다. 전진성, 『역사가 기억을 말하다』, 휴머니스트, 2005, 1장 '기억과 역사' 참고.
4) 알라디아 아스만, 『기억의 공간』, 그린비, 2011, 15쪽.

별 프로젝트로 '8 · 15의 기억'을 편성하여, 당시 다양한 분야에서 활동했던 40명의 증언을 채록해 놓고 있는데, 역사학자 윤해동은 이 중에서 공동의 경험을 하고서도 서로 다른 기억을 가지고 있었던 두 사람의 사례에 주목하면서, 이들의 기억에서 '공식기억'의 흔적을 찾아낸다.[5]

가령 그 당시 사업가로 박흥식, 또 한국의 유명한 김성수 선생 같은 사람들이 무슨 일본 제국주의에 충성을 하려고 장사를 하고, 학교를 세웠다고는 생각 안 해요. 그 사람들도 '우리 민족, 우리나라 학생들이 일본 놈보다 다만 얼마라도 나은 교육을 받아서 이기게 만들 수 없을까' 라는 생각을 했어요. 그건 나도 마찬가지고요. 지금 와서 친일이다 반일이다 하지만 그때는 당면한 경쟁자가 일본 놈이었으니까 일본 놈을 누를 수 있는 자리가 있느냐, 또 일본 놈을 누를 만한 돈이 있느냐에 다들 관심이 있었어요. 그리고 거기서 좀더 나아간 생각을 한 사람들이 '독립을 해야 한다', '돈을 벌어야 한다' 대신에 '독립을 하면 잘 산다'라는 생각을 한 거예요. 참으로 훌륭한 사람들이죠. 그런 생각을 한 사람들을 우리도 존경하는 거예요.[6]

그런데 요즘 보면 "당시에는 먹고 살기 위해서 어쩔 수 없었다"는 변명들을 많이 하는데, 물론 그런 측면도 있습니다만, 제 생각에는 먹고 사는 것도 정도의 문제라고 봅니다. 고생스럽게 살 수도 있고 좀 편하게 사는 수도 있는데, 친일한 사람들은 편하게 살겠다는 생각이 앞선 거예요. 그러니까 고생하면 일본에 협력하지 않고도 살 수 있는데, 보통 사람으로서는 그걸 견디기 힘드니까, 인간적 품격이라고 할까 수련이라고 할까, 그런 것이 깊은 사람이 아니면 여간해서는 고난의 길을

5) 윤해동은 이 대목에서 '공식기억'과 '집단기억'을 엄격하게 구분하지 않고 사용하고 있는 듯하다. 그에 따르면 공식기억이란 역사와 민족의 상생관계 위에서 수립되는 기억으로, '역사기억'이라고 할 수 있다. '공식기억'이 민족국가에 의해 구성된 공식적 역사라는 점을 강조하는 반면, '집단기억'은 기억의 유동성과 중층성을 강조하는 대목에서 사용되는 듯하지만, 이를 명시적으로 구분하지 않는다. 윤해동, 「만들어진 기억」과 국민 형성—한국에서의 기억 연구와 그 과제」, 『근대역사학의 황혼』, 책과함께, 2010.

6) 문제안 외, 『8 · 15의 기억』, 한길사, 2005, 227쪽.

스스로 택하기 어려운 거죠.[7]

만주국에서 관리로 근무했던 한 사람은 일본인과의 경쟁을 내세워 그 경험을 합리화한 반면, 조선에서 근무했던 한 사람은 일본에 협력한 경험을 수치스러운 것으로 보고 사죄하는 입장을 보였다. 이 두 증언은 기억이 사람에 따라 매우 다양할 수 있음을 보여주지만, 두 사람 모두 독립운동가에 대한 존경을 표시하고 있는 데에서 '공식기억'이 존재함을 알 수 있으며 이것이 한 사회를 구성하는 대부분의 사람들에게 개인적 기억을 뛰어넘는 규정력을 발휘하고 있음을 확인할 수 있다.

## 기억과 민족국가

19세기 사상가 르낭이 「민족이란 무엇인가」에서 '망각은 민족 창출의 근본적인 요소'[8]라고 말할 때, 그리고 민족이란 '매일 매일의 인민투표'[9]라고 말할 때, 그는 국가 형성과정에서 집단기억이 국가의 정체성을 구성한다는 점을 통찰하였음에 틀림없다. 국가는 그 형성 과정에서 과거의 기억을 효과적으로 동원함으로써 개인들을 결속시키는 정체성의 형식을 창출한다.

기억과 민족국가의 연관을 다른 관점에서 설명하려는 시도도 있었다. 베네딕트 앤더슨에 따르면, '상상의 공동체'인 민족은 역사가의 눈에 비친 객관적 근대성과 민족주의자들의 눈에 비친 주관적인 고색창연함의 역설 속에 존재하는 것으로, 인쇄자본주의가 이러한 집단 정체

---

7) 위의 책, 203쪽.
8) 에르네스트 르낭, 『민족이란 무엇인가』, 책세상, 2002, 61쪽.
9) 위의 책, 81쪽.

성의 출현을 가속화했다. 한편 피에르 노라는 '우리가 기억에 관해 그토록 많이 이야기하는 것은 기억이 거의 남아 있지 않기 때문이다.'라는 말로 기억의 소멸을 주장한다. 기억에 의해 지탱되었던 민족 자체가 이제는 단순한 기억의 흔적으로만 나타난다는 것이다.[10]

최근 우리 사회에서도 학계와 시민사회 영역 등 다양한 국면에서 국가의 공식기억을 해체하고 국민 형성 과정에서 소외된 사람들의 기억을 회복함으로써 기억을 다원화하고자 하는 움직임이 일어나고 있다. 이는 국가 형성기와는 다른 방식으로 집단기억을 구성함으로써 새로운 정체성을 구성하고자 하는 시도라 할 수 있다.

기억과 민족국가의 연관에 대한 다양한 관점과 새로운 움직임은 해방기 소설이 식민지를 기억함으로써 집단기억을 구성하는 과정을 규명하는 데 새로운 시사점을 준다. 해방기는 무엇보다도 국가가 형성되는 시기였으며, 소설이 이러한 시기에 집단 기억 및 집단의 정체성을 형성하는 중요한 문화적 요소가 되었다는 점을 고려한다면, 기억과 국가의 관련을 고려하는 일은 해방기 소설을 논의하는 데 있어서 중요한 지점이 된다.

그러나 국가가 식민지의 기억을 구성하는 과정, 그리고 그것이 서사를 구성하는 과정은 단선적이지 않다. 개인의 복잡다단한 경험과 그에 대한 기억이 국가주의로 환원되지 않기 때문이다. 제프리 올릭의 말을 빌리면, 아무리 다양한 힘들이 기억을 통일적으로 만들기 위해 분투한다 해도, 기억은 결코 통일적이지 않다. 언제나 하위 서사들과 전환기와 지배를 둘러싼 경쟁이 존재한다.[11] 개인의 기억은 집단기억으로 환

---

10) 제프리 올릭 엮음, 『국가와 기억』, 민주화운동기념사업회, 2006, 14-15쪽 참고; 베네딕트 앤더슨, 『상상의 공동체』, 나남출판, 2002; 피에르 노라, 『기억의 장소』, 나남출판, 2010 참고.

11) 제프리 올릭, 위의 책, 21쪽.

원되지 않는 잉여를 남기며, 국가주의의 서사로 수렴되지 않는 하위서
사가 존재함으로 인해 서사는 종종 균열된다.

## 기억투쟁, 기억의 정치학

집단기억이 이처럼 언제나 유동적인 것이라면, 그리고 그것을 기억
하는 주체의 현재 위치에 따라 다시 표상되는 것이라면, 이를 둘러싼
집단주체 사이의, 그리고 집단주체와 개인주체 사이의 기억투쟁은 피
할 수 없다. '기억투쟁' 혹은 '기억의 정치학'으로 일컬어지는 일련의 논
의는 이러한 사정을 전제한다. '기억의 정치학'은 집단기억과 개인의 기
억을 상호 모순적인 대립항으로 설정한다. 집단기억은 개인의 기억을
억압하는 방식으로 작동하므로, 이를 넘어서 개인의 기억을 복원하는
것은 억압으로부터의 해방의 의미를 지니게 된다. 따라서 기억투쟁의
전략은 집단기억에 의해 억압되어 있던 개인의 기억을 복원함으로써
'대항기억'을 만들어내는 것이 된다.

한편, 릴라 간디는 이러한 기억투쟁을 포스트식민적 기획으로 간주
한다. 릴라 간디는 신생 독립국가가 국가를 건설하는 과정에서 나타나
는 기억과 망각의 정치학을 '포스트식민적 기억 상실'이라는 개념으로
포착한다. 해방 직후는 한편으로는 과거 역사와의 급진적 단절을 통해
독립국가 건설로 나아가야 한다는 역사적 당위가 강하게 작동하고 있
으면서도 이와 동시에 혼란에 대한 불안과 공포가 크게 자리 잡고 있던
시기이도 했다. 그리고 이러한 시대적 분위기로 인해 '포스트식민적 기
억 상실', 즉 역사를 스스로 창안하려는 충동이나 새롭게 출발하려는
욕구의 징후로서의 '망각하려는 의지'가 나타난다.[12] 이러한 망각하려

---

12) 릴라 간디, 『포스트식민주의란 무엇인가』, 현실문화연구, 2002, 17-18쪽.

는 의지에 대항하여 망각의 흔적을 찾고 기억을 다시 불러내는 것은 '포스트식민적 기억하기'라 할 수 있을 것이다.

해방기 소설은 한편으로는 식민지의 집단기억을 구성하면서, 동시에 이 과정에서 억압된 개인의 기억의 흔적을 담고 있기도 하다. 이 글은 해방기 소설에서 식민지의 집단기억의 구성, 재현되는 과정에 내재된 '기억의 정치학'을 규명함으로써, 집단기억이 구성되는 과정에서 망각된 것을 징후적으로 읽고자 하는 시도이다.

## 2. 이야기 양식을 통한 집단기억의 형성
### - 황순원의『별과 같이 살다』-

### 해방기 황순원 소설의 이야기성

이야기성은 황순원 소설의 중요한 특징으로 논의되어 왔다.13) 특히 유종호는 황순원 소설에 나타난 이야기가 집단기억을 전수하는 역할을 하는 데 주목하여, 황순원을 '겨레의 기억의 전수자'라고 평가하였다.

> 한 민족의 서사시는 그 민족의 과거의 경험을 간직하고 있는 이를테 면 겨레의 기억이었다. 우리나라의 소설, 특히 단편 문학의 성숙과 세 련에 큰 몫을 기여한 황순원에 대한 적절한 정의의 하나는 그가 뛰어 난 겨레의 기억의 전수자라는 것이다. 그의 단편에는 우리의 옛 경험의 정수가 간결한 요약의 형태로 처처에 보석처럼 박혀 있다.14)

해방에서 한국전쟁을 거치는 시기 황순원 소설에서 이야기성은 특히 두드러지게 나타난다. 뿐만 아니라 이 시기 황순원 소설에서 이야기성 은 역사성과 적절히 결합함으로써 당대의 현실을 담아내고 있다는 점 에서 다른 시기 황순원 소설과 구별된다. 해방기 장편소설『별과 같이 살다』(1950)는 이야기성과 역사성의 결합을 뚜렷이 보여주는 작품이 다. 이러한 경향은 전쟁 직후 발표한 장편소설인『카인의 후예』(1954) 로 이어지고 있어, 이야기성과 역사성의 결합은 황순원의 소설 세계의

---

13) 황순원 소설의 이야기성에 주목한 논의로 다음을 들 수 있다. 유종호, 「겨레의 기억 과 그 전수」, 『동시대의 시와 진실』, 민음사, 1982; 김윤식, 「민담, 민족적 형식에의 길」, 『소설문학』, 1986; 서준섭, 「이야기와 소설」, 『작가세계』 24, 1995; 박혜경, 『황순원 문학의 설화성과 근대성』, 소명출판, 2001, 82-83쪽.
14) 유종호, 위의 책, 309쪽.

확장과 깊이 관련되어 있음을 보여준다.

이야기성과 역사성의 결합은 해방 전후 약 10년 동안 황순원이 경험한 역사 경험에서 비롯된 것으로 보인다. 황순원에게 있어 이 시기는 가장 문제적인 시기였는데, 이는 황순원의 행적과 작품 여러 국면에서 드러난다. 해방 전 황순원은 고향으로 돌아가 발표할 곳 없는 소설을 써 두었고, 해방 후 여러 지면에 발표한 것을 묶어 창작집『기러기』를 1951년에 간행했다.[15] 평양 근교인 고향에서 해방을 맞이한 황순원은 1946년 1월에 간행한 공동 사화집인『관서시인집』에 해방의 감격을 담은 시「부르는 이 없어도」 등을 발표하였다. 1946년 5월 월남한 황순원은 조선문학가동맹에 참여하여 조선문학가동맹의 기관지였던『문학』에 10월 항쟁을 소재로 한 작품인「아버지」,「황소들」 등을 발표하였다.[16] 월남작가였던 황순원이 조선문학가동맹에 참여한 것은 극히 이례적인데, 이 일과 관련하여 남한 단독정부 수립 이후인 1949년 국민보도연맹에 가입하게 된다.[17]

---

15) 이 점에 대해서는 작가의『기러기』서문과 원응서의 회고에서 확인할 수 있다. 황순원,『기러기』, 명세당, 1951, 3쪽; 원응서,「그의 인간과 단편집『기러기』」,『황순원연구 : 황순원전집 12』, 문학과지성사, 1993, 252쪽. 한편, 작품의 탈고 시점과 발표 시점, 그리고 단행본 간행 시점 사이에 큰 차이가 있고, 그 사이 정치적 격동이 매우 심하였으며 작가 역시 이러한 정치적 격동의 한가운데 있었다는 점을 고려하면, 이 상징에 대한 해석은 이 시기 작가의 상황과 관련하여 세밀하게 이루어져야 할 것으로 보인다.『기러기』에 수록된 작품의 탈고 시점과 단행본 간행 시점의 거리에 주목하여 그 정치성을 읽어내고자 한 시도로 조은정의 연구를 들 수 있다. 조은정,「1949년의 황순원, 전향과『기러기』재독」,『국제어문』66집 2015.

16) 이 두 작품은『목넘이마을의 개』(1948)에 수록되었는데,『목넘이마을의 개』는 이 두 작품 외에도 해방기의 혼란한 현실에 대한 직접적인 관심을 표명한 작품을 수록하고 있다. 이 점에서 이 작품집은 이야기성과는 가장 먼 거리에 있지만, 그럼에도 불구하고 이 작품집에도 이야기가 여전히 활용되고 있다. 유종호, 앞의 글, 정수현,「현실인식의 확대와 이야기의 역할」,『한국문예비평연구』7집 2000.

17) 조은정은 이 시기 황순원의 정치적 입장과 관련하여『기러기』수록 작품을 논의하

이 시기 황순원의 역사 경험은 장편소설 창작으로 이어져 그의 소설 세계를 확장하고 있다. 첫 장편인 『별과 같이 살다』는 월남 직후인 1946년 11월에 탈고한 것으로, 1947년에서 49년 사이 여러 지면에 부분적으로 발표해 온 것을 보충하여 1950년 2월 단행본으로 출간하였다.[18]

『별과 같이 살다』에 대한 지금까지의 논의는 이 작품이 지닌 이중적인 면모에 주목하였다. '설화성과 현실인식이라는 두 가지 측면이 통일성을 획득한 작품', '사회성과 서정성을 동시에 드러낸 작품', '사실주의적 경향과 상징주의적 경향의 공존'하는 작품이라는 평가가 그것이다.[19] 한편 여주인공 곰녀의 명명법이 지닌 상징성과 성격에 주목하여, 곰녀는 '한민족의 알레고리'이며,[20] 이런 여주인공을 통해 '원시적 생명력으로서의 민족의식'[21]을 표현한 것으로 파악하였다.

지금까지의 논의는 『별과 같이 살다』가 지닌 성격을 타당하게 지적하면서도, 이러한 이중적 면모의 심층에 놓여 있는 논리가 무엇인지 충분히 해명하지 못하였다. 이 글은 작중 주인공 곰녀가 집단의 원형으로 격상되는 과정, 그리고 식민지와 해방의 경험이 민족 집단의 경험으로

---

였으며, 김한식은 「아버지」, 「황소들」 등 『목넘이마을의 개』에 수록된 작품이 해방기 발표 텍스트와 1960년대 이후 전집에 수록된 텍스트 사이에 개작이 이루어졌다는 점에 주목하여 그 의미를 규명하고자 하였다. 조은정, 앞의 논문; 김한식, 「해방기 황순원 소설 재론」, 『우리어문연구』 44집 2014.

18) 『별과 같이 살다』의 부분 수록 지면과 단행본 서지 사항은 다음과 같다. 「암콤」, 『백제』, 1947. 1; 「곰」, 『협동』, 1947. 3; 「곰녀」, 『대조』, 1949. 7; 『별과 같이 살다』, 정음사, 1950. 2.

19) 김윤식, 『한국현대문학사』, 일지사 1976; 김치수, 「소설의 사회성과 서정성」, 『말과 삶과 자유』, 문학과지성사, 1985; 방민호, 「현실을 포회하는 상징의 세계」, 『관악어문연구』 19, 1994.

20) 김현, 「소박한 수락」, 『황순원 문학전집』 6권, 삼중당, 1973.

21) 김윤식, 위의 논문.

환원되는 과정 등에 주목하여, 이를 집단기억의 형성 과정으로 파악함으로써 이 작품의 성격을 보다 깊이 논의하고자 한다. 이를 위해서는 이 작품이 드러내는 역사 경험을 이야기를 통해 재현하고 있다는 점에 주목할 필요가 있다. 해방기의 역사 경험이 공유되기 위해서는 특정한 재현의 양식이 필요하였는데, 『별과 같이 살다』는 이를 위해 전통적 양식인 이야기를 활용하였다.

소설 중심의 근대 서사에서 볼 때 이야기는 소멸되어 가는 양식이다. 발터 벤야민은 이야기의 소멸과 더불어 경험의 직접성도 점차 감소하게 되었다고 지적하는데,[22] 이를 반대로 적용하면 근대소설이 이야기 양식을 활용하는 것은 경험의 직접성을 되살리고자 하는 시도라 할 수 있을 것이다. 『별과 같이 살다』는 이야기 양식을 활용함으로써 해방을 공동의 역사 경험으로 전달하고, 이를 통해 식민지와 해방에 대한 집단 기억을 구성하고자 했다.


### 이야기성과 역사성의 결합

#### ① 「산골아이」의 이야기성

『기러기』 수록 작품 중에서 이야기성을 가장 뚜렷이 드러낸 작품으로 「산골아이」를 들 수 있다. 이 작품은 황순원 소설의 이야기성을 논의한 글에서 거의 빠짐없이 논의된 작품인데, 이야기를 활용하는 방식

---

22) 발터 벤야민은 「이야기꾼」에서 근대 이후 이야기가 소멸하고 경험의 직접성이 감소했다고 지적한다. 그러면서도 니콜라이 레쓰코브를 이야기꾼으로서의 소설가로 지목하고 그의 작품을 빌려 이야기와 기억의 상호 관계를 논의하고 있다. 발터 벤야민의 시각은 『별과 같이 살다』에 드러나는 이야기 화자 및 이야기성의 효과를 설명하는 데 유용하다. 발터 벤야민, 「얘기꾼과 소설가」, 앞의 책, 177쪽.

에서 「산골아이」와 『별과 같이 살다』는 다른 면모를 보인다. 『별과 같이 살다』의 이야기성을 논의하기 위해서는 우선 「산골아이」의 이야기 활용 방식을 살펴볼 필요가 있다.

「산골아이」 '도토리'와 '크는 아이' 두 대목으로 나누어져 있으며, 각 대목에서 이야기는 소설을 이끌어가는 중심 역할을 한다. 하나는 할머니가 아이에게 전해주는 여우고개 이야기이고, 다른 하나는 반수할아버지가 호랑이굴에서 아이를 구한 이야기이다.

> (가) --거긴 말이야, 넷날부터 여우가 많아서 여우고개라구 한단다. 그래 이 여우고개 넘은 마을에 한 총각애가 살았구나. 이 총각애가 이 여우고개 넘어 서당엘 다녔는데 아주 총명해서 글두 썩 잘하는 애구나. 그런데 하루는 이 총각애가 전처럼 여우고갤 넘는데, 데쪽에서 꽃같은 색씨가 하나 나오더니, 총각애의 귀를 잡구 입을 맞췄구나. 그러더니, 꽃같은 색시가 제입에 물었든 알록달록한 고운 구슬알을 총각애 입에다 넣주었닥 총각애 입에서 도루 제입으로 옮겨 물었닥 했구나. 총각애는 색시가 너무나 고운데 그만 홀려서 색시가 하는 대루만 했구나.[23]

> (나) 반수할아버지가 젊었을 때인데, 양주가 산막골 근처에 밭김을 매러 갔었다. 다문 양주에 갓난아기 하나뿐이라, 애는 밭뚝에 재워놓고 김을 매 나갔다. 낮이 가까웠을 때 애가 배가 고픈지 깨어 울기 시작했다. 양주는 이제 매던 이랑이나 마저 매고 점심도 먹을 겸 애 젖도 먹이리라 하고 바삐 매던 김만 매 나갔다. 한데 갑자기 애 울음소리가 뚝 끊지기에 돌아다보니까, 난데없는 큰 호랑이 한 마리가 자기네의 애를 물고 산막골 고랑채기로 올라가는 것이 아닌가. 이것을 본 반수할아버지는 와짝 결이 올라 저도 모르는새 쥐었던 호미 하나만을 들고 아내가 붙들새도없이 호랑이의 뒤를 좇아 올라갔다.[24]

이 두 이야기의 매력은 이야기 세계와 현실 세계가 미분화 상태로

---

23) 황순원, 「산골아이」, 『기러기』, 명세당, 1951, 37쪽.
24) 위의 책, 47쪽.

결합되어 있다는 데 있다. 이야기는 때로는 현실과 대립되기도 하고 때로는 현실의 연장이기도 하다. 여우고개 이야기를 들은 아이는 꿈에서 이야기와 유사한 상황을 만나게 되고 이야기에 근거하여 위기를 극복하고자 하지만 그렇게 되지 않아 애를 쓰다 꿈에서 깨어나게 된다. 여기에서 이야기는 마치 꿈이 현실과 대립되는 것처럼 현실 세계와 대립되는 위상을 지니게 된다. 한편, 다른 장면에서 이야기의 세계는 현실 세계와 이어져 있기도 하다. (가)의 이야기는 완전한 허구일 뿐이지만, (나)의 이야기는 반수할아버지가 실존인물이라는 점에서 그가 호랑이와 만난 이야기는 현실 세계와 이어져 있다.

근대소설이 이야기 양식을 활용함으로써 얻게 되는 미적 효과는 복합적이다. 우선 이야기를 통해 유년기의 보편적 세계 경험을 환기한다는 점이다. 유종호가 지적하듯이 이야기는 어린이에게 주어지는 최초의 세계 해석인데,[25] 근대소설은 이를 끌어들임으로써 집단의 보편적 경험을 환기하게 된다. 그러나 근대소설은 이야기가 환기하는 세계 경험이 현실세계에 비추어 보았을 때 미숙한 것임을 통찰한다. 근대소설이 보기에 이야기 양식은 벗어나야 할 어린아이의 세계일 수밖에 없다. 거꾸로 이야기의 세계에서 보자면, 현실은 지나치게 넓고 거칠다. 소설은 집단의 보편적 경험을 환기하기 위해 이야기를 끌어오지만, 이야기의 세계를 넘어 현실세계와 접촉해야만 하고, 이 과정에서 집단기억은 변형을 거치게 된다.

『기러기』에 수록된 작품에서 이야기 세계와 현실 세계는 미분화 상태로 연결되어 있으며, 여기에서 더 나아가지 않는다. 『기러기』 수록 작품 전체를 두고 보더라도 이들 작품에서 당대의 현실을 읽어낼 수 있는 단서를 찾기 어렵다. 전통적 삶의 양식이 해체되어 가는 평안도

---

25) 유종호, 앞의 글, 309쪽.

농촌 혹은 산촌 마을을 배경으로, 각기 다른 이유로 소멸과 상실의 아픔을 겪고 있는 사람들의 이야기를 담고 있는 이 작품집에서, 당대의 상황은 이야기의 배경으로만 흐릿하게 자리 잡고 있다. 이런 이야기 공간에서는 개별 인물 및 이들이 속한 집단 역시 모호한 상태에 놓여 있다. 이들 모두가 토속적 공동체의 구성원들인데, 이때 토속적 공동체는 그 바깥 세계를 알지 못하기 때문에 그 경계가 불분명하다.

『기러기』 수록 작품에서 역사성은 배경으로만 드러나 있다. 이 작품집이 담아내는 소멸과 상실의 이야기와 그것이 가져다주는 연민과 체념의 정서는 이 작품집의 놓여 있는 역사적 맥락으로 인해 독특한 울림을 준다. 식민지 말기 시점에서 보았을 때, 이들 작품이 활용하고 있는 이야기 양식 자체도 이야기를 공유하는 공동체의 소멸과 함께 소멸될 운명에 처해 있다. 식민지 말기의 작가는 민족어가 소멸될 위기 상황에서 발표할 지면도 없이 이야기 양식을 살려 고독하게 문장을 쌓아올린다. 해방 후에 이 작품을 읽는 독자는 이 문장을 읽는 동안 어두운 역사를 견디고 난 지금 민족어를 지킬 수 있었다는 안도감을 가지면서도, 전쟁이 한창인 지금 민족 공동체의 운명을 염려하고, 또 다른 한편으로 전통적 이야기 양식의 소멸을 피할 수 없다는 근원적인 상실감을 느끼는 등 복합적인 정서를 경험하게 된다.

그러나 이런 역사에 대한 감각은 『기러기』 수록 작품 곳곳에 징후적으로만 드러나 있을 뿐 구체성을 확인할 수 없는데, 이와 달리 『별과 같이 살다』는 이야기의 공간 안으로 역사성이 구체적인 양상을 띠고 개입해 들어온다.

### ② 『별과 같이 살다』의 이야기성과 역사성

『별과 같이 살다』는 이야기를 구성 원리로 삼고 있는 장편소설이라고 할 만큼 작품 전체에서 이야기의 비중이 크다. 작품 전체가 마치 어떤 이야기꾼이 이야기를 전해주는 것처럼 서술되어 있다. 이 이야기꾼은 일반적인 소설의 화자와 다르다. 소설의 사건 바깥에 위치하고 있다는 점에서 보면 전지적 서술자와 비슷하지만, 때때로 이 이야기꾼이 1인칭 화자의 모습으로 불쑥 이야기 속으로 개입하고 있기 때문이다. 이러한 이야기꾼의 설정, 그리고 이야기꾼의 설정을 통한 이야기의 활용은 『별과 같이 살다』의 가장 큰 특징이라 할 수 있다.

> 나는 여기서 잠간 이 한명인에 대한 이야기를 해 두는 것도 무방할 것 같다. 뒤에 이 사람이 우리 이야기와 전연 관계 없는 것도 아니니.
> 한명인의 본이름은 갑손이었다. 그러나 세상에서 부르기는 그저 명인이란 이름으로 통했다. 명인이란 이름이 말하듯이 그는 원래 점쟁이였다. 아버지 적부터. 그래 명인의 아버지 되는 사람도 근방에서 점 잘친다는 소문이 났던 사람이지만, 명인 대에 와서는 정말 명점쟁이로 원근에 소문이 자자했다.[26]

인용문 첫 대목에서 이야기꾼이 자신의 존재를 드러내는데, 이 이야기꾼은 옛이야기의 연행 장면을 떠올리게 한다. '우리'라는 말을 통해 독자에게 이야기 청자의 느낌을 불러일으킨다는 점, 그리고 이야기 전체를 이미 알고 있으면서 이야기 진행 과정을 통제하는 존재임을 드러낸다는 점 등에서 그러하다. 이 이야기꾼은 작품 곳곳에서 직접 나서서 이야기를 전해주기도 하고, 등장인물의 입을 빌려 이야기를 전달해주기도 한다. 『별과 같이 살다』가 전해주는 이야기는 크게 다음 네 개의 대목으로 나눌 수 있다.

(가) 작품 첫 대목의 한명인이 부자가 된 내력 이야기

---

26) 황순원, 『별과 같이 살다』, 정음사, 1950, 6쪽.

(나) 곰녀의 수난 이야기가 시작되는 대목의 진상 가는 이야기와 콩
　　쥐팥쥐 이야기
(다) 작품 후반부 평양 유곽에서 산옥이가 전해주는 한명인 이야기
(라) 해방 후 산옥이가 전해주는 귀환민 이야기

이들 이야기는 『별과 같이 살다』의 서사 구성에도 영향을 끼친다.
이 작품에서도 「산골아이」에서처럼 소설이 이야기를 활용할 때 얻게
되는 미적 효과가 그대로 나타난다. 『별과 같이 살다』의 서사 구도는
이러한 이야기의 효과로 만들어진 것이라 할 수 있다. 이를 미리 제시
하면 다음과 같다. 옛이야기는 공동체의 집단기억을 환기하지만, 이 이
야기의 세계는 현실세계와 모호하게 얽혀 있는 어린아이의 세계이다.
작중 인물들 모두가 이 세계에 속해 있지만, 이 세계는 그 자체가 지닌
미숙성 때문에 이로부터 벗어나야 할 세계이다. 『별과 같이 살다』의
서사는 작중 인물들이 이야기의 세계를 벗어나 현실 혹은 역사의 주체
로 다시 태어나는 과정을 그리고 있다. 이 과정을 차례로 자세히 짚어
보기로 하자.
　작품은 첫 대목에서부터 박우물골과 미루나뭇골에서 전해오는 이야
기를 장황하게 제시한다. 미루나뭇골 점쟁이 한명인이 부자가 된 내력
이 그것이다. 한명인이 점을 쳐서 잃었던 소를 찾은 이야기, 그가 천도
깨비를 만나 돈을 꾸어주고 큰돈을 번 이야기, 그의 어머니가 천도깨비
와의 사이에서 그를 낳았다는 이야기 등 여러 이야기들이 이어져 있는
데, 모두 황당무계한 이야기이다. 이 이야기는 현재 부락민의 지주로
군림하고 있는 인물에 대한 외경감을 표현한 것으로, 이때 이야기 세계
는 현실 세계와 미분화 상태로 연결되어 있다.

(가) 박우물골 사람들은 일깐에 모여 짚세기를 삼는다든가 섬피를 친다든가 하다가, 이 명인의 이야기가 나올라치면(요지음 와서는 자기네 지주 김만장의 조상 벼슬한 이야기보다도 이 명인의 이야기가 더 잦았다), 그가 점 잘 치던 이야기로 다음에 천도깨비 이야기로, 그러다가 그의 오늘날의 빚쟁이로서 지주로서의 이야기에 미치게 되는데, 그렇게 되면 한자리에 있던 사람들은 모두 이 명인에게 대해 어떤 두려움을 느끼지 않으면 안 되는 것이었다.[27]

(가)에서 제시하는 한명인 이야기는 『별과 같이 살다』의 중심 서사인 여주인공 곰녀의 수난과 직접 이어지지는 않는다. 그럼에도 불구하고 이 이야기는 작품 구성에 중요한 기능을 한다. 이 이야기는 토속적 공동체를 이야기 세계의 중심으로 끌어들이고, 이후 작품에 등장하는 인물 및 사건을 이 이야기의 세계에 위치시킨다. 이 이야기 세계는 어린아이의 세계 해석을 벗어나지 않은 미숙성의 세계이다. 『별과 같이 살다』의 중심 서사인 곰녀의 수난이 지니는 숙명성, 그리고 이 수난을 받아들이는 곰녀의 근원적 순진성은 이 이야기 세계의 성격에서 비롯되는 것이라 할 수 있다.

이어서 작품은 곰녀의 수난을 본격적으로 다루는데, 이 대목에서도 옛이야기를 제시한다. 배나뭇골할머니가 곰녀에게 전해주는 진상 가는 사람 이야기와 콩쥐팥쥐 이야기가 그것이다. 이 이야기를 들으면서 곰녀는 자신을 이야기 세계에 위치시키면서 때로는 이야기 속 주인공과 자신을 동일시한다. 특히 콩쥐팥쥐 이야기는 곰녀가 이 이야기를 세계 이해 및 자기 인식의 틀로 받아들이는 것을 보여준다.

(나) 곰녀는 할머니를 도와 들에서 김을 매다가도 문득 이 콩쥐팥쥐 이야기를 생각하고는, 어린 마음에도 자기는 지금 쇠호미를 가지고 더구나 어붓어미 아닌 외할머니와 가치 김을 매고 있으니, 콩쥐의 신세보

27) 위의 책, 12쪽.

다는 낫다는 생각같은 것을 하는 것이었다. 그런 때면 곰녀는 또 으례 어린 마음에도 그렇게 콩쥐의 신세보다 나은 자기는 그렇니까 더 열심히 김을 매야한다는 생각같은 것을 하는 것이었다. 그리고 사실 곰녀는 제 나이 이상의 김을 매는 것이었다.[28]

곰녀가 콩쥐와의 비교를 통해 자신의 처지를 이해하는 것은 「산골아이」의 아이가 이야기를 통해 세계를 인식하는 것과 비슷하다. 곰녀가 이야기 세계에 자신의 정체를 뿌리내린 존재, 그러나 이야기 바깥 세계에 대해 알지 못하는 존재임을 보여준다는 점에서 그러하다. 이후 전개되는 수난 서사에서 곰녀의 세계 이해와 자기 인식은 이러한 이야기 세계의 차원을 벗어나지 않는다.

곰녀는 박우물골 김만장의 집에서 김만장과 그 아들에게 차례로 몸을 빼앗긴 후 쫓겨나, 서울로, 평양으로 팔려가게 되는데, 여기에서 작품은 전반부와 후반부로 나누어진다.[29] 후반부에서 곰녀의 수난은 더이상 곰녀 혼자만의 것이 아니다. 곰녀의 경험은 산옥이, 주심이 등 같은 처지에 있는 여러 여성 인물들 공동의 경험으로 확장되기 때문이다. 곰녀는 박우물골에서 태어난 개별 인물에서 점차 어떤 집단을 대표하는 인물로 변모하지만, 아직 그 변모가 온전히 드러난 것은 아니다. 여

---

28) 위의 책, 59쪽.

29) 박은태는 『별과 같이 살다』의 구조를 전반부와 후반부로 나누어 살폈는데, 전반부가 역사적 구성을, 후반부가 인물적 구성을 취한다고 분석하였다. 전반부 이야기에서 곰녀가 박우물골에서 평양으로 팔려가는 과정이 각각 봉건적, 반(半)봉건ㆍ반(半)자본주의적, 자본주의적 관계를 보여준다는 것이다. 또 후반부에 등장하는 산옥이와 주심이의 성격을 서정적 세계와 산문적 세계의 대립으로 파악하였다. 이러한 분석은 이 글의 초점과 다소 다르다. 이 글은 전반부의 이야기가 미분화된 세계에서 일어난 것이라는 점, 후반부의 이야기에서 산옥이와 주심이는 곰녀의 성격과 결부될 때 그 의미가 분명히 드러난다는 점을 강조하고자 하였다. 박은태, 「『별과 같이 살다』에 나타난 소설 구조의 역사적 의미」, 『비평문학』 17, 2003.

전히 그는 박우물골에 자신의 정체를 뿌리내리고 있으며 이야기 세계에 속한 인식을 벗어나지 않는다.

작품 후반부에서 다시 산옥이의 입을 통해 한명인의 이야기가 전해지고 여러 여성 인물들이 이 이야기를 듣게 되는데, (다)의 경우가 그것이다. 여기에는 한명인이 죽은 귀돌이아버지의 빚을 받아낸 이야기, 벙어리 귀돌이 이야기, 한명인의 사위가 된 도장관 이야기 등 여러 이야기가 이어진다. 곰녀가 평양으로 온 상황에서도 고향 마을 이야기가 이어지는 것은 곰녀를 비롯한 평양 유곽의 여성 인물 모두를 이야기 세계에 위치시키기 위한 장치가 된다는 점에서 의미심장하다.

그러나 이 대목은 이전까지의 이야기와 다른 중요한 차이를 지니고 있다. 산옥이가 전하는 이야기를 듣는 이들은 (가)의 이야기 청자들처럼 한명인에게 두려움을 느끼지 않는다. 한명인의 존재가 주는 외경감이 박우물골 바깥 세계에 영향을 주지 못하기 때문이기도 하지만, 이야기 바깥의 시선이 개입되면서 이야기를 듣는 이들이 이야기의 세계를 비판적으로 인식하게 되기 때문이다. 주심이는 이 시선을 끌어들이는 인물로, 이후 서사 전개에서도 중요한 역할을 하게 된다.

> (다) 한 자리에 있던 주심이가 산옥이더러, 그래 죽은 귀돌이아버지의 말을 들은 사람은 명인 혼자지? 하여, 산옥이가, 그래 명인 혼자라고, 했다.
> 그랬더니, 주심이의 말이, 그랬을 거라고, 혼잣 속으로 지어낸 거짓말이니 혼자 들은 걸로 말하지 않을 수 없을 거라고, 그래 호랑이 담배 먹던 시절이면 또 모르지만, 요지음 세상에 죽은 사람이 어떻게 무덤 속에서 말은 하며, 듣기는 누가 그걸 알아 듣느냐고, 그거 다 명인이란 사람이 농삿군 어리석게 보고 꾸며댄 알 거짓말이라고, 남에게 사납다는 소문 안 내고 빚준 돈 받기 위한 수단이라는 말을 했다.[30]

---

30) 『벌과 같이 살다』, 앞의 책, 130-131쪽.

주심이가 산옥이의 이야기를 '호랑이 담배 먹던 시절'의 이야기로 치부하는 데서 확인할 수 있듯이, 주심이가 끌어들이는 이야기 바깥의 시선은 지금까지 곰녀가 속해 있었던 자족적인 이야기 세계가, 그것과는 질적으로 다른 어떤 세계와 이어져 있음을 보여준다.

이 대목은 『별과 같이 살다』의 이야기성이 역사성과 만나는 지점이라는 점에서 중요성을 지닌다. 작품 마지막 대목에서도 주심이는 곰녀가 역사적 시공간 속으로 나오게 되는 계기를 제공해 주는데, 이는 주심이가 지닌 이야기 바깥의 시선과 잘 조응된다. 이야기 세계에서 이야기를 공유하는 집단, 즉 토속적 공동체는 그 경계가 불분명한 집단이지만, 이 공동체는 역사적 시공간과 만나게 되면서 그 성격과 경계가 점차 분명해진다. 홍도가 아이를 낳았다가 빼앗기는 사건을 겪으면서 주심이와 산옥이, 곰녀 등 수난의 주인공들 사이에 연대가 일어나게 되는데, 작품은 이들은 집단주체로 확장해 가는 과정을 통해 수난과 회복의 공동체로서의 민족을 구성하게 된다.

해방이 되자 곰녀 등도 유곽을 벗어나게 되고, 주심이와 산옥이는 구호단체로 들어가 전재민을 돕는 일을 하게 된다. 곰녀는 하르반과 살림을 차린 처지라 이들과 함께 하지 못하지만 심정적 연대를 맺고 있음은 물론이다. 이 대목에서 곰녀는 산옥이를 통해 귀환민 이야기를 전해 듣게 되는데, 여기에 오면 이제 이야기는 역사적 시공간에서 펼쳐지는 민족 귀환의 이야기가 된다.

> (라) 만주서 나온 사람의 얘긴데, 그 사람에게는 팔순이 넘은 오매 한분이 계셨대. 그 오매가 조선 독립됐다는 말을 듣고, 그래도 오래오래 산 보람이 있어 독립된 고향구경을 하게 됐다고, 어서 고향에를 나가자고 앞장을 서드래. (중략) 압록강을 건너자 아들은, 어머니, 어머니, 여기가 조선땅입니다, 하고 좀더 큰 소리로 잠든 사람이나 깨우듯

이 말했대. 그랬드니 지금껏 축 늘어졌든 오매가 몸을 움직기기 시작하드니, 말소리는 분명치 않지만, 아들에게는 분명히 좀 내려와 달라는 걸로 알려지더래. 그래 내려와 드렸드니, 오매는 무슨 깊은 잠에서나 깨난 듯이, 뿌득한 눈을 떠 한참이나 땅을 들여다 보드래. 그런대 말야, 이때 오매의 눈이 어떻게나 광채가 나는지, 아들로서도 여태 이런 광채 나는 오매의 눈을 본적이 없대. 그러드니 말야, 두손으로 땅을 쓸어보고 쓸어보고 하드니 땅위를 기기 시작하드래.

(라)의 이야기는 산옥이가 귀환민으로부터 전해들은 것을 다시 곰녀에게 전해주는 것일 뿐, 이야기 자체가 곰녀 등의 운명과 직접 관련되지는 않는다. 그러나 이 이야기는 곰녀 등 여성인물들을 이야기가 환기하는 역사적 시공간에 위치시킨다. 이 과정에서 이야기의 공간은 역사성을 얻게 되며, 이야기의 공동체는 민족 공동체로 그 경계가 설정된다. 사실 이 이야기는 (가)에서 (다)의 이야기와 그 성격이 크게 다르다. (가)에서 (다)의 이야기가 모두 토속적 공동체에서 오래 전부터 전해지는 이야기라는 점에서 이야기 공동체의 내력, 즉 시간적인 아득함을 환기하는 반면, (라)는 동시대의 이야기이지만 만주에서 돌아온 이의 이야기를 전해 줌으로써 공동체의 공간적 경계를 명확히 설정한다.[31]

이야기와 역사 사이에서 미분화 상태에 있던 곰녀의 수난과 각성의 서사는 이 대목에 와서 귀환민의 귀환 이야기와 등가를 이루게 됨으로써 민족 서사로의 변환을 마무리하게 된다. 이후 곰녀는 하르반과의 관

---

31) 벤야민에 따르면 이야기꾼은 두 가지 유형으로 나누어지는데, 하나는 여행에서 돌아온 사람이고, 다른 하나는 고향에 남아 여러 이야기와 전설을 알고 있는 사람으로, 각각 '선원'과 '농부'에 상응한다. 이 두 유형으로 보자면 (가), (나)는 '농부'의 이야기이고, (라)는 '선원'의 이야기이며, (다)는 이 둘이 겹쳐지는 지점에 있다고 볼 수 있다. 발터 벤야민, 「얘기꾼과 소설가」, 앞의 책, 167쪽; 최성만, 『발터 벤야민 기억의 정치학』, 도서출판 길, 2014, 302쪽.

계를 청산하고 전재민 구호에 나서게 됨으로써 결정적인 각성에 이르게 되는데, 이로써 곰녀는 민족의 상징으로, 곰녀의 수난과 각성은 식민지에서 해방에 이르는 역사의 상징으로 확장된다.

### 신화적 사건으로서의 해방

『별과 같이 살다』의 이야기 시간은 식민지에서 해방에 이르는 시간이다. 여기에서 가장 주목할 만한 특징은 해방을 신화적 사건으로 재현하고 있다는 점이다. 이런 신화적 구도에서 보자면 해방이라는 현재 시간은 식민지 과거로부터 이어진 시간이 아니다. 거꾸로 해방된 현재로부터 식민지 과거가 구성된다. 식민지 경험은 해방의 원인 혹은 해방에 이르게 되는 과정이 아니라, 해방이라는 신화적 사건으로부터 구성된 과거이다.[32]

『별과 같이 살다』는 해방을 신화적 시간으로 재현하기 위해 여러 장치를 활용하는데, 그 하나가 죽음과 재생이라는 신화적 구조이다. 작품은 해방을 죽음과 재생의 신화적 구도로 재현하기 위해 서사를 여러 갈래로 이끌어간다. 우선 곰녀라는 명명법에서 민족 기원의 신화와의 연관성을 짐작할 수 있거니와, 해방의 경험을 통해 곰녀의 성격은 개별 인물의 차원을 넘어 집단성을 대표하는 것으로 확장된다. 평양 유곽에

---

32) 벤야민은 과거와 현재의 관계를 꿈과 깨어나기의 관계로 설명한다. 즉 과거가 고정된 것으로 존재하고 현재는 이 고정점을 더듬어 가는 것이 아니라, 마치 깨어나기가 대립된 꿈의 이미지들을 갖고 수행하는 종합을 통해 변증법적으로 자리매김하듯이, 역사적 사실들은 방금 우리에게 부닥쳐오는 것으로 기억된다는 것이다. 이런 인식에서 보자면, 역사인식의 방점은 옛날에 일어난 일, 기억된 사건, 그것의 기록에서 그것이 현재화하는 지금, 기억하기라는 행위로 옮겨지게 된다. 최성만, 위의 책, 377-378쪽.

서 곰녀는 같은 처지의 여성인물들과 만나게 되고, 곰녀를 비롯한 여성인물들은 홍도가 아이를 낳는 사건을 통해 심정적 연대에 이르게 되며 이 과정에서 하나의 집단으로 결속하게 된다. 이들 중에서도 중요한 인물은 산옥이와 주심이이다. 이들은 자신들이 구성하는 집단주체의 죽음과 재생을 드러내는 기능을 한다는 점에서 중요성을 지닌다.

다음으로 작품은 대동강을 신화적 공간으로 격상시킨다. 이 대목에서 산옥이가 중요한 역할을 맡게 된다. 산옥이는 신화적 공간으로서의 '물'의 이미지와 깊이 연관되어 있다. 그녀는 대동강의 푸름, 신비함 등이 더해져 신화적 인물로 그 성격이 구축된다.

> 산옥이는 이런 광경을 여지껏 처음 보는 것이었으나, 어쩐지 전에 이와 꼭 같은 광경을 당해듯이도 느껴지며, 먼지바람이 아주 끊진 다음에도 좀처럼 거기서 눈을 거두지 못했다.
> 그러다가 생각난 듯이 고개를 거두던 산옥이는 또 뜻하지 않았던 대동강물에 다시 놀래고 말았다. 이상스레 파아란 물이었다. 가을철에 아무리 여믄 물이라도 이처럼 파아랄 수는 없었다. 이런 강물은 또 산옥이가 여태 이 대동강물에서 대해보지 못한 강물이었다.
> 산옥이는 혹시 자기의 눈이 무엇에 홀리지나 않았나 했다. 그러면서 더욱더 유심히 강물을 들여다보는 것이었으나, 물의 파아란 빛은 점점 더 파아랗게 물들어만 갔다.[33]

이후 산옥이는 주심이에게 짧은 글을 남기고 스스로 죽음을 택하는데, 이 글에서 그녀는 자신의 죽음에 대해, 그녀가 제일 좋아하는 강으로 가는 것, 강물에 자신의 몸을 씻는 것이라는 의미를 부여한다. 산옥이의 성격이 물의 이미지와 깊이 관련되어 있음으로 해서, 그녀의 죽음은 정화(淨化) 혹은 근원적 세계로의 합일 등으로 해석된다.

산옥이의 죽음 이후 곰녀는 죽음과도 같은 병(病)을 앓게 되는데, 이

---

33) 『별과 같이 살다』, 앞의 책, 204-205쪽.

병과 병으로부터의 회복도 신화적 구조로 해석될 때 그 의미가 분명히 드러난다. 곰녀의 병은 제의적 죽음이며 그로부터의 회복은 제의적 재생이 된다. 곰녀가 병을 앓는 동안 꾸게 되는 꿈도 그녀가 산옥이의 죽음과 자신을 동일시하고 있음을 분명히 보여준다.

> 한번은 신새벽에 잠이라고 든 곰녀는 몇날 전에 빨래 나갔던 대동강 얼음 구멍 속으로 들어간 자기를 발견했다. 어쩐일인지 얼음 속이 춥지가 않다. 좀전에 먹은 술 때문일 것이다. 그리고 도무지 헤엄이라고 칠 줄 모르는 곰녀건만 잘도 쳐간다. 곰녀는 생각한다. 산옥이를 찾아내야겠다, 고. 그래 자기는 조금도 춥지 않으니 자기가 대신 있기로 하고, 산옥더러는 속히 얼음 밖으로 나가라고 해야겠다, 고. 그러다가 깜짝 잠이 깨었다. 몸이 불덩이였다. 그런 속에서도 곰녀는 다시 생각한다. 불쌍한 산옥이, 불쌍한 산옥이, 하고.[34]

곰녀는 이러한 제의적 죽음을 거쳐 신화적 각성으로 나아간다. 이를 위해서는 산옥이와의 동일시를 넘어서는 과정이 불가피하다. 산옥이와의 동일시는 곰녀의 제의적 죽음을 의미하며 이를 벗어날 때만 신화적 각성에 이를 수 있기 때문이다. 여기에서 주심이의 역할이 중요하다. 주심이는 앞에서도 언급했듯이, 이야기 바깥 세계의 시선을 끌어들이는 인물이다. 주심이에 의해 이야기 바깥 세계가 도입되는 것은, 이야기 세계와 현실 세계와의 미분화 상태를 벗어나는 것을 예고하는데, 이는 곰녀의 각성과도 조응된다. 병에서 회복된 곰녀가 주심이의 목소리를 내면으로부터 들으면서 산옥이와의 동일시를 넘어 결정적인 각성에 이르는 장면은 이를 잘 보여준다.

> 그러다 곰녀는 또 문득 이 불쌍한 산옥이, 불쌍한 산옥이가 다른 누가 아니고 자기 자신으로 느낀다. 그러나 다음 순간, 곰녀는 다시 그렇

---

34) 위의 책, 256-257쪽.

지 않다고, 자기에게는 하르반이 있지 않느냐고, 그리고 이 하르반은 온다고 했으니 또 반드시 올것이 아니냐고, 그 증거로 오늘은 하르반이 보낸 사람까지 다녀가지 않었느냐고, 그러니 자기는 조금도 불쌍할게 없다고, 한다. 그러나 지금 곰녀의 가슴은 이 생각으로 해서 조금도 후련해지지 않는다. (중략)

그러다가 곰녀는 깜작 놀라고 만다. 이 떨리는 가슴 속으로부터 문득 이상한 소리가 들려온 것이다. 바보, 바보, 하고. 그것은 산옥이의 목소리도 같고, 주심이형님의 목소리도 같았다. 그러나 그실은 산옥이의 목소리도 주심이형님의 목소리도 아니었다. 곰녀 자신의 가슴 속으로부터 속사겨 진 소리었다. 이 소리가 다시 속사긴다. 주심이성님한테로 가그라, 주심이성님한테로 가그라.[35]

죽음과 재생의 신화적 구조에서 곰녀의 각성은 재생을 위한 결정적인 단계가 된다. 산옥이와 자신을 동일시하면서 병을 앓던 곰녀가, 이와는 전혀 다른 목소리, 즉 주심이에게로 가라는 소리를 그 내면에서 듣게 되고, 이 소리에 의해 그녀는 하르반과의 관계를 벗어나게 되는데, 이 벗어남은 이전까지 그녀가 견지해 오던 숙명적 수난으로부터의 벗어남이기도 하다. 이처럼 곰녀가 주심이와 자신을 동일시하게 되는 것은 신화적 각성을 통해 새로운 생명의 차원으로 나아갈 것을 예고한다.

한편, 『별과 같이 살다』가 해방된 평양 거리를 묘사한 대목에서도 해방은 신화적 사건으로 재현된다. 『별과 같이 살다』에서 해방된 평양 거리는 큰 강물의 흐름으로 묘사된다. 그리고 곰녀 등 주요 인물들은 이 물결 속으로 휩쓸려 들어가는 것으로 해방을 경험한다. 여기에 이르면 해방은 죽음과 재생의 신화적 공간인 대동강의 이미지와 결합되면서 신화적 사건으로 격상된다.

---

35) 위의 책, 277-279쪽.

웬한 사람이 이렇게도 많으냐. 다른사람 아닌 조선사람이 어디 이렇게 많이 숨어 있다 쏟아져 나온 것이냐. 그리고 또 자꾸 나오고 있는 것이냐. 밀려오는 사람의 떼들. 그저 물결이었다. 크나큰 물결이었다. 만세를 부르며 내뻗치는 팔들. 그것은 또한 물결의 힘찬 움직임이요, 크나큰 파도소리였다.

곰녀는 저도 모르게 산옥이와 함께, 그리고 가치 달려온 애들과 함께, 이 물결 속에 휩쓸려 들어간다. 그리고 이 사람의 물결은 단지 여기서만 일어난 것이 아니고, 저기 성안 곳곳에서 일어난 듯, 그 움직이며 파도치는 소리가 팔월 하늘을 스쳐 울려오는 것이었다.[36]

이 장면은 평양 근교에서 해방을 맞이한 황순원의 역사 경험과도 연관되어 있다. 황순원의 해방 경험이란 무엇이었을까? 식민지 말기 금지된 고유어를 통해 언제 발표될지 알 수 없는 소설을 써 내려간 작가에게 있어 해방은 무엇보다도 고유어의 해방이요 고유어 공동체의 해방이었을 것이다. 해방을 맞은 그가 『관서시인집』에 발표한 시 「부르는 이 없어도」는 이 해방의 표정을 잘 보여준다.

부르는 이 없어도 / 찾아 나서면 / 모두 잊을 뻔한 내 사람뿐이오. //
예와 다름없을 거리의 얼굴들이 / 왜 이닥지 반가웁겠소, / 어느 유순한 짐승처럼 / 비릿하고 쩝절한 거리의 몸냄새가 / 왜 이처럼 그리웁겠소. //
호박 광주릴 인 촌 아주머니는 / 호박개처럼 복스런 / 막내딸이라도 낳게 해줍쇼, / 무지갤 진 촌 아주머니는 / 뭇밋처럼 시원한 / 만득자라도 보게 해줍쇼. //
우리가 말도 웃음도 없으나 / 서로 지나치고 만나노라면 / 몸냄새처럼 체온도 합치는구료, / 여보시오 국수를 먹고는 국수처럼 / 다같이 명길일 합시다.
부르는 이 없어도 / 찾아 나서면 / 모두 잊을 뻔한 내 사람 뿐이오. //
- 「부르는 이 없어도」 전문[37]

---

36) 위의 책, 211쪽.
37) 황순원, 「부르는 이 없어도」, 『관서시인집』, 평양 인민문화사, 1946. (유성호, 「해방

해방이라는 역사 경험은 어떻게 재현될 수 있었을까? 이 물음에 대한 답은 하나로 요약되기 어렵다. 당시 해방을 경험한 이들이 각기 다른 위치에서 해방을 경험하였기에, 누군가에게 환희였을 그 경험이 다른 누군가에게는 악몽과 같은 경험일 수도 있었다. 이런 경험의 직접성을 넘어 해방이 집단의 기억으로 구성되기 위해서는 이를 재현하는 특정한 양식이 필요하였을 터이다. 이런 사정을 전제하고 보면,『별과 같이 살다』가 해방을 이처럼 신화적 사건으로 재현하고 있다는 점은 가장 중요한 특징이 된다.

이 작품에서 신화적 사건으로서의 해방은 그 이전의 식민지 과거를 구성하는 원리가 된다. 곰녀의 수난은 해방이라는 신화적 사건에 의해 구성된 것으로, 이런 수난을 감내하는 곰녀의 태도 역시 해방에 비추어 볼 때만 그 의미가 드러나게 된다. 앞서 간단히 언급하였지만, 곰녀의 수난이 지닌 숙명성과 이에 맞서는 곰녀의 원초적 순진성은 이 지점에서 그 의미를 다시 물어야 한다. 곰녀의 수난이 지닌 숙명성은 애초에 해방이라는 신화적 사건의 대립항으로 구성된 것이기 때문이다.『별과 같이 살다』의 첫 대목은 박우물골에서 전해지는 이야기를 풀어내는데, 이 이야기가 구성하는 공동체는 숙명적 가난을 겪고 있는 공동체이다.

> 그래 어린애들이 긴긴 낮을 혼자 울다 지쳐 울음을 그치고, 바람벽이라든가 구들바닥의 흙을 뜯어 먹으며 혼자 놀다 지치면 다시 혼자 울기 시작하고, 하는 것이었는데, 이런 애들이 가다 어른들이 물것을 없애노라 굽도리로 돌아가며 으깨 발라 논 할미꽃 뿌리를 뜯어먹고 아무도 모르게 혼자 죽어가는 수도 있는 것이었다. 그러나 누구네가 이런 일을 당한 것을 보고도 다음날 역시 자기네 이런 어린애를 집에 남겨둔 채 모두 들로 나가야 하는 그들이었다. 혹 그렇게 죽은 애가 자식이

직후 북한 문단 형성기의 시적 형상」,『인문학연구』제46집, 2013, 330-331쪽에서 재인용)

라도 많은 집 애일 경우엔 속으로들, 되레 그 집에서는 한 입 덜어서
시름 놓았다는 말까지 하면서.[38]

이런 숙명적 공동체에서 태어나 자란 곰녀가 겪는 수난 역시 숙명적
이다. 그녀가 김만장과 그의 아들에게 몸을 **빼앗기고** 쫓겨나 서울로,
평양으로 흘러가는 수난의 과정에 대해 개연성 여부를 문제 삼을 수
없는데, 그 이유는 이러한 수난이 처음부터 숙명성에 속한 것이기 때문
이다. 왜 작품은 박우물골을 숙명성의 공간으로, 곰녀의 수난을 숙명적
인 것으로 그린 것일까? 그것은 숙명성으로부터의 벗어남을 전제로 하
지 않고서는 말하기 어렵다. 숙명이란 그것이 숙명이라는 바로 그 이유
로 해서 그것으로부터 벗어날 수 없는 것인데, 작품은 해방이라는 신화
적 사건을 전제함으로써 숙명을 숙명 그 자체로 그리기보다 그것으로
벗어난 상태, 즉 해방에 이르기 위한 조건으로 그리고 있는 셈이다.

곰녀의 수난 이야기에서 수난은 식민지 경험과 연관되지만, 역사적
인 맥락으로 이어지지는 않는다. 곰녀의 아버지 곰이가 일본 탄광 노동
자로 나갔다가 죽음을 맞게 되면서 곰녀의 수난은 시작되는데, 이 대목
에서조차 수난은 역사적이라기보다 숙명적이다. 여기에는 식민지인으
로서 겪는 식민지적 억압과 차별의 흔적이 그려져 있지 않다. 아버지의
죽음 이후 재가한 어머니가 아이를 낳다 죽게 되고, 다시 배나뭇골할머
니에게 맡겨진 곰녀가 김만장의 집에 들어가게 되고, 김만장과 그의 아
들에게 차례로 몸을 **빼앗기는** 등 일련의 수난을 겪게 되는데, 아버지
곰이의 죽음도 이러한 수난이 지닌 숙명성의 일부일 뿐, 식민지인으로
서의 겪는 억압으로 해석되지 않는다.

곰녀의 수난이 담고 있는 숙명성은 이러한 수난을 감내하는 곰녀의

---

38) 『별과 같이 살다』, 13-14쪽.

태도와 조응된다. 곰녀는 이러한 수난에 항거하거나 회피하지 않으며, 절대적 순응을 통해 이를 감내한다. 이러한 절대적 순응의 이면에는 숙명적 불행에도 훼손되지 않는 생명력이 자리하고 있다. 이 대목에서 다시 곰녀의 명명법을 떠올리게 되는데, 그녀의 이름은 수난의 양상이 바뀜에 따라 삼월이, 복실이 등으로 계속 바뀌지만, 그럼에도 불구하고 작품 서술상의 명명은 변하지 않는데, 이 점은 곰녀라는 이름 자체가 환기하는 근원적인 생명력을 보여주는 것이라 할 수 있다. 여기에 이르면 곰녀가 지닌 생명력의 원천을 짐작할 수 있다. 곰녀가 지닌 생명력이 곰녀 개인의 내면에 속한 자질이 아니라 이야기가 구성하는 공동체가 그녀에게 부여한 자질이라는 점이다. 사실 곰녀가 지닌 원초적 생명력은 그녀가 겪는 수난의 숙명성과 그 원천을 같이 한다. 『별과 같이 살다』가 구성하는 이야기 공동체가 곰녀에게 숙명적인 수난과 더불어 이 수난을 감내할 수 있는 생명력을 동시에 부여한다.

이처럼 수난의 숙명성과 그것을 감내하는 원초적 생명력이 모두 이야기 공동체의 성격에서 비롯된 것이라면, 수난의 숙명성을 벗어날 수 있는 가능성은 어디에서 오는 것일까? 여기에서 다시 해방이 지닌 신화적 성격에 주목하게 된다. 해방을 신화적 각성으로서의 경험으로 재현한 데서 숙명성을 벗어날 수 있는 계기가 마련된다. 『별과 같이 살다』의 이야기 공동체는 해방을 경험하게 되면서, 현실과 이야기 세계의 미분화 상태에서 벗어나 역사성의 공간으로 옮겨오게 된다. 이 지점에서 이야기 공동체가 구성한 집단주체는 민족공동체로의 면모를 지니게 된다. 이렇게 보면 곰녀의 각성은 이야기 세계의 미분화 상태로부터의 각성인 동시에, 민족공동체로의 각성이라고 할 수 있을 것이다.

## 집단기억의 형성과 망각

『별과 같이 살다』가 이야기를 통해 구성한 집단기억과 집단 정체성
은 과거에 대한 망각을 징후적으로 내포하고 있다. 『별과 같이 살다』
의 이야기가 집단기억을 구성하는 과정에 이른바 기억과 망각의 변증
법이 작동하고 있다. 이 대목에서 기억은 망각을 통해 구성된다는 명제
를 떠올리게 된다.

> 기억은 망각을 극복함으로써가 아니라 오히려 망각이라는 구성적
> 작업을 통해 비로소 가능해진다. 이때 망각의 핵심적 계기를 이루는 것
> 이 바로 이야기이다. 이야기의 언어는 과거와의 심리적 거리를 창출한
> 다. (중략) 이런 점에서 이야기는 망각의 최종단계로 자리매김될 수 있
> 다. 과거에 대한 기억은 결국 그것에 대한 이야기를 통하여 비로소 완
> 수된다고 할 수 있다. 이와 같은 이야기 과정은 과거를 단지 포기하는
> 것이 아니라 새로운 정체성을 이루는 계기로 부활시키는 작업이다.[39)]

『별과 같이 살다』의 이야기 양식이 식민지와 해방에 대한 집단기억
을 형성하는 형식을 제공해 주었다는 데서 해방기 기억의 정치학을 읽
어낼 수 있다. 여기에서 제기되는 물음은 다음과 같다. 기억이 망각
을 통해 구성되는 것이라면, 그리고 『별과 같이 살다』가 이야기 양식
을 활용함으로써 식민지에서 해방에 이르는 사건을 민족 공동체의 각
성으로 재현하였다면, 이런 집단기억을 구성하는 과정에서 망각된 것
은 무엇인가?

식민지에서 해방에 이르는 역사경험을 재현하는 것은 자명한 과정이
아니다. 식민지의 기억은 그것이 환기되는 시점에서 환기하는 주체의
위치와 의도에 따라 새롭게 구성되는 것이기 때문이다. 그렇다면 소설

---

39) 전진성, 『역사가 기억을 말하다』, 휴머니스트, 2005, 107쪽.

은 이를 어떻게 재현할 것인가? 이 물음에 대한 답으로『별과 같이 살다』는 이야기를 통한 재현의 방식을 선택하였다. 이야기는 소멸해 가는 양식이지만, 그것이 근대소설에서 활용됨으로써 식민지와 해방을 집단의 경험으로 재현할 수 있었다. 요컨대,『별과 같이 살다』는 옛이야기를 활용하여 해방과 식민지 경험을 집단기억으로 구성한 작품이다.

『별과 같이 살다』가 재현한 식민지 기억은 신화적 사건인 해방의 시점에서 재구성된 것이다. 그리고 해방이 신화적 사건일 수 있는 이유는『별과 같이 살다』의 서사가 민족국가 및 국민의 형성이라는 거대 서사와 그 맥을 같이하고 있기 때문일 것이다. 이 점은 다음과 같은 물음으로 이끌어간다.『별과 같이 살다』가 재현하는 식민지의 경험이 민족국가에 의해 선별되어 재현된 것이라면, 그것이 선별되는 과정에서 어떤 변형을 거치는가, 그리고 그 과정에서 망각된 경험은 무엇인가?

이에 대해『별과 같이 살다』는 징후적으로만 답한다. 이 작품에서 식민지 경험을 수난으로 그리는 대목에서조차 식민제국 및 제국의 주체를 발견할 수 없고, 식민제국과 식민지 사이의 억압과 차별의 구체적 경험이 드러나지 않는다는 점은, 해방을 신화적 사건으로 재현한 데서 비롯된 망각의 흔적이 아닐까? 곰녀 등 여성인물들이 죽음과 재생이라는 신화적 구도 위에서만 그 위치를 얻게 될 때, 이들이 개별 주체로서 갖게 되는 식민지 경험은 망각되는 것이 아닐까? 이 망각의 지점에서 다른 기억을 환기하는 것은 해방이 된 지 70년이 지난 현재 시점에서 수행해야 할 기억투쟁이 될 것이다.

# 3. 친일의 기억과 망각
## - 김동리의 『해방』 -


## 김동리 장편소설 『해방』과 친일을 기억하기

　해방 후 우리 사회에서 식민지의 기억과 관련하여 기억투쟁이 가장 첨예하게 지속되고 있는 지점은 아마도 친일과 관련된 문제일 것이다. 친일을 어떻게 기억할 것인가, 혹은 이를 어떻게 청산할 것인가를 놓고 해방기부터 지금까지 상황에 따라 논점이 바뀌면서 논쟁이 이어지고 있다. 현재 제기되고 있는 이 논쟁의 주요 논점은 대략 다음과 같다.[40]

　우선, '민족', '민족주의'에 대한 개념을 탈중심화하려는 시도이다. 탈민족주의로 수렴되는 최근의 논의들은 '민족'을 상상적 구성물로 규정하고, 식민지기 혹은 그 이후 민족 및 민족주의와 관련된 개인의 입장역시 고정된 것이 아니라 끊임없이 운동하는 가운데 정립되는 것으로 본다. 둘째, 친일 혹은 협력의 범위 설정과 관련된 문제이다. 첫 번째 논점에서 이어지는 것이지만, 기존의 민족주의가 식민지배에 대한 태도를 저항 혹은 친일로 이분하는 것에 대해서는 반론을 제기한다.[41] 이 논의들은 '친일' 혹은 '굴종'이라는 용어보다 '협력'이라는 용어를 선

---

40) '친일' 문제에 대한 그 동안의 논의를 정리한 글로 다음을 참고하였다. 김민철, 『기억을 둘러싼 투쟁』, 아세아문화사, 2006; 김민철·조세열, 「'친일' 문제의 연구경향과 과제」, 『사총』 63, 2006; 박수현, 「한국 민주화와 친일청산 문제」, 『기억과 전망』 24호, 2011.

41) 조관자는 '반일 민족주의자'와 '친일 협력자'라는 이분법적 구분이 식민지기 조선 사회의 복잡성을 제대로 반영하지 못한다고 지적하고, 저항과 협력의 복잡한 관계를 제대로 이해하기 위해서 '친일 민족주의자'라는 새로운 범주를 도입한다. 조관자, 「민족의 힘을 욕망한 친일 내셔널리스트 이광수」, 『해방전후사의 재인식 1』, 책세상, 2006.

호하는데, 이때 협력은 일부 친일 행위자에 국한된 것이 아니라 그 당시 일상적인 삶을 살았던 사람들 전체의 문제이고, 따라서 중요한 것은 협력 행위 자체를 밝혀 그 과오를 단죄하는 것이 아니라 협력을 강요한 당시의 사회 구조를 구체적으로 인식하는 것이 된다.[42] 셋째, 개인의 윤리적 책임에 대한 문제이다. 이처럼 협력을 당시 사회 구조의 문제로 설정하게 되면 개인의 윤리적 책임을 물을 수 없게 되며, 따라서 친일 청산은 인적 청산으로 귀결될 것이 아니라 과거를 드러냄으로써 극복해야 할 과제로 설정된다.

물론 이상의 논점에 대한 반론도 만만치 않다. '민족'이 상상적 구성물이라 하더라도 그것이 현실에서 실체를 가지고 힘을 발휘한다면 그것은 허구가 아닌 실체이며, 따라서 친일 혹은 협력의 범위 역시 그 당시 지배체제 속에서 유형을 구분하고 그 경중을 따질 수 있으며, 협력의 구조를 밝히는 것과 아울러 친일 행위자 개개인의 윤리적 책임을 묻는 일이 함께 이루어져야 한다는 것이다.[43]

'친일'을 기억하고 그 결과로부터 벗어나는 것은 해방 이후 지금까지 지속되고 있는 미완의 기획이다. 2009년 민족문제연구소가 펴낸 『친일인명사전』은 친일을 기억하기 위한 가장 포괄적인 시도라 할 만한데, 이를 두고서도 논쟁이 그치지 않고 있다. 해방이 된지 70년이 지난 지금 어째서 기억투쟁은 잦아들기는커녕 계속 확산되고 있는 것일까? 그

---

42) '친일' 대신 '식민지 협력'으로 개념을 사용할 경우, 식민지를 우리 민족의 고유한 경험이 아니라 세계사의 일환으로 파악할 수 있고, '친일'을 식민지 권력에 대한 협력이면서 동시에 근대 권력에 대한 협력으로 확장하게 되며, '친일'이 '민족'에 고정시킨 협력과 저항의 축을 계급, 성, 인종, 문화, 언어 등으로 다양하게 확장할 수 있다. 이 글은 이런 입장에 동의하지만, 해방기에 익숙하게 사용했던 용어를 따라 '친일'이라는 용어를 그대로 사용한다. 윤해동 외, 『근대를 다시 읽는다 1』, 역사비평사, 2006, 150-151쪽.

43) 김민철, 「'친일' 문제 - 인식, 책임, 기억」, 『한국민족운동사연구』 45, 2005.

것은 해방기의 이념 대립이 분단체제로 이어지는 과정에서 친일은 특정 정치세력의 이해관계와 촘촘하게 연관되어 왔고, 현재 우리 사회의 권력 구조에까지 영향을 미치고 있기 때문일 것이다. 이러한 상황에서 해방기 소설이 친일을 어떻게 기억하는지, 그것이 집단기억으로 형성되는 과정에서 어떻게 왜곡, 변형되는지를 살펴보는 것은 현재 우리 사회가 당면한 문제를 보다 분명히 하는 데도 시사점을 줄 수 있을 것으로 본다.

김동리의 『해방』은 김동리의 첫 장편소설로, 1949년 9월 1일부터 1950년 2월 16일까지 〈동아일보〉에 연재된 작품이다. 『해방』은 〈동아일보〉에 연재된 이후 단행본으로 출간되거나, 전집류에 실린 적이 한 번도 없어 그동안 많은 논의가 이루어지지 않다가, 최근 새롭게 연구자들의 주목을 받고 있다.[44)]

『해방』이 연재된 시기는 남한 단독정부가 수립된 지 일 년여가 지난 시점으로, 제헌국회가 반민족행위처벌법을 제정하여 반민특위가 구성되어 활동하던 중 1949년 5월 소위 국회프락치 사건, 1949년 6월 반민특위 사무실 습격 사건 등으로 그 활동이 중단된 직후이기도 하다. 이후 이승만 정부가 반공체제를 강화하게 되면서 친일파 처벌을 둘러싼 당시의 갈등은 수면 아래로 가라앉게 되지만, 친일 청산 문제는 우리 사회의 첨예한 논쟁적 과제가 되어 반복적으로 제기되어 왔다는 점에서 이 시기는 또 다른 국면의 시작이었다고 보아야 할 것이다.[45)]

---

44) 김주현은 『어문론총』 37-39집에 「해방」 전문을 수록함으로써 『해방』 및 해방기 김동리 소설 연구에 새로운 전기를 마련했다. 김주현은 이 작품을 '해방 후 친일파의 처리나 좌익과 보수의 분열과 대결 등 당대의 문제를 민감하게 클로즈업시킨' 작품으로 소개하였다. 『어문론총』 37-39, 2002-2003.

45) 반민특위의 설치와 활동에 대한 논의로는 다음을 참고할 수 있다. 오익환, 「반민특위의 활동과 와해」, 『해방전후사의 인식』 1, 한길사, 1989; 이강수, 『반민특위 연구』, 나남출판, 2003; 허종, 『반민특위의 조직과 활동』, 선인, 2003.

해방기의 김동리는 평론집 『문학과 인간』(1948)과 창작집 『무녀도』(1947), 『황토기』(1949)을 출간하는 등 우익 문단의 중심으로서 이론과 창작 양면에서 확고한 위치를 차지하게 된다. 그는 좌파 평론가에 맞서 '삶의 구경적 형식'으로 요약되는 '본격문학', '순수문학'을 주창하였으며, 「윤회설」(1946), 「역마」(1948) 등의 작품을 통해 그것을 실현해 보였다. 1949년 『해방』을 연재할 무렵 김동리는 남한 문단의 중심이 되어 있었는데,46) 해방기 내내 맞서 싸운 대상이 사라진 상태에서 그가 창작을 통해 더 나아가고자 한 지점은 어디였을까? 그가 주창한 '순수문학'이 실상은 정치성을 띤 것이고, 이때의 정치성이란 남한 단독 정부의 노선을 따른 것이라는 점은 여러 차례 지적되었거니와,47) 『해방』이 당시로서 예민한 주제였던 친일파 문제를 다루고 있는 것은 이 시기 김동리의 정치적 위치와 관련된다.

김동리의 『해방』에 대한 지금까지의 논의는 주로 이 작품을 우익 반공 이념과 통속성이 결합된 형식으로 규정하였다.48) 이들 연구는 반공

---

46) 김윤식에 따르면, 1949년 7월 현재 김동리는 '1인 4역'의 상태에 있었다. (1) 문총의 실세로서의 간부 (2) 〈서울신문〉사 출판국 차장 (3) 〈문예〉 편집 고문 (4) 장편 『해방』(「동아일보」 연재)의 작가 등이 그것이다. 김윤식, 『해방 공간 문단의 내면 풍경』, 민음사, 1996, 330쪽.

47) 신형기, 「순수의 정체」, 『해방기 소설 연구』, 태학사, 1992; 이주형, 「김동리 〈순수 문학론〉의 반현실주의」, 『김동리』, 살림, 1996.

48) 박영순은 당시의 정치적 상황이 작품 형식에 어떻게 드러나 있는지를 논의하면서 특히 이 작품이 지닌 애정 삼각관계에 주목하였다. 신형기는 개성과 생명을 탐구한다는 김동리의 '본격문학'이 우익 반공 이념과 결합하게 되면서, 『해방』이 통속소설로 귀결되고 있음을 지적하였다. 박헌호는 『해방』의 통속성을 장편 양식의 특성과 관련하여 논의하였는데, 특히 우익 이념을 앞세워 인물들을 도덕적 이분법으로 구분하고 있다는 점에서 통속성이 드러난다고 지적하였다. 한편 박은태는 김동리의 세계관을 이루고 있던 운명관이 인물 형상화에 있어서의 통속성으로 드러나고 있음을 지적하였다. 김주현은 최근 논문에서, 김동리의 『해방』을 당시 김동리가 지니고 있었던 우익의 정치인식을 보여준 작품, 냉전 이데올로기에 갇혀 현실인식 및

이념을 통한 현실 인식의 편향성이 서사의 한계로 이어졌다고 평가하였다. 이들 논의는 해방기 김동리의 이념 및 세계관과 작품 사이의 관련을 잘 드러내고 있으면서도, 이 작품이 놓여 있는 맥락, 다시 말해 해방에서 단정수립에 이르는 시기 친일의 기억과 관련된 사정을 충분히 고려하지 못하고 있는 것으로 보인다.

김동리의『해방』은 해방 직후 텍스트로서의 특징을 곳곳에 드러낸다. 친일의 기억을 재현하는 데 있어 작품 표면에 드러난 작가의 서술과 그 이면에 놓인 서사적 의도는 곳곳에서 상호 충돌하고 있으며, 이 과정에서 작가는 식민지 과거의 불편한 기억을 완화하기 위해 다양한 서사 전략을 동원하기도 한다. 이 글은『해방』을 해방 직후의 특징인 과거 역사와의 급진적 단절, 그리고 미래에 대한 불안을 담고 있는 텍스트로 규정하고, 이 작품에서 친일의 기억이 어떻게 재현되는지, 그리고 그것이 어떻게 민족 표상 안으로 재배치되는지를 규명하고자 한다.

## 「윤회설」과「지연기」

『해방』을 발표하기 전에도 김동리는 그의 작품에서 좌우 이념 대립과 친일 문제를 다룬 바 있다.「윤회설」(1946)과「지연기」(1946) 등이 그것인데, 이들 작품이 이념 대립과 친일 문제를 다루는 방식은『해방』으로 그대로 이어지고 있어 눈여겨 볼만하다.「윤회설」은 좌우 이념 대립을 배경으로 주인공 남녀의 내적 갈등과 결합을 다룬 이 이야기인

---

서사에 문제점을 노정한 작품으로 평가하였다. 박영순,「김동리『해방』연구」,『국어국문학』99, 1988; 신형기,『해방기 소설 연구』, 태학사, 1992; 박헌호,「김동리의『해방』에 나타난 이념과 통속성의 관계」,『현대소설연구』17, 2002; 박은태,「김동리의『해방』연구」,『한국문예비평연구』20, 2006; 김주현,「김동리의『해방』연구」,『어문학』121, 2013.

데, 반공 이념을 성적인 고결함과 결부시키고 있다는 점이 가장 이채롭다. 주인공 종우는 시류에 휩쓸리지 않고 좌익의 논리를 완강히 거부하는 인물인데, 이러한 그의 이념적 지향은 혜련과의 관계에서 육체를 거부하는 태도와 결부되어 있다.

> 종우는 혜련의 이러한 말뜻을 진작부터 대강 짐작하지 못하는 바도 아니었다. 혜련이 종우를 향해 좀더 육체적인 교섭을 바란다는 것은 벌써 여러 해 전부터의 일이요, 자기 역시 가끔 이러한 동물적 충동을 받지 않는 바도 아니었으나 인간적 자존이 유지하는 날까지 이것과 겨루어보려는 것이 그의 유일한 보람이라면 보람이요 괴벽이라면 괴벽이기도 하였다.[49]

종우가 혜련과의 육체적 교섭을 유보하는 것은 그의 '인간적 자존'을 지키려는 것으로서, 이는 지식인 대다수가 좌익으로 기울어지는 시류를 거부하는 그의 입장과 등가를 이룬다. 한편 종우와 혜련의 반대편에는 종우의 동생인 성란과 그의 남편 윤군이 놓여 있는데, 이들은 처음에는 사회주의를 혐오하다가 태도를 돌변한 인물들로서, 알지 못한 이유로 종우와 혜련의 사이를 방해하기도 하고 이들의 결혼식에도 끝내 나타나지 않는 등 '인간적 자존'을 유지하는 못하는 인물들로 그려져 있다. 이러한 서사의 구도는 반공 이념을 성적인 차원으로 치환시킴으로써, 그 정당성을 확보하고자 한 설정으로 이해할 수 있다.

「지연기」는 친일 문제를 본격적으로 다룬 첫 작품이다. 이 작품은 친일을 등장인물의 개인 윤리와 결부시키고 있다. 친일 문제가 개인 윤리의 문제가 되면 그 처리 기준은 상대적인 것이 될 수밖에 없다. 그런데 「지연기」가 친일 문제를 상대적인 기준으로 옮겨오는 과정은 단순하지 않다. 해방과 함께 출감한 정후는 해방이 가져다 준 마음의 평화

---

49) 김동리, 「윤회설」, 『김동리 전집』 2, 민음사, 1995, 17쪽.

를 누구보다도 고맙게 여기는 인물이지만, 해방 후에도 여전히 생활고에 시달리고 있다. 반면 김 선생은 해방 전 정후에게 '황민 교육'에 적극적으로 나서라고 요구하던 인물인데, 그런 그가 해방이 되자 학교 기물을 빼돌리고 이 문제로 학교에서 쫓겨나게 되지만, 그 후 좌익 행세를 하면서 복직 운동을 한다. 이 와중에 친일파 처리 문제가 중요한 주제로 부각되는데, 이 문제에 대한 정후의 입장은 상식적이지 않다. 그는 일단 민족이라는 절대적인 기준에서 이 문제를 파악하면서도 이를 무차별적으로 적용함으로써 두 개의 극단적인 상황 인식에 도달한다. 한편으로는 김 선생의 친일 행적을 문제 삼지 않으면서, 다른 한편으로는 자신 역시 친일파라는 다소 갑작스러운 선언을 하게 되는 것이다.

> 나는 역시 친일파일 것이다. 그리고 또 민족 반역자요 교내 불순 분자일는지도 모른다. 그러나 나는 이것을 변명하려는 것이 아니다. 나는 분명히 내 입으로 니혼노 릿카이군과 쓰요이란 말을 했고 또 여러분들은 이것을 들었다. 다만 여러분은 이런 말을 한 번도 입에 담지 않은 양심적 교육자를 내 앞에서 지적해야 할 의무가 있다. 만약 여러분이 그러나 양심적인 교육자를 지적해 내지 못할 때는 여러분은 우선 여러분의 요구 조건부터 철회해야 할 것이다.[50]

이러한 '친일파 선언'은 이중적인 울림을 지닌다. 자신 역시 친일파라고 하는 데는 '민족'이라는 절대적인 기준이 놓여 있는데, 이 기준에서 보면 식민지를 살아온 이들 모두가 친일로부터 자유로울 수 없다. 모두가 친일파라면 친일 행적에 대한 책임을 더 이상 물을 수 없게 되며, 친일 행적 자체를 객관적으로 드러내는 것은 무의미한 것이 된다.

친일에 대해 절대적인 기준을 무차별적으로 적용함으로써 작품은 역설적으로 이를 개인 윤리의 문제, 즉 상대적인 영역으로 끌어낸다. 모

---

50) 김동리, 「지연기」, 위의 책, 48쪽.

두가 친일파라고 하더라도 김 선생은 여전히 부정되어야 할 인물인데, 그 이유는 그가 해방 후에 보여준 비윤리적 처신 때문이다. 여기에는 그의 좌익 행세가 포함된다. 위의 친일파 선언은 겉으로는 절대적인 기준에서 자신을 단죄하는 것으로 보이지만, 그 이면에는 상대적인 기준에서 볼 때 그 자신이 개인 윤리의 차원에서 우월하다는 자신감이 내재되어 있다.

이렇게 보면 김동리의 소설이 친일 문제와 이념 문제를 서로 결부시켜 다루고 있음을 알 수 있다. 장편소설 『해방』은 이 둘을 하나의 서사를 통해 해결하고자 하는 시도이다. 그러나 이러한 정치적 의도가 서사를 이끌어갈 때 서사는 균열을 피하기 어렵다.


## 친일의 기억과 그 재현

### ① '청년'과 '친일'의 거리

『해방』은 대한청년회의 회장 우성근의 피살 소식을 알리는 한 통의 전화로부터 시작된다. 이후 사건을 수습하는 과정에서 우성근을 살해한 이들이 좌익계열 청년단체라는 사실이 드러난다.

> 「대체로 국군준비대(國軍準備隊) 아이들같이 보입니다. 만약 국군준비대 애들이 아니면 민청(民靑)이나 학병동맹(學兵同盟) 애들일 것입니다.」
> 「그거야 좌익계렬의 청년단체 군사 단체들을 일체 해체하라는 성명서를 우군이 발표한 바로 직후니까 그러한 좌익방면에서 왔다는 것쯤은 짐작할 수도 있지만 그렇다고해서 좌익계렬의 청년단체 군사단체가 한두 사람도 아닌 걸 그걸 죄다 잡아 죽인단 말인가 어떻게 한단 말인가?」51)

우성근을 살해한 단체로 지목되고 있는 국군준비대는 어떤 단체였을까? 국군준비대는 1945년 8월 17일 '귀환장병대'라는 이름으로 시작되었다가, 9월 7일 미군상륙을 앞두고 국군준비대로 바꾸었으며, 1945년 12월 현재 약 10만의 예비군과 약 1만 5청의 상비군을 가진 큰 군사단체였다. 12월 26, 27일 이틀 동안 국군준비대 전국대회를 열었으나, 1946년 미군정의 해산명령에 의해 해산하게 된다. 미군정이 국군준비대를 해산한 이유는 이 단체가 좌익 대회에 경비를 선 것이 치안법령에 위반되었기 때문이다. 또 12월 27일 오후 1시경 좌익계 신문이었던 인민보사가 우익계 청년들에 의해 습격당하자 이를 저지하기 위해 국군준비대가 건국청년회를 급습하여 '건청' 간부 10여 명을 불법 체포한 일도 있었다. 이로 미루어 볼 때 국군준비대는 좌익계열 군사단체였음을 짐작할 수 있다.[52] 국군준비대에 의해 대한청년회 회장 우성근이 살해된 장면에서 시작되는 『해방』은, 1945년 말에서 1946년 사이 좌익 청년단체와 우익 청년단체 사이의 갈등이 무력 충돌을 일으킨 사건을 배경으로 하고 있음을 알 수 있다.[53]

청년회 회장의 죽음이 갖는 의미는 복합적이다. 해방기 청년 단체들은 건국사업을 위해 결성되어 해방 직후 일본군이 무장 해제된 치안

---

51) 『해방』, 『어문론총』 37호, 264쪽.

52) 김남식, 『남로당 연구』, 돌베개, 1984, 105-112쪽; 서중석, 『한국현대민족운동연구』, 역사비평사, 1991, 293쪽. 김남식은 '국군준비대'와 '학병동맹'을 남로당의 외곽단체로 분류하고 그 활동을 소개하였다. 서중석 역시 국군준비대와 학병동맹을 좌익의 무장력으로 평가하고 있다. 이밖에 '국군준비대'의 성격을 규명한 논의로 다음을 들수 있다. 이강수, 「해방직후 국군준비대의 결성과 그 성격」, 『군사』 32, 1996; 임종명, 「조선국군준비대와 건군운동(1945. 9-1946. 1)」, 『한국사학보』 2, 1997.

53) 이혜령은 '해방주보'라는 신문사와 관련된 에피소드는 1946년 5월 우익청년들이 소위 좌익계열 신문사 습격사건과 조선정판사사건을 소재로 만들어낸 것으로 보았다. 이혜령, 「해방(기): 총 든 청년의 나날들」, 『상허학보』 27, 2009, 39쪽.

부재의 상태에서 자연발생적으로 결성되어 치안 유지 활동을 주로 담당하였으나, 체계적인 조직을 갖추고 있지 못하였고, 인민공화국 수립이후에는 인공 지지와 반대로 분화되었으며, 그 후 좌우익을 대표하는정치 단체의 행동대의 역할을 하게 된다.[54] 『해방』의 서두에 청년회회장의 죽음을 그리고 있는 것은 해방기 청년의 건국에 대한 기대가정치적 대립 혹은 내부 분열로 벽에 부딪힌 데서 서사를 시작하고자하는 작가의 의도를 보여주는 것이라 할 수 있다. 우성근의 피살로 인해 청년회의 지도를 맡게 된 이장우는 이러한 상황에서 건국운동을 이끌어야 할 임무를 맡게 된 셈이다.

그런데 작품은 청년단체의 건국사업을 둘러싼 갈등을 그리는 대신, 우성근의 피살 사건이 발단이 되어 주인공인 이장우가 '세상이 다 아는 친일파'인 심재영을 만나게 되는 것으로 나아간다. 작품은 친일파 심재영을 우성근의 장인으로 설정해 놓고 있는데, 이런 방식으로 청년단체의 지도자와 친일파를 만나도록 한 의도는 무엇인가? '청년'과 '친일'이환기하는 의미 사이에는 상당한 거리가 있고, 따라서 이러한 만남은 자연스럽지 않다. 그럼에도 불구하고 『해방』에 등장하는 여러 주요 인물들, 그리고 다분히 통속적인 사건들의 연쇄가 이 만남으로 수렴되고 있다는 점을 고려한다면, 청년과 친일파의 만남의 의미를 묻는 물음이야말로 『해방』의 의미를 규명하는 가장 핵심적인 물음이 된다.

## ② 친일을 정형화하기

작품의 제2장은 제목부터 '친일파 심재영'으로 설정되어 있거니와, 심재영의 친일 행적을 10여 회에 걸쳐 꽤 긴 분량으로 기술하고 있다.

---

54) 한국역사연구회 근현대청년운동사연구반 편, 『한국근현대청년운동사』, 청년사, 1995, 543쪽.

이를 요약하면 다음과 같다. (1) 심재영은 일본 유학파 지식인으로서, 3·1 운동에 투신하여 징역형을 받고, 그 후에도 신간회에 관여하였다. 이 당시 사람들은 심재영을 열렬한 민족주의자로 추앙하였다. (2) 나이 사십이 되어 임시정부의 자금을 조달했다는 명목으로 체포되어 고문을 받다가 일제에 협력하는 길로 들어서게 된다. 이로 인해 심재영은 비난과 조소의 대상이 된다. (3) 그후 적극적인 친일 협력에 나서 총력연맹 이사 겸 문필보국회 총재로서 내선일체 운동에 앞장서고, 이렇게 되자 사람들은 그를 욕하기보다 도리어 우러러 보게 된다. (4) '청송준웅'으로 창씨개명한 심재영은 아침과 낮으로 '동방요배', '정오묵도'를 시행하고, 집에서도 '국어상용'을 맹렬히 실천하는 등 내선일체에 성심성의를 다하자, 이제 아무도 내선일체에 대한 그의 본의를 의심하지 않게 되었다. (5) 마침내 심재영은 학병권유 연설에 나서게 되며, 이후 그의 내선일체 운동의 인기는 수그러들게 된다. (6) 8월 15일 정오의 방송을 듣게 된 그는 복잡한 감정에 휩싸이지만, 곧 해방을 기뻐하며 독립에 기여하고자 하는 마음을 갖게 된다. 그러나 '친일파'로 손가락질 받는 대상이 되어 칩거하게 된다.

이와 같이 서술된 친일파 심재영의 행적은 식민지 시대의 연대기에 따른 것으로, 친일파의 행적을 재현한 정형화된 판본이라 할 수 있다.[55] 10여 회에 걸쳐 정형화된 친일파의 행적을 보여주는 것은 무엇

---

55) 이 점은 당시 이광수가 반민특위의 취조를 받고 있는 광경을 기록한 다음 글에서 확인할 수 있다. '회색 솜두루마기를 입고 해쓱한 얼굴로 신문 사진반의 총공격을 받으며 망연히 앉아 눈을 꿈벅거리는 그의 심중엔 무엇이 생각되었을 것인가! ① 상해시대의 이광수, ②「무정」,「개척자」를 쓰던 시절의 춘원, 이것이 아니면 ① 문인보국회 시절의 香山光郎, ② 학병 강요의 붓대를 들던 때의 향산광랑, ③ 황민화는 언어와 생활양식부터 고치는데 있다고 떠들던 때의 향산광랑, 이것을 생각하고 있는 것인가!' 고원섭 편저,『반민자 죄상기』, 백엽문화사, 1949. (김학만·정운현 엮음,『친일파 죄상기』, 학민사, 1993, 276쪽에서 인용하였음)

때문인가? 여기에는 친일을 기억하기와 관련된 복잡한 사정이 개입되어 있다. 해방 직후의 상황에서 볼 때 친일은 곧 반민족으로 받아들여졌고, 따라서 친일에 대한 입장은 개인과 단체, 그리고 체제의 정체성을 구성하는 핵심 요소가 되고 있었다. 이러한 상황에서 친일에 대한 정형화된 재현은 불가피하다. 왜냐하면, 친일파를 청산하자는 입장에서는 친일 행적이 지닌 비도덕성을 강조함으로써 개인 및 단체의 정당성을 부각시키고자 하였을 것이고, 친일파 청산을 반대하는 입장에서는 친일의 기억이 지닌 불편함을 완화하기 위해 그 기억을 제한된 영역에 고정시킬 필요가 있었을 것이기 때문이다.

우익 정치세력과 이승만 정부는 해방 직후부터 '대동단결론'을 내세워 친일파 처리 문제에 소극적이었으며, 정부 수립 이후에는 이를 노골적으로 반대한 바 있다.[56] 이들에게 있어서 친일은 매우 불편하지만, 그럼에도 불구하고 마냥 외면할 수도 없는 문제였다. 김동리 역시 우익의 진영을 대표하는 작가로서, 이를 예민하게 고려하고 있음이 드러난다. 친일을 다루되, 그 행위 자체에 대한 판단을 논점으로 삼는 대신, 그것을 기정사실인 것으로 정형화하여 재현함으로써 친일의 기억이 지닌 불편함을 완화하는 하는 것이다.

### ③ 개인 윤리로서의 친일

작품에서 서술자가 심재영에 대해 취하는 태도는 단순하지 않다. 서술자는 심재영의 친일 행적에 대해 직접 비판하지도 않고 옹호하지도

---

56) 이승만의 지지 세력이었던 독촉국민회는 반민법 제정에 대해 '공산당이 정부파괴공작을 획책하는 상황에서 민심을 동요시키는 이적행위'라고 비난하였고, 그후 경찰과 검찰, 우익 청년단의 조직적인 반민법 제정 반대 책동이 이어졌다. 허종, 앞의 책, 제4장 '반민특위의 좌절 원인' 참고.

않는다. 서술자의 이러한 태도는 친일파를 단죄하기 위한 당시의 일반적인 텍스트와 크게 구별된다.

(가) '同視同根 皇道精神 皇道文化'. 이것은 8·15 전에 춘원 이광수가 香山光郎으로 귀화하여 그 약한 몸을 무릅쓰고 친일매족행위를 하는데 들고 나온 간판이고 철석같은 신조였다.

춘원은 죽었느냐! 이광수는 어디로 망명하였느냐!

8·15전 향산광랑이 청춘을 다시 즐기는 듯 머리를 박박 깎아버리고 소위 국민복을 입고 활도정신을 떠들며 돌아다닐 시절에 "설마 춘원 이광수가 그럴 리가 있나? 그는 지금 감옥에 있든지, 숨어 있든지 그렇겠지"하고 선량하고도 순진한 시골 인사들로부터 애타는 문안편지가 주소없는 곳으로 날아오는 등 걱정 근심이 그래도 약간 있었으니! 그러나 슬프다, 춘원 이광수는 벌써 죽은 사람이다.[57]

(나) 인제 아까운 사람이 그대로 늙는가부다 하고 있는데 이번에는 뜻밖에도 무슨 「내지황도선양모범농촌시찰단」인가 하는데 단장으로 선정이 되어 총독부 관리들을 따라 일본으로 건너 갔다오더니 이것도 듣기에 맹랑한 시찰담이란 것을 발표하였다. 가로되 일본은 신국(神國)이라 조국 당초부터 농도(農道) 중심의 나라다, 그런데 우리 반도도 또한 팔할 이상이 농업에 종사하고 있는 농본국이라, 우리는 이와 같이 현실적이요 구체적인 생활영위에 있어 이미 강인한 내선일체의 유대(紐帶)로 맺어져 있는 것이라--하였다.

여기서 심재영에 대한 비난과 조소는 또 한 번 뒤끓기 시작하였다. 도대체 이 사람이 일본놈들에게 매수를 당했나, 협박을 받았나, 그렇지도 않으면 정신에 이상이 생겼나, 그 어느 것인지 알 수가 없다고들 하였다. 그러나 아무도 그가 제 정신을 가지고, 자기의 본의로서 했으리라고 믿는 사람은 없었다.[58]

위 인용문을 비교해 보면, (가)의 경우 이광수의 친일 행위를 반민족

---

57) 김학민·정운현 엮음, 앞의 책, 273쪽.
58) 『해방』, 『어문론총』 37, 2002, 272-273쪽.

적인 것으로 직접적으로 비판하고 있는 데 반해, (나)의 경우 유사한 내용을 담고 있으면서도 이러한 친일 행위 및 그것에 대한 사람들의 평가에 대해 거리를 두고 바라보고 있는 서술자에 의해 판단은 간접화되어 있다.

간접화된 판단은 심재영이 자신의 친일 행적을 변호하는 장면에서도 마찬가지로 드러난다. 이장우와의 두 번째 만남에서 심재영은 친일 행적에 대한 자기변호를 시도하는데, 이 역시 당시 흔히 볼 수 있었던 정형화된 논리를 벗어나지 않는다. 자신의 잘못을 시인하면서도 당시 국내에 있던 사람은 직접 간접으로 일제에 협력한 것이라는 이른바 '공범론', 그리고 친일의 동기가 민족을 위한 것이며 따라서 친일 행위는 민족을 위한 희생이었다는 전도된 '희생양론' 등이 그것이다. 물론 서술자는 심재영의 이같은 자기변호에 대해 직접 판단을 내리는 대신, 이장우를 초점화자로 설정, 심재영과는 거리를 두는 방식으로 그의 자기변호를 간접적으로 비판한다.

정형화와 거리두기를 통해 친일파를 재현함으로써 나타나는 효과는 복합적이다. 우선, 친일파를 단죄해야 한다는 당시의 지배적인 주장은 일단 그대로 수용된다. 이 주장은 '민족정기'를 '바로잡는다'는 표현에서 단적으로 드러나듯이 민족을 절대가치로 삼는 집단의식에서 비롯된 것인데, 서술자는 이를 부정하지 않으면서도 친일의 죄상을 제한된 영역에 고착시킴으로써 독자로 하여금 친일을 다시 떠올릴 때 겪게 되는 불편함을 완화하고자 한다.

한편 이제 친일은 개인 윤리의 차원으로 그 초점을 옮겨진다. 이장우가 심재영과 만나는 장면에서, 이장우는 심재영을 만날 것인지, 그리고 심재영의 청을 받아들여 그의 집으로 거처를 옮길 것인지를 두고 내적 갈등을 겪는데, 여기에 이르면 이미 친일을 어떻게 받아들일지는 개인의 윤리의 문제로 옮겨와 있다.

> 그는 만약 적당한 구실도 없이 며칠 말미를 달라고 한다면 상대방에
> 서는 도리어 자기의 심중을 눈치챌 것만 같았다. 과연 친일파란 것이
> 용서할 수 없는 악당이라면 자기도 사내답게 선명히 그 자리에서 거절
> 을 해야할 것이었다. 애당초 찾아오지도 말아야 옳을 일이었다. 지금
> 이 자리에서 다시금 그런 생각으로 망설이고 있다는 것은 자기의 주체
> 스런 체면과 꾀죄죄한 이기심의 소치일 것만 같았다.[59]

친일의 문제가 이처럼 개인 윤리의 차원으로 옮겨지게 되면 이장우
가 심재영의 집으로 거처를 옮기지 않을 이유는 없게 된다. 그럼에도
불구하고 이장우는 쉽게 결단을 내리지 못하고, 작품의 서사는 긴 우회
를 반복하게 되는데, 그것은 당시 상황에서 민족이 절대가치가 되었던
것만큼 친일이 갖는 부정적인 의미가 강렬하였음을 보여주는 것이라
할 수 있다. 그리고 무엇보다도 정형화나 거리두기 등을 통해 친일의
불편한 기억을 완화하더라도 기억의 내용 자체를 지울 수는 없으며, 따
라서 집단의 기억이 부과하는 압력으로부터 벗어나지 못하는 사정을
보여준다. 기억 자체를 지울 수 없다면, 기억이 부과하는 압력을 어떻
게 벗어날 것인가? 『해방』은 긴 서사적 우회를 통해 친일을 재현하는
맥락을 재배치함으로써 그 압력을 벗어나고자 시도한다.

## 민족 표상과 기억의 재맥락화

### ① '신생'의 논리

친일파 심재영을 만나게 되는 청년단체의 지도자 이장우는 누구인

---

59) 『해방』, 위의 책, 297쪽.

가? 친일파의 형상이 정형화되어 재현될 때 친일 행위 그 자체는 새로운 논란거리가 되지 못한다. 그렇다면 친일파가 누구인가라는 물음 대신 친일파를 만나는 이가 누구인가라는 물음이야말로 친일파와 그의 행적을 재현하는 진정한 이유를 묻는 물음이 된다. 심재영과 이장우의 만남에서 이장우의 비범함이 여러 차례 강조되는 것은 이 때문이다. '희고 높은 이마 아래 깊숙한 두 눈과 둥글고 우뚝한 콧마루 아래 정열이 팽창한 입술을 가진 당당한 사내'(292쪽)라는 외양부터가 그러하거니와, 심재영이 처음 이장우를 만난 자리에서 이장우를 '벅찬 상대자요 동시에 매력적인 존재'(340쪽)라고 생각하는 것은 이를 잘 보여준다.

이장우와 심재영의 만남을 그린 다음 작품의 서사는 이제 과거로 되돌아가 이장우의 이력을 풀어놓는다. 그 대략은 다음과 같다. 이장우는 학창 시절 하윤철과의 우정을 나누게 되고, 얼마 후 그가 집안 사정으로 학업을 계속하기 어려워지게 되자 하윤철의 집에서 기숙하며 학교를 다니게 된다. 이장우는 윤철의 동생 미경과 사랑을 나누게 되지만, 얼마 지나지 않아 오해가 생기고, 결국 윤철의 집을 떠나 일본 유학길에 오르게 된다. 대학을 졸업한 후 조선인 술집 여자와 결혼, 일 년 후 함께 조선으로 돌아오지만, 여자를 고향으로 보내고 그 역시 자신의 고향으로 돌아온다. 그 후 징용을 피해 절간을 전전하거나, 수리조합 서기가 되는 등 도피생활을 하던 중 해방을 맞이하게 된다.

이상의 이야기는 우연의 연속으로 이루어진 통속적인 줄거리이지만, 여기에서 눈여겨 볼 대목은 이장우의 삶의 역정이 해방이라는 '지금시간'(Jetztzeit)을 중심으로 서사적 의미가 구축되고 있다는 점이다. 해방 전 과거 이야기에서 해방 후 현재로 접어드는 대목을 '다시 살아나다'(4장)라는 소제목으로 설정한 데에서 단적으로 드러나거니와, 해방 후 이장우와 하미경이 운명적으로 만나 각기 그동안의 일을 술회하는 장면에서도 이들은 자신들의 삶을 '신생(新生)'으로 의미화하고 있다.

　　해방과 함께 나는 새로운 희망과 새로운 용기 속에 살아났습니다.
- 어디 가 무슨 일이라도 힘껏 하며 성심껏 살아 보겠다는, 새로운 힘
과 용기를 얻었습니다. 갇혀서 썩어가던 피가 이제는 활발히 흐르고 있
고, 나는 매일 만족하게 일을 하고 있습니다. 간접적이지마는 친구를
도와 청년운동에도 관계를 가지고 있고, 또 학교에서는 자기가 하고 싶
은 일을 이렇게 즐겁게 하고 있습니다.[60]

　　저두 해방과 함께 완전히 다시 살아난 거예요, 해방 아니면 제가 다
시 학교를 꿈이나 꾸었겠어요? 스물여섯에 이렇게 다시 학교로 찾아든
것은 제딴은 여간 큰 혁명이 아니에요, 이로써 완전히 새로 살아 보자
던 거예요. …그러면서 저는 선생님과는 반대예요, 전 선생님을 만나
뵈구나서 이제 완전히 다시 살아난 것 같아요….[61]

　신생의 내용이 구체적으로 무엇을 뜻하는지는 명확하지 않다. 이장
우의 청년운동이나 학교 일이 신생의 내용을 말해주지는 않으며, 따라
서 이장우의 성격은 여전히 모호하다. 그가 해방 후 청년운동 지도자가
될 만한 개연성 있는 설명을 찾아볼 수 없고, 청년회 지도자로서의 이
장우 역시 그 이념과 지향이 불분명하다. 미경이 이장우를 만난 것 역
시 마찬가지다. 이 둘이 이별과 재회는 극히 우연한 계기에 따른 것일
뿐이어서, 해방이라는 메시아적 사건과 유기적으로 연관되지 않는다.
　서사가 지닌 개연성의 부족, 그리고 인물 형상화에 있어서의 구체성
부족을 이 작품의 결함으로 지적할 수도 있겠지만, 더 중요한 것은 이
러한 우연성이 작동하는 서사적 맥락이다. 서사의 개연성과 상관없이
작중 인물들의 삶이 해방 이전과 이후로 대별되는 것은 해방이라는 사

---

60) 위의 책, 339-340쪽.
61) 위의 책, 343쪽.

건이 서사의 내적 논리를 초월하는 극적인 시간이 되고 있음을 보여주는 것이기 때문이다. 이장우가 지도자에 걸맞은 행동을 한 것도 아니고 뚜렷한 이념과 지향을 가진 것도 아니지만, 그의 삶의 궤적이 해방과 겹쳐 있음을 보여주는 것만으로 그가 민족의 표상이 될 수 있다는 것, 이 점이야말로 이 작품이 지닌 해방기 텍스트로서의 중요한 특징이라 할 것이다.

### ② 성(性)적인 것과 민족

해방과 이장우의 삶의 궤적을 겹쳐놓는 것만으로 그가 민족을 대변하는 인물이 되기는 물론 부족하다. 이념, 즉 민족을 구성하는 내용이 비어있기 때문인데, 이를 보완하기 위해 서사는 두 가지 전략을 동원한다. 먼저 민족이라는 이념을 성(性)적인 차원으로 옮겨놓는 다음, 이어서 성적 비정상성을 지닌 악인을 등장시켜 이장우의 성격과 대비시키는 것이다.

이장우와 심재영의 만남에서 시종 묘한 분위기를 만들어내는 인물은 심재영의 딸 양애이다. 우성근의 장례식장에서 이장우와 양애는 첫 만남을 갖게 되는데, 이 장면에서 심양애의 모습은 장례식장의 비통함과 전혀 어울리지 않아 이채롭다. 양애의 형상은 여기에 그치지 않는다. 해방을 맞은 심재영의 복잡한 심경을 환희로 바꾸어 놓는가 하면, 이장우의 친일파를 대하는 껄끄러움을 전혀 다른 국면으로 바꾸어 놓는다.

> 그 악마의 주문인지 천사의 축복인지 분간할 수 없던 정오의 방송, 자기를 죽음의 구렁텅이로 떨어뜨려 넣는 건지, 저주받은 철쇄의 결박에서 이제야 자유로이 풀어 놓아 주는 겐지… 그 얼떨떨하고 머리가 무겁고 견딜 수 없던 웃음의 정체를 이제야 깨달을 듯하였다.
> -기뻤어요… 아버지한테 젤 먼저 뛰가구 싶었어요.

양애의 이 말 한마디로 지금까지 그를 괴롭히던 그 정체모를 주문은 홀연히「해방의 종소리」로 화해지고 말았다.[62]

양애의 방에서「오르간」소리가 들려왔다.「보리수(菩提樹)」의 곡조였다.
"나는 그 그늘 아래 단 꿈을 보았네."
「오르간」소리는 속삭이듯이 그의 귀 속으로 흘러 들어왔다.
이장우의 입가에 떠돌던 그 은은한 미소는「오르간」소리와 함께 어느덧 꽃피기 시작하였다. 그는 그의 앞니가 반이나 드러나 보일 정도로 웃음을 띠우며 - 동시에 그의 미간은 이에 정비례하여 험하게 찌푸려졌지만.[63]

이처럼 양애의 형상은 민족을 이념의 문제가 아닌 성(性)과 사랑에 대한 특정한 태도의 문제로 전환하기 위한 장치가 되고 있는데, 실제로 이후 작품의 서사는 이장우를 민족의 대변자로 그리고 있으면서도, 이념 혹은 지향과 관련된 내용을 보여주는 대신, 이장우와 여성인물들 사이에서 그려지는 성과 사랑에 대한 태도로 그 자리를 채우고 있다. 이장우와 양애, 그리고 이장우와 미경과의 관계에서 이장우는 계몽자의 위치에 있으며, 성적으로도 고결하다. 또 여성 인물들은 이장우의 인간됨을 흠모한다. 이러한 관계가 별다른 계기도 없이 당연한 것처럼 형성되고 있다는 점에서, 이장우의 성격은 한 개인의 차원을 넘어선 지점, 즉 민족의 표상과 겹쳐 있다고 할 수 있다.

그렇다고 하더라도 성과 사랑이 이념을 완전히 대체할 수 없다. 서사는 이를 보완하기 위해 또 하나의 전략을 동원한다. 그것은 악인의 형상을 통해 이장우의 성격을 부각시키는 것, 다시 말해 민족적이지 않은 것을 드러냄으로써 민족적인 것을 구성하는 방식이다. 신철수라는

---

62) 위의 책, 281쪽.
63) 위의 책, 295-296쪽.

기괴한 인물은 이런 사정으로 설정되었다. 해방 전 만주에서 일본군 촉탁 노릇을 하던 신철수는 해방이 되자 우연히 신문사업을 시작하게 되는데, 신문사업을 통해 하는 일은 대중들의 인기에 영합하는 사진과 기사를 내보낸다거나, 친일파를 단죄하는 기사를 써 놓고는 당사자들을 찾아가 협박하여 돈을 뜯어내는 등, 모두 허무맹랑한 것들이다. 그는 한편으로는 우성근의 살해범에 대한 정보를 알게 되어 이 사건과 관련되기도 하고, 다른 한편으로는 이 정보를 이용해 미경에게 접근함으로써 이장우와 욕망의 경쟁자가 되기도 하는 등 여러 가지 복잡한 이야기 연쇄를 통해 이장우에 맞서는 악인으로 설정된다.

신철수와 관련된 이런 설정은 다분히 통속적이지만 이를 지적하는 것은 그다지 중요하지 않다. 더 중요한 점은 여러 여성들과의 관계에서 신철수의 성격이 규정된다는 점, 그리고 이로 인해 그가 이장우와 대별된다는 점이다. 신철수는 신문사 사장인 오금례 여사의 딸 정혜와 반강제로 성관계를 갖는가하면, 그 후로는 정혜를 이용해 여성동맹에 소속된 여러 여성들과 차례로 성관계를 맺기도 한다. 또 우성근의 피살과 관련된 에피소드에서는 이와 관련된 정보를 이용해 미경을 겁탈하려고 한다. 여러 여성 인물들과의 관계에서 그는 비열한 성격의 소유자임이 드러나는데, 이러한 성격으로 인해 그는 민족의 대척점에 놓이게 되고, 그 반대급부로 이장우의 고결함, 즉 민족 표상이 강화된다.

### ③ 기억을 재맥락화하기

이와 관련하여 흥미로운 점은 친일파를 재현한 해방기의 텍스트에서 '친일'을 이념이 아닌 성의 문제로 재현한 경우가 적지 않게 눈에 띈다는 점이다. 이광수와 최린의 친일 행적을 비판한 다음 텍스트는 그 단적인 예이다.

'그러나 그는 얼마 안 되어 혁명대열에서 이탈하게 되었다. 그것은 조선총독부 경무국 밀정으로 상해에 탐사하러 온 허영숙이 이광수에 요염한 추파를 보내어 유인하였기 때문이다. 결국 심지박약한 이광수는 허영숙의 선정적인 유혹에 못이겨 동지를 배반하고 그와 사랑을 속삭였다. 허영숙의 난숙한 육체에 도취된 이광수는 동지들을 헌신짝같이 버리고 조국을 사랑의 보금자리로 삼아 귀국하였다.'[64]

'그가 천도교 대표로 구미 시찰을 떠나 불란서 파리에 도착하니 첫눈에 띄는 것은 나혜석이란 묘령 조선미인이었다. 남달리 정력이 왕성한 최린으로서 방심할 수는 없었다. 온갖 감언이설로써 유혹하고 결국 나여사의 정조를 유린하고야 말았다. 전도가 양양한 여류화가 나혜석 여사는 그만 악마에게 짓밟히어 일생을 원한으로 보내게 되었다. 꽃다운 청춘을 망쳐 놓은 최린은 귀국하자 환상의 곡을 읊으며 동경을 무대로 하여 난무하기 시작하였다.'[65]

친일을 '훼절', 곧 정절의 훼손으로 표현하는 데에서도 성적 메타포를 함축하고 있거니와, 이처럼 친일이 성적 비정상성과 관련됨으로써 민족이 지닌 고결함을 훼손한 행위로 단죄되는 것은 자연스러운 것이었다. 그런데 『해방』은 이러한 성적인 것과 민족이 연관되는 방식을 전도시킨다. 심재영의 친일 행위는 비판되고 있지만, 그에게서 어떠한 비열함이나 비정상성을 찾아볼 수는 없다. 도리어 그 주변에 양애와 이장우 등 고결한 성격의 소유자를 배치해 놓음으로써 은연중에 심재영 역시 그 범주 안으로 끌어들인다. 반대로 친일파를 겉으로나마 단죄하는 신철수를 성적 비정상성의 소유자로 표현한 후 그 대척점에 이장우를 비롯하여 양애와 심재영을 위치시키고 있는 것이다.

친일의 기억을 바꿀 수 없다면, 그리고 친일이 환기하는 부정성을 바꿀 수 없다면, 친일을 둘러싼 맥락을 재배치함으로써 그 기억이 주는

---

64) 『민족정기의 심판』, 혁신출판사, 1949. (김학만·정운현 엮음, 앞의 책, 107-108쪽.)
65) 위의 책, 112쪽.

불편함을 벗어날 수 있을 것인데, 『해방』은 이를 특징적으로 보여준다. 즉 성적인 것은 민족의 표상을 구성하는 중요한 요소가 되고 있었는데, 친일의 내용 자체를 비판하면서도 그것이 성적 비정상성과 연결되는 구도를 전도시키고, 이렇게 뒤바뀐 구도 위에 친일의 기억을 다시 배치하는 것이다. 이렇게 함으로써 친일이 곧 반민족이라는 고리를 느슨하게 만든다.

이제 서사는 마지막으로 모든 사건의 발단이 된 우성근 피살 사건의 해결로 나아간다. 여기에 윤철과 미경의 동생 기철이 개입되어 있고, 이를 알게 된 신철수가 이 정보를 이용해 미경에게 접근하기도 하고, 대한청년단의 단원들이 범인을 잡으려 하다가 서로 죽고 죽이는 활극이 일어나기도 하는 등 그 과정이 대단히 복잡하고 산만하다. 그러나 이 과정에서 드러나는 서사 전략은 일목요연한데, 그것은 친일이 지닌 부정성을 반공으로 대체하려는 것이다.

우성근을 살해한 범인은 처음부터 민청 등 공산주의 계열 단체의 청년으로 지목되지만, 이들이 어떤 이념을 지니고 있는지, 어떤 이유로 우성근을 살해하였는지는 작품이 끝날 때까지 밝혀지지 않는다. 이 대목에서도 이념은 섹슈얼리티로 치환된다. 신철수는 공산주의 계열 단체에 접근하여 박선주 등 여성동맹 소속의 여러 여성들을 만나 방탕한 애정 행각을 벌인다. 이 과정에서 민청, 여성동맹 등 공산주의 계열 단체는 이념도 지향도 없는 애송이들이 모여 있으면서, 성적으로는 매우 문란하고, 이유도 없이 폭력을 행사하는 단체로 묘사되고 있다. 뿐만 아니라 신철수의 성적 비정상성이 용인될 수 있는 공간이라는 점에서 공산주의 계열의 청년단체 역시 성적인 것에 있어서는 신철수의 그것과 다르지 않다는 점을 은연중에 드러낸다. 이 지점에서 서사는 반민족의 기표를 친일에서 공산주의로 바꾸어 놓는다.

한편 대한청년단 단원들이 민청 소속 청년들을 습격하고, 신철수가 미경을 겁탈하려다 청년단 간부인 상철에게 발각되는 등 활극이 일어나고 있는 동안, 이장우는 이러한 사실을 모르는 채 윤철과 만나 자신의 이념을 표백한다.

> 자네와 같은 이상이나 희망으로는 가능하겠지. 그러나 가장 현실적이요 구체적인 방법은 그 어느「한 개의 세계」가 다른「한 개의 세계」를 극복하는 길 밖에 없어. 이「두 개의 세계」에 가담하여 싸우고 있는 사람들이야말로 가장 이「두 개의 세계」에 불만과 불평을 가지고 견딜수 없는 사람들일세. (중략)
> 자네도 알겠지만 소련과 우리나라는 대륙으로 잇대어 있지 않는가? 거기다 소련은 국책상 부동항을 가져야 한다는 절대적인 요청을 갖고 있지 않은가? 여기서 오리는 소련의 이데오르기이나 민족정책을 최대한도 호의로 해석한다 하더라도 이러한 정치적 지리적 현실에 있는 소련과 악수하고는 독립된 민족국가의 건설을 불가능하다는 말일세.[66]

이 장면은 작품 전체를 보더라도 이장우가 민족과 관련된 자신의 이념을 드러내는 유일한 장면이라 할 수 있지만, 본격적인 이념 논쟁으로 나아가지는 못한다. 이장우와 하윤철의 대화는 서사의 진행과 동떨어져 있는데다 두 사람이 동등한 자격으로 논쟁을 벌이는 것도 아니기 때문이다. 물론 이 대화에서 이장우는 현실론에 입각하여 극우 반공 이념을 설파하는 계몽자의 위치에 있지만, 이 대화 장면의 의도는 더 복합적이다. 즉 이장우를 청년단체 사이의 활극에 직접 가담하는 것을 피하게 하면서도, 이장우가 민족의 대변자라는 점을 더 부각시키는 한편, 이장우가 주장하는 민족은 곧 반공이라는 논리를 전면에 드러내게 된다.

결국 작품은 좌우 청년단체의 폭력으로 일어난 일의 책임을 이장우가 모두 짊어질 것을 암시하는 것으로 불완전하게 끝나게 된다.[67] 이

---

66) 위의 책, 389-390쪽.

상에서 살펴본 것처럼 우성근 피살 사건으로 시작된 서사는 통속적인 사건의 연쇄를 우회하다가 이렇다 할 해결도 없이 끝나고 있지만, 이러한 서사의 전개가 작품의 전부는 아니다. 길고 긴 서사의 우회를 통해 친일의 불편한 기억이 완화되고, 친일이 곧 반민족이 되던 등식의 한쪽 자리를 공산주의가 대신하게 되며, 이로써 반공이 민족의 핵심적인 기표로 자리 잡게 되었기 때문이다.

해방기의 상황에서 볼 때 친일과 관련된 집단기억은 한 개인으로 하여금, 당신은 일제 통치 기간 동안 어디에서 무엇을 하였는가, 그리하여 해방된 지금 당신은 대체 누구인가 라는 정체성과 관련된 물음을 제기하는 사안이었다. 그리고 이 물음을 벗어날 수 있는 정치적 주체는 없었다. 특히 우익의 입장에서 볼 때, 친일을 기억한다는 것은 매우 불편한 문제임에 틀림없었다. 반민특위 습격 사건으로 특위의 활동이 중단되게 된 것은 이러한 사정을 잘 보여주지만, 이런 폭력으로도 기억하기 자체를 중단시킬 수는 없었을 터이다.

이 지점에서 『해방』이 지닌 의미가 드러나게 된다. 『해방』 역시 친일의 기억과 관련된 당시의 집단기억의 압력을 벗어날 수 없었음은 두말할 것도 없다. 그래서 『해방』은 친일파의 형상을 그리되, 그것을 정형화함으로써 과거에 고착된 것으로 재현하는 한편, 그 행위 자체에 대해서는 형식적으로나마 비판적 거리를 확보하고자 한다. 그러면서도 『해방』은 다양한 서사 전략을 동원하여 이 집단기억이 놓인 맥락을 바꾸어 놓음으로써 기억하기를 통해 맞닥뜨려야 하는 불편함을 완화하고자 하였다. 친일이 곧 반민족 행위라는 집단의식을 최대한 수용하면서도, 민족을 이념이 아닌 성적인 차원으로 치환하고, 이어서 친일 행위

---

67) 작품의 최종회에 '『해방』 激流 篇了'라고 되어 있어 속편이 이어질 것을 예고하고 있으나, 그 후 발표되지 않았다. 위의 책, 406쪽.

자의 주변에는 고결한 인물을, 그 대척점에는 비열한 악인을 배치함으로써, 친일이 놓인 맥락을 바꾸어 놓는다. 그리고 마지막으로 친일 청산 대신 반공을 민족 정체성을 구성하는 핵심 이념으로 설정한다. 그리하여 작품이 끝나는 지점에서 친일과 심재영이 갖는 부정성은 더 이상 문제시되지 않는다. 이제 남은 문제는 극우 반공 이념을 지닌 청년단체의 지도자 이장우가 민족의 미래를 짊어지고 어디로 갈 것인가로 귀착된다.

# 제 3 장

# 전후작가의 식민지 기억과
# 그 재현

# 1. 전후소설과 식민지의 기억

## 전후세대와 기억의 균열

'전후세대'는 전쟁 경험이라는 공통점으로 묶이는 세대이지만, 다른 한편 식민지 경험에서도 공통의 세대 경험을 지니고 있는데, 이 점에서 볼 때 '전후세대'는 집단기억과 개인의 기억 사이의 균열을 가장 첨예하게 경험한 세대라 할 수 있다. 이들은 대략 1920년대 초부터 1930년대 초 사이에 출생하여 식민지 체제에서 학교를 다니고, 식민지 말기에는 창씨개명을 하고, 일본제국의 국민으로 호명되어 '국민'으로서의 정체성을 형성하였으며, 그 중 일부는 일본제국의 군인이 되어 출정하여, 일본 군인으로서 패전, 곧 해방을 맞았다. 패전이 곧 해방이었다는 역설에서 단적으로 드러나듯 이 세대에게 있어서 식민지에서 해방에 이르는 경험은 모순성의 경험이었다. 이후에도 해방과 전쟁 등을 거치면서 체제의 급작스러운 변전을 경험하였으며, 이 과정에서 신생 독립국가인 대한민국의 국민으로서 정체성을 정립하게 된다.

전후 신세대 비평가로 문단에 나온 유종호는 해방된 지 60년이 지난 시점에 쓴 『나의 해방전후』의 서두에서, 전후 세대가 식민지와 해방을 어떻게 기억하는지에 대해 흥미로운 이야기를 전해준다. 이 책은 첫 장의 제목을 '기억의 복권을 위하여'라고 붙이고 있다.

> 가령 모임 같은 데서 국민학교 시절의 동급생을 만나게 되면 내가 늘 거는 장난이 있다. 멀찌감치에서 옛날 창씨 이름으로 성명을 부르는 것이다. 그 효과는 아주 극적이다. 60년 전에 썼다가 완전히 용도 폐기하여 반나마 잊어버린 옛 이름을 스스로 재확인하고 의아해하고 놀라워한다. "아, 내게 참 그런 이름이 있었지!" 하는 역력하게 우스워하는 표정이 된다. 60년 전의 자기 이름을 잊지 않고 있는 코흘리개 적 동기

생의 손을 잡는 그의 동작은 반가움 일색이 될 수밖에 없다. 내 기억의 괴벽을 얘기하기 위해서가 아니다. 내가 분명하고 생생하게 기억하고 있는 공적 사건과 너무나 다른 서술이나 묘사를 접하는 일이 많다는 것을 얘기하기 위해서다. (중략) 해방 직후인 8월 16일에 우리는 분명히 학교에 갔다. 그리고 조회 때 단상에 올라간 교장은 전쟁이 끝나고 앞으로는 방공호 같은 것을 파지 않아도 된다는 취지의 훈화를 하였다. 그 말을 일어로 했는지 우리말로 했는지 도무지 기억해 낼 수가 없다. 또 이 조회에 한국인 교사가 참여한 것은 분명하지만 일인 교사도 참가했는지는 분명치 않다.[1]

위 인용문은 개인의 기억과 집단기억 사이의 균열에 대해 말하고 있다. 이 이야기에서 제기되는 물음은 다음과 같은 것들이다. 먼저, 식민지 시대의 창씨 이름을 부르면서 이들 세대가 공유하는 감정은 무엇일까? 식민지 시대의 창씨 이름은 그 이름을 공유한 이들에게 정체성의 일부로 자리 잡고 있었을 것인데, 그 정체성이 갑작스럽게 거부 혹은 망각되었으며, 60년이 지난 이후 그것이 다시 환기될 때 집단의 역사와 개인의 기억 사이에서 기묘한 아이러니를 경험하게 된 것이다. 다음으로, 60년이 지난 현재 왜 어떤 기억은 남아 있지만, 어떤 기억은 망각되는가? 위 이야기는 개인의 기억이 국가주의에 의해 집단기억이 구성되는 과정에서 왜곡 혹은 망각되는 장면을 보여준다. 위 글에서 도무지 기억해 낼 수 없는 것들, 즉 교장이 훈화를 일어로 했는지 우리말로 했는지, 일본인 교사가 참가했는지 그렇지 않은지 등은 국가주의의 회로를 통과할 때 비로소 제기될 수 있는 기억들이기 때문이다. 그것을 경험할 당시 개인의 기억에서 국가주의는 기억을 구성하는 핵심적인 요소는 아니었을 것이고, 그 후 '해방'이라는 민족 집단의 극적인 경험에 따라 기억이 재구성되는 과정에서 불필요한 세부 사실은 망각되었을

---

1) 유종호, 『나의 해방전후』, 민음사, 2004, 26-27쪽.

것이다. 해방 이후 60년이 지난 시점에서 저자는 망각의 흔적을 찾아내고 있는데, 여기에서 개인의 기억과 집단 기억의 균열을 읽어낼 수 있다.

## 전후작가의 식민지 기억

'전후세대'라는 명명법에서도 드러나듯, 이 세대를 규정하는 일차적인 특징은 전쟁의 직접성에 대한 경험이다. 마찬가지로 전후소설 역시 전쟁과 직접 결부된 범주이다. 전쟁 이후라는 시공간은 그 이전과 이후를 역사적 관점으로 조망하기에 극히 어려운 상황을 낳았고, 따라서 전후소설도 전쟁을 역사적으로 조망하는 서사에까지 이르지 못했다. 전쟁 경험이 지닌 압도성이 이 시기와 이 시기 소설을 규정하고 있었다.

그렇다고는 해도 전후세대가 경험한 식민지의 기억이 드러난 전후소설도 적지 않으며, 전쟁에 대한 역사적 해명을 시도한 작품이 전후소설 전체 속에서도 뚜렷한 위상을 지닌다. 전후소설은 식민지의 기억을 어떤 방식으로 재현하였을까? 결론부터 말하자면, 전후소설에서 식민지의 기억은 전후 국가주의에 의해 변형된 채 작품 속으로 들어오게 된다. '전후'라는 시기가 식민지로부터의 해방, 극심한 이념대립과 그로 인한 전쟁, 전쟁 피해와 그로부터의 복구 등 국민국가 수립을 위한 시기였다는 점을 고려할 때, 전후 국가주의가 식민지의 집단기억을 구성하는 요인이 되었다는 점은 당연하다. 전후 국가주의에 의해 전후작가들이 경험한 식민지과 해방의 기억은 망각 혹은 변형되어 왔다는 점은 전후작가 및 이들의 작품을 규명하는 중요한 단서가 된다.[2]

---

2) 한수영의 『전후문학을 다시 읽는다』는 이 점에 주목하여 전후소설을 새롭게 읽고자 한 시도이다. 이 책에서 한수영은 '전후세대들은 자신들의 식민지 경험이 지닌 고유

전후소설에서 개인의 기억이 집단기억과 다른 방식으로 환기될 때, 이 기억은 어떻게 재현될 수 있을까? 어떤 기억은 국가주의가 구성하는 서사적 맥락으로 수렴되지 않은 채 소설 속으로 들어와 낯선 서사를 만들어내기도 한다. 이 경우 집단기억과 다른 지점에 놓여 있는 개인의 기억은 특히 중요한 의미를 지닌다.

1960년대 중반 이후 전후작가들이 '전후'라는 범주의 자장을 벗어나 자기 경험에 대한 본격적인 해명을 시도하게 되면서, 전후작가의 작품에서 식민지의 기억은 더 빈번하게 재현된다. 전후작가의 작품에서 식민지의 기억은 국가체제로부터의 소외, 그리고 이로 인한 심리적 외상을 보여주는 것으로서 전후시기 작품뿐만 아니라 그 이후 작품에서도 반복적으로 드러나면서 서사의 기원을 이루는 요소로 작용하고 있다. 이 경우 같은 기억이라 하더라도 각기 다른 시점과 맥락에서 환기됨으로써 그 의미가 미묘하게 달라지기도 한다. 이러한 차이는 전후작가들이 식민지 시대를 역사적인 관점으로 인식함으로써 동시대의 상황을 해명하고자 하는 다양한 시도를 보여주는 것이라 할 수 있다.

전후소설 및 전후작가의 그 이후 작품에 나타난 식민지의 기억을 살펴보기 위해서는 전후작가라는 범주가 필연적으로 끌어들이는 전쟁과의 연관성을 일단 유보할 필요가 있다. 그 대신 이들이 전쟁을 겪기 전 어떤 경험을 하였는지, 그리하여 어떤 위치에서 전쟁을 겪었는지를 살펴야 한다. 작가로서 이들의 기초가 형성된 것은 식민지 학교 교육을 받을 무렵부터 전쟁에 이르는 시기에 걸쳐 있었으며, 특히 전쟁 및 전후 사회에 대한 인식 태도는 그 이전부터 형성되어 온 것이라고 보는

---

한 결과 무늬가, 공동체의 이념과 가치체계와 항상 일치하는 것이 아니었음을 다양한 형태로 호소'하고 있다고 보았다. 한수영, 『전후문학을 다시 읽는다』, 소명출판, 2015, 25쪽.

편이 온당할 것이다.[3] 전후작가들의 작가적 형성을 이처럼 연속적인 시간 속에서 파악하고 보면, '전후'라는 범주를 '전쟁'과 다소 느슨하게 결부함으로써 전후작가와 이들의 소설을 새롭게 파악할 수 있게 된다.

이를 위해서는 전후작가의 작품을 전후시기 이후 작품까지 포괄하여 다루는 것으로 그 범위를 확장할 필요가 있다.[4] 전후작가들의 대부분은 1960년대 이후에도 작품 활동을 지속하여, 특히 장편소설 창작으로 나아갔다. 이들 작품 중 상당수는 전후소설이 보여주는 허무와 자기 연민의 분위기에서 벗어나 작가 자신이 살아 온 동시대에 대해 보다 포괄적, 객관적으로 해명하고자 한 것이다. 전후작가의 1960년대 이후 작품을 같은 작가의 전후시기 작품과 비교 검토함으로써 그 연관되는 지점을 밝힐 필요가 있다.


## 전후 국가주의와 집단기억

기억은 과거의 사건을 지나간 시간으로 확정하는 동시에 이를 현재

---

3) 이러한 인식은 방민호의 연구에서 찾아볼 수 있다. 그는 '1920년대산 작가들의 원점은 피식민 경험이며 이것은 그들이 불가피하게 한국전쟁을 그것과 관련하여 볼 수밖에 없음을 의미한다.'고 보고, 이와 관련하여 이들의 작품에 나타난 한국전쟁의 의미를 규명하였다. 그러나 이들 작가의 원점이라고 지적한 피식민의 경험이 어떤 것이었는지를 집중적으로 규명하는 것으로 나아가지는 않았다. 방민호, 『한국 전후문학과 세대』, 향연, 2003, 99쪽.

4) 최근 전후소설 연구의 범위를 확장하고 새로운 범주를 설정하고자 하는 시도가 이어지고 있다. 그 하나로 '월남작가' 혹은 '월남문학'이라는 범주 설정을 주목할 만하다. 이런 범주 설정은 '전쟁 이후' 등장한 작가, '전후'라는 시공간을 배경으로 한 소설이라는 '전후소설'의 익숙한 규정을 벗어나, 월남 경험이 지닌 의미를 '고향 상실', '체제 변전', '디아스포라 경험' 등으로 폭넓게 해석하고자 하는 시도이다. '월남작가' 혹은 '월남문학'으로 범주를 설정할 경우 이들 작가들의 1960, 70년대 이후 작품을 아우를 수 있다는 장점이 있다. 류동규, 『전후 월남작가와 자아정체성 서사』, 역락, 2009; 방민호, 「월남문학의 세 유형」, 『통일과 평화』 7권 2호, 2015.

화하는 것으로, 이는 선택적 망각을 통해 이루어진다. 전후작가들에게 있어서 식민지를 기억한다는 것은 식민지의 경험을 과거의 사건으로 확정하는 동시에 이를 현재화하는 것이기도 했다. 이 과정에는 전후 상황에서 식민지 역사를 어떻게 받아들일 것인가에 대한 인식이 포함되어 있으며, 따라서 식민지의 기억을 조망하는 관점, 곧 이념이 문제시된다. 이 지점에서 집단기억을 구성하는 요인으로 전후 국가주의에 주목하게 된다.

전후소설이 민족국가의 신화를 창출함으로써 식민지 시대로부터 전쟁으로 이어진 과거의 역사를 파악하고자 한 것은 국가주의에 의해 집단기억 및 집단의 정체성이 구성되는 과정을 잘 보여준다. 민족 신화는 가까운 과거의 경험을 먼 기원으로 소급함으로써, 그 경험을 공유하고 있는 집단의 배타성을 은폐하는 동시에 자기 집단의 보편적 정당성을 확보하고자 한다. 앞에서 살펴 본 황순원의 『별과 같이 살다』(1950)가 그 단적인 예가 되거니와, 전후소설이 구성하는 민족 신화는 여기서 한 걸음 더 나아가 반공주의와 결합함으로써 국가의 경계로부터 벗어난 존재, 국가주의의 타자를 만들어내는 과정을 보여준다.

한편, 전후작가의 작품에서 식민지의 기억은 일차적으로 국가주의의 조망에 의해 재현되지만, 국가주의의 경로를 따르지 않는 개인의 기억이 징후적으로, 또는 보다 명시적으로 드러나 있다. 전후작가의 작품에 나타난 식민지의 기억은 대체로 식민지 체제와의 대면과 관련되어 있다. 주인공들은 식민지 학교 교육을 통해 처음으로 식민지 체제와 대면하게 되고, 식민지 시대 말기 조선인 학병 동원에 이르러 식민지 체제의 모순을 가장 첨예하게 경험하게 된다. 이러한 경험은 일차적으로 국가주의의 조망에 의해 선택되고 재배치되는 과정을 통해 서사로 재현되지만, 그 과정에서 집단기억이 단의적으로 드러나지 않는다. 개인의 기억이 집단기억에 전적으로 수렴되는 것은 아니며, 국가주의의 시선이 불러내는 기억은 재현되는 과정에서 언제나 잉여, 즉 재현될 수 없는 영역을 남기기 때문이다.

### 트라우마적 사건과 그 재현

개인이 정체성을 형성하는 과정에서 체제로부터의 소외를 경험한 경우, 이 경험은 개인의 내부에 트라우마로 자리 잡게 되며 이는 집단 기억으로 환원되지 않은 채 남아 있게 된다. 전후작가들에게 있어서 식민지의 기억은 흔히 트라우마와 관련되어 있으며, 따라서 결코 설명할 수 없는 억압된 부분을 지니고 있다. 트라우마를 일으키는 사건은 억압되거나 부인되다가 일정한 잠복기를 거친 뒤에도 기억으로 되돌아와 현재에 영향을 끼치게 되는데, 국가주의는 이러한 의미화를 가능하게 하는 동시에 그 시선에 의해 포착되지 않는 영역을 징후적으로 보여준다.[5]

그러나 트라우마를 일으킨 사건은 재현될 수 있을까? 오카 마리는

---

5) 트라우마를 일으키는 경험과 그 재현의 문제에 대해서는 도미니크 라카프라와 오카 마리의 논의를 참고할 수 있다. 라카프라는 트라우마를 일으키는 기억을 '일차 기억'으로 명명했다. 그에 따르면, 일차 기억이란 어떤 사건을 몸소 체험하고 그 사건을 특정한 형태로 기억하고 있는 것으로, 이런 기억은 예외 없이 부인, 억압, 금지, 회피와 관련한 착오를 가지고 있으며, 다른 한편으로는 직접성과 사람들을 압도하는 힘을 가지고 있다. 한편, 오카 마리는 전쟁의 기억을 재현하는 과정에서의 가능성과 불가능성을 동시에 논의하면서 다음과 같은 명제를 제출하고 있다. '사람이 기억을 소유하는 게 아니라, 기억이 사람을 소유한다. 그와 같은 사건의 기억을 타자가 영유할 수 있다면, 그 사건에 대해 말하는 서사에는 사람이 그 사건을 영유할 수 없는 불가능성의 징후가 새겨져 있지 않으면 안 될 것이다.' 도미니크 라카프라(육영수 엮음), 『치유의 역사학으로 : 라카프라의 정신분석학적 역사학』, 푸른역사, 2008, 84쪽; 오카 마리, 『기억·서사』, 소명출판, 2004, 162쪽.

다음과 같이 묻는다.

> 그러나 사건은 폭력적으로 사람에게 회귀한다. 사람이 사건을 상기
> 하는게 아니라, 사람의 의사와는 관계없이 도래하는 사건이 사람에게
> 그것을 상기하게끔 만드는 것이다. 과연 사건은 말로 이야기할 수 있는
> 것일까?[6]

트라우마적 사건을 재현하는 데 있어서 국가주의의 시점이 가장 적극적으로 투영된 작품에서조차 그것을 벗어나는 지점을 발견할 수 있으며, 반대로 매우 단편적으로 드러나 있는 식민지의 기억도 국가주의의 조망에 의해 구성된 서사와 관련되지 않고서는 그 의미를 규정하기 어렵다.

그렇다면 전후작가의 작품에서 국가주의의 조망을 벗어나 있는 개인의 기억은 어떤 방식으로 재현되는가? 전후작가의 작품에서 식민지의 기억은 국가주의가 구성하는 지배 서사로부터 벗어나 있음으로 해서 종종 중층적인 의미를 산출하게 된다. 기억이 서사에 자리 잡는 과정에서 변형되기도 하고 원래의 경험과 전혀 다른 맥락에 재배치되기도 한다. 이 과정에서 어떤 기억은 작품의 중심 서사로 통합되기도 하고, 또다른 경우 중심 서사의 외부에 놓여 있음으로 해서 낯선 이미지와 이질적인 의미를 만들어내기도 한다. 따라서 전후작가의 식민지 기억의 재현 양상을 규명하기 위해서는 사적 기억이 집단 기억으로 수렴되면서 국가주의의 지배 서사가 구성되는 과정을 밝히는 동시에 이러한 지배 서사의 바깥에 놓여 있는 낯선 이미지들이 표현하는 의미에도 주의를 기울여야 할 것이다.

---

6) 오카 마리, 위의 책, 54쪽.

## 2. 식민지의 기억과 부성(父性) 표상

### 부성-국가 신화의 구성 : 선우휘와 「불꽃」

#### ① 선우휘의 해방 전후와 「불꽃」

전후세대 작가인 선우휘는 경성사범학교를 나와 평북 정주의 어느 보통학교에 근무하던 중 해방을 맞았는데, 해방을 맞은 그의 심정은 다소 복잡하다.

> 해방되는 날 저는 어디서 무엇을 한 줄 아십니까. 아직도 가끔 호랑이 새끼가 나온다는 산악 지대의 벽촌에서 영양 불량으로 누렇게 얼굴이 뜬 어린것들을 데리고 산에서 솔가지를 따고 있었죠. 어린 놈들에게 군가를 불리우며 마을로 들어왔을 때는 벌써 법석이었죠. 지금도 그때 생각을 하면 얼굴이 화끈해지죠. 그때 나는 다시는 그런 웃음거리가 되지 않으려니 결심했죠.[7]

위 인용문은 선우휘의 소설 「깃발 없는 기수」(1959)의 주인공 윤의 경험담이다. 이 경험은 작가 자신의 것으로 읽어도 무방한데, 이에 따르면 해방이 가져다준 지배적인 감정은 수치심이었다. 이 수치심의 의미는 복합적이다. 표면적으로는 해방이 되는 줄도 모르고 식민지 체제에 공모하고 있었다는 어리석음에 대한 수치심이지만, 그 이면에는 일본의 패망과 해방이라는 거대한 체제의 변전으로부터 소외되어 있었다는 소외감이 자리 잡고 있다.

이 체제로부터의 소외감은 선우휘의 월남에서 자원입대로 이어지는 해방 전후 경험을 설명하는 열쇠가 된다. 이러한 소외감을 벗어나기 위해 선우휘는 체제의 중심으로 자신을 던져넣는다. 해방기의 선우휘에

---

7) 선우휘, 「깃발 없는 기수」, 『현대한국문학전집』 12, 신구문화사, 1981, 75쪽.

게 있어 월남의 직접적인 계기가 된 사건은 신의주 학생사건이었다. 이를 현장에서 목격한 것이 계기가 되어 월남을 단행하게 된다. 한편 월남 후 기자생활, 교원생활을 전전하던 그가 1949년 자원입대하여 전장에 나서게 된 직접적인 계기가 된 것은 여순반란 사건이었다.[8] 그러나 이 모든 선택의 근저에 놓여 있었던 것은 해방 당시에 느낀 소외감이 아니었을까. 체제로부터의 소외감이 강렬할수록 체제의 중심으로 자신을 던져넣고자 하는 시도도 강렬할 수밖에 없었고, 자신의 선택을 정당화하려는 욕구 역시 그러했을 것이다.

선우휘가 「불꽃」을 쓴 것은 1957년으로, 이 무렵 선우휘는 정훈장교로 복무하고 있었다. 「불꽃」은 전후 세대로서의 선우휘가 겪은 식민지와 해방의 경험을 고스란히 투영한 작품으로, 이 작품에 재현된 식민지의 기억은 1957년 정훈장교 선우휘의 자기 정체성 내지 체제 선택의 정당성을 강화하기 위해 구성된 것으로 보아야 한다. 이런 관점에서 볼 때 「불꽃」의 가장 특징적인 점은 주인공 고현의 한국전쟁에서 반공 투쟁에 나서는 과정을 삼일운동에 나섰다가 죽음을 맞은 아버지와 연관 짓고 있다는 점이다.

고현의 반공 투쟁과 아버지의 삼일운동을 연관 짓는 내적 논리는 국가주의이다. 고현에게 있어서 아버지는 국가와 등가적 의미를 지닌다. 작가 선우휘가 경험한 체제로부터의 소외는 상징적 의미에서 고현이 겪은 아버지의 상실과 등가인데, 「불꽃」의 서사는 고현이 반공 투쟁에 나서게 됨으로써 스스로 아버지 되기에 나서게 되는 과정을 보여준다. 이처럼 「불꽃」이 재현하는 식민지의 기억은 국가주의를 따라 구성되

---

8) 해방에서 전쟁까지의 선우휘의 삶의 이력에 대해서는 한수영의 논의를 참고할 수 있다. 한수영, 「한국의 보수주의자 선우휘」, 『역사비평』 57, 2001 겨울; 「선우휘 연구 2 - 반공이데올로그의 사상과 문학」, 『역사비평』 59, 2002 여름.

며, 이 과정에서 집단기억은 개인의 기억에 일정한 변형을 일으킨다.[9]

## ② 부성-국가신화와 식민지의 기억

「불꽃」은 첫 장면에서 동굴에 몸을 숨긴 고현의 모습을 장엄하게 묘사한 후, 31년 전 3·1 운동에 앞장서다 일경의 총에 맞아 죽은 한 청년의 모습을 그리고, 다시 이 청년과 사생아로 태어난 고현을 연결시킨다. 이는 국가주의의 시선으로 식민지 시대로부터 전후에 이르는 시기의 기억을 재현하고자 한 것으로, 그 중심에 독립운동가의 아들로서 점차 반공 투사로 변모해 가는 고현을 위치시키고 있다.

> 산과 산. 또 산. 이어간 산줄기와 굽이치는 골짜구니. 영겁의 정적.
> 멀리서 보면 북에서 남으로 흐르는 이 골짜구니가 마치 푸른 모포를 들이운 것 같이 부드러운 빛깔로 보였다.
> 그러나 골짜구니를 뒤덮고 있는 관목의 가지와 잎사귀에 가리어, 험한 바위가 짐승처럼 엎드리고, 담그면 손목이 끊길 것 같은 차디찬 냇물이 그 밑을 흐르고 있었다. 이 골짜구니가 내려다보이는 서녘. 부엉산 산마루. 거기 동굴이 있었고 그 동굴을 등지고 고현(高賢)은 앉아 있었다. (중략)
> 삼십일 년 전, 바로 이 동굴 안에서 그의 부친이 스물네 살의 짧은 생애를 끝마쳤던 것이다.[10]

---

9) 「불꽃」의 국가주의적 성격에 대해서는 이미 여러 차례 논의가 이루어졌다. 권명아는 모성 신화에 주목하여 「불꽃」의 파시즘적 성격을 밝혔으며, 김진기는 자유주의에서 반공주의로의 전환에 대해 논의하였다. 한수영은 관전사의 관점, 즉 중일전쟁과 한국전쟁의 선행 기억으로 배치한 점에 주목하였다. 권명아, 「모성 신화와 가족주의, 그 파시즘적 형식에 대하여」, 『현대문학의 연구』 13집, 1999; 김진기, 「반공주의와 자유주의」, 『현대소설연구』 25집, 2005; 한수영, 「관전사의 관점으로 본 한국전쟁 기억의 두 가지 형식」, 『어문학』 113, 2011.

10) 선우휘, 『불꽃』, 을유문화사, 1959, 39-40쪽.

공산주의자와 맞서다 동굴로 피신해 있는 고현을 아버지와 곧장 연결해 놓은 이 대목에서 작가는 신화적인 분위기를 부여해 놓고 있다. 이 장면은 삼일운동에 나섰다가 죽음을 맞은 아버지와 전쟁에서 공산주의자와 맞서고 있는 고현을 직접 연결해 놓은 것인데, 그러나 이 둘이 어떻게 동일선상에 놓일 수 있는 것일까? 작품의 서사는 이 물음에 답하기 위해 긴 우회를 거치는데, 이 과정에서 식민지와 해방의 기억이 재현된다.

고현을 아버지와 연결하기 위해 동원하는 논리는 단순하다. 그것은 국가와 개인을 이분법적 모순 관계로 설정하는 것이다. 한편에는 나라를 위해 목숨을 바친 아버지가 있고, 그 반대편에는 국가와의 관계를 거부하고 개인의 안위만을 추구하는 할아버지가 있다. 작품이 이 둘을 모순 관계로 설정함으로써 국가와 개인 사이의 복잡성을 고려하지 않는데, 이를 단적으로 보여주는 메타포가 '꽃밭'이다. '꽃밭'은 고현이 체제의 압력을 피해 어머니와 함께 머무를 수 있는 폐쇄된 공간이다.

> 현의 흥미는 이 이년간에 확대된 꽃밭에 들어가 각가지 꽃을 가꾸는 데 있었다.
> 가지각색의 꽃이 봄에서 가을에 이르는 동안 그치지 않고 화려히 장식하는 화단이 있음으로써 현의 마음은 푸근했다. 금잔화·봉숭아·카나리아·석죽·나팔꽃·카네숀·문플라워·나비꽃….
> 넓은 하늘 밑에 하루의 노동에 노곤해진 다리를 뻗고 부엌에서 새어나오는 생선굽는 냄새를 맡는다. 왕성한 기능의 위. 재촉을 하면 어머니는 어린애같다고 꾸중을 한다. 찬란한 꽃밭. 매미의 울음과 뭇새의 지저귐. 이것이 곧 인간의 삶. 생명을 받고 태어난 인간이면 누구나가 향유할 수 있는 삶의 조그만 권리.[11]

꽃밭의 세계는 매력적이지만, 고현은 이 세계에만 머무를 수는 없다.

---

11) 『불꽃』, 앞의 책, 64쪽.

아버지의 길이 그의 앞에 놓여 있기 때문이다. 작품은 고현이 식민지 체제와 대면하는 경험을 보여주는데, 이는 전후세대 작가의 식민지 기억이 식민지 체제와의 대면과 관련되어 있음을 보여주는 것이기도 하다. 고현의 식민지 체제의 경험은 국가주의의 관점에서 선별되어 재현되고 있다. 조선인 교사의 체포, 일본인 교수의 군국주의적 억지 논리와 그에 대한 주인공의 소극적 저항, 일본인 친구의 출정 등이 그것이다.

> 학도 출진의 일대 시위에서 돌아온 아오야기는 현을 찾아와 흥분에 익은 얼굴로 죽은 얘기만 했다.
> "전쟁터에 나간다구 모두가 죽는 것은 아니겠지. 아니 죽는다는 결의가 되레 마음을 거울같이 맑은 심경으로 이끌어가거든."
> 산란하는 마음을 모으기 위해 아오야기는 기를 쓰고 있는 것이라고 현은 생각했다. (중략)
> 깊은 밤 아오야기의 멀어져가는 게다 소리를 들으며 현은 고향에 생각을 보냈다. 일인 학생들을 휩쓴 회오리바람 속에서 벗어나 그는 한껏 고독한 자신을 발견했던 것이다.[12]

아오야기를 전장으로 보낸 후 고현이 경험한 고독의 정체는 무엇이었을까? 그것은 아마도 체제로부터 소외된 이의 고독감이 아니었을까? 이 점은 「불꽃」보다 더 체험적인 판본이라 할 수 있는 『노다지』[13]에서

---

12) 위의 책, 55-56쪽. 이 장면은 『노다지』에서 주인공 수인과 사토와의 일화에서 보다 자세히 드러나고 있어 실제 경험에 근거하고 있음을 확인할 수 있다. 다만 『노다지』에서는 수인과 사토 사이의 종족을 넘어선 소통과 우정이 「불꽃」의 경우보다 좀 더 강조되고 있지만, 국가주의의 시점에서 재현되고 있다는 점에서는 차이가 없다.

13) 『노다지』는 1979년 2월 18일부터 1981년 8월 29일까지 『주간조선』에 연재되어, 1986년 동서문화사에서 전4권으로 간행하였다. 1부는 '굴레', 2부는 '해방', 3부는 '전쟁', 4부는 '새벽'이라는 부제를 설정하였다. 작가의 식민지 기억을 담고 있는 부분은 1부인데, 앞 부분은 아버지 도흡의 이야기로 시작하고 있어 '가족사 소설'의 형식을 지니다가, 아들 수인의 이야기로 넘어오면서 '자전적 실록'의 형식으로 바뀌

보다 명확히 확인된다. 『노다지』에서도 국가주의가 식민지의 기억을 선택하고 배열하는 원리가 되고 있지만, 이 작품은 주인공 수인의 식민지 경험을 실제 역사적 사건과 맞물리도록 빈틈없이 서술하고 있다는 점에서 보다 체험적이다. 이 작품에서 주인공 수인은 경성사범학교를 졸업하고 교사로 재직하던 중 동향 친구들의 방문을 받게 되는데, 이들은 와세다 대학과 경성제국대학에 재학 중 학병으로 동원되어 전장으로 나가게 된다. 문제는 이들을 바라보는 수인의 시선이다.

> 그들을 떠나보내고 난 뒤 수인은 골똘히 생각한 것은 또 한번 나는 무엇일까 - 하는 자기의 삶, 자기의 존재 가치에 대한 회의였다. (중략) 언제나 제1선에 서기 못하고 제2선에 서 있어야 한다는 것. 조선 사람으로서 언제나 일본 사람 뒷녘에 서 있어야 했고 조선인 학생으로서도 언제나 일본인 학생 뒷줄에 서 있어야 했고, 또 이제 같은 조선인 젊은이로서도 어쩔 수 없이 제2진에 머물러 있어야 한다는 것.[14]

「불꽃」의 주인공 고현이 일본인 친구 아오야기를 전장으로 떠나보내면서 느끼는 소외감이 이 장면에서 그대로 반복되고 있다. 일본 제국이 벌인 전쟁에 나서는 조선인 동창생을 떠나보내면서 느끼는 소외감은 무엇을 의미하는 것인가? 이러한 소외감의 이면에는 일본 제국이 벌인 전쟁에 참전함으로써 제국의 주체가 되고자 하는 욕망이 내재되어 있다. 이 점에서 「불꽃」에 재현된 식민지의 기억은 식민 제국 내에서 차별적인 위치에 놓여 있었던 조선인의 착종된 정체성의 형식을 고스란히 보여준다고 할 수 있다.[15]

---

고 있어 다소 불안정한 형식을 취하고 있다. 『노다지』에 대한 논의로 다음을 참고할 수 있다. 유종호, 「역사와 개인사의 교차」, 『노다지 4권·새벽』, 동서문화사, 1986; 배경열, 「선우휘의 『노다지』 연구」, 『현대문학이론연구』 26집, 2005.

14) 선우휘, 『노다지 1-굴레』, 학원출판공사, 1994, 243면.

15) 황종연, 「조선 청년 엘리트의 황국신민 아이덴티티 수행」, 『한일 역사인식 논쟁의

「불꽃」은 계속해서 주인공 고현이 학병으로 출정하게 되고, 전장에서 탈출하여 연안으로, 다시 남만주로 들어가 해방을 맞이하게 되는 과정을 파노라마의 방식으로 제시한다. 이 대목은 「불꽃」이 전후 사회의 식민지 시대에 대한 집단기억을 대변하고 있음을 보여준다. 학병 출정과 탈출, 그리고 귀환으로 이어지는 서사는 해방 이후 씌어진 학병 체험담의 기본 줄거리를 이루고 있다. 학병체험담은 장준하의『돌베개』, 신상초의『탈출』등 사실 회고적 성격을 지닌 것에서부터 이병주의『관부연락선』(1968) 등 체험에 기초한 허구적 서사물에 이르기까지 오랜 기간에 걸쳐 다양한 형태로 재현되었거니와16), 이러한 서사에서 학병은 한편으로는 민족 수난의 희생양으로, 다른 한편으로는 영웅적 투사로 표상된다. 「불꽃」에서 드러나는 고현의 성격 역시 이 두 이미지사이에 놓여 있다는 점에서 이 작품이 전후 사회가 식민지를 기억하는 집단기억의 영향을 받고 있음을 확인할 수 있다.17)

이처럼 국가주의가 서사를 구성하는 원리가 되고 있음에도 불구하고, 이 작품은 국가주의의 시선이 일의적으로 관철되고 있지 않다는 점

---

메타히스토리』, 뿌리와이파리, 2008 참고.

16) 『신천지』는 창간호에서부터 학병 체험담을 싣고 있는데, 여기에는 새로운 국가 건설의 분위기에서 학병들을 동원한 국가를 '일본' 대신 '조선'으로 바꿈으로써 학병 체험자를 민족 투사로 재현하고자 하는 의도가 내재되어 있다. 학병에서의 탈출이나 학병 기피 역시 이러한 방식으로 재현되고 있다. 「귀환 학병의 진상 보고(좌담회)」, 『신천지』, 1946. 2; 「구사일생 중경으로」, 『신천지』, 1946. 4; 하준수, 「신판 임거정-학병 거부자의 수기」, 『신천지』, 1946. 4-6. 한편, 「불꽃」을 학병 서사로 보고 이를 해방기 학병 체험담 및 『돌베개』, 『관부연락선』 등 학병 서사와 관련지어 논의한 것으로 다음을 참고할 수 있다. 김윤식, 『일제말기 한국인 학병세대의 체험적 글쓰기론』, 서울대학교출판부, 2007.

17) 김윤식은 『돌베개』의 주인공이 중경으로 탈출하는 데 반해 『탈출』의 경우 연안으로 탈출하는 것으로 되어 있다는 점을 들어 「불꽃」의 모델이 신상초였음을 추론하였다. 위의 책, 119쪽.

을 동시에 보여준다. 「불꽃」은 주인공 고현의 식민지인으로서의 불안과 긴장 이면에 체제로부터의 소외감이 놓여 있음을 보여주는데, 이는 작품의 후반부에서 고현이 공산주의에 맞서 적극적인 투쟁으로 나서는데 대한 내적 논리가 된다. 국가주의의 시선이 구성하고자 하는 서사의 논리를 따르자면, 고현의 공산주의에 대한 투쟁은 일제에 맞선 아버지의 투쟁과 연결됨으로써 그 정당성을 지닌다. 그러나 이러한 서사의 이면에는 차별과 소외의 경험을 통해 자기를 발견한 식민지 조선인이 이러한 차별을 넘어서 제국의 주체로 거듭나고자 하는 욕망이 은밀하게 자리 잡고 있다.

이러한 착종된 정체성의 상태는 해방을 수치로 경험한 선우휘 자신의 것이기도 했다. 그리고 이러한 상태는 해방 이후 새롭게 형성된 국가 체제에 급진적으로 편입됨으로써 해결될 수 있었을 것인데, 이 점에서 「불꽃」의 고현과 『노다지』의 수인이 느끼는 소외감은 식민지 학교의 교사였던 선우휘가 해방기에 월남하여 기자 생활을 하다 28세의 나이에 장교로 임관하여 유격대장으로 자원 전쟁에 참전하기까지의 과정, 그리고 「불꽃」의 주인공 고현이 어머니의 '꽃밭'으로 상징되는 도피적 공간에서 벗어나 반공 투쟁으로 나서게 되는 과정의 이면에 놓인 체제에의 욕망을 잘 설명해 준다.

### 훼손된 부성과 민족수난 서사 : 하근찬의 「수난이대」

#### ① 「수난이대」와 훼손된 아버지

하근찬은 「수난이대」의 작가이다.[18] 이처럼 한 작가가 등단작과 결

---

18) 「수난이대」는 1957년 한국일보 신춘문예 당선작이다. 이 작품은 신구문화사에서 간행한 전집(『현대한국문학전집』, 1967)에 첫 작품으로 수록되었고, 첫 단편집인 『

부된다는 것은 등단작이 지닌 새로움이 그 이후 작품 전체의 무게보다 더욱 강렬했음을 의미할 터이다. 그렇다면 과연 「수난이대」가 보여준 새로움은 무엇이었을까? 「수난이대」의 이대에 걸친 수난 이야기가 민족수난 서사로 확장된다고 본 것은 지금까지의 익숙한 독법이다.[19] 징용 나갔다가 팔을 잃은 아버지와 전장에 나갔다가 다리를 잃은 아들이 함께 외나무다리를 건너는 것으로 설정된 이 이야기의 인상적인 결말은 민족수난 서사로 확장되기에 적절한 구도를 갖추고 있다.

그러나 이러한 독법은 익숙하되 필연적이지는 않다. 문제는 「수난이대」의 주인공 부자의 경험이 민족수난으로 확장되는 원리는 무엇인가에 있다. 이 지점에서 '훼손된 몸'의 표상에 주목하게 된다. 「수난이대」

---

수난이대』(정음사, 1972)의 표제작이 되었으며, 『흰 종이 수염』(삼중당, 1977), 『기울어지는 강』(삼성출판사, 1978), 『서울개구리』(한진, 1979) 등 이후 간행된 하근찬의 단편집 및 전집에 거듭 수록되었다. 이는 하근찬 소설에서 차지하는 이 작품의 위상을 잘 보여주는 것이라 할 수 있다.

19) 하근찬 소설에 대한 연구는 「수난이대」를 비롯한 1950, 60년대 소설이 그리고 있는 한국전쟁의 재현 양상에 집중되었다. 하정일의 논의가 대표적인데, 그는 1950년대 전후소설과 구별되는 하근찬 소설의 성격을 한국전쟁의 시공간성을 복원한 데서 찾았다. 이와 달리 최근 논의는 하근찬의 소설을 민족수난 서사로 읽어 온 기존 독법에 문제를 제기하면서 하근찬의 소설 텍스트에서 민족주의에 포섭되지 않는 지점에 주목하여 하근찬의 소설을 양가성 혹은 혼종성의 텍스트로 읽고자 한다. 한수영은 「수난이대」를 '민족수난사'로 해석하는 것은 '민족'과 '국민'을 엄정하게 구분하지 않음으로써 생긴 '오독'이며, 이는 '식민지와 해방 이후, 그리고 분단에 걸쳐 한 개인을 통과하는 정치적 정체성의 변화를 정확히 이해할 수 없도록 방해하는 것'으로 보았다. 한수영의 논의는 국가주의에 의해 정전화된 텍스트를 해체하기 위한 시도인데, 그의 논의의 핵심은 교과서가 국가주의 이데올로기의 기획에 따라 식민지 상태의 '민족'과 그 이후 '국민', '국가' 등의 범주를 섞어버렸다는 데 있다. 그리고 그 결과가 「수난이대」에 대한 오독으로 나타났다는 것이다. 하정일, 「한국전쟁의 시공간성과 1960년대 소설의 새로움」, 『한국언어문학』 40, 1998, 658-659쪽; 한수영, 「교과서 문학 정전화의 이데올로기와 탈정전화」, 『문학동네』 2006 봄; 「문학교과서와 소설 교육의 이데올로기」, 『한국근대문학연구』 7-2, 2006.

는 아버지와 아들의 '훼손된 몸' 자체에 초점을 맞추고 있으며, 이 둘을 병치함으로써 전쟁에 시간성을 부여하고 있다.

> 그런데 병원에서 나온다 하니 어디를 좀 다치기는 다친 모양이지만, 설마 나같이 이렇게사 되진 않았겠지. 만도는 왼쪽 조끼 주머니에 꽂힌 소맷자락을 내려다보았다. 그 소맷자락 속에는 아무것도 든 것이 없었다. 그저 소맷자락만이 어깨 밑으로 덜렁 처져 있는 것이다.[20]

> 그 순간 만도의 두 눈은 무섭도록 크게 떠지고 입은 딱 벌어졌다. 틀림없는 아들이었으나, 옛날과 같은 진수는 아니었다. 양쪽 겨드랑에 지팡이를 끼고 서 있는데, 스쳐가는 바람결에 한 쪽 바지가랑이가 펄럭거리는 것이 아닌가. 만도는 눈앞이 노래지는 것을 어쩌지 못했다. 한참 동안 그저 멍멍하기만 하다가 코허리가 찡해지면서 두 눈에 뜨거운 것이 핑 도는 것이었다.[21]

아버지와 아들을 '훼손된 몸'으로 표현하는 데 있어 작품은 이 둘 중 아버지의 '훼손된 몸'에 더 강조점을 두고 있다. 위 인용문에서처럼 이 작품의 서술 대부분이 아버지의 시선에서 이루어지고 있다는 점, 그리고 아버지의 부상 장면은 자세히 재현하고 있는 반면 아들의 부상에 대해서는 설명이 없다는 점 등에서 이러한 강조점을 읽을 수 있다. 아버지의 훼손된 몸은 불행의 표지로 제시되어 있음으로 해서 뒤에 이어지는 서사의 진행은 정해진 절차를 따르게 된다. 아들의 귀환을 맞이하는 아버지의 주관적 기대는 점차 고양되지만, 독자의 입장에서 보면 아버지의 몸에 남겨진 불행의 표지로 인해, 아들의 귀환에 대한 아버지의 기대감이 높아질수록 그 기대가 어긋나리라는 예감을 더 강하게 갖게 된다.

---

20) 「수난이대」, 『현대한국문학전집』 13, 신구문화사, 1967, 10쪽.
21) 위의 책, 15쪽.

물론 서사는 여기에서 끝나지 않는다. 아버지와 아들이 외나무다리를 건너는 결말은 너무나 잘 알려져 있지만, 이 결말에 이르는 과정은 매우 촘촘하다. 아들은 오다가 오줌을 누고, 아버지와 아들이 함께 주막집에 들러 국수를 먹고, 주막을 나서 돌아오는 길에 외나무다리를 만나게 되고, 아버지는 손에 들고 있던 고등어 묶음을 아들에게 건넨 후, 마침내 아버지는 아들을 업고 외나무다리를 건너게 되는데, 이 과정에서 '훼손된 몸'이 표상하는 전쟁의 비극성은 아들과 아버지가 지닌 원초적 생명력과 대비되면서, 작품은 회복과 극복의 서사로 나아간다.

이처럼 「수난이대」의 서사가 전쟁의 폭력과 비극성에 대한 극복을 의도하고 있다는 점은 분명하지만,[22] 동시에 이러한 시도가 민족 서사의 맥락으로 재배치되고 있다는 점을 간과해서도 안 된다. 이 점에서 볼 때 「수난이대」의 마지막 장면은 의미심장하다.

> 만도는 아직 술기가 약간 있었으나 용케 몸을 가누며 아들을 업고 외나무다리를 조심조심 건너가는 것이었다. 눈앞에 우뚝 솟은 용머리재가 이 광경을 가만히 내려다보고 있었다.[23]

'훼손된 몸'의 극복과 '완전한 몸'으로의 상상적 회복을 의도하고 있는 이 결말은, 서사 구성의 측면에서 보자면 아버지가 아들을 맞으러

---

22) 오창은은 「수난이대」의 결말에 대해, '민중문화의 전통과 연결'된 '낙천성'으로 보고, 이를 '국가나 체제에 포섭되지 않는 삶의 의지이고, 자치와 자립의 태도'로 평가하였다. 하근찬의 소설에서 전쟁의 비극성에 대비된 원초적 생명력의 근원이 민중적 양식에 닿아 있다는 점에서는 오창은의 논의에 동의하지만, 이 결말이 '국가나 체제에 포섭되지 않는 삶의 의미'를 보여주는 것인지는 의문이다. 민중적 양식도 그것이 배치되는 맥락에 따라 국가주의에 포섭될 수 있을 것인데, 「수난이대」를 비롯한 하근찬의 소설은 이 점에서 그다지 자유롭지 못한 것 같다. 오창은, 「분단 상처와 치유의 상상력」, 『우리말글』 52, 2011, 384쪽.

23) 「수난이대」, 앞의 책, 19쪽

나가는 길을 보여주는 데서 이미 치밀하게 계산되어 있던 것인데, 그렇다면 이 과정을 미리 계산하고 있으면서 아버지와 아들의 만남을 그리고 있는 서술자의 위치는 어디인가? 그것은 우뚝 솟은 용머리재의 위치, 즉 회복과 극복의 서사를 의도한 '민족' 자체일 것이다. 이렇게 보면 '훼손된 몸'은 전쟁의 상처를 드러내는 가장 강렬한 표상으로서, 이는 전후 '민족'의 상황을 표상하는 동시에 '민족 회복'에 대한 욕망을 드러낸 것으로 파악할 수 있다.[24]

「수난이대」가 다른 전후소설과 구별되는 지점도 있다. 대부분의 전후소설이 상이군인이나 창녀 등을 통해 자기 세대의 상처를 그리고자 한 데 비해 「수난이대」는 아버지를 '훼손된 몸'으로 표상하고 있다는 점이다. 「수난이대」는 아들과 아버지의 '훼손된 몸'을 병치시켜 놓는 방식으로, 단선적이나마 시간성에 대한 인식으로 서사의 방향을 열어 놓는다.[25] 하지만 이러한 시간성은 두 세대의 경험을 병치함으로써 얻어진 효과로서 전쟁의 기원에 대한 탐색이나 전후 현실의 구체적 재현과는 거리가 있다. 그보다도 이처럼 두 세대의 '훼손된 몸'을 병치하는 방식으로 식민지와 전쟁 경험을 연속적인 것으로 드러낸 것은 이후 하근찬의 소설이 민족수난 서사의 구도로 전개될 것을 예고해 준다.

---

24) 권명아는 전후소설에 나타난 '훼손된 신체'의 표상에 주목하였다. 전후소설에서 훼손된 신체는 가족에 대한 살해와 구원이라는 상충된 욕망 속에 놓여져 있으며, 이는 '전후 '민족'이라는 것이 동일한 메카니즘 속에서 '상상'되었음을 확인시켜 주는 것'이라고 보았다. 권명아, 「한국 전쟁과 주체성의 서사 연구」, 연세대 박사논문, 2002, 42-47쪽.

25) 하정일은 하근찬의 소설을 현실의 추상화를 극복하고 시공간성을 복원한 것으로 보았다. 특히 「수난이대」에 대해 전쟁의 육체성을 역사적 연속성과 결합시킴으로써 한국전쟁의 시간성을 탁월하게 재현해낸 작품으로 평가했다. 하정일, 앞의 논문, 649-652쪽.

## ② 부성-국가 표상의 아이러니

「수난이대」에서 그 모습을 뚜렷이 드러내고 있는 것처럼, 하근찬 소설에서 '아버지'는 작품 구성의 내적 원리가 된다. '아버지'는 주로 민족수난 서사의 맥락에 배치되어 '민족'을 표상하지만, 때로는 이와 다른 맥락에서 전쟁에 대한 아이러니적 인식을 드러내는 역할을 하기도 했다.

하근찬의 초기소설이 모두 민족국가의 서사로 수렴되는 것은 아니다. 「흰 종이 수염」(1959)도 아버지를 '훼손된 몸'으로 표상하고 있지만, 아버지의 훼손된 몸으로 인해 겪게 되는 아들의 상황을 아이러니하게 그려낸다. 이 작품은 전쟁 노무자로 나간 아버지가 돌아오는 날의 이야기에서 시작된다. 사친 회비를 내지 못해 학교를 쫓겨난 동길은 아버지가 돌아오면 해결되리라고 막연히 기대하지만, 귀환한 아버지는 동길이 기대하던 모습은 아니었다. 「수난이대」가 아버지의 입장에서 아들의 귀환을 그리고 있다면, 「흰 종이 수염」은 아들의 시선으로 아버지의 귀환을 그림으로써, 아버지의 '훼손된 몸'을 바라보는 아들의 시선이 보다 충격적으로 드러나게 된다.

> 「에!」
> 이게 웬일일까?
> 동길이는 두 눈이 휘둥그래지고, 입이 딱 벌어졌다. 그러나 어머니는 동길이의 놀라는 모습을 돌아보지 않고 후유 한숨을 쉴 따름이었다. 동길이는 떨리는 손으로 아버지의 한 쪽 소맷부리를 들추어 보았다. 없다. 분명히 없다.[26]

이어지는 이야기는 아버지의 귀환 이후 '훼손된 몸'으로 인해 겪게

---

26)「흰 종이 수염」,『현대한국문학전집』13, 39쪽.

되는 상실을 그린다. 더 이상 목수 일을 할 수 없게 된 아버지는 동길의 사친회비를 내기 위해 흰 종이 수염을 달고 극장 광고 일에 나서게 된다. 그러나 이 일은 동길에게 더 큰 상실을 가져다주게 된다.

「아아 쌍권총을 든 사나이, 아아 오늘 밤에 활동 사진은 쌍권총을 든 사나이, 많이 구경 오이소! 많이많이 구경 오이소!」
그리고 메가폰을 입에서 뗀 그 희한한 사람의 시선이 동길이의 시선과 마주쳤다.
순간 동길이는 가슴이 철렁 내려앉고 말았다. 뒤통수를 야물게 한 대 얻어맞은 것 같았다. 그리고 눈물이 핑 돌았다. 어처구니가 없었다.
그 희한한 사람이 바로 아버지였던 것이다.[27]

활동사진 광고를 따라다니는 아이들은 축제 분위기에 젖어 있지만, 거기에서 아버지를 발견한 동길은 복잡한 감정에 사로잡힌다. 아버지는 아이들의 놀림감이 되고, 이를 보고 분노와 수치심에 사로잡힌 동길이 아버지를 놀리는 아이를 때리는 장면에서 작품이 끝이 난다. 동길의 반응은 훼손된 아버지로 인한 상실감의 표출로 해석할 수 있는데, 아버지 노릇을 하겠다는 아버지의 의도가 도리어 동길의 상실을 심화한다는 점, 그리고 동길의 복수심이 상실의 원인을 제대로 향하지 못한다는 점 등에서 이 결말은 아이러니하다.

한편 「위령제」(1960)는 작가가 한국전쟁 중 경험한 아버지의 죽음을 처음으로 다룬 작품으로, 트라우마적 사건을 아이러니의 방식으로 그린 작품이라는 점에서 주목된다. 이 작품의 작중 인물인 한재명 교장은 작가의 부친을 모델로 하여 설정된 인물인데, 작품은 한재명 교장의 죽음을 다음과 같이 그리고 있다.

---

27) 위의 책, 47쪽.

한교장이 죽은 것은 그로부터 달반이 지난 후의 일이었다. 세상이 뒤바뀌는 날이었다. 그동안 한교장은 내무서의 유치장 속에서 콩나물처럼 배겨 푹푹 썩고 있었다. 세상이 바뀌는 날 마침내 유치장은 아비규환의 생지옥이 되고 말았다. 따발총이 와서 무차별로 마구 불을 내뿜는 것이었다. 그리고는 휘발유를 뿌려서 불을 질러버리는 것이었다. 그런 지옥에서 더러는 살아서 기어나왔다. 그러나 한교장의 지칠대로 지친 목숨은 다른 여러 몸뚱어리들과 함께 불바다 속에서 시꺼멓게 타버리고 말았던 것이다.[28]

그런데 이 장면의 앞뒤 맥락에서 드러나는 작가의 시선은 단순하지 않다. 작품은 면장 임상호의 생일잔치에서 일어난 소소한 문제로 한재명 교장과 양천풍 장학회장이 원한을 사는 장면에서 시작되는데, 얼마 후 전쟁이 터지고 인민군 치하가 되자 사소한 원한이 계기가 되어 한재명 교장이 죽음을 당하게 되고, 곧 이어 다시 뒤바뀐 세상에서 양천풍 장학회장도 어이없는 죽음을 맞게 된다. 전쟁이 끝난 후 이 두 사람의 합동 위령제를 지내는 것으로 작품은 끝이 나는데, 이 장면은 조사(弔辭)를 낭독하는 분위기와 위령제에 참석한 아이들의 태도가 부조화를 빚어내면서 아이러니를 드러내게 된다. 이러한 아이러니는 작중 서술자가 시종 작중인물 및 상황에 대해 거리를 두고 서술하는 데서 비롯되는데, 이러한 거리로 인해 한교장과 양천풍 회장의 죽음은 희화화된다. 사건에 대한 철저한 거리두기와 아이러니적 상황 인식은 결국 전쟁이 가져다준 트라우마적 사건을 재현하고자 할 때 만나게 되는 불가능성을 보여주는 것이라 할 수 있다.[29]

---

28) 하근찬, 「위령제」, 『일본도』, 전원문화사, 1977, 43-44쪽.

29) 오카 마리는 트라우마적 사건의 재현 불가능성에 대해 말하면서, 트라우마적 사건은 '사람이 사건을 영유하는 것이 아니라, 사건이 사람을 영유하는 것'으로 보았다. 따라서 트라우마적 사건을 재현하는 서사는 사람이 사건을 영유하는 것이 아니라 사건이 사람을 영유한다는 바로 그 사실을 타자와 나누어 가지려고 해야 한다고

「위령제」와 더불어 전쟁을 아이러니를 통해 드러낸 작품으로 「산중고발」과 「붉은 언덕」 등을 들 수 있다. 이들 작품은 서정적인 시골배경 묘사에서 시작되어, 등장인물들이 전쟁으로 인해 충격적이고 어이없는 죽음을 당하게 되며, 이들의 죽음은 아이러니한 시선으로 의미화된다는 점 등에 있어 공통적이다. 서정적인 배경과 등장인물들의 선량함에 대비되어 전쟁의 폭력성이 더욱 충격적으로 드러나게 된다. 이들 작품에서 폭력성의 갑작스런 표출은 외부의 시선으로 트라우마적 사건을 재현할 수 없다는 것, 따라서 트라우마적 사건은 그것이 지닌 폭력성 자체를 나누어 가질 때에만 그 사건에 대해 말할 수 있다는 것을 보여준다.

이렇게 보면 하근찬의 초기소설은 「수난이대」가 단초를 마련하고 있었던 민족 서사와, 「위령제」가 보여주고 있던 트라우마적 사건의 재현이 긴장 관계를 형성하고 있었던 것으로 이해할 수 있다. 이 두 작품 사이의 차이와 상호 관련을 해명하는 일은 하근찬 초기소설의 구성 원리를 파악하기 위한 핵심 논점이 되는데, 이는 결국 아버지의 표상 방식으로 귀결된다. 하나는 「수난이대」에서처럼 전쟁의 상흔을 재현하기 위해 '훼손된 몸'을 민족 수난의 맥락 위에 배치함으로써 민족 서사로 나아가는 방식이고, 다른 하나는 전쟁으로 인해 겪은 아버지의 죽음을 재현하는 과정에서 만나게 되는 불가능성을 아이러니를 통해 드러내는 방식이다. 하근찬의 초기소설에 나타나는 두 가지 방식 사이의 긴장은 『야호』에 이르러 민족수난 서사의 맥락에 트라우마적 사건을 배치하는 방식으로 해소되기에 이른다.

---

말한다. 오카 마리, 앞의 책, 150쪽.

## 학병세대의 역사 경험과 부성 복원 : 김광식과 『식민지』

### ① 학병세대의 사랑과 탈주

『식민지』는 전후세대 작가인 김광식의 자전적 경험을 담은 장편소설이다.[30] 김광식은 평북 용천군 출생으로, 유년기 대부분을 중강진에서 보냈으며, 이후 고학으로 일본에서 유학 생활을 하였다. 졸업하자마자 학병 동원 대상자가 되었으나 지원을 거부하고 만주로 도피하여 만주흥업은행 잉커우(營口)지점에서 근무하던 중 해방을 맞이하게 된다. 해방 후 귀환하여 신의주에서 교원 생활을 하다 1947년 월남하였다. 일본 유학과 학병 기피, 만주에서의 해방 경험 등 작가의 이력이 『식민지』의 주인공 한동사의 경험과 일치한다.

『식민지』는 1943년 9월, 일본 유학생 한동사(韓東史)의 졸업식 장면을 그리는 데에서 시작한다. 한동사의 졸업식장에 그의 연인인 김신애, 그리고 일본인 여학생 세쯔꼬가 찾아오게 되면서 세 청춘 남녀가 어색하게 만나게 된다. 한편 이 졸업식에서 동사는 얼마 후 입영하게 되는 일본인 친구 노다와 작별하는데, 이러한 첫 장면은 『식민지』가 태평양전쟁 말기를 배경으로 식민지 청년의 사랑과 모험 이야기가 될 것을 예고한다.

작품 전반부는 전황(戰況)이 급변하면서 일제가 조선인 학생 및 졸

---

30) 『식민지』를 발표할 무렵 김광식은 경기대학교 국어국문학과 교수로 재직하고 있었다. 김광식의 작품 연보를 보면, 『식민지』 이전과 그 이후 창작의 급격한 부침을 겪고 있음을 확인할 수 있다. 김광식은 『식민지』를 발표한 이후 창작 활동이 현저히 위축되었고, 문단의 중심에서 멀어졌다. 최근 『김광식 선집』이 간행되었으나 이 선집에 『식민지』는 수록되지 않았으며, 김광식과 『식민지』에 관한 연구는 많이 이루어지지 않았다. 『식민지』 김광식의 작가 이력에 대해서는 다음을 참고하였다. 『현대한국문학전집 6』, 신구문화사, 1967, 468쪽; 『문학적 인생론』, 신구문화사, 1981 참고.

업생에게 학병 지원을 강제하게 되고 한동사는 이를 피해 만주로 탈출하게 되는 장면을 매우 실감 있게 그리고 있다. 이를 재현하는 데 있어서 정형화된 집단기억이 동원된다. 조선인 유학생들을 상대로 열린 「조선 학도 특별지원병 격려대회」장면에 대한 묘사, 조선인 청년들의 울분, 그리고 만주로의 탈주 등이 그것이다. 이 과정에서 작품은 일제 말기 경성의 혼란한 풍경, 그리고 전장으로 나갈 상황에 처한 식민지 청년의 허무와 불안 등 식민지의 기억을 풍부하게 재현한다.

> 광화문 네거리와 종로 네거리와 백화점 출입구 앞에는 어색한 풍경이 있었다. 여학생들이 센닌바리(千人針)를 하는 흰 옥양목 수건을 들고, 지나가는 여자들에게 허리를 굽히며 한침씩 수놓아 달라는 어색한 풍경이었다. 젊은 처녀들도 많았다. 일본의 미신을 수입해다가 오빠나 애인의 무운장구(武運長久)를 빈다는 센닌바리까지 하는 인종. 슬픈 희극이다. 어처구니없는 풍경이다.[31]

『식민지』에서 기억을 환기하는 과정에서 특정한 사건과 상황을 선택하고 배열하는 일차적인 논리는 학병 체험 세대의 세대 의식 혹은 자기 세대의 정체성을 구성하는 데 있는 것으로 보인다. 위 인용문이 그리고 있는 '슬픈 희극' 역시 일본이 벌인 전쟁에 나서야 하는 청년들의 '실로 기괴한 역설적 경험'[32]을 잘 보여주고 있거니와, 한동사가 탈출하는 과정에서 머무는 모든 도시에서 그는 학병을 피해 탈출한 동료들을 만나게 되고, 이들과 울분을 토로하고 어려움을 함께 하는데, 이는 그의 경험이 개인의 것에 머무르지 않고 자기 세대 전체의 경험으로 확장하고자 하는 의도를 보여주는 것이라 할 수 있다.

『식민지』가 그리고 있는 사랑과 탈주의 이야기는 국가주의 조망을

31) 김광식, 『식민지』, 을유문화사, 1963, 58-59쪽.
32) 김윤식, 앞의 책, 6쪽.

통해 재현되고 있다. 주인공 한동사의 학병 거부와 탈출은 민족의식에 따른 저항으로서 매우 용기 있는 결단으로 표현되고 있으며, 이러한 행동은 주도면밀하면서도 대담한 성격과 겹쳐짐으로써 한동사는 민족의 영웅으로서의 형상을 얻게 된다. 한동사와 김신애의 사랑 이야기 역시 국가주의의 관점을 통해 그려진다. 비천하고 척박한 현실에 대비된 이상적이고 낭만적인 사랑을 강조하는 것은 김광식의 단편소설에서도 두루 나타나는 특징인데, 이 점은 『식민지』에서도 그대로 반복된다.[33] 이들의 사랑에서 육체적인 것은 거부된다. 동사는 신애와 헤어져 한 번도 가보지 못한 곳으로 갈 길을 정하지도 않은 채 떠나야 하는 상황에서도, 육체적 사랑을 거부할 뿐만 아니라 그런 자기 자신의 태도를 센티멘탈리즘으로 규정한다. '고결함'[34]이라고 표현할 만한 동사의 이러한 태도는 신애와의 관계 뿐만 아니라 일본인 여성인 세쯔꼬와의 관계에서도 시종일관 유지되고 있어, 『식민지』가 그리는 사랑의 성격을 가장 특징적으로 보여주는 것이라 할 수 있다.

## ② 부성-국가의 표상과 만주

작품의 서사는 한동사가 일본에서 조선을 거쳐 만주로 탈출하게 되

---

33) 「환상곡」, 「그림자」 등 김광식의 단편소설에서 사랑은 종종 현실의 척박함으로 인해 이루어지지 못한다. 이들 작품은 예술가를 주인공으로 등장시켜 현실과 예술을 대척점에 놓기도 하며, 이 경우 사랑과 예술은 등가의 의미를 지니게 된다. 한편 『식민지』에서 한동사와 김신애의 사랑은 갖은 고난을 극복하고 이루어진다는 점에서 차이가 있는데, 이 점은 『식민지』에 나타난 사랑이 국가주의을 강화하는 장치로 활용되고 있는 데에서 그 원인을 찾을 수 있을 것이다.

34) 모스(George L. Mosse)에 따르면 '고결함(respectability)'은 '점잖고 올바른' 예절과 도덕을 가리키는 동시에 섹슈얼리티에 대한 특정한 태도를 가리키는 개념으로, 근대사회가 출현한 이래 내셔널리즘이 지대한 역할을 해 왔던 역사 속에서 발전해 왔다. 조지 모스, 『내셔널리즘과 섹슈얼리티』, 소명출판, 2004, 9쪽.

기까지의 과정을 그린 전반부와, 한동사가 신경에 도착한 후의 이야기를 다룬 후반부로 나누어진다. 작품의 후반부는 탈주자로서의 모험을 다루는 대신 식민지 만주의 상황과 망국인으로서의 감회를 그리는 것으로 전환된다.

역사학도인 한동사는 신경에서 만선일보 기자로서 신경에 머무르게 되고, 일본인 자유주의자 야마다와 교유하는 한편 하르빈, 간도 등을 답사한다. 한동사는 한 번은 조선인이 일으킨 폭동을 취재하기 위해 하르빈으로, 또 한 번은 조선총독부의 간도 지역 순회강연을 수행하기 위해 간도로 여행하게 된다. 이 여행에서도 국가주의는 사건을 배열하는 원리가 된다. 동사가 만나는 사람들은 친일/배일이라는 기준으로 양분된다. 그리고 여기에서 친일의 원인 중 하나로 역사에 대한 무지를 들고 있다.

> 이충호는 부여니 고구려니 발해니 하는 두 사람의 말을 신기하게 듣고 있다가,
> 「그러면 조선 사람은 부여족이고 고구려족이고 발해족이고 하단 말입니까.」 하는 것이었다. 전혀 역사를 모르는 자였다.
> 인간의 역사를 모르는 자이기 때문에 그는 친일을 해도 철저한 친일을 하는 것인가. 동사는 생각하며 그를 다시 한 번 쳐다보았다.[35]

반대로 동사의 역사가로서의 면모는 '저항'의 맥락에 놓이게 된다. 동사는 유적을 돌아보면서 자신의 망국인으로서의 처지를 확인하는 한편, 민족의 고대사를 재구성함으로써 만주를 국사(혹은 민족사)의 판도로 설정하고자 한다. 간도 분쟁과 관련된 역사, '칠인족' 전설 등 민족의 역사에 대한 설명이 곳곳에 드러나고 있는 것은 한동사의 민족주의자의 면모를 강화시킨다.

---

35) 『식민지』, 앞의 책, 204쪽.

동사는 산산이 부서진 기와 조각을 주워 만지기도 하고, 주춧돌을 쓸어보기도 하며 이 옛 궁터에서 떠날 줄을 몰랐다. 망국(亡國)이라는 두 글자가 가슴에 파고 드는 것을 느꼈다. 동사는 일본 동경에서 도주의 길을 떠나면서부터, 아니 그 이전부터도 그랬는지 모르지마는 멸망 망국패멸, 이러한 단어에 마음이 끌리는 것을 자기가 유약한 탓이며 비열한 탓이라고 느끼면서도 자꾸만 그러한 단어들을 생각하게 되고, 사물을 바라보아도 그러한 멸망의 단어들이 머리에 떠오르는 것을 어찌할 수 없었다.[36]

『식민지』가 강조해 보여주는 역사는 말할 것도 없이 민족국가에 의해 소환된 역사이다. 만주는 이런 역사를 간직한 곳이라는 점에서 민족국가의 기원을 환기하는 곳이기도 하다. 『식민지』에서 민족의 역사와 그 역사의 공간인 만주는 집단의 정체성을 구성하는 요인이 된다.

한편 이와 같은 맥락에 아버지의 존재가 놓여 있다. 다른 전후세대 작가의 작품과 마찬가지로 『식민지』에서도 한동사와 그의 동료들이 그 시대의 주인공이며, 아버지 세대의 역할은 미미하다. 그러나 한동사의 아버지는 아들의 뜻에 전폭적인 지지와 신뢰를 보여주면서 자신의 자리를 지킨다. 한동사는 아버지와 만난 자리에서 임시정부가 있는 중경으로 탈출하고자 하는 뜻을 내비치고, 그의 아버지 또한 아들의 용기와 결단을 지지한다.

동사의 아버지 한태열(韓泰烈)씨는 아들을 지원시키라는 경찰의 위협에 매일같이 시달림을 받고 있었다. (중략) 동사가 멋모르고 집으로 온다고 해도 절대로 지원시키지는 않으려고 했다. 감옥에 가게 되고 파산을 하게 되어도 좋다고 생각했다. 동사가 외아들이 되어서보다도 민족적 감정이 허락지 않았다. 인본의 패망이 눈앞에 보이는 이 마당에 아들을 제물로 바칠 수는 없다. 이 악몽 같은 시대가 빨리 지나가기를 빌었다. (중략)

---

36) 위의 책, 199-200쪽.

기미년 3·1 운동 당시 중학을 졸업하는 해에 학생 대표의 한 사람으로 선두에서 활약하다가 허벅다리에 일경(日警)의 총탄을 맞고 쓰러져 동지의 등에 업혀 가던 그때가 지금도 생생하다. 또한 일본 유학시 동경 대진재를 만나 천재에는 무사했으나, 간악한 일본인 부랑배에게 조선사람이라는 그 이유 하나로 학살당한 뻔한 기억도 새롭다.[37]

이러한 아버지의 모습은 전후 세대 작가의 정체성 서사인 선우휘의 「불꽃」과 의미심장하게 대비된다. 「불꽃」에서 고현이 반공 투쟁에 나서는 것은 아버지의 투쟁과 등가의 의미를 지니는 것으로서, 이는 그 자신이 부성의 자리에 나서게 되는 것, 다시 말해 상징적 부성 복원이라 할 수 있는데, 『식민지』는 이와 다소 다른 방식으로 부성 복원 및 국가주의의 문제를 다루고 있다는 점에서 주목된다.

「불꽃」과 대비해 볼 때 『식민지』가 부성을 표상하는 방식을 '여린 부성'의 복원이라 할 수 있을 것이다. 이러한 방식의 표상은 그 이전 세대와의 급진적 단절을 경험한 전후 세대 작가의 일반적인 경험에서 비추어 볼 때 예외적인 것이라 하겠거니와, 이는 일차적으로 작가 개인의 시대 경험과 무관하지 않은 것으로 보인다.[38] 전후세대 작가에게 있어 해방에 이은 월남 경험은 신생 국가의 일원으로 자기를 구성하는 과정, 즉 국가주의의 형성과 관련되는데, 김광식의 소설은 이전 세대와의 급격한 단절을 드러내지 않음으로 해서 국가주의의 형성 문제에 있

---

37) 위의 책, 63쪽.
38) 김광식은 식민지 말기 학병 기피의 경험, 종전 후의 귀환, 그리고 월남과 전쟁 등을 거치면서도 자기 존재에 대한 심대한 위기를 겪지는 않았던 것 같다. 이와 관련하여 김광식의 소설에서 월남 경험을 집중적으로 다룬 작품을 찾아볼 수 없다는 점도 특기할 만하다. 월남 당시 심각한 이데올로기적 갈등을 겪은 흔적으로 찾기 어렵고, 그 외 이렇다 할 월남 동기를 확인할 수도 없다. 이 점은 그에게 있어서 월남 경험이 심대한 영향을 준 사건이 되지 못하였음을 짐작하게 한다. 그는 해방 전 이미 결혼하였고, 해방으로 귀환한 후 신의주에 잠시 정착하였다가 가족과 함께 월남하였고, 월남 후 교원 생활을 계속했던 것으로 보인다.

어서도 이렇다 할 정체성의 전환을 보여주지 않는다.

한편『식민지』의 마지막 부분은 만주에서의 종전(終戰) 혹은 해방을 그리고 있는데, 이 장면은 전후 국가주의를 벗어나는 지점을 내포하고 있다는 점에서 주목할 만하다. 일본인과 만주인, 조선인이 함께 살아가던 만주에서의 종전은 각 종족이 처한 위치에 따라 다른 의미로 다가왔으며, 이는 동아시아 공동의 역사가 된다.『식민지』는 이 장면을 잘 포착하고 있다. 일본인에게 있어 패전은 곧 중국인들에게 승리의 감격으로 다가왔지만, 만주국에서 일본인과 유사한 대우를 받고 있었던 조선인의 입장에서 다소 미묘한 상황이었다. 감옥에서 종전 소식을 접한 동사는 자신이 중국인들과 더불어 만세를 부를 수도 없는 처지임을 자각한다.

> 한동사는 감격의 눈물과 환호 속에 뒤덮인 도가니 속 같은 군중 속을 뚫고 나와 밤의 어두운 거리를 혼자 걸어가고 있었다. 그는 석방된 자유의 몸이라는 것을 처음 느껴본다. 그러나 고독했다. 군중이 자기를 환호와 박수로 맞아주지 않아서가 아니었다. 물론 그럴 아무런 이유도 없다. (중략) 동사는 형용할 수 없는 고독을 느끼며 걸어갔다.[39]

종전이 되었지만 한동사와 그의 동료들은 역사의 주인이 아니라 주변인일 뿐이다. 그러나 이러한 주변인으로서의 위치로 인해 이들은 식민과 피식민의 역사에서 빚어진 적대를 넘어 보편적인 인간애로 나아가게 된다. 작품의 결말은 한동사 등이 잉커우에서 해방을 맞이하고 귀환하는 과정으로 그려지고 있는데, 이 장면에서 한동사가 휴머니즘의 대변자로 그려지고 있다. 일본의 패전 소식에 이어 소개령이 떨어지게 되자 일본인들의 소개 행렬이 이어지는데, 이때 동사는 귀환 과정에서

---

39)『식민지』, 앞의 책, 389-390쪽.

어려움에 처한 일본인을 순수한 인간애로서 돕는다. 또 동사 일행은 귀환 도중 봉천에서 남장(男裝)을 하고 음식을 팔고 있는 세쯔꼬를 만나게 되는데, 여기에서 세쯔꼬의 아버지 다까다 지점장은 세쯔꼬를 조선으로 데려가 일본으로 나가게 해 달라고 요청하게 되고, 동사 일행은 이 요청을 받아들인다. 한동사 일행이 보여주는 휴머니즘은 단순한 동정이나 값싼 감상을 벗어나는 설득력을 지니는 것으로 보이는데, 이는 만주에서 조선인으로서 겪은 역사 체험과 이어지고 있기 때문이다.

# 3. 전후소설의 식민지 기억과 재현 (불)가능성

## 식민지 기억의 위악(僞惡)적 재현 : 손창섭의 「낙서족」, 「신의 희작」

손창섭의 전후소설이 식민지의 기억을 재현하고 있다는 점은 지금까지 충분히 논의되지 못했다. 『낙서족』(1959)과 「신의 희작」(1961) 등 손창섭의 주요 작품이 식민지의 경험을 다양한 방식으로 재현하고 있다는 점은 전후세대 작가 손창섭과 그의 소설의 성격을 규명하는 데 있어 중요한 지점이 된다.

손창섭 소설에 나타난 식민지의 기억은 재현 가능성의 문제를 제기한다. 주인공들이 겪는 식민지 경험은 흔히 트라우마적 경험과 연관되어 있으며, 이런 경험이 반복 재현되는 과정에서 과장, 왜곡, 희화화를 거치게 된다. 손창섭의 소설은 어떤 이유로 동일한 모티프를 다른 맥락에서 반복 재현하는 것일까? 여기에는 개인의 경험이 집단기억으로 수렴되는 과정에서 일어나는 균열 혹은 환원불가능성의 문제가 놓여 있는 듯하다.

개인의 경험이 모두 집단기억에 수렴되는 것은 아니며, 국가주의의 시선이 불러내는 기억은 재현되는 과정에서 언제나 잉여, 즉 재현될 수 없는 영역을 남긴다. 특히 개인이 정체성을 형성하는 과정에서 체제로부터의 소외를 경험한 경우, 이 경험은 개인이 내부에 트라우마로 자리잡게 되며 이는 집단기억으로 환원되지 않은 채 남아 있게 된다. 트라우마를 일으키는 사건은 억압되거나 부인되다가 일정한 잠복기를 거친 뒤에야 의미화 되는데, 국가주의는 이러한 의미화를 가능하게 하는 동시에 그 시선에 의해 포착되지 않는 영역을 징후적으로 보여준다. 따라서 식민지의 기억을 재현하는 데 있어서 국가주의의 시점이 가장 적극적으로 투영된 작품에서조차 그것을 벗어나는 지점을 발견할 수 있으며, 반대로 매우 단편적으로 드러나 있는 식민지의 기억도 국가주의의 조망에 의해 구성된 서사와 관련되지 않고서는 그 의미를 규정하기 어렵다.

「낙서족」과 「신의 희작」은 식민지 경험 관련 모티프를 상당 부분 공유하고 있다. 이 두 작품은 주인공의 비정상성을 과장적, 위악적으로 드러내고 있는데, 이 비정상성이 국가주의로부터 소외된 개인 주체의 히스테리컬한 반응으로 드러나고 있다는 점에서도 공통점을 지닌다.

「낙서족」의 주인공 박도현은 독립투사의 아들이다. 이런 설정은 「불꽃」의 고현과 비슷하지만, 「낙서족」에 나타난 식민지의 기억은 「불꽃」과 전혀 다른 양상으로 재현된다. 「불꽃」에서 아버지가 환기하는 국가주의는 신화적 분위기와 결부되어 신성시되는 데 반해, 「낙서족」에서 국가주의는 주인공의 비정상성과 만나게 되면서 희화화되고 있기 때문이다.

한편 「신의 희작」은 식민지의 기억을 더욱 위악적인 방식으로 재현한다. 「신의 희작」은 '자화상'이라는 부제에서 보듯 자전적인 기록임을 전면에 드러내지만, 위악적인 재현 방식으로 미루어 볼 때 왜곡과 변형을 거친 것으로 보아야 한다.[40] 작품의 서두에서 '시시한 소설가로 통하는 S-좀 더 정확히 말해서 삼류 작가 손창섭 씨'라고 스스로를 칭하는 데에서 드러나듯, 이 작품이 주인공 S를 바라보는 시선은 위악적, 희화적이다. 「신의 희작」은 주인공이 겪은 유년기의 트라우마와 야뇨

---

40) '자화상'이라는 부제로 인해 이 작품은 손창섭의 자전적 소설로 해석되어 왔으며, 이 작품에 근거하여 이와 유사한 모티프를 지닌 작품 역시 자전적인 성격을 지닌 것으로 받아들여 왔다. 그러나 최근 손창섭의 죽음 소식과 함께 그의 가족 및 지인을 통해 그의 생전 행적이 소개되었는데, 이 기록에 따르면 「신의 희작」 등에 나타난 자전적 모티프는 사실과 크게 다르다고 한다. 정철훈, 「두번 실종된 손창섭」, 『창작과 비평』, 2009 여름.

중 등 자아 형성에 있어서의 비정상성을 강조하여 보여준다. 이 때문에 이 작품은 작가 및 작품 연구에서 정신분석적 관점을 끌어들이는 계기가 되었지만,[41] 정작 문제는 이런 비정상성이 재현되는 방식이다. 주인공의 비정상성은 국가주의와 만나게 되면서 엉뚱한 결과를 만들어내고, 이로 인해 비정상성이 더욱 강화된다는 점에 주목해야 한다.

(가) "수 틀리면 지끈 딱 하고 받아 넘길테다!"
그 '지끈 딱'은 도현의 유일한 무기였다. 평양에서도 망나니패로 유명한 서성리 바닥에서 자라난 도현은 헤딩의 명수였다. 날파람을 뜰 때 그의 대갈짓 발짓은 적을 떨게 했고 한번만 '지끈 딱' 하면 제 아무리 세다는 놈도 픽픽 나가 쓰러졌다. 도현은 지금 그 무기를 다시 들고 나선 것이다. 어처구니없게도 그 '지끈 딱'으로 일본의 경찰 권력과 정면으로 맞서 보자는 것인지도 모른다.[42]
(나) 중학교 삼 학년 때였다. 이 학년의 조선인 학생 한 명이 억울하게 퇴학을 당한 사건이 있었다. 그 사건은 전교의 조선인 학생들에게 상당한 충격을 주었다. S도 대상 소문을 듣고 있었다. 그러한 어느 날, 상급반의 굵직굵직한 조선인 학생 두 명이 은밀히 그를 찾아온 것이다.
(중략)
「너처럼 용감하고 주먹 센 사람이 가담해 주면 우린 절대 자신이 있어.」[43]

---

41) 이현석은 「신의 희작」 이후 손창섭 소설에 대한 해석 방향이 크게 변화했다고 보았는데, 그 변화의 핵심은 「신의 희작」을 포함한 그 이전의 작품을 정신분석학적 방법으로 접근했다는 데 있다. 이현석, 「손창섭 소설에서 나타나는 부정성의 의미 변화에 관하여」, 「한국문학논총」 50, 2008. 손창섭 소설에 대한 정신분석학적 연구로는 다음을 들 수 있다. 김윤정, 「손창섭의 소설 : 나르시시즘과 죽음의 문제」, 「한양어문연구」 13, 1996; 조두영, 「목석의 울음」, 서울대출판부, 2004; 양소진, 「손창섭 소설에서 마조히즘의 의미」, 「비교한국학」 14권 2호, 2006.

42) 손창섭, 「낙서족」, 일신사, 1959, 42쪽. 이 장면은 「낙서족」보다 더 자전적인 판본인 「신의 희작」에서도 반복되고 있다. 「신의 희작」의 주인공 S가 학교에서 일어난 동맹휴학에 가담했다가 체포되는 과정에서 일본 경찰을 받아 넘긴 사건이 그것이다. 손창섭, 「신의 희작」, 「현대한국문학전집 3」, 신구문화사, 1981, 424쪽.

43) 손창섭, 「신의 희작」, 위의 책, 424쪽.

위 두 인용문은 주인공의 폭력성이 국가주의와 결합하는 장면을 보여준다. (가)에서 '지끈 딱'은 그것으로 일본 경찰 권력과 맞서겠다는 목표가 정해지게 됨으로써 정당성을 얻는다. 그러나 주인공의 비정상성에 비추어 볼 때 이런 목표는 어처구니없는 행동일 뿐이다. 주인공 도현은 독립투사의 아들로서 그 위치에 걸맞게 행동하려고 하는 것은 국가주의가 부여하는 위치를 받아들이려는 것이지만, 국가주의가 부여하는 위치를 급진적으로 받아들이고자 하는 도현의 시도는 역설적으로 점점 더 그것으로부터 멀어지는 결과를 낳는다. 이러한 식민지 기억의 재현 방식은 국가주의의 시선을 의도적으로 왜곡시켜 드러내고 있다는 점에서 주목할 만하다. (나)는 보다 자전적인 판본으로, 작가의 자전적 경험에서 국가주의가 폭력성의 계기가 되는 장면을 보여준다. 폭력성은 주인공의 비정상성을 보여주는 표지로서 사소한 외부 자극에도 언제든 표출될 수 있다. 그런데 국가주의를 계기로 폭력성이 과도하게 표출되고 이로 인해 주인공의 비정상성이 더 강화되는 악순환에 빠지게 된다. 이로써 국가주의가 주인공에게 부여한 정당성은 희화화된다.

이러한 장면은 당시 독자들에게 당혹스럽게 받아들여졌음에 틀림없다. 『낙서족』 발표 당시의 작품평에서 이러한 당혹스러움을 읽을 수 있다. 김우종은 애국투사의 아들과 일본 유학생을 주인공으로 등장시켜 이들을 희화화한 데 대한 불만을 표시하였으며, 김동리는 '민족'과 '독립'에 대한 좀 더 다른 의미 부여가 있어야 할 것을 주문하면서 일제시대의 독립운동은 '비장한 행위'인데 이를 박도현의 동키호테적인 성격과 결부시킨 것이 어색하고 부자연스럽다고 지적하였다.[44]

주인공의 비정상성은 국가주의와 결부되면서 정당성을 얻게 되지만, 그 과정은 지독한 아이러니를 담고 있다. 「낙서족」의 도현은 자신의

---

44) 김우종 외, 「『낙서족』을 읽고」, 『사상계』, 1959. 4. 315-323쪽.

성욕을 일본에 대한 복수심을 명목으로 일본여성 노리꼬를 강간하는 장면은 이를 단적으로 보여준다. 이 장면 역시 「신의 희작」에서 일본인 여성과 관련된 여러 일화가 변형되어 드러난 것이라 할 수 있다. 그러나 이 모티프를 재현하는 데서 「낙서족」과 「신의 희작」은 다른 방식을 보여준다.

> (다) "무슨 용건이신가요?"
> 노리꼬는 무릎을 모으고 앉아 조심스레 물었다. 도현은 좀 주저했다. 그러나 이내 알맞은 핑계를 발견했다. 도현은 자기 속에서 일종의 복수심을 찾아낸 것이다. 일본 경찰에 대한, 아니 일본인 전체에 대한 복수심. 어쩌면 그것은 단순한 핑계만은 아닐지도 모른다. 도현의 가슴 속에는 비롯 구체성은 띠지 못했을망정 그러한 복수심이 끈기 있게 타오르고 있었기 때문이다. 사건은 결정적이었다. 도현은 자기에게 노리꼬를 정복할 혹은 유린할 권리가 당당히 있다고 생각했다.[45]

> (라) 지금의 아내인 지즈꼬와의 인연도 그런 어이없는 복수 행위에서 맺어진 결과였다. 지즈꼬의 오빠와는 가까이 지내는 사이였기 때문에 S는 자주 그의 집을 찾아갔다. 그런 관계로 지즈꼬와도 오래 전부터 안면이 있었다. (중략)
> 지즈꼬는 원망스러이 S를 바라보고는 각오했다는 듯이 살그머니 곁에 와서 무릎을 모으고 앉았다. 그러한 지즈꼬가 못 견디게 애처롭고 사랑스러워 보였다. 처음 경험하는 찌릿한 감정이었다.[46]

박도현은 국가주의에 따른 복수심으로 노리꼬를 성적으로 유린하는 한편, 역시 국가주의의 경로를 따라 상희와의 관계 맺기를 시도하지만 이마저 제대로 이루어지지 않는다. 상희는 그에게 있어 신성한 존재이지만, 때때로 상희에게서 육체를 발견하게 되고, 이 둘 사이에서 도현

---

45) 「낙서족」, 앞의 책, 92쪽.
46) 「신의 희작」, 앞의 책, 430-431쪽.

의 내면은 분열된다. 국가주의와 개인의 욕망 사이에서 극단적으로 분열된 도현은 점차 국가주의가 낳은 괴물의 형상이 된다.

「신의 희작」에도 이와 유사한 모티프가 발견되지만, 이 작품에서는 자신의 복수심을 국가주의로 정당화하지는 않는다. 지즈꼬와의 첫 관계가 '어이없는 복수 행위에서 맺어진 결과'라고 할 때, 복수심은 국가주의의 경로를 거치지 않는 상태로서 그 대상이 분명하지 않는 막연한 복수심일 뿐이다. 이어서 「신의 희작」은 지즈꼬와의 관계에서 아이가 태어나게 되고 그 후 해방이 되어 아내와 헤어지게 되기까지의 과정을 재현하고 있다.

「신의 희작」과 「낙서족」 사이에 놓인 이러한 차이가 의미하는 것은 무엇일까? 여기에는 식민지의 기억과 그 재현 가능성에 대한 물음이 내재해 있다. 「낙서족」이 전후 국가주의로 환원되지 않는 개인의 욕망을 부각시키는 데 초점이 놓여 있다면, 「신의 희작」은 이러한 개인의 비정상성이 어디에서 연유하는가에 대한 해명에 초점이 놓여 있다. 그러나 이 두 경우 모두 과거의 경험이 재현되는 과정에서 국가주의의 경로를 따른다는 점에서 공통점을 지닌다. 「낙서족」의 경우는 말할 것도 없고, 「신의 희작」의 경우에도 국가주의는 과거의 경험들을 선택하고 배열하는 원리로 작동한다. 이는 이들 작품에 드러난 식민지의 기억이 국가주의의 경로를 따를 때에만 과거 경험에 대한 재현이 가능하다는 것을 보여주는 동시에, 국가주의가 구성하는 집단기억과 개인의 기억의 균열을 일으키는 지점에서 기억의 재현 불가능성을 보여주는 것이기도 하다.

## 파편화된 식민지의 기억 : 장용학의 「위사가 보이는 풍경」

장용학의 경우 식민지의 기억은 국가주의의 시선으로 환원되기를 거부하여 그 의미가 모호한 채로 파편화되어 드러나고 있다. 국가 체제 혹은 기성의 사회·문화 체제 내에서 장용학 소설의 주인공들의 위치는 극히 모호하다. 주인공들은 일체의 기성 가치를 부정하면서 체제의 바깥으로 걸어 나가는 '비인(非人)'들이다. 장용학의 중편 「비인탄생」의 주인공 지호(地琥)는 학교를 그만두고 취직 운동을 하지만, 지극히 비합리적인 이유로 취직 운동은 늘 실패한다. 이 작품에서 '비인'이란 '세계' 혹은 '인간'으로 일컬어지는 기성의 사회와 어떤 필연성도 설정하지 못하는 존재를 가리킨다. 결국 지호는 작품의 마지막 부분에서 어머니의 죽음을 겪고 어머니의 시신을 화장하는 의식을 치름으로써 기성의 사회 체제와 완전히 절연하게 된다.

이러한 '비인'의 형상은 식민지의 기억에 근원을 두고 있으리라고 짐작할 수 있는데, 이때 주목되는 것은 식민지 학교 교육의 경험이다. 전후 작가에게 있어서 학교란 사회 체제와의 첫 대면을 의미하는데, 장용학의 경우 이 대면을 인간과 체제 사이에 놓인 심각한 부조리로 표현하고 있다. 「비인탄생」의 서두에 제시되고 있는 '아홉 시 병' 우화가 이를 잘 보여주거니와, 이 점은 『원형의 전설』에 단편적으로 나오는 식민지 학교의 기억에도 드러난다.

> 그 교훈을 들려 준 '아까사끼센세이'는 野球를 잘 했지. 핏처를 했는데 빳타도 잘 쳐서 어린이들의 英雄이었다. 한 번은 보기 좋게 빳타를 휘둘었는데 빗맞아서 공은 넷트 뒤에 서 있는 돌배나무 가지 속으로 날아든 다음엔 소식이 없었다. 가을이 되어 落葉이 진 다음에 쳐다보니 공은 가지와 가지 사이에 꼭 끼어 있었다. 오르는 것이 금지된 나무였기 때문에 우리는 그 아래에 모여 서서 돌을 던져 떨어뜨릴 내

기를 하는 것이 재미였다. 워낙 높은 데여서 맞아도 떨어질 리 없었다. 아까사끼센세이는 다른 데로 轉勤해 가서 없어져도 그 공은 언제까지나 거기에 끼어 있어서, 해마다 낙엽이 지면 어린이들이 돌팔매질하는 과녁이 되었다. 까닭도 모르는 下級生들도 열심히 돌질을 했다….[47)

이 기억은 주인공 이장이 국군 낙오병이 되어 남하하던 중 부상을 당하여 혼자 동굴에 남게 되었을 때 떠올린 것이다. 아까사끼센세이는 국민학교 3학년 때의 담임선생인데, 동굴에서 추위를 견디던 이장은 추위는 몸의 표면적을 줄여서 막는 것이 좋다고 하던 담임선생의 교훈을 떠올리게 되고, 이어서 위의 기억을 떠올리게 된 것이다. 이장은 담임선생의 교훈을 들은 탓에 드러눕지 못하는 것인지, 스스로 그렇게 느꼈기 때문에 드러눕지 않은 것인지 의문을 제기한다. 『원형의 전설』에서 주인공 이장이 겪는 행적은 우연적이거니와, 이 기억 역시 '교훈'과 '행동' 사이의 연관이 극히 우연적이라는 점을 보여준다.

『원형의 전설』에 이어 발표된 『僞史가 보이는 風景』(1963)[48)은 학병의 기억을 재현하고 있다는 점에서 주목된다.[49) 학병으로 복무하다 해방을 맞이한 장용학이 『위사가 보이는 풍경』에 와서야 비로소 이 기억을 환기하고 있다는 점도 특기할 만하거니와, 이 작품에서 학병의 기억은 체제(혹은 세계)의 부조리함을 드러내는 계기가 되고 있다.

47) 장용학, 『원형의 전설』, 사상계사, 1962, 56-57면.
48) 『위사가 보이는 풍경』은 중편 분량으로 1963년 11월 『사상계』 증간호에 발표되었다가, 후에 작품의 후반부가 보태어져 장편 『청동기』로 개제되어 1967년 8월부터 『세대』에 연재되었다. 1981년 신구문화사에서 간행한 『장용학』에는 『위사가 보이는 풍경』이라는 제목으로 실렸고, 그 후 1994년 일신서적출판사에서 『청동기』라는 제목의 단행본을 출간하였다. 이 글에서는 『사상계』에 실린 판본을 텍스트로 삼았다.
49) 장용학은 1944년 학병으로 동원되어 제주도에서 복무하던 중 해방을 맞이하였다. 그의 작품에서 학병의 기억을 재현하고 있는 작품으로는 『위사가 보이는 풍경』이 유일한 듯하다.

주인공 기오는 암 판정을 받고 시한부 삶을 살고 있다. 반리얼리즘을 추구하는 화가인 기오는 전시회에서도 실패하고, 교사로 취직해 있던 학교에서도 쫓겨나는 등 장용학의 이전 소설의 주인공과 마찬가지로 체제(혹은 세계)와의 불화 상태에 있다. 그는 일본에서 대학을 졸업한 것을 증명할 수 없다는 것 때문에 학교에서 쫓겨나게 되는데, 이 과정에서 학병의 기억이 환기된다. 기오는 고향으로 돌아오는 배에서 내리기도 전에 헌병의 강요에 의해 학병 지원서에 도장을 찍게 되었고, 당시 학제에 따라 2년 재학 중 지원 입대한 경우 가졸업(假卒業)이 되었지만, 그가 입대한 사실을 모교에 알리지 않아 졸업하지 않은 것으로 되어 있다. 기오는 자신이 학병에 입대한 사실을 증명하기 위해 학병으로 복무하던 시절의 사진을 구해 모교로 보내지만, 기대했던 답을 얻지는 못한다. 후에 모교의 담당자는 개인 자격으로 졸업증명서를 만들어 보내오지만, 기오는 이것을 불태워버린다.

학병의 기억에서 '민족의식'은 핵심적인 문제로 다루어진다. 학병에 지원한 것은 민족의식의 포기이고, 자신이 학병에 지원한 사실을 모교에 알리지 않은 것은 소극적이나마 민족의식의 발로인데, 지금에 와서 졸업증명서를 받기 위해 자신이 학병으로 근무한 사진을 구해 모교로 보내기까지 한 것이다. 이처럼 '민족의식'이라는 점에서 보자면, 졸업증명서를 받기 위해 자신이 일본 군대에 지원했다는 사실을 증명해야 하는 상황은 매우 아이러니하다.

> "나는 민족의식을 내세우기가 일쑤였지만 민족의식과 제도는 차원이 다른 것이었구, 내가 그 당시 졸업장이 어떤 것인가 하는 것을 알았다면 어떻게 했을까. 더구나 일본은 전쟁에 지기로 되어 있는 것으로 보구서, 그리 되면 일본 학교의 졸업장은 쓸모가 없게 된다고 생각한 구석이 있었소. 그땐 명확하게 의식 못했는지는 모르지만, 어제 오늘

그렇게 생각했다는 기억이 난단 말이오. 알겠오? 내가 그때 통지를 하지 않은 것은 민족의식에서가 아니라 그런 무식에서 한 것이라고 할 수 있다는 거요."(중략)

"더구나 민족의식 민족의식 했지만 사실에 있어서 나는 도리어 민족의식을 어기고 일본군에 지원 입대했던 사람이 아니었오?"(중략)
"민족의식을 내세울 수 있는 것은 지원 입대를 하지 않아서, 그래서 나처럼 가짜노릇두 못해서 제대로 취직도 못하고 있는 아무개와 같은 사람이오. 그들이야 말로 내보다 백배 천배 얼울한 사람인데, 본인도 그렇고 남들도 그것을 당연한 것으로 생각하고 있고, 나처럼 학교에 비통한 편지도 하지 않으니, 공명과 동감도 받지 못하고. 이 무슨 잠꼬대 같은 세상이오?"[50]

기오의 주장은 진정 민족의식을 내세울 수 있는 사람은 사회적 인정을 받지 못하고, 그렇지 않은 사람들이 '민족의식'을 내세워 가짜노릇을 하고 있는 세태에 대한 비판으로 귀결되지만, 그 이면에는 '민족의식'이라는 명목으로 구성되는 정체성에 대한 의문이 자리하고 있다.

여기에서 다시 장용학이 학병의 기억을 이 시점에 와서, 이러한 맥락에서 환기하게 되는 사정을 묻지 않을 수 없다. 그에게 있어 해방기 이후 국가주의의 시선으로 학병의 경험을 재현해 온 집단기억에 동조하기에는 그 내면에 도사리고 있는 개인의 기억의 진실이 너무도 컸던 것이 아닐까? 그가 학병의 기억을 해방된 지 거의 이십 년이 지나도록 작품 속에서 재현하지 않은 이유도 여기에 있었던 것이 아닐까? 그렇다면 위의 장면은 국가주의가 구성하는 집단기억과 다른 지점에 놓인 개인의 기억이 환기되는 양상을 보여주는 예라고 할 수 있을 것이다. 기오에게 있어서 학병의 기억은 민족의식을 포기하였다는 수치감을 수반하는 동시에 학병 지원 사실을 학교에 알리지 않음으로써 소극적이

---

50) 장용학, 『위사가 보이는 풍경』, 『사상계』, 1963. 11. 증간호, 378-379면.

나마 민족의식을 표현하였다는 데 대한 인정의 욕구가 복합적으로 내재되어 있다. 또 그가 졸업증명서를 불태우는 데에는 자신이 처한 아이러니한 상황에 대한 조소와 더불어 민족의식을 앞세워 공명심을 채우고자 하는 처세가들과 다르다는 자부심이 은밀하게 개입되어 있기도 하다. 이처럼 국가의 집단기억이 포착하지 못하는 개인의 기억이 자리잡고 있는 한 학병의 기억은 국가주의가 구성하는 서사 내로 편입되지 못하고 착종된 정체성을 표현하는 대목에서 단편적으로 환기될 수밖에 없었을 것이다.

## 트라우마적 기억과 아버지의 복원 : 하근찬의 1970년대 소설

### ① 트라우마적 사건의 재현 : 『야호』

1970년대 이후 한근찬의 소설에서도 아버지는 거듭 재현되었다. 이 시기 아버지의 표상은 이전 작품과 달리 자전적 경험을 풍부하게 담고 있다.[51] 하근찬은 한국전쟁 중에 아버지의 죽음을 겪게 되는데 이 경험은 그에게 되풀이되어 도래하는 트라우마적 사건이었다. 그는 작품을 통해 거듭 이를 재현하지만, 이 과정에는 근원적인 재현 불가능성이 내재되어 있었다.[52] 「위령제」 등 하근찬의 초기소설이 종종 아

---

51) 하근찬의 산문집 『내 안에 내가 있다』에서 「잊을 수 없는 그날의 기쁨」, 「아버지의 편지」, 「인간에 대한 끝없는 절망」, 「죽창을 버리던 날의 회상」 등은 모두 아버지와 관련된 일화를 쓴 것으로 소설 작품과 직접 관련되고 있다. 하근찬, 『내 안에 내가 있다』, 엔터, 1997.

52) 오카 마리에 따르면 '기억이란 때때로 나에게는 통제 불가능한 것으로, 나의 의사와는 관계없이 나의 신체에 습격해 오는 것'이다. 그는 트라우마적 사건을 리얼리즘으로 재현한다는 것은 '재현 불가능한 현실이나 사건의 잉여 그리고 타자의 존재를 부인하는 행위와 결부'되어 있다고 보았다. 오카 마리, 앞의 책, 49쪽, 81쪽.

버지의 죽음을 아이러니한 맥락에서 드러내는 것은 이를 잘 보여준다. 트라우마적 사건이 지닌 재현 불가능성에도 불구하고 하근찬은 거듭해서 이 사건을 의미화하고자 하였는데, 이를 위해서는 그 사건을 바라보고 배치하는 보다 큰 시선과 서사적 맥락이 필요하였다. 하근찬의 소설에서 이 장치는 '민족' 혹은 '민족 서사'였다. 그러나 이러한 방식의 재현은 민족정체성으로 환원되지 않는 정체성들을 배제하는 기제로 작동하기도 했다.

『야호』(1970)는 하근찬의 첫 장편소설로서, 이후 『월례소전』, 『산에 들에』 등에서 반복해서 나타나는 여성수난 서사의 구도를 처음으로 설정하고 있다는 점, 그리고 작가 자신에게 트라우마적 사건이 된 아버지의 죽음을 재현하고 있다는 점에서, 하근찬 소설의 중요한 분기점을 이룬다. 이에 대해 작가는 다음과 같이 회고한 바 있다.

> 어쩌면 전투보다도 더 참혹하고 비통한 일을 겪었는데, 그것은 부친의 죽음이었다. 반동이라 하여 학살당한 부친의 시신을 찾기 위해 가히 시체의 바다라고 할 수 있는 처참한 현장을 더듬기도 했던 것이다. 그 시체들 전부가 타살이어서 그야말로 목불인견이었다. 나는 그때 전쟁의 잔학성뿐 아니라, 인간에 대한 소름끼치는 절망을 느꼈다. 어머니와 둘이서 시신을 차자 가매장하던 그날이 마치 지옥의 하루 같던 일이 지금도 머리에 생생하다. 그때의 경험은 나의 최초의 장편소설인 「야호(夜壺)」의 한 대목에 짙게 반영되어 있다.53)

『야호』는 식민지 말기부터 한국전쟁에 이르는 시기 동안 여성 주인공 갑례가 겪는 거듭된 수난을 그린 작품이다. 이 작품에서 아버지의 죽음은 여성수난 서사로 편입되는데 이를 통해 작가가 경험한 트라우마적 사건은 민족 보편의 경험과 한자리에서 만나게 된다.

---

53) 하근찬, 「전쟁의 아픔, 기타」, 『산울림』, 흔겨레, 1988, 7쪽.

『야호』는 하근찬의 전쟁 서사가 지닌 기본 구도를 따라 진행된다. 작품의 배경이 되는 '홍싯골'은 토속적이고 반문명적인 공간으로 제시되는데, 이러한 공간은 폭력적인 근대와 대비되면서 시원적(始原的)인 것으로서의 '민족'을 환기한다. 이러한 공간에서 살아가는 이들은 모두 순박하지만 외부 세계의 폭력성에 대응할 수 있는 능력을 갖지 못한 인물들이다. 『야호』의 꺼꾸리, 『월례소전』의 벌보 등 하근찬 소설에 빠짐없이 등장하는 '바보형 인물'은 토속적 공동체가 경험한 폭력적 근대를 단적으로 보여주는 인물이라 할 수 있거니와, 다른 인물들도 크게 보면 이런 범주에서 벗어나지 못한다. 외부 세계의 소식은 주로 바보형 인물을 통해 전해지는데, 이들이 전해오는 소식은 대개 유기 공출이라거나 '처녀 공출'(정신대) 등 토속적 공동체에 속한 인물들이 감당할 수 없는 것들이다. 이러한 반문명적 시공간과 순박하고 바보스런 인물은 시원성으로서의 '민족'을 상상하고자 할 때 자연스럽게 환기되는 요소들이다.

이러한 공간에서 겪게 되는 갑례의 수난은 식민지 말기에서 한국전쟁을 거치면서 복잡하게 이어지게 되는데, 이 과정에서 자연스럽게 민족 수난으로 확장된다. 첫 번째 수난은 식민지 말기 정신대 징집이 그 배경이 된다. 갑례는 같은 홍싯골 청년이 영칠과 사랑을 나눈 사이지만, 이들의 만남은 갑례에게 정신대 영장이 나오게 되면서 어긋나게 된다. 갑례는 정신대로 끌려가던 도중 도망쳐 나와 다시 집으로 돌아오지만, 징집을 피하기 위해 서둘러 혼인을 하게 되면서 영칠과 멀어지게 된다. 다음은 식민지 시대부터 한국전쟁기에 이르는 기간 동안 시집살이를 하던 중 남편과 시아버지를 차례로 잃게 되는 이야기이다. 갑례는 남편 태석이 징병영장을 받아 전장으로 나가게 되면서 남편 없는 시집살이를 하게 되는데, 그러던 중 해방을 맞게 되지만 남편 태석은 끝내 돌아오지 않고, 전쟁이 일어나 시아버지 정 면장마저 참혹한 죽음을 당하게 된다. 갑례는 두 겹의 부성(父性) 상실을 차례로 겪게 되면서 더 이상 시집살이를 할 수 없게 된다.

전쟁으로 인해 갑례의 운명은 나락으로 떨어지게 되는데, 그 과정은 단선적이지 않다. 여기에는 정면장의 죽음과 영칠과의 관계가 복합적으로 연관되어 있다. 영칠은 의용군으로 전장에 나서 죽을 고비를 넘기고 고향으로 돌아오게 되고, 같은 기간 정면장은 유치장에 갇혀 있다 참혹한 죽음을 당하게 되는데, 이 과정에서 영칠과 갑례가 재회하게 된다. 그리고 이 대목에서 작가 자신이 한국전쟁 중 겪은 아버지의 죽음을 재현하고 있어 주목된다.

인민군이 물러간 후 유치장에 갇혀 있던 정면장을 찾아 나섰던 갑례와 마서방은 참혹한 광경을 목격하게 되는데, 이 장면은 작가가 아버지의 시신을 찾아 나섰던 경험을 옮겨 놓은 것이다.

> 현장까지 간 마서방은 또 한 번 놀라지 않을 수 없었다. 시체라도 그냥 시체가 아닌 것이었다. 이건 사람을 죽여도 어떻게 죽였는지, 시체라는 것이 도무지 말이 아니었다. 온통 난도질을 해 놓은 것 같았다. 찍히고 할퀴고 맞아서 제대로 제꼴을 지니고 있는 시체는 하나도 없었다. 어느 것이 어느 것인지, 분간도 할 수 없는 그런 시체들 가운데서 정면장의 시체를 찾아낸다는 것은 여간 힘드는 일이 아닐 것 같았다. 그러나 마서방은 한손으로 코를 막은 채 시체 하나하나를 살펴 나가기 시작했다.[54]

트라우마적 사건의 재현이라고 할 수 있는 이 장면에서 주목되는 것은 이 장면을 바라보고 서술하는 시선을 마서방의 것으로 설정하고 있다는 점이다. 마서방은 정면장의 집 머슴으로, 중심인물은 아니지만 토

---

54) 하근찬, 『야호』(하), 삼성출판사, 1973, 394쪽.

속적 공동체의 원초적 생명력을 간직한 인물로 그려진다. 그는 전쟁으로 세상이 바뀌어 정면장의 재산이 몰수되자 정면장을 도울 생각으로 토지개혁 위원이 되는데, 후에 이 일로 정면장 일가의 오해를 사게 되어 마을을 떠나게 된다. 생과부가 된 갑례의 처지를 동정하면서, 영칠과 갑례의 관계를 눈치 채고도 모른 척 해주기도 한다. 이처럼 마서방은 전쟁의 폭력성에 대비된 원초적 생명력을 드러내는 인물로, 하근찬 소설에서 시원성으로서의 민족을 구성하는 중심 요소가 된다. 트라우마적 사건이 마서방의 시선으로 그려짐으로써 이 사건은 민족 서사 속으로 재배치된다.

한편 갑례의 수난 이야기에서 이 사건은 중요한 의미를 지닌다. 시아버지 정면장의 죽음 이후 갑례의 삶은 완전한 나락으로 떨어지게 되기 때문이다. 이후 갑례가 겪는 수난은 역사적이라기보다 운명적이다. 갑례는 결국 영칠의 구애를 끝내 뿌리치지 못하고 시집을 저버리게 되는데, 이후 죽은 줄 알았던 태석이 극적으로 돌아오게 되자 갑례는 두 남편 사이에서 한 쪽을 선택해야 하는 기구한 상황에 놓이게 된다. 결국 영칠을 선택하지만 남편 영칠이 전쟁에 나가 죽게 되면서, 갑례는 완전한 절망 상태에 이르게 된다. 이처럼 갑례의 수난이 운명적인 것으로 전환되는 데는 가부장제의 윤리가 작동하는 것으로 보인다. 정신대 영장을 받고도 거짓말처럼 되돌아올 만큼 원초적 생명력을 담지한 인물인 갑례가 어째서 시아버지의 죽음 이후의 수난에는 그토록 속수무책이어야 하는가? 그것은 그녀가 태석을 버리고 영칠을 선택함으로써 가부장제의 윤리를 저버렸기 때문이다.

이처럼 정면장의 죽음은 한편으로는 시원성으로서의 민족에 대비된 전쟁의 폭력성을 부각시키면서, 다른 한편으로는 부성 상실의 상태에 떨어진 갑례가 가부장제의 윤리를 저버리는 계기로 작용한다. 이렇게 볼 때 갑례의 수난 서사는 민족의 논리와 가부장제의 윤리가 서로 긴장을 이루며 결합되어 있음을 확인할 수 있는데, 『야호』의 서사는 이 두 요소의 긴장을 해소하는 방향으로 나아간다. 『야호』의 시공간이 시원적인 것으로서의 민족을 상징한다면, 그리고 이러한 시공간에서 일어나는 여성 수난의 결정적인 원인이 부성의 상실에 있다면, 수난의 극복은 갑례의 행로를 민족·여성의 표상 속으로 재배치함으로써 가능하게 될 것인데, 『야호』의 결말은 이런 방식으로 여성 수난의 상상적 극복을 의도하고 있다.

이 지점에서 작품의 표제인 '야호'의 상징성에 주목하게 된다. '야호', 즉 꽃요강은 갑례의 어머니가 갑례에게 혼수로 전해준 것으로, 전통적 여인의 소박한 소망을 담은 상징물이다. 제목에서도 의도하고 있듯이 이 작품의 중요 대목에 등장인물들의 배설 장면이 자주 나온다.

> 그때, 갑례는 무더기 속에서 벗어져 나와 폼 밑으로 내려섰다. 그리고 얼른 그 자리에 주저앉았다. 소변보는 시늉을 하는 것이었다. 혹시 인솔자 누구가 보지 않았나 해서였다. 아무도 보지 않은 것 같았다. 갑례는 그렇게 소변보는 자세로 슬금슬금 옆걸음을 치다가 그만 일어나 냅다 철로를 질러 뛰었다. 정신 없었다. 한참 그렇게 뛰다가 보니 사방은 안개뿐이었다. 안개 속에 폭 감싸여 있는 셈이었다. (중략) 갑례는 머리에 매고 있는 하치마키를 풀어 던져 버리고 훌렁 치마를 걷어 올리며 그 자리에 쪼그리고 앉았다. 이에 진짜로 볼일을 보는 것이었다.[55]

작품에서 배설 장면은 정신대 징집 등 여성성의 훼손 위기에 집중적으로 배치되어 있다는 점은 거듭 음미할 만하다. 등장인물들의 배설 행위는 시원적 공간을 살아가는 순수한 인물들의 원초적 생명력을 표현한 것으로, 인물들은 원초적 생명력을 통해 세계의 폭력에 맞서고 있음

---

55) 위의 책, 103쪽.

을 보여준다. 작품 마지막 장면에서 갑례는 거듭되는 수난에도 불구하고 간직하고 있던 이 꽃요강을 뿌뚜리에게 전해줌으로써 시원으로서의 민족 공동체의 희망이 계속 이어질 것을 예고한다.

그러나 민족 논리와 가부장제의 윤리 사이의 결합은 서사 곳곳에 균열을 드러낸다. 우선 갑례의 수난 이야기는 민족수난 서사로 잉여 없이 환원되지 못한다. 특히 작품의 후반부로 갈수록 그녀의 불행은 민족수난과 필연적으로 연관되지 않는다. 그녀가 정신대로 끌려가던 도중 도망쳐 돌아왔지만 사랑이 어긋하게 되면서 불행이 이어지게 된다거나, 해방을 맞이했는데도 남편이 돌아오지 않아 영칠을 따라 새살림을 차렸는데 뒤늦게 남편이 찾아오는 등 곳곳에서 갑례의 운명은 민족의 운명과 우연적으로 결합되어 있다. 뿐만 아니라 영칠과의 관계는 그녀의 수난이 심화되는 원인이 되는데, 이는 그녀의 수난이 민족수난으로 확장되는 데 중대한 걸림돌이 된다. 갑례가 개별 인물의 성격을 넘어 민족의 표상으로 확장되기 위해서는 '민족'이 환기하는 성스러움 혹은 순결성의 자질이 필요한데, 갑례의 경우 이러한 자질을 충족시키지 못하기 때문이다. 시집을 버리고 남편을 배반하는 데서 그녀의 불행이 운명적인 차원으로 이동하게 되는 것은 『야호』의 여성수난 서사를 규율하는 최종 심급의 시선이 가부장적인 것임을 보여주는 것으로, 이는 여성의 표상이 민족 정체성으로 수렴되는 과정에서 균열을 일으키는 핵심 요인이 된다.

### ② 유년기 식민지 기억과 아버지의 복원

1970년 이후, 하근찬의 단편소설은 유년기의 기억을 환기하면서 아버지를 복원하는 또 다른 기획을 수행한다. 하근찬이 환기하는 유년의 기억은 일본인과 조선인의 차별이 구조화된 식민지 공간으로 드러나 있는데, 이 기억 속에서 '아버지'는 식민지 체제와 불화하는 모습으로 드러나면서 저항 혹은 해방의 표상으로 되살아난다. 이 글이 주목한 작품은 「낙발」(1969)과 그 개작인 「기울어지는 강」(1972), 「죽창을 버리던 날」(1971), 「삼십이 매의 엽서」(1972) 등 작가의 자전적 경험에 바탕을 둔 작품이다. 「낙발」과 「기울어지는 강」은 유년시절 경상도에서 전라도 김제로 이주하게 된 사정을 담고 있고, 「죽창을 버리던 날」과 「삼십이 매의 엽서」는 전주 사범학교 시절 기숙사 생활의 기억을 담고 있다.56) 이 시기 하근찬 소설이 유년기의 기억을 환기하면서 아버지를 반복해서 그리는 이유는 무엇일까? 이에 대한 해답을 「삼십이 매의 엽서」에서 간접적으로나마 확인할 수 있다.

> 무슨 가보나 되는 것처럼 나는 서른 두 장의 엽서를 소중히 간직하고 있다. 사실 그 서른 두 장의 엽서는 나에게 있어서는 무엇과도 바꿀 수 없는 값진 물건이 아닐 수 없다.
> 6 · 25의 전란 속에서도 나는 그것을 잘 간직해 냈고, 그 후 지금까지 이리저리 수없이 옮겨 다니면서도 그 엽서만은 한 장도 흘려버리는 일 없이 고이 간직해 오고 있다.57)

문제는 아버지의 엽서가 어떤 방식으로 의미화 되는가에 있는데, 아버지의 죽음을 경유함으로써만 유년기의 기억이 의미화 될 수 있었다는 것이 그 핵심이다. 작중 화자인 '나'가 6 · 25 전란 속에서도 아버지의 엽서를 간직하고 있다는 것은 6 · 25 전란을 겪는 중 아버지를 잃은 경험을 배면에 깔고 있는 것이라 할 수 있다. 이렇게 보면 유년기 기억

---

56) 「죽창을 버리던 날」, 「삼십이 매의 엽서」 등에 드러난 전주 사범학교 기숙사의 경험이 작가의 자전적 경험과 일치하고 있다는 점은 「잊을 수 없는 그날의 기쁨」 (1982), 「아버지의 편지」(1985), 「죽창을 버리던 날의 회상」(1995) 등 자전적 수필을 통해서 확인할 수 있다. 하근찬, 『내 안에 내가 있다』, 앞의 책.

57) 하근찬, 「삼십이 매의 엽서」, 『일본도』, 전원문화사, 1977, 174쪽.

을 담은 1970년대 이후 작품에서 하근찬이 아버지를 다시 이야기하는 것은 참혹한 죽음을 당한 아버지에 대한 상징적 복원을 의도한 것임을 짐작할 수 있다. 아버지에 대한 상징적 복원은 결국 해방 이후 한국사회가 구성한 공적 기억에 따라 아버지를 재배치하려는 시도로 귀결되는데, 이러한 과정에서 개인의 기억은 집단기억의 회로를 따라 변형된다. 그러나 개인의 기억이 집단기억으로 수렴, 통합되는 과정은 단선적으로 이루어지지 않는다. 기억을 환기하는 주체의 시선은 종종 균열을 일으키고 개인의 기억은 잉여를 남긴다.

하근찬 소설의 변모를 알리는 첫 작품인 「낙발」에서부터 아버지는 재현의 중심이 된다.[58) 「낙발」은 작가의 자전적 경험을 다룬 것으로 소학교 훈도였던 부친이 일본인 교장과 다툰 일로 파면되어 전라도로 이주하게 된 사정을 그리는 데서 시작된다. 이 작품에서 아버지는 식민지 체제와 불화하는 인물로 그려진다. 소학교 훈도였던 율이 아버지 오선생은 일본인 교장과 싸워 파면을 당하고 전라도 치문학교로 옮겨가게 된 것이다. 부친의 전근과 전라도로의 이주라는 자전적 경험의 원인으로 제시되고 있는 이 장면은 「낙발」과 「기울어지는 강」 외에 「노은사」에서도 드러나 있다. 여러 작품에서 이 장면을 반복해서 그려놓은 데에서 이 시기 작가가 아버지를 복원하고자 한 의도와 방향을 읽을 수 있다.[59) 이 장면에서 아버지는 일본인 교장의 반인륜적 면모에 대

---

58) 하근찬의 글 「전쟁의 아픔, 기타」에 따르면, 「낙발」은 하근찬이 '일제 말엽 소년 시절의 체험을 바탕으로 한 소설을 쓰기 시작한 첫 작품이다. 실제로는 1964년에 발표된 「그 욕된 시절」에서 전주사범학교 시절의 일화를 다루고 있지만, 어쩐 일인지 작가는 이 작품에 대해서는 언급하지 않았다. 「낙발」은 후에 「기울어지는 강」(1972)로 개작한 것으로 보아 작가 자신에게 중요한 의미를 지녔던 것으로 짐작된다. 하근찬, 「전쟁의 아픔, 기타」, 앞의 책, 9쪽.

59) 이 장면은 소설에서 거듭 재현되고 있는 데 반해, 작가의 자전적 수필에서는 이 일을 사실적으로 기록해 놓고 있지 않다. 이로 미루어 보아 이 장면 역시 작지 않은

비되어, 불합리한 체제에 저항하는 인물로 그려진다. 이러한 저항은 시학관의 지시에 따라 머리를 자르는 데서 끝나는 작품의 결말로 볼 때 무력한 것이다. 하지만 이 사건이 어떻게 배치되느냐에 따라 맥락적 의미가 달라지는데, 이에 따르면 아버지는 불합리하고 반인륜적인 체제에 저항하는 인물로 그 위치가 정해진다.

그러나 이 작품은 유년의 시선으로 아버지를 재현함으로써 '민족'과 '부성'의 연관은 때때로 충돌한다. 작품의 결말 부분에서 머리를 자른 아버지를 희화화하는 아이의 시선은 이를 잘 보여준다.

> 오선생이 이 학교에 와서 얻은 별명은 「기생오빠」였다. 하이칼라 머리가 유난히 번질거렸기 때문인 듯했다. 그러나 자연히 오 선생의 별명도 개정되었다. 「말대가리」라는 것이었다. 「기생오빠」가 「말대가리」로 변하고 만 것이었다.
> 「말대가리」라는 아버지의 별명을 처음 들었을 때, 율이는 번쩍 머리에 선희가 떠올랐다. 고것이 퍼뜨린 별명에 틀림없다고 생각했다. 어쩐지 분했다. 무슨 배신을 당한 것 같았다.
> 「가시나, 어디 보자. 가만히 두는강!」
> 율이는 중얼거리며, 조그만 주먹을 발끈 쥐었다. 가시나, 볼기짝을 오지게 한 대 걷어차 주어야지, 싶은 것이었다.[60]

「낙발」을 개작한 작품인 『기울어지는 강』은 유년의 시선 대신 아버지인 한재명 선생의 시선을 통해 사건을 재현함으로써 '민족-부성'의 표상을 더 강화한 작품이다. 치인학교로 부임한 이후 한재명 선생은 치인학교 교장의 질녀인 송혜심 선생과 심정적 연대를 맺게 되는데, 송혜심 선생의 남편은 독립운동을 하다 복역 중인 것으로 설정되어 있어, 한재명 선생과 송혜심 선생의 심정적 연대는 민족적 저항의 의미로 확대된

변형을 거친 것으로 짐작할 수 있다.
60) 하근찬, 「낙발」, 『신동아』, 1969. 10. 443쪽.

다. 작품의 결말에서는 한재명 선생이 시국이 기울어지는 탓에 하이칼라 머리를 기르지 못하고 머리를 자르게 되는 사정을 그리고 있다. 한재명 선생이 굳이 머리를 기르는 것은 식민지 체제와의 불화를 의미하는데, 결국 머리를 깎고 돌아오는 장면에서 식민 지배 정책을 받아들일 수밖에 없는 아버지의 체념과 허탈의 감정이 부각되고 있다.

> 「머릴 깎다니, 안 되지 안 돼! 안 되고말고. 다시 길러야지, 다시 길러! 내가 머릴 깎을 줄 알어? 깎을 줄 알어? 다시 척 멋있게 길러 가지고 상해로 갈 끼다, 상해로! 나도 상해로 갈끼다 말이다.」
> 악을 쓰듯 냅다 소리를 질렀다.
> 그러면서 한선생은 비실비실 한쪽으로 기울어져 가는 것이었다. 벙벙한 강물이 기울어지고 있는 것이었다. 다리도 기울어지고 있었고 하늘도 기울어지고 있었고 온통 세상이 기울어지고 있는 것이었다.[61]

한편, 「죽창을 버리던 날」과 「삼십이 매의 엽서」가 배경으로 하고 있는 식민지 말기 전주 사범학교는 군대식 편제로 이루어진 곳이었고, 따라서 개인의 자유가 제한된 공간이었다. '근로혹사대', '모의병정 양성소'라는 말에서 드러나듯,[62] 생도들은 차례로 불침번을 서야 했고, 고학년 학생들은 비행기장 공사에 동원되기도 했다. 학생들 사이의 규율은 엄격하다 못해 가학적이기까지 했다. 일본인 학생과 조선인 학생이 섞여 있는 식민지 말기의 학교에서 주인공은 극심한 정신적, 육체적 학대를 경험하게 된다. 「죽창을 버리던 날」과 「삼십이 매의 엽서」에서 주인공이 겪는 억압은 '아버지'의 표상과 연관되면서 민족 서사의 맥락으로 재배치된다.

「삼십이 매의 엽서」에서 아버지의 엽서는 식민지 유년의 기억을 환

---

61) 하근찬, 『기울어지는 강』, 삼성출판사, 1978, 75쪽.
62) 하근찬, 「죽창을 버리던 날」, 위의 책, 157쪽.

기하는 직접적인 계기가 된다. 화자인 '나'는 중학교 시절이었던 1945년 4월부터 7월까지 아버지로부터 받은 엽서를 지금도 소중히 간직하고 있는데, 이 엽서가 계기가 되어 그 시절의 기억을 떠올리게 된 것이다. 일본인 상급생 미우라는 아버지의 엽서를 공개적으로 읽으라고 요구하고, 화자는 이러한 일본인 상급생의 정신적 학대에 대해 반항심을 표출하게 된다. 이 작품이 강조하는 것은 일본인 상급생에 대한 반항 및 화자가 느끼는 승리의 환희라 할 수 있을 것인데, 여기에서 '아버지'라는 존재는 일본인 상급생의 부당함을 드러내 보이는 동시에, 일본인 상급생에 대한 화자의 반항을 정당화하는 지점이 된다.[63]

「죽창을 버리던 날」에서 아버지는 해방의 기억과 더불어 환기된다. 사범학교 시절 첫 방학을 맞아 집으로 돌아온 '나'는 방학이 끝나 학교로 돌아가야 할 시점이 되어 아버지와 불화하게 된다. 군사 훈련만 하는 학교로 돌아가기를 거부하는 '나'와, 그래도 학교로 가야한다는 아버지 사이의 불화이다. 겉으로 보기에는 유년 화자의 순진함에서 비롯된 단순한 불화이지만 그 이면에 식민지 체제의 억압이 놓여 있다. 이 불화는 극적으로 해소되는데, 그것은 바로 개학날이 8월 15일이었다는 설정에서 비롯된 것이다. 그리고 이 해방의 드라마의 한가운데에 아버지가 놓여 있다.

> 나는 아버지에게 보따리를 건넸다. 그리고 시궁창 쪽으로 몇 걸음 달려가며, 마치 투창 선수가 창을 던지듯이 힘껏 죽창을 내던졌다. 그

---

63) 한수영이 지적하는 것처럼, 이 작품에서 미우라가 표상하는 세계는 '한국사회가 구축해 낸 공적 기억으로서의 일본'인데, 아버지는 이 속악한 세계와 대비된 지점에서 표상되고 있는 셈이다. 한수영에 따르면, 아버지의 엽서는 속악한 세계에 맞서기에는 무력하고, 그것이 일본어로 씌어 있다는 점에서 종국적으로 속악한 세계에 속해 있다는 점에서 균열을 빚는다. 한수영, 「유년의 입사형식과 기억의 균열」, 『현대문학의 연구』 52, 2014, 415쪽.

러나 투창 선수의 솜씨처럼 그렇게 멋있게 날아가는 것이 아니라, 아무렇게나 날아가서는 그 시꺼먼 시궁창 속에 죽창은 철버덕 떨어져 형편없는 꼴이 되어 버렸다.

　아버지는 여전히 빙그레 웃는 얼굴로 보고 있었다.[64]

　이 작품에서 화자는 뒤늦게 학교로 가던 도중 읍내에서 해방이 되었다는 소식을 전해 듣고는 집으로 되돌아오게 되고, 마침 학교에서 돌아오던 아버지를 만나 죽창을 시궁창에 던져버린다는 이야기이다. 해방이라는 역사적 시간 위에 아들과 아버지의 불화와 화해의 이야기를 겹쳐 놓은 이러한 설정은 물론 기억의 변형을 거친 것이다. 이 작품에 대한 뒷이야기로 쓴 글인 「죽창을 그리던 날의 회상」에서, 「죽창을 버리던 날」이 1945년 8월 15일에 겪은 일을 사실대로 그린 작품이라고 했지만,[65] 이 역시 왜곡된 기억이다.[66] 중요한 것은 기억이 변형되었다는 사실 자체라기보다 변형이 이루어지는 방향인데, 이 지점에서 다시 아버지의 표상에 주목하게 된다. 기억의 변형을 통해 아버지는 민족 서사의 맥락에 재배치되어, '민족-부성'의 의미로 복원되는 것이다.

　이상에서 '민족-부성'의 표상이 구성되는 과정이 단선적이지 않다는 점을 논의하였거니와, 결과적으로 민족 정체성으로 수렴되지 않는 이질적인 정체성을 부인하고 억압하는 기제로 작동하기도 한다. 앞서 논

---

64) 「죽창을 버리던 날」, 앞의 책, 166쪽.
65) 하근찬, 「죽창을 버리던 날의 회상」, 『내 안에 내가 있다』, 앞의 책, 39쪽.
66) 그 증거를 「그 욕된 시절」의 이야기에서 확인할 수 있다. 「그 욕된 시절」은 1964년 작품으로 하근찬이 유년기 기억을 소재로 한 작품을 본격적으로 쓰기 전 작품이라는 점에서 비교적 변형의 폭이 크지 않은 작품으로 보인다. 「그 욕된 시절」에 따르면 1945년 전주사범학교의 1·2학년 여름방학은 7월 25일부터 15일간이었다. 이 작품은 개학한 후 4, 5일이 지나 8월 14일과 15일 사이에 일어난 일을 그리고 있다. 이 작품에 나오는 일화 역시 허구적인 것으로 보이지만, 「죽창을 버리던 날」은 이보다 한층 더 기억의 변형이 크게 작용한 판본이라 할 수 있다.

의한 작품에서 일본인 교장이나 선배가 반인륜적인 인물로 정형화되는
데서도 이런 혐의를 찾을 수 있거니와, 이를 단적으로 보여주는 작품은
「노은사」이다. 이 작품은 작중 화자가 옛스승인 진사문 선생을 우연히
만나는 데서 시작된다. 옛스승과 화자의 대화에 아버지의 기억이 빠질
리 없는데, 이 기억을 통해 환기되는 아버지 역시 식민지 말기에 치문
학교에서 교편을 잡은, 그리고 육이오 때 학살을 당한 아버지이다. 화
자의 기억 속의 진 선생 역시 아버지와 한 자리에 있던 인물이다. 마지
막 조선어 시간에 대한 기억이 바로 그것이다.

하지만 현재의 진사문 선생은 민족-부성의 표상으로 수렴되지 못하
는 타자로 그려진다. 치문학교 시절 진사문 선생은 조선어 시간에 열의
를 내던 선생이었지만, 30년이 지난 지금 어느 학원에서 일본어를 가르
치고 있는 처지이다. 작품은 화자가 일본어를 가르치는 진사문 선생을
보고는 씁쓸한 기분을 느끼며 돌아오는 데서 끝난다.

> 그런데도 나는 진사문 선생이 일본어 강사가 되어 있다는 사실 앞에
> 서는 당황하지 않을 수가 없었다. 다른 사람이 일본어를 가르치고 있다
> 면, 우렁우렁 들려오는 저 낭독을 먼저 이끌어 가고 있는 목소리가 진
> 선생의 목소리만 아니었다면 그저, 야, 이것 봐라, 재미있구나, 하는 정
> 도로 그쳤을 것이다. 다른 사람은 다 일본어를 가르치고 배우고 하더라
> 도 진사문 선생만은 옛날 그 자리에 그대로 머물러 있어야 옳을 것 같
> 았다. 적어도 일본어와는 상관이 없는 그런 일에 종사해야만 마땅할 것
> 같았다. 아무리 시대가 바뀌고 사람이 달라진다 하더라도 진사문 선생
> 만은 그렇지 않아야 될 것 같았다. 그만큼 진선생은 나의 기억 속에 값
> 진 존재로 소중하게 간직되어 왔던 것이다.[67]

화자가 진사문 선생만은 옛날 그 자리에 머물러 있어야 한다고 생각
하고, 시대가 달라져도 진사문 선생만은 그렇지 않아야 한다고 생각한

---

67) 「노은사」, 『서울개구리』, 한진출판사, 1979, 84쪽.

이유는 무엇보다도 진 선생과 함께 떠올린 아버지의 기억 때문이었을 것이다. 공적 기억을 따라 환기된 아버지의 자리, 즉 민족-부성의 표상에 수렴되지 못하는 한 화자의 기억에서 진 선생이 서 있을 자리는 없었던 것이다. 이는 민족-부성의 표상의 이면을 보여주는 것으로, 트라우마적 사건을 재현하고자 했던 하근찬의 거듭된 시도가 자칫 민족정체성으로 수렴되지 않는 다양한 정체성을 억압하는 기제로 작동할 수 있음을 보여주는 예라 할 수 있다.

## 국가주의의 경계, 트라우마를 기억하기 : 손창섭의 『유맹』, 장용학의 「상흔」

손창섭이 식민지의 기억을 재현하는 데 있어서 과장과 위악을 벗어나게 된 것은 『유맹』(1976)에 와서야 가능했다. 『유맹』은 손창섭이 도일 후 연재한 작품으로, 어떤 이유로 일본에 일시 체류하고 있는 화자의 시선으로 재일조선인의 민족정체성의 문제를 다루고 있다.[68] 전후시기 손창섭의 작품과 비교할 때, 이 작품이 재일조선인의 상황을 그리는 시선은 보다 객관적이다.

『유맹』의 화자는 일본인 아내와 결혼하여 일본에 거주하면서 중학생 딸을 키우는 한국인 가장이다. 딸 종숙이 조선인이라는 이유로 놀림을 받은 사건이 일어나는데, 이 사건이 계기가 되어 화자는 동향 재

---

68) 최근 『유맹』에 대한 연구자들의 관심이 크게 높아졌다. 이들 연구는 대체로 재일조선인이 겪고 있는 민족 정체성 및 이중언어의 문제를 다루었다. 강진호, 「재일 한인들의 수난사」, 『작가연구』 창간호, 1996; 공종구, 「강요된 디아스포라」, 『한국문학이론과 비평』 32, 2006; 류동규, 「난민의 정체성과 근대 민족국가 비판」, 『비평문학』 29호, 2008; 최다정, 「민족번역과 혼종적 정체성」, 『이화어문논집』 29, 2011; 변화영, 「소수자로서의 개인적 체험과 사회적 정체성」, 『한국문학논총』 61, 2012; 김형규, 「'재일'에 대한 성찰과 타자 지향」, 『한국문학이론과 비평』 57, 2012; 안서현, 「재일, 언어들의 풍경 - 손창섭의 『유맹』론」, 『작가세계』 27권 4호, 2015년 겨울.

일조선인 최원복 노인을 만나게 된다. 화자가 전해주는 최원복 노인과 그 주변 재일조선인의 민족정체성 서사가 문제를 중심으로 배열되어 있다. 최원복 노인과 다카무라 씨는 1세대 재일조선인으로서 민족정체성 문제에 있어 대척점에 서 있는 인물이다. 전자는 조선인으로서의 민족정체성을 확고하게 지닌 인물인 반면, 후자는 일본인으로 귀화한 인물이다. 민족정체성에 대한 태도는 인물의 성격과 결부되어 있기도 하다. 원복 노인은 가난하지만 성실하고 순박하게 살아온 인물인 반면 다카무라 씨는 대단한 수완을 지닌 사업가이지만 협잡꾼이다. 이야기는 원복 노인의 일본 노동자로 가서, 해방을 맞고, 재일조선인으로서 일본에서 살다가, 마침내 한국으로 돌아오기까지의 과정을 그린다. 원복 노인을 중심으로 본다면 『유맹』은 민족정체성 회복의 서사가 된다.

그러나 2세대 재일조선인의 처지는 좀 다르다. 이 작품은 재일조선인이 겪는 민족정체성 문제를 1세대 재일조선인과 2세대 재일조선인으로 구분하여 제시하면서 2세대 재일조선인들의 민족정체성의 혼란을 강조하여 보여준다.

> 대한민국인임을 자랑스럽게(혹은 수치스럽게)생각하는가, 라는 1항의 설문에 대해서 성기 군은 놀라운 답변을 하고 있다.
> '나는 순수한 남조선인도 북조선인도 아니다. 구태여 자신의 정체를 분석해본다면 4, 3, 3의 비율로 남조선인, 북조선인, 일본인이다. 그러니 어찌 40퍼센트만의 입장을 대변할 수 있겠는가.' (중략)
> 나를 증오의 눈으로 쏘아보던 다카무라 다케오 소년도, 명확하게 의식은 못한 채 어쩌면 이러한 자아 분열 속에 살고 있는 것이 아닐까. 그 증오의 눈은, 따지고 보면 그 자신 속에 있는 북한인과 일본인이 남한인에 대한 그것이 아니었을까. 그렇다면 반면, 그 속의 남한인과 일본인이 북한인을, 남한인과 북한인이 일본인을 증오하기도 하지 않을까. 그래서 소년 속에 공존 대립하는 이 세 가지 사람이 항시 상대방에

대한 증오심을 불태우고 있는 것이 아닐까.[69]

결국 성기는 원복 노인의 환국 직전 자살을 선택하고 마는데, 이는 민족정체성 회복이 서사의 궁극적인 해결이 되지 않는다는 점을 보여준다. 성기의 자살을 원복 노인의 환국과 겹쳐놓음으로써 이 작품은 한 개인이 자신의 정체성을 민족 정체성으로 환원하는 과정에서 일어나는 균열 혹은 잉여를 비극적인 방식으로 보여준다.

화자의 처지는 또 다르다. 화자는 원복 노인의 요청에 따라 그의 환국을 적극적으로 돕지만, 그 역시 민족정체성 문제 앞에서는 원복 노인이나 성기와 다른 처지에 놓여 있다. 화자 자신의 개인사 혹은 가정사는 민족 정체성으로 수렴되지 않는 개인의 경험을 보여준다. 작품의 마지막 부분에 이르러 화자는 자신의 트라우마로 자리 잡고 있는 가족사를 가까스로 끄집어낸다.

> 그러는 동안에 차는 나고야를 지나, 교토에 접근하게 되면서부터, 나의 마음은 더욱 산란해지지 시작했다. 교토란 우리 내외에게 있어서는 잊을 수 없는 곳이요, 지금은 터부시되는 고장이기도 하다. 거기에는 우리 사이에 태어난 한 생명이, 우리와는 상관없이 이미 청년으로 성장해 있는 것이다. (중략)
> 일본에 와 살면서도 우리는 일부러 교토에는 발길을 안 했고, 교토라는 지명을 입 밖에 내지 않기로 약속했다. 그러면서도 아내는 어쩌다 이제는 대학을 나와 사회인이 된 첫애의 소식에 접할 때면, 그날 밤은 잠을 이루지 못하고 몸을 뒤채곤 하였다.[70]

위 인용문은 남한에 오랜 기간 정착하여 생활하다 현재 일본에 살고 있는 중년의 화자가 오랜 이국 생활에 지쳐 한국으로 가는 여정에서

69) 손창섭, 『유맹』, 실천문학사, 2005, 89-90쪽.

70) 『유맹』, 476-478쪽.

떠올리게 된 아픈 기억이다. 화자는 일본인 여성과 결혼하여 첫 아들을 가졌지만 어려운 사정 때문에 아들과의 인연을 끊게 되었고, 아들은 지금 일본인 청년으로 성장해 있다. 위 인용문은 식민지의 경험 곧 민족의 경계 지점에서 발생한 트라우마가 교토라는 트라우마적 공간을 만나게 되면서 되돌아오는 장면을 잘 보여준다. 이 모티프는 「신의 희작」에서도 드러나는데, 이 이야기를 반복 재현되는 것은 개인의 경험이 민족 정체성으로 환원될 수 없는 근원적인 불가능성을 보여주는 것이라 할 수 있다.

> 노인의 모습에서 나는 자신의 몰골을 보는 듯했다. 나도 머지않아 단신 돌아가리라, 돌아가리라 벼르고 있는 것이다. 하지만 처자의 반대를 무릅쓰고 과연 돌아갈 수 있을는지, 만일 돌아가게 된다면 그 시기가 언제쯤 될는지 자신의 일이면서도 아득하기만 하다. 흡사 나는 대학 입시에 합격한 친구와 헤어진 낙방생의 심경이었다.
> 아무에게도 눈치 채이지 않게 나는 혼자 떨어져 도쿄 역을 나왔다. 왜 그런지 혼자 되고 싶었다. 목적 없이 걷다 보니 히비야 공원에 이르렀다. 아침이라 공원 내에는 소풍객이 더러 눈에 띌 뿐 조용했다. 나는 착잡한 심정으로 그 안을 언제까지나 혼자 거닐었다.[71]

원복 노인을 전송한 후 화자의 심정은 개인의 정체성과 민족정체성 사이에 놓여 있는 복잡성을 잘 보여준다. 화자에게 있어서도 귀환 혹은 민족정체성의 회복은 분명한 지향이 되어 있지만, 그것이 개인의 복잡 다단한 사정과 부딪히게 되고, 그리하여 화자는 그 어디에도 소속되지 못하는 이방인이 된다.

한편, 장용학의 「상흔」(1974)에서도 식민지 경험으로 인한 이산과 혼종, 그리고 그로 인한 트라우마를 그리고 있다.[72] 주인공 병립(丙立)

---

71) 『유맹』, 517쪽.
72) 류희식은 「상흔」, 「부여에 죽다」, 「산방야화」 등을 국가주의를 벗어나기 위한 실험

은 조선인 아버지와 일본인 어머니 사이에 태어난 혼혈로, 식민지 말기에서 해방을 거치는 동안 두 개의 민족주의에 의해 서로 극단적으로 다른 두 개의 정체성을 강요받게 된다.

> 그러니 병립은 사랑의 소생이라기보다 내선일체(內鮮一體)의 아들인 셈이었다. 어머니는 그 내선일체의 아들을 훌륭한 황국신민으로 만든다고 조선말을 못하게 했고, 학교도 일본인 소학교에 보낼 생각으로 일본말만 가르치면서, 일본 아이들과만 놀게 했다. (중략)
> 그래서 일곱 살에 민족해방을 맞았을 때 병립이 아는 조선말은 열 개도 못되었을 것이다. 해방을 맞은 아버지의 가장으로서의 첫 발언은, 오늘 이 시각 이후 이 집안에서는 일본말이 일언반구도 안 된다는 것이었고, 주먹을 해 가지고 병립의 정수리를, 눈에서 불이 번쩍 나게끔, 마치 못박듯 치고 "너 이놈, 잠꼬대로두 일본말을 하는 날엔 대문 밖에 내던진다! 알았느냐?" 호령했다.[73]

해방이 되어 어머니가 일본으로 떠난 후 병립은 어머니의 나라와 자연히 멀어지게 된다. 이 지점에서 「상흔」의 서사는 시작되는데, 그 전개가 엉뚱하다 못해 기괴하기까지 하다. 병립이 쓴 소설을 읽은 일본인 독자 시바다 씨가 관광차 한국에 왔다가 병립에게 편지를 보내오고, 이 편지가 계기가 되어 병립은 일본인 시바다와 그의 조카딸 시즈에, 그리고 그녀의 오빠 도시오를 만나게 된다.

이야기는 대체로 세 갈래로 진행된다. 하나는 병립이 쓴 소설과 시바다 사이에 얽힌 이야기이고, 다른 하나는 병립이 시즈에와 도시오와 만난 자리에서 쏟아놓는 일본 비판, 그리고 마지막으로 병립과 시즈에 사이에 일어난 일과 혼담에 얽힌 이야기이다. 이들 일본인과의 관계에

---

으로 파악하여 논의하였다. 류희식, 「장용학 소설의 삶문학적 특성 연구」, 경북대 박사학위논문, 2015, 151쪽.

73) 장용학, 「상흔」, 『장용학문학전집 2』, 국학자료원, 2001, 166-167쪽.

서 일어나는 에피소드는 궁극적으로 국가주의의 경계에서 형성된 병립의 정체성 문제로 귀결된다.

시바다와의 에피소드는 병립이 누군가에게 전해들은 이야기를 토대로 쓴 소설 〈진주항아리〉와 얽혀 있다. 해방 직후 일본인 나까무라가 보석을 진주항아리 넣어 감추고, 우연히 이를 본 최서방이 기회를 노리다 전쟁이 일어나자 항아리를 찾아낸다. 그러나 피란길에 오른 배에서 실수로 항아리를 바다에 빠트리게 되고 최서방 역시 항아리와 함께 바다로 뛰어들었다는 이야기이다. 시바다는 자신이 이야기 속 인물인 나까무라와 절친한 사이였다며 이 이야기의 신빙성을 주장하고 바다에 빠진 항아리를 찾자고 제안하지만, 병립은 자신의 이야기 후반부가 허구라며 이를 일축한다.

한편, 시즈에와 도시오를 만나 나누는 대화는 혼혈인 병립이 표명하는 일본 비판으로 요약될 수 있다.

> "한마디로 일본을 어떻게 보세요?"
> "한마디로요? 한마디로, 이것은 나쁜 의미로 말하는 것이 아니니 오해 없기를 바라지만, 일본은 바다 건너로 바라보고 있노라면, 일본이퀄 일본부재(日本不在)라는 등식이 성립되지 않을까 하는 생각이 들 때가 있습니다. 역시 기분 나쁩니까?"[74]

> "그리고 오늘 새로 배운 것은, 열등의식에서도 그 나름대로의 꽃은 피는구나 하는 것이었지요."
> 그리고 돌아서서 걸어가 버리는 것이었다.
> 병립은 얼굴이 해쓱해졌다. (중략)
> 그리고 도시오의 입에서 떨어진 열등의식이란 말은 조선민족에 대한 것이었다. 그것을 알면서도 그는 그것을 그러하게 받지 않고 자기 개인에게 대한 것으로 느꼈다. 조선민족에 대해서 한 것이라면 그는 황

---

74) 「상흔」, 위의 책, 177쪽.

국사관 자체가 일본인들의 핏속에 흐르고 있는 열등의식의 소산으로 보고 있기 때문에 그저 받아넘길 수 있다. 그가 해쓱해진 것은 일본인의 피가 섞여있는 자기의 혼혈에서였다.[75]

'일본이퀄 일본부재'라는 표현을 통해 병립은 신랄하게 일본을 비판하지만 그의 일본 비판은 대화 중 그가 혼혈이라는 사실이 드러나게 되면서 곧 희화화되고 만다. 도시오가 병립의 말에 대해 '열등의식'의 소산이라고 했을 때, 이 말을 들은 병립은 그것을 혼혈이라는 데서 비롯된 열등의식으로 받아들이고 얼굴이 해쓱해진다. 결국 '일본부재'에 대한 비판은 혼혈이라는 데서 오는 열등의식의 왜곡된 표출이라 할 수 있으며, 이는 병립의 정체성이 식민지라는 집단 경험과 혼혈이라는 개인의 내밀한 경험에서 심각하게 착종되어 있음을 보여준다.

이후 병립은 시바다 노인의 방문을 받게 되는데, 이 자리에서 시바다는 자신이 바로 나까무라였음을 고백한다. 병립은 시바다 등 일본인들과의 대화 중 자신이 혼혈이라는 사실이 드러나자 이를 숨기려 하고 그 사실로부터 벗어나려 했지만, 결국 시바다에게서 어머니의 소식을 듣게 되고 묻어두었던 자신의 존재 비밀을 확인하게 된다. 뿐만 아니라 병립은 시바다 노인을 통해 시즈에가 자신과 결혼하고 싶어한다는 말을 전해듣지만 자신의 진심을 숨기며 끝내 이를 거부하는데, 그 이유도 '내선일체의 아들'이라는 착종된 정체성과 그로 인한 상처 때문이었다.

이 지점에서 다시 이 작품의 모티프의 심층적 의미를 따져 묻게 된다. 일본인에게서 온 편지, 일본인과의 결혼이 의미하는 것은 무엇인가? 이를 지금까지 묻어두고 있던, 그러나 자신의 일부를 구성하고 있던 억압된 기억의 귀환이라고 볼 수 없을까. 그렇다면 이 작품이 설정한 편지와 결혼 모티프는 식민지 체제의 급격한 변전으로 인해 이산과

---

75) 위의 책, 195-196쪽.

혼종을 경험한 주인공의 착종된 정체성을 재현하기 위한 장치였다고 할 수 있다.

『유맹』과 「상흔」은 식민지 기억을 재현하는 과정에서 트라우마와 대면하는 경험을 보여준다. 그것은 민족정체성의 급격한 변전, 그리고 그로 인한 모순의 경험을 내포한 것으로, 식민지의 기억이 국가주의를 경유하고서만 재현될 수 있지만, 그럼에도 불구하고 국가주의의 시선으로 재현될 수 없는 영역을 내포하고 있음을 보여준다. 손창섭과 장용학의 소설이 동일한 모티프의 반복해서 재현한다거나, 그것들이 왜곡, 변형되어 드러난다는 점, 그리고 트라우마적인 경험을 그리기까지 서사의 지루한 우회를 거치는 점 등은 식민지 기억이 국가주의의 경로를 따라 재현되는 과정에서 나타나는 재현 가능성과 그 한계를 보여주는 것이라 할 수 있다.

# 제4장

# 65년체제 성립기의 식민지 기억과 서사

# 1. 65년체제의 성립과 식민지의 기억

## 한일협정과 기억의 위기

1965년 한일협정이 타결됨으로써 이른바 '65년체제'[1]가 성립되었다. 이 과정은 순탄하지 않았다. 1951년 2월에 시작된 한일회담은 결렬과 재개를 반복하면서 14년간 이어지다 1964년에 와서 양국 정부가 재산 청구권 문제에 대한 정치적 타결을 모색하게 되면서 급물살을 타게 된다.[2] 당시 학생과 지식인 등은 한일협정을 '굴욕외교', '매국외교'로 규정하고 대대적인 반대 시위에 나서게 되는데, 반대 논리의 핵심은 식민지 역사 청산 문제에 놓여 있었다. 재산 청구권 문제는 일본이 식민지

---

1) '65년체제'란 1965년 한일회담에 기원을 두고 장기간에 걸쳐 자리 잡은 한일관계의 시스템으로 규정할 수 있다. 권혁태에 따르면, 65년체제란 첫째로는 미국을 정점으로 한 수직적 계열화에 기반한 한미일 유사 삼각동맹체제(미일동맹과 한미동맹)을 통해 러시아/중국/북한을 봉쇄/포위하고, 둘째로는 이 체제 유지와 그 안정성을 높이기 위해 역사 문제의 분출 등을 물리적 폭력으로 억압하거나 관제 가능한 영역에 가두고 영토문제를 '봉합'하며 한일경협을 통해 개발주의를 공유하는 체제를 뜻한다. 제도적으로는 '한일합방'(1910) 무효와 청구권 소멸, 그리고 대한민국을 한반도의 유일합법정부로 인정한다는 내용을 담은 1965년의 한일협정에 그 기원을 두고 있다. 한마디로 말하자면 안보와 경제를 살리고 역사를 죽임으로써 양자 사이의 상극을 해소한 체제를 말한다. 권혁태, 「한국의 일본 언설의 '비틀림」, 『현대문학의 연구』 55, 2015, 171쪽.

2) 1965년 6월 22일 한일 양국이 체결한 조약은 '대한민국과 일본국 간의 기본관계에 관한 조약과 4개의 부속 협정이었다. 4개의 부속 협정은 (1) 대한민국과 일본국 간의 일본국 간의 일본국에 거주하는 대한민국 국민의 법적 지위와 대우에 관한 협정, (2) 대한민국과 일본국 간의어업에 관한 협정, (3) 대한민국과 일본국 간의 재산 및 청구권에 관한 문제의 해결과 경제 협력에 관한 협정, (4) 대한민국과 일본국 간의 문화재 및 문화 협력에 관한 협정 등이다. 기본조약과 4개의 부속협정을 총칭하여 '한일협정'이라 부른다. 이른바 '65년체제'라 불리는 이 협정은 1965년 이후 지금까지 한일관계의 근간이 되어왔다.

배의 불법성을 인정하고 사과할 때 근본적으로 해결될 수 있었는데, 이런 근본적 해결 없이 국교를 정상화하는 것은 또 다른 식민 지배를 허용하는 것과 다를 바 없다고 생각했던 것이다. 격렬한 반대에도 불구하고 당시 군사정부는 계엄령을 선포하는 등 물리력을 동원하여 조약의 체결 및 비준을 강행함으로써, 65년체제가 성립하게 된다. 그리고 이 체제는 현재까지 근본적으로 변화되지 않은 채 이어지고 있다.[3]

기억의 위기란 과거로부터 현재를 분리해내는 것인데, 이러한 의미에서 한일협정은 기억의 위기를 불러왔다. 당시 정부는 '과거에 누적된 모든 치욕과 기반(羈絆)을 깨끗이 씻어 버리고 또 끊어 헤쳐 버린 다음에 새로이 거시적인 출발을 기해보자는 것이 한일교섭의 문제점'[4]이라고 천명하였지만, 이런 방식의 식민지 청산은 새로운 출발이라기보다 또 다른 문제를 발생시키는 것일 수밖에 없었다. 식민지 과거에 대한 일정한 망각, 그리고 식민종주국이었던 일본에 대한 적대를 통해 민족정체성을 구성하고 있었던 이들에게 한일협정은 '매국'일 수밖에 없었을 것이다. 뿐만 아니라 국가가 역사 청산의 주체가 되어 이를 일거에 해소하고자 한 것은 식민지를 경험한 개인의 복잡다단한 기억을 억압하고 정체성을 위협하는 요인이 되었다.

---

3) 1990년대 이후 민주화의 진전에 따라 '65년체제'가 위기를 맞기도 했다. 이 무렵 일본 당국이 위안부 문제에 대해 강제성을 인정하고 이에 대해 사과한 '고노 담화'(1993)를 발표하였고, 식민지 지배와 침략에 대해 사과한 '무라야마 담화'(1995)를 발표하면서, 한일 양국이 공유하는 역사인식에 기반한 '95년체제'가 등장하였다. 그러나 최근 한일 양국 사이에서 일어나고 있는 교과서 문제로 인한 갈등, 2015년 말 양국 사이에 타결되었던 위안부 협상 등을 보면 현재에도 65년체제가 여전히 양국 관계를 규정하고 있음을 확인할 수 있다. '95년 체제'가 '65년체제'의 보완물일 뿐 대체물이 아니라는 권혁태의 논의도 이러한 맥락에서 이해할 수 있다. 권혁태, 「역사와 안보는 분리 가능한가 – 일본의 우경화와 한일관계」, 『창작과비평』 163호, 2014년 봄.

4) 대한민국정부 발행, 『한일회담백서』, 1965, iii쪽.

## 포스트식민적 기억하기

기억의 위기는 역설적으로 기억의 재현을 불러온다. 피에르 노라가 말한, '우리가 기억에 대해 많이 언급하는 것은 이제 더는 기억이란 것이 존재하지 않기 때문이다.[5]'라는 경구는 이 경우에 적합하다. 65년체제의 성립으로 인해 작가들은 식민지를 다시 기억함으로써 달라진 한일관계 속에서 자신의 정체성을 재규정하기 위한 기획에 나서야 했다. 이러한 기획의 성격을 '포스트식민적 기억하기'로 규정할 수 있을 것이다. 릴라 간디는 '포스트식민적 기억 상실'이라는 개념을 통해 신생 독립국가에서 나타나는 '식민 과거를 망각하려는 욕망'을 포착하고자 했다. 식민지로부터의 해방 후 독립국가가 출현하는 과정에서, 역사를 스스로 창안하려는 충동이나 새롭게 출발하려는 욕구의 징후로서, '망각하려는 의지'가 나타난다는 것이다. 그러나 식민 경험을 망각하는 것으로 식민 경험이라는 불편한 현실에서 해방되거나 그것을 극복하는 것을 불가능하다. 포스트식민적 기억하기는 이런 기억 상실에 대한 이론적 저항으로서, 식민 과거를 다시 방문하여 기억하고 따져 묻는 기획인데, 이 과정에서 식민 지배자와 식민지인 사이에 존재하는 상호 적대와 욕망의 관계 및 식민지 역사의 양가성이 드러나게 된다.[6]

이 시기 소설은 식민지의 기억을 복잡한 형식을 통해 재현함으로써, 한일협정을 둘러싼 식민지적 불안을 예민하게 다루고 있다. 한일협정 반대운동이 그 자체로 서사로 전환될 수 있는 성격을 지니고 있지 않았고, 당시 작가들로서는 한일협정을 둘러싼 혼란이 갖는 의미를 전체적으로 조망할 수 있는 위치에 있지 않았지만, 그럼에도 불구하고 작가들

---

5) 피에르 노라 외, 『기억의 장소』 나남, 2010, 32쪽.
6) 릴라 간디, 『포스트식민주의란 무엇인가』, 현실문화연구, 2000, 16-17쪽.

은 한일협정이 가져다 준 충격을 예민하게 감지하고 반응하였다는 점을 확인할 수 있는데, 이는 65년체제 성립기에 식민지의 기억을 환기한 소설이 집중적으로 발표된 데서 확인할 수 있다.

이호철의 「1기 졸업생」 연작과 최인훈의 「총독의 소리」 연작은 한일협정과 관련된 기억의 위기를 가장 예민하게 다룬 작품이다. 최인훈은 스스로도 「총독의 소리」 연작이 한일협정에 대한 반응으로 쓴 작품이라고 밝힌 바 있다. 그에 따르면 「총독의 소리」 연작이 최인훈의 소설 중에서도 가장 파격적인 형식을 지니게 된 것은 '문학의 형식을 파괴하면서라도 온몸으로 부딪쳐야 할 위기의식'을 느꼈기 때문이었다.[7] 『1기 졸업생』 연작과 「총독의 소리」 연작이 낯선 형식으로 담아내고 있는 식민지 역사는 한일협정 체결이 당시 작가들에게 얼마나 심대한 충격을 가져다주었는지 단적으로 보여주는 사례라 할 수 있다.

## 식민지 역사 청산 문제

한일협정 반대운동이 거세게 일어나게 된 데에는 식민지 역사 청산 문제가 가로놓여 있었다. 당시 한일협정에 반대시위에 참여한 이들이 이 협정을 반민족적이고 비민주적인 '굴욕외교', '매국외교'로 규정한 것은 회담에 나선 정부가 식민지 역사 문제를 회피한 데 따른 의사표시였던 셈이다. '민족적 민주주의 장례식 조사'는 이를 잘 보여준다.

> 시체여! 너는 오래 전에 죽었다. 죽어서 썩어가고 있다. 넋없는 시체여! 반민족적 비민주적 민족적 민주주의여!
> 썩고 있는 네 주검의 악취는 '사쿠라'의 향기가 되어 마침내는 우리들 학원의 잔잔한 후각이 가꾸고 사랑하는 늘 푸른 수풀 속에 나와 일

---

7) 최인훈, 「원시인이 되기 위한 문명한 의식」, 『길에 관한 명상』, 솔과학, 2005, 25쪽.

본의 2대 잡종 이른 바 '사쿠라'를 심어놓았다. 생전에도 죄가 많아 욕
만 먹던 시체여! 지금도 풍겨온다.[8]

'시체' 혹은 '사쿠라'라는 메타포가 겨냥하는 것은 무엇일까? 그것은
'반민족적 비민주적 민족적 민주주의'라는 모순형용에서 단적으로 드러
나듯이 한일협정에 나선 당국의 반민족적, 반민주적 태도에 대한 비판
이며, 동시에 현재까지 지속되고 있는 식민지의 결과에 대한 거부일 것
이다. 한일협정은 포스트식민적 기억 상실을 통해 신생 독립국가의 정
체성을 확립하고 있던 이들에게 심대한 식민지적 불안을 가져다주었음
을 보여준다.

식민지 역사는 어떻게 '청산'되는가? 식민지 역사를 청산하는 주체는
누구인가? 한일협정 당시 과거사 청산 문제가 제기되었을 때, 이는 말
할 것도 없이 양국 정부가 주체가 된 정치적 차원의 문제였다. 반대운
동에 나선 이들이 '과거사 청산'을 주장했을 때 그 의미는 일본 정부가
조선의 식민지배가 불법적인 것이었음을 인정하고 이에 상응하는 배상
을 하라는 것이었다. 그러나 정부는 반대운동의 주장을 회피하고 끝내
협정을 강행함으로써 과거사 청산 문제는 다른 국면으로 접어들게 된
다. 국가가 주도한 과거사 청산이 개인의 정체성을 억압하는 방식으로
이루어짐에 따라, 이제 개인을 포함하는 다양한 심급의 주체가 각기 나
름의 위치에서 식민지를 다시 기억함으로서 식민지 청산에 나서야 했
다. 식민지 청산 문제에서 국가의 입장과 그 외 다른 여러 심급의 주체
들이 지닌 입장이 갈라짐으로 해서 식민지 역사 극복으로 나아가지 못
한 것은 우리 현대사의 모순이라 할 수 있다. 이렇게 보면 65년체제의
모순은 현재의 한일 관계를 규정하고 있다고 해도 좋을 것이다.

식민지 역사가 다름 아닌 민족국가의 역사인 만큼 국가가 과거사 청

---

8) 6·3동지회 지음, 『6·3 학생운동사』, 역사비평사, 2001, 102쪽.

산의 핵심 주체라는 점은 분명하지만, 그렇다고 해서 독점적이고 유일한 주체일 수는 없다. 재산 청구권 문제도 그러하거니와, 식민지의 기억은 각 개인의 내면에 구조화된 것이라는 점에서 개인 역시 식민지역사 문제의 주체가 된다. 식민지 역사의 청산이란 식민지 체제를 경험한 사람들의 물적·정신적 훼손에 대한 총체적 회복을 의미하는 것이기 때문이다. 식민지 역사 문제는 정치적 문제이기 전에 개인 및 민족의정체성 문제이다. 또 엄밀하게 말해 과거사는 '청산'의 대상이 아니다.식민지 역사는 국가의 독점을 통해 일거에 '청산'되는 것이 아니라, 이역사에 연루된 다양한 심급의 주체들이 과거와 끊임없이 대면함으로써폭력과 억압의 역사를 긍정적인 계기로 바꾸어가야 하는 것이다. 이 점에서 과거는 '청산'의 대상이라기보다 '극복'의 대상이다.[9]

## 65년체제 성립기의 식민지 기억물

한일협정 이후 식민지 기억물들이 쏟아져 나오게 된다. 신상초의『탈출』(1966), 장준하의 『돌베개』(1971), '1·20 동지회'가 펴낸 학병수기집 『청춘만장』(1973) 등 학병 수기가 65년체제 성립 이후 새롭게씌어졌고, 잡지 〈신동아〉가 창간되어 이 잡지에 식민지 역사를 다룬역사소설이 연재된다.[10] 이밖에도 유년기에 식민지 체제를 경험한 작

---

9) 전진성은 '과거청산' 개념은 재고되어야 한다고 주장한다. 과거의 의미를 끊임없이되새김으로써만 진정으로 과거를 넘어설 수 있다는 점에서 '과거 청산' 대신 '과거극복' 개념을 제시한다. 전진성, 『역사가 기억을 말하다』, 휴머니스트, 2005, 181쪽.
10) 서기원의 『혁명』(〈신동아〉, 1964. 9-1965. 11), 송병수의 『대한독립군』(〈신동아〉, 1970. 6-1972. 2), 안수길의 『성천강』(〈신동아〉, 1971. 1-1974. 3), 유주현의 『소설조선총독부』(〈신동아〉, 1964. 9-1967. 6), 『소설 대한제국』(〈신동아〉, 1968. 4-1970. 5), 하근찬의 『야호』(〈신동아〉, 1970. 1-1971. 12) 등이 그것이다.

가들의 기억을 담은 작품이 발표되기도 했다.

　이처럼 65년체제 성립 이후 식민지 기억물이 쏟아지게 된 것은 우연이 아니다. 이는 65년체제의 성립이 학병 경험자 및 유년기에 식민지를 경험한 세대들에게 정체성의 재구성을 요구하였음을 보여준다. 문제는 이 기억이 재현되는 과정이 단순하지 않다는 점이다. 학병 경험자와 유년기 식민지 경험자들에게 있어 식민지 기억은 식민 이전과 이후로 큰 단절을 이루고 있다. 이로 인해 이들의 경험이 재현되는 과정은 매우 복잡한 양상을 보이게 된다.

　학병 세대의 경험을 재현한 대표적인 작품은 이병주의『관부연락선』이다.『관부연락선』의 형식은 매우 복잡한데, 이러한 복잡한 형식에 내재된 물음은 다음과 같다. 65년체제 성립기에서 학병 경험자는 누구인가? 학병의 경험은 재현될 수 있는가? 한편 1970년대 이후 식민지 말기에 유년기를 보낸 작가들은 유년의 식민지 경험을 담은 작품을 발표하였는데, 하근찬의 1970년대 이후 소설과 최인훈의『두만강』이 대표적이다. 유년기 식민지의 기억을 재현한 작품들은 기억의 재현 양상에 있어 독특성을 지닌다. 유년기 식민 주체에게 있어서 식민지의 경험은 무엇이었을까? 그것은 어떻게 재현될 수 있을까? 이 글은 65년체제 이후 소설이 식민지의 기억을 어떻게 재현하는지, 그리하여 식민지를 경험한 주체가 기억의 위기에 어떻게 대응하여 정체성을 재정립하고자 하였는지를 규명할 것이다.

## 2. 65년체제 성립기의 식민지적 불안과 소설형식 실험
### - 이호철 「1기 졸업생」 연작, 최인훈 「총독의 소리」 연작 -

### 65년체제와 식민지적 불안

65년체제의 성립은 당시 작가들에게 심대한 위기를 가져다주었다. 이 시기 작가들이 느낀 위기의식이란 무엇이었을까? 이는 한일협정 체결과 비준에 대한 반대 논리를 통해 짐작할 수 있다. 당시 한일협정 반대 논리의 핵심은 한일협정이 일제의 식민지 지배를 합법화한 것이고, 청구권을 포기한 매국적인 협정이며, 이후 일본의 독점자본에 의한 재식민화를 피할 수 없을 것이라는 것 등이었다.[11] 당시 작가들이 경험한 위기란, 식민지의 억압과 불안 등 식민지를 기억하는 이들의 의식에 잠재되어 있던 병리현상이 기억을 통해 되돌아온 것이라고 말해도 좋을 것이다. 여기에는 국가의 기억과 개인의 기억 사이에 놓인 심대한 균열이 놓여 있거니와, 이처럼 식민지 역사를 일거에 청산하자는 한일 양국의 협정이 식민지 경험을 나누어 가진 개인에게 있어 기억의 위기 및 정체성의 위기를 가져다주었다는 사실은 심각한 역설이 아닐 수 없다.

한일협정이 가져온 식민지적 불안은 소설 형식으로 표명되었다. 이를 단적으로 보여주는 작품이 이호철의 「1기 졸업생」 연작과 최인훈의 「총독의 소리」 연작이다. 「1기 졸업생」 연작은 『사상계』 1964년 6월에 1편이 발표된 것을 시작으로, 『월간중앙』 1968년 8월과 1969년 3월에 2편과 3편이 각각 발표되었다. 발표 시기에서도 확인할 수 있듯이 「1기 졸업생」 연작은 65년체제 성립을 전후로 발표된 작품으로, 작품

---

11) 최기영, 「한일협정 반대선언문집」, 『근현대사강좌 6』, 1995.

내용에도 한일협정과의 관련성이 직접적으로 드러나 있다. 「1기 졸업생 1」은 '1964년 4월 어느 볕이 좋은 날' 송진우와 여운형 두 노인이 저승에서 만나 과거 그들이 이승에 있을 때 겪은 일과 현재 이승에서 일어나고 있는 일을 두고 대화를 나누는 장면을 그리고 있는데, 이들의 대화 중간에 한일회담 반대 시위 장면이 끼어들고 있다. 이 점에서 볼 때 「1기 졸업생」 연작은 한일협정으로 인해 새롭게 촉발된 식민지 역사 인식의 문제를 직접적으로 표현한 작품이라 할 수 있다. 이호철의 「1기 졸업생」 연작은 지금까지 거의 주목받지 못하였다. 이 연작은 역사소설로 보기에 매우 낯선 형식을 지니고 있는데다, 각 편이 형식적 일관성도 부족하고 내용면에서도 이야기가 연속적이지 않은 등, 작품의 완결성이 부족해 보이는 데 그 이유가 있는 듯하다. 이런 낯선 형식은 65년체제 이후 식민지 역사를 새롭게 인식하고 재현하고자 한 실험이었다는 점에 주목할 필요가 있다.[12]

「총독의 소리」 연작은 「총독의 소리」 1-4와 「주석의 소리」로 이루어져 있다. 최인훈은 「총독의 소리 1」(『신동아』, 1967. 2)을 시작으로, 「총독의 소리 2」(『월간중앙』, 1967. 8), 「총독의 소리 3」(『창작과 비평』, 1968. 겨울), 「주석의 소리」(『월간중앙』, 1968. 4), 「총독의 소리 4」(『한국문학』, 1976. 8)에 이르기까지 총 5편의 단편을 10년에 걸쳐 발

---

12) 「1기 졸업생」 연작에서 시도된 역사 재현 방식은 이후 작가가 객관 현실의 변화에 맞서 역사를 새롭게 인식하고자 한 시기에 반복해서 시도되었다. 『까레이우라』(1986), 『개화와 척사』(1992), 『별들 너머 이쪽과 저쪽』(2009) 등이 그것이다. 이들 작품에 오면, 식민지 역사를 분단체제의 기원으로 뚜렷이 인식하면서, '과거 청산'을 넘어 '과거 극복'으로 성큼 나아간다. 전영태는 이러한 역사소설의 형식에 대해 '역사를 대하는 작가의 치열한 진실성과 현실의 문제를 해결하려는 급박한 의무감'에서 비롯된 것으로, 형식적인 미학으로는 감당할 수 없는 역사적 무게 때문이었다고 지적한 바 있다. 전영태, 「역사의 격류를 헤쳐 나가기」, 『개화와 척사』 작품 해설, 민족과문학사, 1991, 284쪽.

표했다.[13] 「총독의 소리」 연작은 한일협정에 대한 반응으로 씌어진 것으로 최인훈의 실험적인 소설 중에서도 가장 파격적인 형식의 작품이다. 이에 대해 최인훈은 '문학의 형식을 파괴하면서라도 온몸으로 부딪쳐야 할 위기의식'을 느꼈다고 술회한 바 있다.[14] 「총독의 소리」에 대한 논의는 거듭 이루어져 왔는데, 이 글은 「총독의 소리」 연작을 한일협정이 가져다 준 기억 및 정체성의 위기와와 그에 대한 대응 방식으로서의 식민지 역사 재현으로 이 작품을 파악하고자 한다. 이런 관점에서 볼 때 「총독의 소리 1」과 「주석의 소리」에 주목하게 된다. 「총독의 소리 1」은 이 연작 형식을 처음 설정한 작품으로 65년체제 성립이 가져다 준 위기를 단적으로 드러내고 있으며, 「주석의 소리」는 「총독의 소리」와 다른 목소리의 화자를 설정하여 식민지 역사를 재현하고 있기 때문이다.

이 글이 「1기 졸업생」 연작과 「총독의 소리」 연작에 대해 던지는 물음은 다음 두 가지이다. 첫째, 이 두 연작이 취하고 있는 낯선 형식은 식민지 역사를 어떻게 재현하는가? 둘째, 이런 방식의 역사 재현은 궁극적으로 무엇을 의도하는가? 이 글은 이호철의 「1기 졸업생」 연작과 최인훈의 「총독의 소리」 연작을 한일협정 이후 새롭게 제기된 식민지 역사 문제에 대한 문학적 대응으로 규정하고, 이 작품이 보여주고 있는

---

13) 최인훈의 작품 연보를 보면, 「총독의 소리」 연작은 1967년과 1968년에 집중적으로 발표되었는데, 이 두 해 동안 최인훈은 「총독의 소리」 연작 외에 다른 작품을 쓰지 않았다. 또 1976년 삼 년여의 미국 연수에서 돌아온 후 「총독의 소리 4」를 발표하게 되는데, 이는 「총독의 소리 1」이 발표된 지 거의 10년이 지난 시점이었고, 미국 연수 이후 희곡 창작으로 전환하는 과정에서도 이 작품의 형식을 반복해서 썼다는 점 등에서 특기할 만하다. 이는 그만큼 「총독의 소리」가 지닌 형식이 1960년대에서 1970년대에 이르는 시기 한국의 상황과 한국인의 정체성을 드러내는 데 효과적인 형식이라고 작가 스스로 판단하였기 때문일 것이다.

14) 최인훈, 「원시인이 되기 위한 문명한 의식」, 『길에 관한 명상』, 솔과학, 2005, 25쪽.

식민지 역사 재현 방식에 주목하여, 이런 역사 재현을 통해 문학이 식민지 역사를 극복할 수 있는 가능성에 대해 논의하고자 한다.

## 가상적 시공간의 설정

### ① 이승과 저승의 이원적 시공간

「1기 졸업생」 연작은 낯선 형식으로 식민지 역사를 재현한다. 식민지 역사의 실존인물들이 1960년대의 어느 날 저승에서 만나 대화를 주고받는다는 설정이 그것이다. 역사 인물들은 과거 일에 대해 비판 혹은 변명하는 한편 1960년대 현재 일어나는 상황에 대해 직접적으로 발언하기도 한다. 이처럼 작품은 식민지 역사와 1960년대 현실을 대비하여 보여주기 위해 이승과 저승의 이원적 시공간을 설정해 놓고 있다.15)

「1기 졸업생 1」은 이승과 저승의 이원적 시공간을 설정한 첫 작품이다. 1964년 4월 어느 날 저승에서 만난 송진우와 여운형은 1945년 8월 15일을 전후로 한 과거 일에 대해 논쟁을 벌인다. 패전을 앞둔 일제로부터 정권을 이양하느냐를 두고 두 사람의 선택이 갈라지게 되는데, 이 일을 두고 송진우는 명분론에 기대어 여운형을 신랄하게 비판하고, 이에 대해 여운형은 상황론에 기대어 응수한다는 것이 그 핵심이다. 송진

---

15) 「1기 졸업생」 연작을 포함한 이호철의 역사소설은 역사 재현의 시공간을 어떻게 설정하느냐에 따라 다시 두 유형으로 나누어진다. 여기에서 작품 내 시공간을 이승과 저승의 이원적 시공간으로 설정하느냐가 중요한 기준이 된다. 「1기 졸업생 1」과 「1기 졸업생 3」은 이승과 저승, 과거와 현재를 이원적 시공간으로 설정한 것으로, 이 유형은 이후 『개화와 척사』, 『별들 너머 이쪽과 저쪽』의 역사 재현으로 이어지게 된다. 한편, 「1기 졸업생 2」는 저승과 이승이라는 이원적 시공간이 제시되어 있지 않다는 점에서 앞의 유형과 구별된다. 이 유형에는 '역사상황소설'이라는 이름이 붙여진 『까레이우라』가 포함될 수 있다.

우와 여운형이 1964년 4월에 만나 1945년 8월의 일을 두고 논쟁을 벌인다는 설정은 의미심장하다. 이러한 설정에는 두 상황이 서로 연관되어 있다는 전제가 내포되어 있는데, 이는 한일협정이 체결되는 현재 상황에서 식민지를 새롭게 기억하고자 하는 작가의 역사의식을 드러낸 것이다.

그렇다면 이 두 상황은 어떻게 연관되는가? 이 물음은 「1기 졸업생」 연작을 해명하는 단초가 되는데, 이를 위해서는 우선 이 작품이 설정하고 있는 역사 재현의 시공간의 성격을 자세히 살펴보아야 한다. 작품에서 과거와 현재, 이승과 저승은 독특한 방식으로 연관되어 있다. 즉 시간적인 면에서는 1945년과 1964년 사이의 동질성 내지 연속성이 강조되는 반면 공간적인 면에서는 이승과 저승이라는 이질성이 강조됨으로써 낯선 소설의 시공간이 탄생하게 되는 것이다.

> 1964년 4월 어느 볕이 좋은 날이다.
> 백발이 성성한 두 노인 송진우씨와 여운형씨는 바둑을 두고 있었다. 갓을 쓰고 도포를 입고 긴 장죽을 물고 마주앉았다. 그들은 정치에서 떠난 오늘에 와서야 비로소 순수한 한국인이 되어 있는 것이었다. 정치의 길에 들어서 있을 때는 한국을 생각하고 민족을 운위하였지만 열기를 띠면 띨수록 괜한 잡음만 일으키었다. 그리고 그들은 각각 이러한 뜻 아니한 결과에 대해서 어리둥절해 있었던 것이었다.[16]

> 마침 밖에는 학생 데모가 지나가고 있었다.
> 〈굴욕외교 반대한다.〉
> 〈한일회담 대표를 소환하라.〉
> 〈김 오오히라(金·大平) 메모를 공개하라.〉
> 이런 고함소리가 지나가고 있었다.[17]

---

16) 「1기 졸업생 1」, 『이단자』, 창작과비평사, 1976, 252쪽.
17) 「1기 졸업생 1」, 위의 책, 255쪽.

송진우와 여운형이 과거사를 두고 논쟁하는 와중에 한일협정 반대시위 장면을 그려놓은 것은 이 두 상황이 본질적으로 같다는 것을 보여주는 설정이다. 송진우의 비판에 따르면, 해방 정국에서의 여운형과 현재 한일협정의 당국자가 '비전 같은 것은 제법 있는 것 같은데, 실속이 따라와 주지 않아서 잡음 속에 들어' 있다는 점에서 공통점을 지닌다. 즉 해방 정국에서 여운형이 '총민족역량을 단합하자'고 했던 것과 1960년대 한일협정의 당국자가 '민족 주체성의 회복'을 주장하는 것, 그리고 결국 이런 '비전 같은 것'이 결국 잡음만 일으키게 된다는 것이다.

> 한마디루 얘기해서, 조건이나 상황의 본질을 염두에 두지 않구, 섣불리 내건 명제들이 결국은 자기도 모르는 사이에 자기를 향해 화살이 되어서 돌아오드라 그런 얘기네. 그럴 듯한 추상을 만들어내서, 화려한 간판으로 내걸었는데, 얼마 시일이 못 가서 보니까, 자기가 하는 짓은 자기가 한 얘기와는 정반대의 길에 들어선 인상을 주위에 주었다 그런 말이네.[18]

그러나 이러한 공통점은 이승과 저승이라는 공간의 대비에서 비롯되는 근본적인 단절을 내포하고 있는 것이기도 하다. 해방 정국에서 여운형이 벌인 일과 1960년대 한일협정 체결 과정에 일어난 일이 본질적으로 같은 것이라 하더라도 이러한 대화가 저승에서 이루어지고 있는 한 두 상황은 각기 다른 방식으로 상대화된 것일 수밖에 없다. 1945년의 일은 논쟁 당사자가 겪은 자신들의 일이지만 이미 과거지사가 되어 있고, 1964년의 현재 일어나고 있는 일은 저승에 있는 이들에게 지금 이곳의 일이 아니기 때문이다.

한편, 「1기 졸업생 2」의 역사 재현 방식은 저승과 이승의 이원적 공간을 설정하지 않는다는 점에서 앞서 논의한 두 작품과 구별된다. 작품

---

18) 「1기 졸업생 1」, 위의 책, 256쪽.

은 1919년 8월 이동휘가 임시정부의 국무총리와 취임하기 위해 상해로 가는 도중 이범윤을 찾게 되는 장면을 그린다. 이동휘와 이범윤이 갈라지는 지점을 포착하기는 쉽지 않다. 작품은 이 두 인물의 노선의 차이를 추상적으로 재단하는 대신 그 현장을 그려놓고 있기 때문이다.

> 이범윤 휘하의 병사들에게서는 사람 냄새가 아니라 차라리 광석(鑛石) 냄새가 풍겼다. 흡사 오랫동안 갖은 파란곡절을 겪으며, 지나오던 길의 어느 근처에 간사스럽고 경망스럽기만 한 말이라는 것을 일부러 버리고 온 사람들처럼 널려져 앉아 있을 뿐이었다. 얼핏 지쳐 있는 듯이도 보였지만, 싸운다는 단순한 일 빼놓고 살 일이 없어진 사람들이라는 것이 첫눈에도 알려졌다. 그것은 차라리 광석 냄새거나 새벽 냄새였다.[19]

이동휘가 이범윤을 찾았을 때 그가 맡은 '광석 냄새'와 '새벽 냄새'에서 이 차이가 압도적으로 그려진다. 요컨대 이범윤은 싸운다는 것만을 단순하게 생각하면서 제 분수를 고수하고 바깥으로 향한 문을 닫아두고 있었다면, 이동휘는 대체적인 국면을 생각하면서 자신의 포부를 견지하지만 그것은 자칫 허황한 것으로 떨어져 버릴 위험이 있는 것이었다. 이범윤을 만난 자리에서 이동휘는 자신이 싸움의 현장에서 떨어져 있으며, 그만큼 자기 분수를 넘어서고 있다는 것을 예민하게 의식하게 된다.

「1기 졸업생 2」는 시공간 설정에서 「1기 졸업생 1」과 일정한 차이를 보여주지만, 역사를 재현하는 방식에서는 공통점을 지닌다. 역사의 사건을 연대기적으로 기술하지 않고 사건 사이의 내적 연관을 찾아내고자 한다는 점에서이다. '연대기'가 사건에 자연적 시간, 단일한 시간을 적용한다면, '역사적 시간'은 연대기적 순서 대신 숨겨진 모티브를 찾아내고 우연한 사건에서 내적 질서를 발견하고자 한다.[20] 「1기 졸업

---

19) 「1기 졸업생 2」, 위의 책, 264쪽.

생 1」이 이승과 저승을 대비한 시공간을 설정한 것도 역사와 현재 사이의 내적 연관을 표현함으로써 이 둘을 '역사적 시간'으로 재현하고자 한 것이다.

### ② 가상의 담화 공간

'충용한 제국 신민 여러분'으로 시작되는 「총독의 소리」는 조선총독부 지하부에서 보내는 총독의 담화와 이 담화를 듣는 시인의 상념으로 구성되어 있다. 총독의 담화가 작품의 대부분을 차지하고 있어서 전통적 소설이 일반적으로 지니는 것과 같은 서사적 골격을 갖추고 있지 않다.

「총독의 소리」 연작 형식이 갖는 파격성은 무엇보다도 조선총독이 아무런 설명도 없이 제국 신민 및 제국 질서의 하수인들을 갑작스럽게 호명하는 데 있다. 식민지로부터 해방된 지 20년이 지난 현재에도 조선총독과 제국의 경찰, 밀정 등이 조선총독부 지하부에 남아 활동을 지속하고 있다는 설정, 그리고 이런 설정에서의 조선총독의 비밀스런 호명은 제국 통치의 연장을 전제하고 있다.

> 忠勇한 제국 신민 여러분. 帝國이 재기하여 半島에 다시 영광을 누릴 그날을 기다리면서 은인자중 맡은 바 고난의 항쟁을 이어가고 있는 모든 제국 군인과 경찰과 밀정과 낭인 여러분. 제국의 불행한 패전이 있은 지 이십유여 년. 그간 아시아를 비롯한 세계의 정세도 크게 바뀌었거니와 특히나 제국의 아시아에 있어서의 자리는 어둡고 몸서리쳐지던 패전의 그 무렵에 우려했던 것과는 전혀 다른 모습을 띠고 전개되어 오고 있습니다.[21]

---

20) 라인하르트 코젤렉, 『지나간 미래』, 문학동네, 1998, 10-13쪽.
21) 최인훈, 「총독의 소리 : 최인훈 전집 9」, 문학과지성사, 1994, 68쪽.

위 인용문은 식민지의 기억이 무엇보다도 공적 담화의 형식에 있음을 보여준다. '**충**용한 제국 신민 여러분'에서 작가가 첫 음절을 강조하고 있음을 알 수 있는데, 이는 식민지의 경험 즉 제국이 조선인을 제국의 신민으로 호명하던 기억을 단번에 환기하기 위한 것이다.[22]

이 가상의 담화는 아이러니한 설정을 보여주는데, 이는 총독의 호명과 이를 듣는 이 사이의 불일치에서 비롯된다. 발화자인 총독은 '충용한 제국 신민'과 '제국 군인과 경찰, 밀정과 낭인'을 호명하고 있지만, 독자는 이 호명을 벗어난 지점에 위치해 있다. 독자는 도리어 제국의 통치를 적대시하고 이 통치의 연장에 대해 불안해하고 있기 때문에, 이 소설의 담화 상황은 총독의 담화를 적대시하는 독자가 그 소리를 엿듣는 상황이 된다. 이러한 복잡한 담화 상황으로 인해 총독의 목소리는 풍자적 목소리와 계몽적 목소리를 동시에 전달해 준다.

> **失地回復**. 반도의 재영유, 이것이 제국의 꿈입니다. 영토에 대한 원시적인 향수, 이것이야말로 참다운 강자의 활력의 기초입니다. 반도는 **帝國**의 **祭壇**이었으며 반도인은 제물이었던 것입니다. 그들을 도살하여 그 살을 씹고 피를 마심으로써 이 부족의 활력은 건강할 수 있었던 것입니다.[23]

총독은 이 담화의 근본적인 목표가 식민지의 재영유에 있음을 분명히 밝히고 있지만, 이 목소리도 다분히 과장된 것이고 희화화된 것이어서, 이중의 목소리가 울려퍼진다. 총독의 풍자적 목소리는 때로는

---

22) 황호덕은 최인훈이 조선총독의 비밀지령을 통한 호명의 방식을 통해 '식민지 통치의 비밀—즉, 공적인 비밀로 가득찬 제국통치의 아이러니를 끄집어낸다'고 보았다. 황호덕, 「아카이브 밖으로 – 문학·국가·비밀, '국민문학' 비판론들에 부쳐」, 『문학동네』 12권 3호, 2005년 가을.

23) 「총독의 소리」, 앞의 책, 82쪽.

자기 자신을 희화화하기도 하고, 다른 대목에서는 반도인을 풍자하기도 한다. 반도인을 풍자하는 대목의 경우 이 담화를 듣는 독자가 반도인이라는 불일치 때문에 풍자의 목소리는 계몽적인 목소리로 바뀌어 읽힌다. 「총독의 소리」는 이러한 이중적이고 모호한 담화의 공간을 설정하고, 이중적인 목소리를 통해 한일협정 정국에서의 식민지적 불안을 표출한다.

## 가상 역사를 통한 현실 비판

### ① 현실 비판의 준거로서의 식민지 역사

「1기 졸업생」연작이 역사의 실존인물을 설정하고, 이들의 대화를 통해 역사와 현재를 대비하고자 한 데에는 한일협정을 바라보는 작가의 인식이 개입되어 있다. 소설이 현실 문제에 긴급하게 대응해야 할 경우, 종종 역사 인물을 설정하여 그로 하여금 현실 문제에 대해 직접 발언하게 하는 형식을 차용해 왔다. 개화기의 몽유록계 소설이 대표적인 예인데,「1기 졸업생」연작도 크게 보아 이와 같은 계몽적 전통 위에 서 있다고 할 수 있을 것이다.[24] 이렇게 볼 때 「1기 졸업생」연작이 재현하는 역사는 1960년대 현실을 비판하는 준거로 기능하고 있는 셈이다.

---

24) 이호철의 역사소설을 장르론적 차원에서 접근한 것으로 전영태의 논의를 들 수 있다. 그는 이호철의 역사소설 『개화와 척사』가 전통적인 소설 형식의 하나인 몽유록계 소설과 유사해 보인다는 것이다. 몽유록계 소설이 꿈을 통해 경험한 사실을 설명하는 데 반해 이 작품은 꿈이 주도 동기의 역할을 하지는 않지만, 작품의 무대가 천상이나 가상의 세계로 설정된 점, 현세에서의 불평·불만과, 실패·영락을 몽유의 세계에서 역전시키거나 재해석하는 내용, 정치적 간섭을 배제하려는 의도 등에서 몽유록계 소설에 접근하고 있다고 보았다. 이러한 분석은 「1기 졸업생」연작에도 그대로 적용될 수 있다. 전영태,「역사의 격류를 헤쳐나가기」,『개화와 척사』작품 해설, 민족과문학사, 1992, 285-286.

역사가 현실 비판의 준거가 될 수 있을까? 이 물음에 긍정적으로 답하려면 한 가지 전제, 즉 식민지 역사와 1960년대 현실이 여전히 동일한 조건에 있다는 전제가 필요하다. 「1기 졸업생」 연작이 연대기적 시간을 벗어나 두 사건 사이의 내적 연관을 찾아내어 표현하는 이유도 이러한 전제를 명확히 하기 위함이었다.[25] 식민지 역사를 준거로 하여 한일협정을 비판하는 것이 설득력을 지니려면 식민지 역사와 1960년대 현실 사이의 내적 연관을 설정하는 것이 필수적이었다.

「1기 졸업생 1」이 1945년 8월 15일 전후의 상황과 1964년 4월 한일협정 반대시위를 겹쳐놓은 데는 이 두 상황이 본질적으로 동일하다는 역사인식이 내재되어 있다. 한일협정을 둘러싼 정세에 대한 송진우의 비판이 해방 정국 여운형에 대한 비판과 연장선상에 놓여 있다는 점이 이를 뒷받침한다.

> 민족 주체성의 회복이라는 말도 그렇구, 민족적이라는 말도 그렇구, 늘 내거는 말들은 학생데모가 내거는 말과 어느 면에서 퍽 같은 얘기였단 말야. 그런데 학생들이 화살이 가는 곳이, 바로 그 사람이라는 점은 재미있는 일이 아닌가. 자네가 왜 왕년에 총민족역량을 단합하자 하고 나섰는데, 모두가 그 생각은 자네뿐이 아니라 같은 생각이었거든. 헌데 자네의 그것은 결국 잡음만 일으키고 급기야는 자네의 일이 민족 분열의 시초가 된 것처럼, 요즈음의 일도 신통하게 비슷하드라 이런 말이야.[26]

송진우에 따르면 '조건이나 상황의 본질을 염두에 두지 않구, 섣불리 내건 명제들이 결국은 자기도 모르는 사이에 자기를 향해 화살이 되어

---

25) 코젤렉은 '역사는 삶의 스승이다'라는 역사학의 오랜 명제의 의미를 논의한 글에서 역사와 현실의 조건이 완전히 동일할 경우에만 그럴 수 있다고 지적한다. 라인하르트 코젤렉, 「역사는 삶의 스승인가」, 앞의 책 참고.
26) 「1기 졸업생 1」, 앞의 책, 256쪽.

서 돌아오'게 되는데, 해방 정국의 여운형과 한일협정의 당국자가 모두 이런 상황에서 벗어나지 못했다는 것이다. 송진우의 비판은 작가의 역사인식과 닿아 있는데, 여기에는 역사와 역사 주체 사이의 상호 관련에 대한 통찰이 내포되어 있다. 즉 역사는 구체적 국면에 개입된 역사 주체의 행위의 누적으로 이루어지지만, 이렇게 해서 형성된 역사의 규정성은 역사 주체의 행위 범주를 벗어난다는 것이다. 한일협정과 그 이후 1960년대의 현실에서 역사 주체의 행위가 역사의 규정력과 어긋나 있다는 점이 비판 논리의 핵심이 된다. 이 점은 「1기 졸업생」 연작 전체를 관통하는 역사 인식이라 할 수 있다.

「1기 졸업생 3」에 오면 한일협정 비판의 논리는 더욱 분명해 진다. 손병희와 이용구의 만남에서 두 인물의 대화는 이용구의 경망스러운 장광설로 이루어진다. 반대로 손병희는 이런 이용구를 측은한 눈길로 보기만 할 뿐 아무런 말도 하지 않는다. 한일합방에 앞장 선 이용구로서 자신의 선택에 대한 변명이 필요하였다는 점을 고려하면 이런 설정은 개연성을 지닌다. 이용구는 천주학의 도래로부터 개항, 동학난, 그 후 혼란스러웠던 한말의 역사를 가로지르면서, 자신의 선택이 근대화를 위한 결단이었음을 강조한다. 이러한 이용구의 장광설에 대한 손병희는 시선은 냉소적인데, 이 시선에는 1969년 현재를 바라보는 작가의 인식이 내포되어 있다고 볼 수 있다. 요컨대 1969년 현재의 상황은 명분과 실속이 야합한, 손병희와 이용구의 차이조차 무화되어 버린 상황이라는 것이다. '무교동 거리에 미쓰비시 은행, 빨갱이만 아니면 저것도 좋을씨고'라는 말에서 단적으로 드러나거니와, 이 지점에서 반공논리를 명분으로 앞세우고 근대화의 실속을 챙기려 한 한일협정의 논리가 비판되고 있는 것이다.

「1기 졸업생」 연작이 시도하고 있는 이런 방식의 역사 재현이 역사에 대한 회의주의로 떨어질 위험은 없을까? 역사가 이처럼 한 개인의 행동 범위를 넘어서는 규정력을 지닌 것이라면 역사 주체의 자율적 행위 공간은 줄어들 수밖에 없을 것이기 때문이다. 이 작품이 역사의 규정력 앞에서 모든 개별 주체는 자기 분수를 지켜야 한다는 윤리적 의도를 드러내는 데 머무른다면 역사 회의주의에서 멀리 벗어나지 못한다. 식민지 역사를 준거로 삼아 한일협정을 비판하게 되면, 역사는 반복될 뿐이라는 규정력이 과장되어 역사 변혁의 가능성은 축소될 수 있기 때문이다. 그러나 이호철의 역사소설은 이 문제를 일정하게 벗어나고 있는 것으로 보인다. 「1기 졸업생」 연작이 역사의 규정력을 강조할 때도 이는 과거가 현재를 결정한다는 식의 결정론적 사고를 벗어나 있다. 여기에서 식민지 역사가 청산의 대상이 아니라 극복의 대상이라는 점을 다시 떠올릴 필요가 있는데, 이호철의 소설은 식민지 역사 극복의 논리를 모색하는 것으로 나아가고 있다.

### ② 풍자와 계몽의 이중적 목소리

최인훈은 「총독의 소리」의 형식에 대해 '별다를 것 없는 풍자소설의 정통 적자(嫡子)'이며, '적의 입을 빌어 우리를 깨우치는 형식', 즉 '빙적이아(憑敵利我)'라고 설명한 바 있다.[27] '빙적이아'의 소설 담화는, 총독의 목소리를 통해 조선을 비판하면서 궁극적으로 조선을 이롭게 하려는 의도를 지님으로 해서, 풍자와 계몽이라는 이중적 목소리를 전달한다. 이 지점에서 제기되는 물음은 다음과 같다. 「총독의 소리」를 풍자적 목소리로 읽는다면, 풍자의 주체와 대상은 누구이며, 풍자는 무엇을 겨냥한 것인가? 또 이 작품을 계몽적 목소리로 읽는다면 그 계몽은 궁극적으로 무엇을 의도한 것인가?

---

27) 최인훈, 「원시인이 되기 위한 문명한 의식」, 앞의 책, 25쪽.

이 작품에서 발화자인 총독의 위치는 두말할 것도 없이 일본 제국주의의 부흥과 반도의 재영유를 꿈꾸는 제국주의자의 그것이다. 이러한 이데올로기적 위치로 인해 총독의 담화는 여러 층위의 적대 관계를 만들어내게 된다. 「총독의 소리」가 풍자의 목소리를 지니게 되는 것은 이러한 구도에서 비롯된다. 풍자는 풍자의 주체와 대상 사이의 적대 관계를 전제로 하며, 풍자의 주체가 대상에 대해 우월한 입장에 있을 때 나타날 수 있기 때문이다. 이렇게 보면, 일차적으로 「총독의 소리」에서 풍자의 주체는 총독이며, 풍자의 대상이 되는 것은 총독이 적대 관계로 설정하는 '반도'가 된다. 그러나 실제 담화가 드러내는 풍자적 목소리는 이보다 더 복합적이다.

> 그 당시 大本營은 일조 패전의 날에는 鬼畜米英은 본토에 상륙하는 즉시로 일대 학살을 감행하여 맹방 독일이 아우슈비츠에서 실험한 민족 말살 정책을 조직적으로 아국에 대하여 감행할 것이며 아국민의 골육을 럭스 비누와 콜게이트 치약의 원료로 삼을 것이며 왕성한 성욕을 가진 그들 군대는 아민족의 부녀자들을 신분 고하 없이 욕보임으로써 민족을 명실공히 쑥밭으로 만들 것으로 예측하고 차라리 一億全員玉碎의 비장한 결심을 굳힌 바 있었으나 인류 사상 전대미문의 신병기 원자폭탄의 저 가공할 위험 아래 끝내 후일을 기약하고 작전을 포기하였던 것입니다. (중략) 그러나 천기는 거역할 수 없어 반도에 주둔한 병력과 거류민도 폐하의 명에 따라 철수하였거니와 무엇보다 다행한 것은 철수하는 내지인에 대하여 반도의 백성이 취한 공손한 송별 태도였습니다. 피해 입은 내지인은 거의 없었으며 이는 오로지 그 동안 제국의 반도 경영에서 과시한 막강한 권위와 그로 인한 반도인의 가슴 깊이 새겨진 신뢰의 염과 아울러 방향 감각을 상실한 반도인의 얼빠진 무결단에서 온 것으로서 오랜 통치의 산 결실이었다고 하겠습니다.[28]

「총독의 소리」에서 풍자의 목소리는 서로 다른 두 대상을 겨냥한다.

---

28) 최인훈, 『총독의 소리 : 최인훈전집 9』, 앞의 책, 68-69쪽.

위 인용문 전반부의 경우 풍자는 일본 제국을 향하고 있어 자기 풍자로 기울어지는 반면, 후반부의 경우 풍자는 반도인을 향한다. 이 대목에서 또 한 번 이 작품의 담화 상황을 환기할 필요가 있다. 총독이 '반도', 혹은 '반도인'을 적대 관계로 설정할 경우, 여기에는 총독의 목도리를 경유하지 않는 작가와 독자 사이의 대화가 내재되어 있어서 총독의 발화는 이중적 울림을 지니게 되기 때문이다. 드러난 총독의 발화 자체에 강조점이 놓일 경우 이는 '반도인'에 대한 풍자가 되지만, 이를 통해 당시 민족국가가 처한 상황을 독자에게 일깨우고자 하는 작가의 의도에 강조점이 놓일 경우 이는 독자에 대한 계몽이 된다.

> 이는 아국의 학자들에 의하여 밝혀진 바, 한국사의 타율성이란 관점에서 볼 때 당연 이상의 당연지사라고 하겠습니다. 반도의 역대 정권은 본질적으로 매판 정권으로서 민족의 유기적 독립체의 지도부층이 아니라, 외국 세력의 한국에 대한 지배를 현지에서 대행해줌으로써 자신들의 지위를 보존해왔던 것입니다. 그들은 部族의 이익보다 외국 상전의 이익을 먼저 헤아렸으며 그렇게 함으로써 자신들의 위치를 유지할 수 있었던 것입니다.29)

위 인용문은 총독의 입을 빌려 현재의 독자를 계몽하고자 하는 의도를 보여준다. 한국의 역대 정권이 자국의 이익보다 외국 상전의 이익을 먼저 헤아리고 이를 대행한 매판 정권이었다는 비판은 1960년대 한일협정을 체결한 당시 정부를 비판하는 논리로 옮겨질 수 있기 때문이다.

한편 「주석의 소리」는 풍자적 목소리 대신 작가의 계몽적 의도가 전면에 드러난다. 이 작품은 '환상의 상해임시정부'가 보내는 방송으로, 총독 대신 주석이 역사비평가로 나선다. 이 작품은 「총독의 소리」가 보여주는 이중적 담화 상황을 보여주지 않는다. 발화자인 주석과 그것

---

29) 위의 책, 69쪽.

을 듣는 시인, 그리고 작가와 독자 모두 민족적, 이데올로기적 입장을 같이 하는 공모자이기 때문이다. 이러한 담화 상황으로 인해 풍자적 목소리는 소거되고 계몽적 목소리만이 울려 퍼지게 된다.

> 인제 겨우 우리들 자신의 얘기를 할 때가 왔습니다. 오늘 우리가 살고 있는 이 생활의 터를 오늘과 같은 모습으로 만든 주역들의 이야기는 끝났습니다. 그들의 그와 같은 주도적 행위의 결과로 오늘 우리는 이 자리에 이런 모습으로 있습니다. 세계는 분명히 하나가 되었고, 서로 연결되고, 이러한 상태로 존재합니다. 이것은 현실이자 결과입니다. 우리도 그 현실 그 결과 속에 있습니다. 그러나 이 현실 이 결과는 우리들의 발상, 우리들의 주도에 의해서 이렇게 된 것이 아닙니다.[30]

「주석의 소리」는 르네상스 이후 근대 민족국가의 형성 과정을 자세히 설명하고 이어서 자본주의 제국의 팽창과 공산주의가 당면한 딜레마를 장황하게 설명한다. 이런 설명의 궁극적인 의도는 분명하다. 위 인용문에서 보듯이 현재 우리가 처한 현실이 바로 서구 중심의 문명사의 결과라는 것이다. 이로써 근대 민족국가의 기원을 논의해 온 의도는 분단과 한일협정 등 1960년대 한반도의 상황이 식민지적 질서의 연장이라는 점이 드러나게 된다.


## 식민지 역사 극복의 논리

### ① 상황으로서의 역사

「1기 졸업생」 연작이 재현하는 역사는 어떻게 식민지 역사 극복으로 나아갈 수 있는가? 「1기 졸업생」 연작은 역사의 구체적인 국면에서 인

---

30) 「주석의 소리」, 위의 책, 49쪽.

물들의 선택이 어떻게 갈라지는지에 관심을 기울인다. 등장인물들은 각기 자신의 입장에서 자신의 선택의 정당성을 피력한다. 이렇게 재현된 역사는 자연스럽게 역사 주체에 관한 물음을 제기한다. 구체적인 국면을 중심에 놓고 보게 되면, 역사는 역사 주체의 입장에 따라 각기 다르게 구성될 수밖에 없기 때문이다.

이런 방식으로 재현된 역사를 '상황으로서의 역사'31)로 규정할 수 있을 것이다. '상황으로서의 역사'란 가장 구체적인 국면에서 비롯하여 전체 국면으로 확장되는 역사로서, 이때 구체적인 국면은 전체 국면으로 환원되지 않고 그 자체의 의미를 오롯이 지니게 된다. 특정한 국면에 개입된 개별 주체는 자신의 입장에서 선택하고 행동한다. 그리고 역사는 이 선택과 행동의 누적으로 이루어진다. 이런 방식으로 재현되는 역사에서 개별 주체는 막연한 전체로 환원되는 대신, 각자가 서 있는 위치에서 역사에 깊숙이 연관되어 있다.

> 그들은 저저끔 새로 세워야 할 나라의 일을 걱정했지만, 정작 관심이 가는 것은 현실적으로 중심에 나서는 사람들의 면면(面面)과 한 사람 한 사람의 거취였다. 나라란 어차피 막연한 추상이고 궁극의 문제이다. 송진우씨가 생각하는 나라가 있을 것이고, 여운형씨가 생각하는 나라가 있을 것이고, 박헌영이가 생각하는 나라라는 것이 있다. 애초부터 나라는 하나가 아니라 나서는 사람들의 주견에 따라 몇 개의 나라가 존재해 있었던 것이었다. 그러나 그것도 중요하지 않다. 현실적으로 문제되는 것은 각 개인간의 사소한 비위의 건드림, 그것이 누적되는 과정

---

31) '상황으로서의 역사'는 이호철이 『까레이우라』에 대해 '역사상황소설'이라는 이름을 붙인 데서 착안한 개념이다. 이 작품에 대해 작가는 '정통적인 소설 수법은 피했으나 그렇다고 소설이 아니랄 수도 없'는, 그러면서도 '금과옥조로 지켜오던 소설 양식이라는 것을 한번 쯤 대담하게 처부술 필요도 없지 않겠다'는 생각으로 쓴 작품이라고 설명하고 있다. 『까레이우라』를 단행본으로 간행하면서 「1기 졸업생」 연작을 함께 묶어놓고 있는 데서 작가 스스로 이들 작품을 같은 범주로 묶고 있음을 확인할 수 있다. 이호철, 〈작가의 말〉, 『까레이우라』, 흔겨레, 1986.

그런 것이었다.[32]

단적으로 말해, 송진우의 역사와 여운형의 역사가 있고, 이동휘의 역사와 이범윤의 역사가 있다. 이들 각자가 마주한 식민지 상황이 있고 그에 대한 자신의 입장이 있다. 이렇게 각기 다른 주체가 일으키는 각기 다른 행동의 누적으로 역사가 구성된다는 것이다. 이처럼 '상황으로서의 역사'는 국가로 환원되지 않는 역사 주체를 설정하여 그로 하여금 말하게 함으로써 연대기적 역사의 틈을 만들어 낸다.

식민지 역사는 왜 실존인물들의 입장에서 다시 재현되어야 했을까? 이에 답하기 위해서는 한일협정이 당시 작가들에게 가져다준 심대한 충격을 다시 상기할 필요가 있다. 한일협정은 식민지 역사 문제가 수면 위로 올라온 계기가 되었다. 그런데 당시 군사정권이 이 문제를 다루는 과정에서 경제논리를 앞세워 이를 일방적으로 처리함으로써, 결과적으로 개별 주체의 식민지 경험과 그 기억을 억압하게 된다. 그리하여 이 문제는 개별 주체가 각기 자신이 안고 있던 복잡다단한 식민지 경험에 직면해야 하는 상황으로 바뀌게 되는데, 이 과제를 수행하기 위해서는 일정한 우회가 필요하였다. 우선 식민지 역사 문제를 다양한 심급의 주체가 직면해야 할 문제로 전환하는 과정이 필요하였고, 식민지 역사와 같은 조건에 놓여 있던 1960년대 현실을 미래에 대한 기대로 전환해야 했다. 「1기 졸업생」 연작이 재현하고 있는 역사와 이를 통한 1960년대 현실 비판은 이를 위해 거쳐야 했던 우회로였던 셈이다.

「1기 졸업생」 연작은 여기에서 한 걸음 더 나아간다. 식민지 역사 문제를 '청산'에서 '극복'으로 전환하고 있다는 점에서이다. 식민지 역사를 '청산'한다고 할 때 이는 역사를 과거 시점의 문제로 파악할 뿐 이

---

32) 「1기 졸업생 1」, 앞의 책, 252쪽.

를 미래를 향한 기대로 열어놓지 못한다. 그런데 「1기 졸업생 1」은 식민지 역사 극복의 문제를 분단체제 인식으로 확장하고 있다는 점에서 역사를 미래로 열어 놓는다.

「1기 졸업생 1」에서 송진우와 여운형이 해방 정국의 일을 놓고 논쟁을 벌이고 있을 때 박헌영이 들어와서, 남쪽의 반대운동을 지지하는 북쪽의 군중대회가 더 굉장하게 벌어지고 있다는 소식을 전해준다. 한일협정 반대운동이 한창 일어나는 상황에도 작가의 눈은 남쪽과 북쪽을 함께 조망하고 있음을 볼 수 있다. 뿐만 아니라 이 세 사람이 시위 광경을 보고 있는 자리에 김구에 대한 소식이 전해진다. 그가 삼천리 강산이 흘리고 있는 땀을 혼자 감당하느라 말을 잃어버렸다는 것이다. 이들 인물들은 식민지 역사의 실존인물인 동시에 해방 정국에서 좌익과 우익의 입장을 대변한다. 또 분단이 고착되는 과정에서 유명을 달리한 비운의 정치가들이었다. 따라서 이들 개인의 입장에서 역사를 재현하는 것은 분단체제의 기원을 탐색하는 과정이 된다.

「1기 졸업생」 연작은 역사 주체의 행위 범주를 벗어나는 역사의 규정력을 재현해 놓으면서도, 이를 분단 극복의 방향으로 열어놓고 있다는 점에서 역사에 대한 회의주의를 넘어선다.

> 두 노인은 뒷문을 열고 나갔다. 앞문 밖에는 요즈음의 고양이 눈 뒤집어지는 듯한 시세가 밀려가고 있었으나, 뒷문 밖에는 높은 절대의 산이 있어 오랜 이 바닥에서의 시세의 줄기를 한눈에 볼 수가 있는 것이었다. 그 중턱에 김구 노인이 있다는 것이었다.[33]

앞문 밖으로 밀려가는 시세와 뒷문 밖의 절대의 산이 대비되는 장면은 「1기 졸업생」 연작의 의도를 단적으로 표현해 준다. 절대의 산이란

---

33) 「1기 졸업생 1」, 앞의 책, 260-261쪽.

결국 1960년대 현실 비판의 준거가 되는 역사의 규정력이 아니고 무엇이겠는가. 그리고 그 중턱에 있는 김구 노인의 존재는 식민지 역사를 분단 극복을 향한 미래로 열어놓고자 하는 작가의 역사의식을 보여주는 것이라 할 수 있다.

### ② 환멸로서의 역사

이제 「총독의 소리」가 의도한 식민지 역사 극복의 논리를 검토할 차례이다. 이 지점에서 총독의 소리를 듣는 이, 즉 시인을 설정한 이유가 무엇인지 살펴보아야 한다. 총독의 담화가 끝나고 '여기는 총독의 소리입니다'라는 방송의 알림이 있은 후, '시인' 혹은 '그'가 모습을 드러내는데, 이는 매우 갑작스럽다. 이러한 갑작스러움은 총독의 담화 부분과 이를 듣고 있던 시인에 대해 서술하는 부분이 서로 이질적인 어조를 띠고 있는 데에서 생겨난다. 총독의 담화가 식민주의적 수사를 동원한 풍자와 계몽의 목소리로 이루어져 있다면, '시인'을 서술하는 대목은 지루한 중얼거림, 혹은 끝없이 이어지는 상념을 연상시킨다. 또 총독의 담화에서 총독을 비롯한 모든 행위 주체는 민족국가였는데, 이 부분에서 비로소 개별성을 지닌 주체가 등장한다. 따라서 이 대목에서 관심의 대상이 되는 것은 집단 주체인 민족국가와 개별 주체인 시인 사이의 관계 설정 문제라 할 수 있다.

시인에 대한 서술은 매우 모호하고 뜻이 닿지 않는 장광설로 이루어져 있다. 이 서술이 시인에 대해 알려주는 확실한 것은 시인이 총독의 담화를 들었다는 것, 그리고 이제 더 이상 '소리'가 들리지 않는 어둠 속에서 도시를 바라보고 서 있다는 것 뿐이다.

방송은 여기서 뚝 그쳤다. 시인은 어둠을 내다보았다. 그리고 창틀을 꽉 움켜잡으며 귀를 기울였다. 그 소리는 더는 들리지 않았다. 넝마를 입었으면서 의젓해 보이려고 안간힘하는 자기를 사랑하면서 거기에 엿보이는 허영을 부끄러워한다는 데 무슨 구원이 있는가고 물을 만한 힘을 가지고 있는 것을 저주하면서 진창에 떨어진 백조라고 자신을 꾸미고 싶어하는 마음에 매일 날에날마다 깊은 밤 피흐르는 매질을 가하면서 (중략) 이런 모든 것을 알기 때문에 그곳으로 가야 할 사람들과 그 자신이 살고 있는~이 도시를 바라보면서 오래오래 서 있었다.[34]

'넝마를 입었으면서 의젓해 보이려고 안간힘하는 자기'로부터 시작하는 장광설은 4쪽에 걸쳐 이어져 있다. 자기 반영적 진술로 보이는 이 장광설은 그러나 시인에 존재에 대해 의미 있는 정보를 담고 있지 않다. 총독의 담화가 적대 관계를 내포하고 있는 이데올로기 담화이므로 그것을 듣는 시인이 이에 대한 특정한 태도를 표명하는 것은 당연해 보이는데, 그럼에도 불구하고 이 서술은 시인은 누구인지, 시인이 이 담화에 대해 어떤 태도를 지니는지에 대해 거의 아무 것도 알려주지 않는다.

시인의 존재는 「주석의 소리」에서도 같은 방식으로 드러난다. 앞에서 살펴본 것처럼 「주석의 소리」는 풍자를 통한 적대 관계를 드러내지 않는다는 점에서 「총독의 소리」와 그 담화적 성격이 다른 데도 불구하고, 이 서술이 시인을 같은 방식으로 드러내고 있다는 점은 의미심장하다. 이러한 시인의 태도는 특정한 민족국가에 편입되기를 거부하는 것이면서, 더 나아가 어느 특정한 민족국가에 편입되어야만 하는 근대의 조건 자체에 환멸감을 표현한 것이라 할 수 있다. 시인은 민족국가의 경계 지점에 서 있으면서 민족국가가 인간의 조건이 되는 근대의 질서를 벗어나고자 하지만, 이것이 불가능하다는 점을 통찰하며 환멸을 경

---

34) 위의 책, 101-105쪽.

험하게 된다.

> 방송은 여기서 뚝 그쳤다. 시인은 창으로 걸어가서 밤을 내다보았
> 다. 헛된 소망이 아닌가 하고 자기의 소망에 섞여 들었을지도 모르는
> 허영을 부끄러워하면서 그러나 자기에게 책임이 있을 리 없는 목숨의
> 씨앗의 운명을 용서하면서 (후략)[35]

「주석의 소리」에도 시인에 대한 서술은 매우 장황하게 이어진다.
이 장광설은 의미가 닿지 않는 기표들의 놀이로 채워져 있고, 첫 부분
과 마지막 부분에서만 의미가 통하는 내용이 제시되어 있다. 위의 인
용문은 첫 부분인데, 여기에 자신의 소망이 헛된 소망이 아니었는지,
그리고 그 속에 허영이 섞여 있지 않은지에 대한 자기 성찰적 진술이
드러나고 있다. 이때 '소망'이란 주석의 담화에서 드러나는 것처럼 정
부와 기업인, 그리고 국민이 각기 자신의 역할을 다함으로써 근대 민
족국가의 면모를 갖추는 것이다. 이것이 헛된 소망인 이유는 이미 제
국에 의해 근대적 질서가 갖추어진 상황에서 후진국은 매우 불리한
조건에서 경쟁하지 않으면 안 되기 때문이다.[36] 시인의 환멸은 이처
럼 후진국이 처한 어려움을 알고 있으면서도, 현재의 질서가 민족국가
를 단위로 생존해야만 하는 상황이므로 자신이 속한 민족이 민족국가
의 면모를 온전히 갖추기를 소망하지만, 그것은 헛된 소망일뿐이라는
것을 통찰하는 데서 비롯된다. 따라서 장광설은 민족국가 사이의 적
대적 욕망으로부터 벗어날 수 없는 개별 주체의 정체성을 보여주는
것이라 할 수 있다.

이런 시인의 환멸은 식민지 역사 극복으로서의 의미를 지닐 수 있

---

35) 최인훈, 「주석의 소리」, 『총독의 소리 : 최인훈전집 9』, 앞의 책, 59쪽.
36) 「주석의 소리」에서 주석은 후진국이 처한 특별한 난관을 10가지로 열거하고 있다.
   위의 책, 49-50쪽.

을까? 이 물음에 대해서는 하나의 가능성으로만 답할 수 있다. 이런 시인의 설정이 민족국가에게 귀속된 식민지 역사와 다른 지점에 서 있다는 것, 그리고 민족국가 주체가 된 역사에 환멸을 표현하고 있다는 것은 그 자체로 역사 극복의 가능성을 제시한 것이라 할 수 있다.

## 3. 65년체제 성립기의 학병 서사

### – 이병주의 『관부연락선』 –

### 『관부연락선』이 놓인 자리

릴라 간디는 '포스트식민적 기억 상실'이라는 개념을 통해 신생 독립 국가에서 나타나는 '식민 과거를 망각하려는 욕망'을 포착한다. 식민지 로부터의 해방 후 독립국가가 출현하는 과정에서, 역사를 스스로 창안 하려는 충동이나 새롭게 출발하려는 욕구의 징후로서, '망각하려는 의 지'가 나타나는데, 이를 '포스트식민적 기억 상실'이라고 개념화하였다. 포스트식민적 기억 상실은 신생 독립국가의 출현 과정에 보편적으로 드러난 현상이지만, 우리의 경우 학병 경험에서 특징적으로 나타났다. 학병 경험은 신생 독립국가의 건설 과정에서 어떻게 의미화 될 수 있었 을까? 그것은 '실로 기괴한 역설적 경험이자 자기모순성의 경험'[37]이었 기에 해방의 역사 경험으로 수렴되기에 극히 곤란한 것이었다.

해방 직후 학병 경험자들은 '학병동맹'을 결성하여 『학병』 등 매체를 통해 집단 정체성을 만들어 내었는데, 이때 학병에 지원할 때의 개개인 의 복잡다단한 사정은 망각되고, 민족 수난의 희생양이라는 획일화된 집단 기억이 만들어 지게 된다.[38] 이 집단 기억에서 '학병'은 일본이라 는 거대한 적대자와 이 적대자를 위해 총을 들어야 한다는 모순된 상 황, 조선 민족의 나약함에서 비롯된 선배들의 악덕, 그리고 이러한 상 황에 내몰린 청년들의 거룩하고 순수한 희생이라는 실존적 울림이 내 포되어 있었다. 『학병』 창간호에 실린 임화의 시는 학병의 경험을 실

---

37) 김윤식, 『일제말기 한국인 학병세대의 체험적 글쓰기론』, 서울대학교출판부, 2007, 6쪽.
38) 최지현, 「학병의 기억과 국가」, 『한국문학연구』 32, 2007.

존적 울림으로 표현하고 있다.

> 외로움이 / 죽엄보다 무서운밤 //
> 그대들은 敵과 / 敵의 敵이 널닌 / 망망한 들가에 / 奇蹟처럼 / 위태
> 로히 서서 / 절망가운데 / 용기를 깨닷는 / 祖國의 속삭임을 / 들었으
> 리라 //
> 죽음도 삶도 없는 / 마음의 한가닥 길우 / 죽은 사람도 없고 / 산 사
> 람도 없이 / 고시란히 그들은 / 어머니 아버지 나라로 도라 왔다 // [39]

65년체제의 성립으로 이제 학병의 기억은 다시 환기되어야 했다. 학병 경험이 식민지와 식민 제국의 경계에서 발생한 모순성의 경험이었다면, 포스트식민적 기억하기로서의 학병 서사는 이러한 모순을 그대로 내장한 것으로 구성되어야만 했다. 그것은 학병의 경험을 '민족의 희생양'이라는 집단의 기억으로 환원하지 않고 개인의 복잡하고 내밀한 실존을 드러내는 것이어야 했다.

65년체제 이후 다수의 학병 수기가 발표되었다. 신상초의 『탈출』(1966), 장준하의 『돌베개』(1971), '1·20 동지회'가 펴낸 학병수기집 『청춘만장』(1973) 등이 그것이다. 이 기록물들이 '65년체제'의 성립과 직간접적으로 연결되어 있다는 점은 기록물의 발표 시기와 지면 등을 통해 추론할 수 있다. 신상초의 『탈출』은 『신동아』에 '일군탈출기'(1964. 9), '중공탈출기'(1965. 3), '북한탈출기'(1966. 3)등 자서전적 수기 3부작으로 연재된 것을 단행본으로 출간한 것이다. 『신동아』는 1964년 복간되어, 한일국교수립을 계기로 한국근대사 관련 특집 기사와 식민지 시기를 배경으로 한 역사소설을 집중 연재한 바 있다. 한편 『청춘만장』을 펴낸 '1·20 동지회'는 1962년 결성, 학병 경험자들의 목소리를 대변하여, 1964년 『한국일보』에 「그로부터 19년-한국출전학병

---

39) 임화, 「학병 도라오다」, 『학병』 창간호, 1946, 13-14쪽.

의 수기」를 기획 연재하였다. 이 연장선상에서 『청춘만장』이 간행된다. 이 기록물들 역시 65년체제가 가져온 기억의 위기를 극복하기 위한 시도라 할 수 있다.

『관부연락선』 역시 이들 학병 수기와 인접한 자리에 놓여 있다. 『관부연락선』은 65년체제 성립기인 1968년 4월부터 1970년 3월까지 『월간중앙』에 연재되었고, 1972년 단행본으로 출간되었다. 한편 『관부연락선』은 이들 학병 수기가 학병을 기억하는 방식과 다르다. 위의 기록물들은 65년체제의 성립이 가져온 기억의 위기에 맞서 '저항의 서사' 혹은 '민족의 서사'를 강화하는 방식으로 기억을 재구성하고자 한 반면 『관부연락선』은 집단 정체성 혹은 집단의 기억으로 포착되지 않는 모순성의 경험을 드러내고 있기 때문이다.[40]

지금까지 『관부연락선』에 대한 연구는 이 작품에 나타난 학병세대의 내면 의식에 거듭 주목하였다. 강심호는 이 작품의 제목이기도 한 '관부연락선'에서 '일본을 향한, 근대를 향한 한국 청년들의 열망의 상징이자 식민지인으로서의 자의식을 자학하는 모멸의 상징'을 동시에 읽어낸다. 그리고 이를 '학병세대의 정신적 상징물'로 보았다.[41] 김외곤은 학병 세대의 의식을 '자부심과 수치심의 공존'으로 파악하였다. 학병 경험자 대부분이 '일본에서 근대적 교육을 받은 엘리트였던 만큼 그들만의 독특한 자부심'을 가질 수 있었으며, 다른 한편으로 '침략자인 황군(皇軍)의 일원이었기에 해방된 조국에서 말할 수 없는 부끄러움을 가질 수밖에 없었다'는 것이다.[42] 한편 김윤식은 이 작품을 학병 세대

---

40) 이봉범, 「잡지미디어, 불온, 대중교양 – 1960년대 복간 『신동아』론」, 『한국근대문학연구』 27, 2013; 이봉범, 「일본, 적대와 연대의 이중주」, 『현대문학의 연구』 55, 2015; 조영일, 「학병 서사 연구」, 서강대 박사논문, 2015, 69-70쪽 참고.

41) 강심호, 「이병주 소설 연구 : 학병 세대의 내면 의식을 중심으로」, 『관악어문연구』 21, 2002, 200쪽.

의 글쓰기의 결과물로 보아 여타 학병 기록과의 연관 속에서 살폈는데, 이에 따르면『관부연락선』은 '학병으로 탈출하지 않고 견딘 부류를 대변하는 글쓰기'로서, '이병주=나=유태림'의 도식을 통해 내면의 복잡성을 드러낸 작품이다.[43]

이 글은『관부연락선』이 학병세대의 이중적 의식을 드러내고 있다는 점에 대해 앞의 연구들과 같은 입장에 서되, 이러한 이중적 의식의 의미를 65년체제의 성립이라는 시대적 배경 속에서 새롭게 규명하고자 하는 시도이다. 이 글은『관부연락선』을 65년체제의 성립에 대한 대응으로 새롭게 쓴 학병서사로 규정하고,『관부연락선』이 담고 있는 서술 형식의 중층성과 역사 경험의 양가성을 포스트식민적 기억하기의 결과로 해석하고자 한다.

## 중층적 서술을 통한 학병 기억의 재현

### ① '자아 가립(假立)'의 구조와 '편지'라는 메타포

『관부연락선』의 서사는 하나의 액자 이야기와 두 개의 액자 안 이야기로 이루어져 있다. 액자 이야기는 화자인 '나'가 1960년대 말 현재 시점에서 일본인 E에게서 유태림의 안부를 묻는 편지를 받는 데서 작품이 시작된다. 또 이 편지에서 언급되는 유태림이 E에게 남겼다는 글('유태림의 수기')이 하나의 액자 안 이야기가 되고, E의 요청에 따라 '나'가 유태림의 해방 후 행적을 기록한 글이 또 다른 액자 안 이야기가 된다. 이런 액자 형식을 통해 작품은 여러 겹의 시간을 교차시킨다. 즉

---

42) 김외곤,「이병주 문학과 학병 세대의 의식 구조」,『지역문학연구』 12호, 2005, 19쪽.
43) 김윤식,『일제말기 한국인 학병세대의 체험적 글쓰기론』, 서울대학교출판부, 2007, 38-43쪽.

식민지 초기의 저항, 식민지 말기의 동경, 그리고 해방기의 좌우 대립, 마지막으로 소설의 현재 시점인 1960년대 후반이 서로 교차되면서, 학병 세대의 경험과 내면이 드러나게 된다. 『관부연락선』이 이처럼 복잡한 형식을 지니게 된 것은 망각된 학병의 기억을 다시 환기하는 일이 그만큼 어려운 과제였음을 보여주는 것이라 할 수 있다.

『관부연락선』의 이야기는 화자인 '나'가 일본에서 온 편지를 받는 데서 시작된다. 삼십 년 전 일본 동경의 어느 사립대학 동기동창이었던 E에게서 온 편지가 그것이다.

> 한통의 편지가 고향에서 전송(轉送)되어 왔다. 일본에서 온 것이었다. 편지의 발송인은 E. 도가 강한 안경의 그늘에 자학적으로 빛나는 눈, 엷은 입언저리에 얼어붙은 고집, 언제나 한줌 가량의 머리털이 앞이마에 헝클어져 있는, 차가운 흰 빛깔의 어느 모로 보나 일본인일 수밖에 없는 조그마한 얼굴이 선명한 윤곽으로 일순 뇌리를 스쳤다. 바로 그 E라는 것을 의심할 수 없었다. 이렇게 30년 가까운 세월의 저편에서 돌연 과거가 찾아든 것이다.[44]

편지는 삼십 년 동안 망각되어 온 과거를 기억의 수면 위로 끌어낸다. 이 편지를 받은 화자의 태도는 의미심장하다. '세월의 저편에서 돌연 과거가 찾아든 것'이라는 데서, 망각의 깊이와 그것이 뜻하지 않게 기억으로 환기되는 순간의 놀람을 동시에 읽을 수 있다. 『관부연락선』의 화자가 경험한 이 망각과 기억의 작용은 한 개인의 것이 아니다. 삼십 년 전이라면 화자가 일본 유학을 하던 식민지 말기이고, 편지를 받는 현재 시점은 『관부연락선』이 연재되던 1968년 무렵이라는 점을 떠올려 보면, 『관부연락선』의 시간에는 학병 경험을 둘러싼 식민지의 역사와 65년체제가 새롭게 제기한 포스트식민적 기획이 가로놓여 있는

---

44) 이병주, 『관부연락선』(상), 기린원, 1980, 7쪽.

것으로 보아야 한다.

편지의 내용은 유태림의 안부를 묻는 것이었다. 그런데 유태림에 대한 화자의 감정은 매우 복잡하다.

> 그러나 저러나 유태림이 왜 이곳에서 나타나는 것일까. 잊어버리고 싶은 이름, 거의 망각의 먼지더미 속에 파묻어 버리고 싶은 그 이름이 뜻하지 않은 엉뚱한 방향에서 고개를 쳐들고 나타났다는 느낌이 나의 가슴을 억눌렀다. 유태림이란 이름만 떠오르면 나의 가슴은 언제나 답답하다.[45]

편지는 잊고 있었던, 잊어버리고 싶던 유태림에 대한 기억을 환기시켜 준다. 유태림은 누구이며, '나'는 어째서 유태림을 잊어버리고 싶어했던가? 망각의 먼지더미 속에 파묻어 버리고 싶은 그 기억이란 무엇인가? 이후 화자가 전해주는 이야기에 따르면, 유태림에 대한 화자의 감정은 그 뿌리가 깊고 복잡하다. 어린 시절 '나'는 대지주 출신의 미소년 유태림에게 열등감을 갖고 있었으며, 그 후로도 '나'와 유태림은 해방 전후 약 10년 동안 늘 곁에 있었지만 민족에 대한 관념에서나, 이념적 입장에 있어서나, 애정적 관계에 있어서 미묘한 갈등을 빚었고, 그때마다 '나'는 유태림에 비해 열등한 상황에 놓여 있었다.

그러나 E의 편지에서 느낀 화자의 복합적인 감정은 이런 개인적인 얽힘에서 비롯된 것만은 아니다. 여기에는 학병세대가 자기 세대의 경험을 기억하고 이를 재현하는 것이 그만큼 어려운 과제였다는 사정이 놓여 있다. 이 점은 해방기 이후 구축된 학병 경험자들의 집단 기억을 경유해야만 그 의미가 드러난다. 학병 경험자들은 해방 후 '민족의 희생양'으로 자신의 집단기억을 구축하였는데, 이러한 집단기억은 학병 경

---

45) 위의 책, 8쪽.

험자 개인의 복잡다단한 실존을 민족이라는 집단의 논리로 환원한 것이
었다. 만약 학병의 경험을 집단의 논리로 환원하지 않고 그 모순성과
복잡성을 오롯이 재현하고자 한다면 그것은 어떤 형식이어야 했을까?

『관부연락선』의 서사 형식은 이러한 맥락에서 이해되어야 한다. 하
나의 액자 이야기와 두 개의 액자 안 이야기를 교차하고 있다는 점, 뿐
만 아니라 이야기를 서술하는 과정에서 때때로 작가와 화자, 그리고 인
물 사이의 목소리를 중첩시키고 있다는 점이 그것이다. E와 유태림, 그
리고 '나'는 모두 개별 인물이지만, 때때로 그 차이가 무화되거나 목소
리가 중첩되면서 모두 작가 자신의 경험을 전달하는 장치가 된다. 이처
럼 『관부연락선』의 작가는 자신의 학병 경험을 전달하기 위해 여러 인
물들의 목소리를 동원하고, 때때로 이들의 목소리를 중첩시키는 서술
전략을 활용함으로써 학병의 기억을 재현하고자 하였다.[46]

이런 서술 형식은 학병 세대가 경험한 자아의 형식에서 연유한다.
『관부연락선』의 주인공 유태림은 식민지 말기 동경 유학시절 자신의
내면을 다음과 같이 표백하고 있다.

> 정직하게 고백하면 나는 일본인뿐만 아니라 같은 동포를 대할 때도
> 진실의 내가 아닌 또 하나의 나를 허구했다. 예를 들면 〈일본인으로서
> 의 자각〉이니 〈황국신민으로서의 각오〉니 하는 제목을 두고 작문을
> 지어야 할 경우가 누차 있었는데 그런 땐 도리없이 나 아닌 〈나〉를 가
> 립(假立)해 놓고 그렇게 가립된 〈나〉의 의견을 꾸미는 것이다. 한데 그
> 가립된 〈나〉가 어느 정도로 진실의 나를 닮았으며 어느 정도로 가짜인
> 나인가를 스스로 분간할 수 없기도 했다.[47]

---

46) 학병 체험을 서술하는 대목에서 '나'와 유태림, 그리고 실제 작가 이병주의 목소리
는 종종 중첩된다. 또 조선의 역사를 찾기 위한 여행담에서 유태림과 'E'의 목소리
는 중첩된다. 김윤식, 앞의 책, 38-64쪽 참고.
47) 이병주 『관부연락선』(하), 기린원, 1980, 195쪽.

동경 유학 시절 유태림은 식민지 조선인이면서도 일본인으로서의 자기를 가립해 놓고 있었으며, 이 두 자아가 착종되어 있어 구별될 수 없는 상태였다. 이러한 자아의 구조는 학병 세대가 경험한 모순성을 단적으로 보여주는 것이라 할 수 있거니와, 이러한 자아의 구조가 『관부연락선』의 서술 형식을 규정하고 있다는 점에서 더욱 주목할 만하다. 『관부연락선』의 서술 층위에서 나타나는 중층성은 여러 층위의 자아를 가립하고 이들의 목소리를 중첩시켜 학병 세대의 경험을 전달하고자 한 것으로, 집단의 논리로 환원되지 않는 학병 경험의 모순성과 복잡성을 재현하기 위한 전략이라 할 수 있다.

이러한 형식의 학병서사에서 E로부터의 편지가 기억을 불러일으키는 동인이 된다는 점은 음미할 만하다. 뒤에 자세히 논의하겠지만, 식민지 역사 찾기에서 유태림과 E는 중첩된 목소리를 전달해주는데, 이때 유태림과 E는 모두 작가에 의해 가립된 자아라 할 수 있다. 이처럼 유태림과 E가 가립된 자아로 동일 주체의 양면을 드러내는 것이라면, 이 편지는 실상 학병 경험 주체의 내부로부터 전해진 것이 아니고 무엇이겠는가. 65년체제의 성립이 학병 경험 주체에게 기억의 위기를 가져다주었다는 점, 이로 인해 다시 환기해야 하는 기억이 식민과 피식민이 착종된 경험이었다는 점, 그리고 이러한 경험은 유태림과 E의 중첩된 목소리를 통해 전달할 수밖에 없었을 것이라는 점을 고려한다면, E로부터의 편지는 '65년체제'에 대한 메타포라 할 수 있을 것이다.

### ② 학병 경험의 재현 불가능성

『관부연락선』에서 학병 경험 자체를 재현한 대목은 그 분량이 많지 않다. 그렇다고 해서 이 대목의 중요성이 낮아지지는 않는데, 그 이유는 『관부연락선』이 담고 있는 수많은 이야기가 모두 학병 지원의 내적 동기 및 학병 이후의 운명으로 수렴되고 있기 때문이다. 학병 지원의 동기와 그 이후의 운명은 결코 일의적으로 드러날 수 없는 모순성의 경험인데, 『관부연락선』은 이를 서술 자아를 중첩시키는 방식으로 재현한다.

『관부연락선』에서 학병의 경험을 재현한 대목을 살펴보면 이 점이 분명해진다. 작품은 유태림의 학병 경험을 서술하는데 이 대목에서 화자인 '나'와 유태림의 목소리를 중첩시킨다. '나'에 의해 서술되는 대목에서 서술대상인 유태림의 내면이 그대로 드러나고 있는 것이다.[48] 이러한 중첩된 목소리는 일반적인 1인칭 소설 형식을 벗어난 것이다. 이를 의식해서인지 이 대목에서 화자인 '나'는 이 이야기가 '유태림에게 직접 들은 이야기, 당시의 유태림을 잘 아는 사람들이 들려 준 이야기들을 내 자신의 체험을 통한 추측을 토대로 종합한 것'이라고 미리 밝혀두고 있다. 일반적인 소설의 형식을 벗어나면서까지 이런 설정을 한 데에는 학병 경험자로서의 작가의 자의식이 내재되어 있는 듯하다. 즉 학병의 경험에 관한 한 작가와 화자, 그리고 유태림이 모두 공유하는 것이므로 외적 진술과 내적 진술을 구분할 만한 사안이 아니었던 것이다. 1945년 1월 1일 눈 내리는 소주(蘇州) 성벽에서 보초를 서고 있던 유태림의 내면은 다음과 같이 진술된다.

> 새벽이라고는 하나 아직 짙은 어둠으로 꽉 찬 하늘에서 소리 없이 휘날려 내리는 눈. 성 밖 호수 건너편에 있는 정거장 쪽에서 간혹 기관차의 시동하는 소리가 깜박거리는 불빛과 더불어 들려올 뿐, 성 안은 적막한 고요에 싸인 채 있었다. 눈송이가 아로새긴 어둠의 바로에 띄엄 띄엄 전등불이 차가웁게 명멸하고 있는 죽은 듯 고요한 거리… 줄잡아

---

48) 조영일도 이러한 서사 형식에 주목하였다. 그에 따르면 『관부연락선』은 '학병세대의 문제의식이 내용만이 아니라 서사형식으로까지 구현되고 있는 거의 유일한 작품'이다. 조영일, 앞의 논문, 188쪽.

60만 인의 잠이 눈 날리는 새벽의 고요를 이루고 있다는 사실에 태림의 의식이 미치자 빙판을 이룬 듯한 태림의 뇌수 한구석에 불이 켜지듯 보들레르의 시 한 구절이 떠올랐다.

〈너희들! 짐승의 잠을 잘지어다?〉[49]

보초를 서고 있는 유태림이 보들레르를 떠올리는 장면은 낯설게 다가온다. 이 낯섦은 학병 경험이 민족 집단의 논리를 따라 재현되지 않을 때 그것은 근본적으로 재현될 수 없음을 말해주는 것은 아닐까? 학병으로 전장에 나가서 보초를 서고 있었다는 것은 학병의 정체성과 무관하게 재현될 수 없는 것이었다. '민족의 희생양'이라는 규정을 따르지 않고 이 경험을 재현하기 위해 『관부연락선』은 보들레르를 끌어오고 있는 셈이다. 이때 유태림의 실존은, 그리고 이러한 학병 경험은 무엇이었을까?

화자인 '나'는 유태림의 학병 경험을 학병 시절의 유태림과 상해 시절의 유태림으로 나누어 전하고 있다. 학병 시절 유태림의 경험은 안영달과 허봉도 등과 관련된 에피소드로 이루어져 있다. 공산주의자였던 안영달과의 논쟁, 허봉도의 탈출 시도와 실패의 이야기가 그것이다. 종전 후 상해 시절의 이야기는 요약적으로 제시되어 있다. 유태림이 더 이상 무기를 들지 않고 어떠한 정당에도 들지 않겠다는 스스로 세운 원칙에 따라 순수한 우의로써 수백 명을 이끌고 귀국한 이야기이다. 이들 이야기는 학병의 경험을 재현한 것이지만, 학병으로서의 유태림의 실존에 닿지 못하는 주변적인 이야기라는 점에서, 학병 경험의 재현 불가능성을 역설적으로 보여준다.

한편 학병 경험담을 재현한 대목에서 『관부연락선』은 소설로서의 관습을 파괴하면서까지 이야기의 등장인물이 실존인물임을 밝히고 있

---

49) 『관부연락선』(상), 앞의 책, 109쪽

다는 점도 주목할 만하다.

註 : 본문 중, 이름을 바꿔 놓았지만 이 안(安)이란 인물은 6·25 전후
를 통해 묘한 역할로서 역사에 등장한 실재인물이다. 그는 귀국하자 조
선공산당에 가입, 당 간부로 활약하다가 6·25 몇 달 전에 체포되어 전
향하고 이주하김삼용을 잡아 대한민국의 관헌에 넘겨주었다는 사실이
오제도라는 검사가 쓴 〈붉은 군상〉에 기록되어 있다.50)

註 : 허봉도는 나도 잘 아는 친구다. 귀국해서 한동안 소강상태(소강
상태)에 있었으나 6·25동란 대 완전히 발광(發狂)해 버렸다. 그후 자기
집 골방에 처박혀 있었다고 들었는데 지금 현재 그 생사는 모른다. 오
오모리 부대의 7명 탈주자 가운데 지금 필자가 소식을 알고 있는 사람
은 성동준(전 문교부 차관), 박영(香港총영사), 최용덕(전남 순천 모병
원 사무장) 이상 세 사람이다.51)

두 인용에서 주석은 작가 자신의 것인지, 아니면 소설에서 유태림의
학병 시절 이야기를 전해주는 화자의 것인지 불분명하다. 허봉도에 대
한 주석에서 '나'는 화자임에 분명하지만, 그 뒤 이어지는 기록은 소설
의 이야기와는 상관없는 실제 사실을 기록하고 있는 것처럼 보인다. 이
대목에서도 유태림과 화자, 그리고 작가인 이병주는 서술의 주체로 중
첩되어 있는 것으로 보인다. 이런 방식의 서술은 유태림의 학병 경험을
한 개인의 것이 아니라 학병 세대 전체의 것으로 확장시키기 위해 선택
된 것이라 할 수 있다.52)

결국 학병을 기억하고 재현하는 일은 지원동기에 대한 물음으로 되

---

50) 위의 책, 98쪽.

51) 위의 책, 108쪽.

52) 김윤식은 '나'와 유태림이 둘다 지리산 밑의 같은 지방 출신이며 일본유학생이며 또
한 학병에 끌려갔고, 중국전선에 배치되어 해방된 뒤에야 귀국했고, 귀국 직후 C고
등학교에 몸담았다는 점을 들어 이 둘을 동일 인물이라고 지적하였다. 김윤식, 앞
의 책, 122쪽.

돌아올 수밖에 없다. 『관부연락선』의 서사는 궁극적으로 이 물음에 대한 대답이라 할 수 있다. 실제로 작품 곳곳에서 학병 지원동기를 직접 밝히고 있기도 하다.

(가) 유태림은 자기가 일본 병정을 지원하지 않을 수 없었던 동기를 세 가지로 분석하고 있었다.
하나는 서경애의 사건. 유태림이 서경애가 붙들려간 사실을 안 것은 그 일이 있고 열흘 쯤 후였다. (중략) 태림은 자기 힘으로선 어떻게 할 수 없는 사건에서 받은 충격으로 자포자기의 상태에 있었다. 어떤 수단으로든 무슨 탈출구를 찾지 않으면 견디지 못할 그런 상태에 있었다.[53]

(나) 병정은 그저 병정이지 어느 나라를 위해, 어느 주위를 위한 병정이란 것은 없다. 죽기 위해 있는 것이다. 도구가 되기 위해 있는 것이다. 수단이 되기 위해 있는 것이다. 영광을 위한 재료가 되기 위해 있는 것이다. 무엇을 위해 죽느냐고 묻지 마라. 무슨 도구냐고도 묻지 말 것이며, 죽는 보람이 뭐냐고도 묻지 말아야 한다. 병정은 물을 수 없는 것이다. 물을 수 없으니까 병정이 된 것이며 스스로의 뜻을 없앨 수 있으니까 병정이 되는 것이다. (중략)
운명… 그 이름 아래서만이 사람은 죽을 수 있는 것이다.[54]

위 두 인용은 유태림의 학병 지원동기를 드러낸 부분이다. (가)는 작품의 초반부 학병 경험을 재현한 대목에, (나)는 작품의 결말부의 유태림이 마지막으로 E에게 보낸 편지에 드러나고 있다. 위 인용문에 드러난 지원동기는 서술 방식이 서로 다르고 따라서 서로 다른 의미망을 지닌다. 서술 방식으로 보자면, (가)는 화자인 '나'에 의해 외적으로 서술되는 데 반해, (나)는 유태림의 내면의 목소리로 서술되고 있다. (가)의 지원동기가 보다 직접적이고 산문적이라면, (나)의 지원동기는 실존

---

53) 『관부연락선』(상), 앞의 책, 121쪽.
54) 『관부연락선』(하), 앞의 책, 369-370쪽.

적이고 시적이다. 그러나 이 둘을 합하더라도 학병 지원의 이유를 다 말했다고 할 수 없다. 서경애가 체포되었다는 것, 그로 인해 자포자기 상태에 빠진 것이 학병 지원의 이유일 수 있을까? 학병 경험이 운명이었다고 할 때 그 운명의 얼굴은 무엇이었을까?

이 물음은 학병 경험자에게 학병은 무엇이었는가에 대한 내면의 답을 요구하는 것이기도 하다. 그러나 학병 경험자에게 있어 학병 지원의 동기가 무엇이었는지, 학병에서 귀환하여 신생 대한민국의 국민이 된 당신은 누구인지는 논리적으로 답할 수 있는 것이 아니었다. 유태림이 보들레르를 떠올리는 사정은 식민지 말기 동경 유학생 유태림이 누구였는지, 학병에서 귀환한 유태림이 역사의 소용돌이 속에서 결국 어떤 운명을 맞게 되는지와 결부되어 있다. 『관부연락선』은 이 물음에 답하기 위해 멀고 먼 서사의 우회를 거치게 된다.

### 학병세대의 역사 경험

#### ① '상호성'으로서의 식민지 역사 찾기

『관부연락선』의 액자 안 이야기인 '유태림의 수기'는 유태림이 관부연락선의 상징적 의미를 통해 한반도와 일본과의 관계를 정리해 보겠다는 의도로 쓴 것으로, 1938년 10월 영국과 프랑스 여행에서 느낀 감회를 기록한 글에서부터, 학병으로 출정하기 직전인 1943년 11월에 E에게 보낸 편지까지, 모두 5편으로 나누어져 있다. '유태림의 수기'는 주제와 형식이 다소 산만하지만, 유태림과 E의 식민지 역사 찾기가 중심 줄거리를 이룬다.

유태림과 E가 찾아 나선 역사는 식민지와 식민 제국의 경계에서 펼쳐진 역사이다. 유태림과 E는 일본과 한반도의 관계를 파악하기 위해 한일합방 무렵 자료를 읽으면서 송병준의 행적을 쫓다가, 대한매일신보 기사를 통해 '원주신'의 정체에 관심을 갖게 된다. '원주신'은 1909년 12월 송병준을 주살할 목적으로 일본으로 갔다가 실패하고, 현해탄을 건너던 중 관부연락선에서 투신한 인물이다. 유태림과 E는 이 '원주신'의 정체를 찾아 일본 도쿄에서 교토를 거쳐 시모노세키로, 시모노세키에서 부산, 경성으로, 그리고 다시 일본으로 돌아오는 역사 찾기 여행에 나서게 된다. 이 역사 찾기의 끝에서 유태림과 E는 조선에서 통역을 지낸 사꾸라이 노부오라는 노인을 만나, 원주신이 유생들이 결성한 비밀결사였다는 사실을 확인하게 되고, 사꾸라이 노인이 통역했다는 의병대장 이인영에 관한 기록을 읽게 된다. 이처럼 유태림의 역사 찾기가 송병준에서 시작하여 이인영에게서 마무리된다는 점은 의미심장하다. 유태림과 E가 읽은 자료에 따르면 송병준은 가장 비열한 자이지만 역사는 그가 원했던 방향으로 전개되었던 반면, 이인영은 가장 위대한 인물이었음에도 불구하고 그의 창의(倡義)는 결국 실패하였고 역사의 흐름을 되돌릴 수 없었다. 이러한 역사 아이러니에 대한 통찰은 인간의 비열함이나 위대함 같은 도덕적 가치가 더 이상 역사의 목적론으로 기능할 수 없다는 허무주의와 이어져 있다.[55]

문제는 이 역사 찾기에서 역사를 구성하는 시선이다. 유태림과 E의 역사 여행에서 식민지 조선의 역사는 이 둘이 중첩된 시선으로 재구성

---

55) 역사 허무주의는 역사를 '끊임없는 사건의 연속'으로서 '시작도 종말도 없으며, 기원과 목적도 없는 흐름'으로 보고 '모든 목적론을 거부'하는 태도로 규정할 수 있다. 고드스블롬, 『니힐리즘과 문화』, 문학과지성사, 1988, 42쪽, 51쪽 참고; 한편 이병주의 역사 허무주의에 대해 주목한 연구로 다음을 들 수 있다. 이병주의 사상에 대해 김윤식은 스페인 인민전선에 영향을 받은 '회색의 사상'으로, 강심호는 '에뜨랑제의 허무주의'로 규정하고 있다. 김윤식, 「작가 이병주의 작품세계」, 『문학사상』, 1992. 5; 강심호, 앞의 논문, 201쪽.

된다. 여기에서 E의 시선은 무엇일까? 식민지 역사 찾기에서 왜 E의 시선이 유태림의 시선과 중첩되는가? 여기에서 다시 '자아의 가립(假立)'을 환기하게 되거니와, 이러한 시선의 중첩은 식민지인과 식민지 제국과의 동일시의 흔적이라 할 수 있을 것이다. 유태림과 E가 찾아 나선 역사가 식민지 조선과 일본의 관계에서 발생된 역사라는 점도 의미심장하다. 이 역사에는 식민제국과 식민지의 경계에서 발생하는 착종된 상호성이 드러나게 된다.[56]

> (가) 한일합방은 불가피한 일이었다. 그렇다손치더라도 송병준 같은 인간의 활약으로 이루어졌다는 것은 한국으로서 치욕이며 일본을 위해서도 불행한 일이라고 생각한다. 이용구·송병준·이완용이 없었다라면 한일합방이 이루어지지 않았으리라곤 생각할 수 없다. 그러나 이런 분자가 없었더라면 이왕 합방이 되더라도 민족의 위신이 서는 방향으로 되지 않았을까 한다.[57]

> (나) 「정열없이 역사를 읽어서도 안 되지만 역사를 읽을 땐 어느 정도 주관을 객관화시키려는 마음먹이가 중요하지 않을까. 군의 덕택으로 일본과 한반도가 합방할 무렵의 자료를 꽤 많이 읽었는데 그 결과 내가 얻은 결론은 이랬어. 송병준이라는 자의 인품이 비열하고 그자가 쓴 책략은 추잡하기 짝이 없지만 그자의 행동 방향, 그 자가 내세운 목적은 옳았다고까진 말할 수 없어도 불가피했던 것이 아니었을까 하고. 결과적으로 그렇게 되어 있지 않나 이 말이다. 다른 방향은 상상할 수도 없거든.」[58]

---

56) 릴라 간디에 따르면, 포스트식민적 기억하기는 식민 조건의 막대한 폭력과 대항 폭력의 저변에 깔린 친연성과 친밀성을 조명할 수 있을 때 가장 성공적이다. 이렇게 보면 『관부연락선』의 식민지 역사 찾기에 드러난 유태림과 E의 시선의 중첩은 식민지와 식민 제국의 상호성의 역사를 드러내기에 적절한 형식이었다고 할 수 있다. 릴라 간디, 앞의 책, 24쪽 참고.

57) 『관부연락선』(상), 앞의 책, 149쪽.

58) 위의 책, 228쪽.

(가)는 유태림의 진술이고 (나)는 E가 유태림에게 한 말이지만, 역사를 바라보는 시선과 역사적 인물에 대한 평가는 완전히 일치한다. 그리고 이렇게 해서 재구성된 역사의 핵심 명제는 '한일합방은 불가피한 일'이었다는 것이다. 이 대목에서 'E'라는 명명법의 효과도 주목할 만하다. 유태림 주변의 조선인 친구는 최종률 등 한국식 이름으로 명명되는 데 반해 일본인 친구는 E 또는 H 등 이니셜로 명명되는데, 이는 사꾸라이 노부오, 카즈에 등 일본인으로서의 정체를 명확히 드러내는 인물에게 일본식 이름을 명시한 것과도 대조된다. 즉 'E'라는 명명법은 일본인의 정체를 전면에 드러내지 않으면서, E의 존재와 그의 관점을 친숙한 것으로 만들고, 궁극적으로 민족을 경계로 범주화된 역사 인식을 넘어서는 시선을 끌어들이기 위한 장치로 볼 수 있다.

　이밖에도 식민지와 식민 제국의 경계를 친숙한 것으로 만드는 장면은 수없이 많다. 유태림이 E와 더불어 조선으로 가는 도중 경도에서 하루를 묵게 되는데, 경도에서의 유태림과 조선에서의 유태림은 대조적이다. 유태림은 조선에 대해서는 '쓸쓸하고 가난한 한국의 풍경과 살림살이'를 떠올리며 가슴아파하지만, 경도에서 그는 '고향으로 돌아간 것 같은 감상'에 젖게 된다. 유태림은 마치 자기 고향을 선보이듯 E를 경도로 데리고 간 것은 기묘하기까지 하다. 경도의 하숙집에서 유태림과 E는 조선인과 일본인의 결혼을 주제로 한 대화를 나누기도 하는데, 이런 대화는 경도가 지닌 분위기와 어울려 조선인과 일본인 사이에 놓인 적대를 이완시키면서 식민지와 식민 제국의 관계를 양가적이고 공생적인 방향으로 열어놓는다. 작품은 유태림과 일본인 여성 사이에서 태어난 아들이 있다는 사실을 밝히고 있는데, 이 점 역시 식민지와 식민 제국의 경계를 친숙하게 만드는 대목이라 할 수 있다.

　식민지 역사 찾기 여행을 하다 말고 유태림과 E는 일본 동북 지역에서 한 여름을 보내는데, 이 여름 동안 이 둘은 랭보의 시에 **빠져든다**. 그런데 이들이 랭보의 시에 **빠져드는** 것과 동시에 이들에게 원주신의 정체를 알려주는 편지가 도착하게 되고, 이 편지가 알려준 정보에 따라 사꾸라이 노인을 만나 의병장 이인영에 대한 문서를 얻게 된다. 작품은 의도적으로 랭보와 이인영을 병치하고 있는 것으로 보인다. 랭보의 시와 의병장 이인영을 병치한 것은 유태림과 E에게 있어 이 둘이 등가임을 보여준다.

> 이인영, 가을, 관동평야, 랭보의 시.
> 〈아아, 어쩌란 권태일까. 안타까운 육신과 안타까운 마음의 시간!〉[59]

이인영과 랭보가 등가일 수 있는 이면의 논리는 무엇일까? 유태림과 E의 중첩된 시선에 의해 이인영은 조선의 의병장이기를 넘어서서 높은 수준의 자기완성에 도달한 한 인간으로 규정된다. 이인영이 마주하고 있었던 식민지배자와 식민지인 사이의 경계는 무화되고, 그것이 무화된 자리에 랭보를 위치시킴으로써 이인영과 랭보는 등가적 존재가 된 것이다. 유태림과 E가 찾아 나섰던 역사, 그리하여 마침내 찾아냈던 역사는 이처럼 한 민족국가의 것으로 수렴되는 역사가 아닌, 식민지와 식민 제국이 겹쳐진 자리에서 형성된 '상호성'의 역사였다.

유태림의 학병 지원은 이러한 역사 인식에서만 설명할 수 있는 것이었다. 문제는 이 역사의 토대가 관부연락선의 침몰과 더불어 무너져 내렸다는 데 있다. 유태림의 E에게 보낸 마지막 편지에서 쓰고 있듯이, 유태림 등이 학병 출정에 나선 것은 관부연락선이었던 콘론마루가 침몰한 지 한 달 후의 일이었다. 이 점에서 콘론마루의 침몰은 학병 세대가 서 있었던 역사적 토대가 무너질 것을 예고하는 상징적 사건이라

---

59) 『관부연락선』(하), 앞의 책, 58쪽.

할 수 있다. 같은 맥락에서 유태림의 친구 최종률의 죽음은 한 사람의 죽음만이 아니다. 학병세대가 서 있던 역사의 죽음인 동시에 학병 세대 전체의 상징적 죽음이 된다. 그리하여 해방기의 유태림은 이제 달라진 지점에서 역사에 관한 물음을 새롭게 제기해야만 했다.

## 학병세대의 해방기 행로와 분단 인식

『관부연락선』의 또 하나의 액자 안 이야기는 화자가 쓴 유태림 전기이다. 이 이야기는 유태림이 학병으로 출정하는 데서 시작하여, 해방을 맞아 상해에서 국내로 귀환하고, 해방 후 모교인 C고등학교 교사로서 좌우 대립과 혼란한 정치 상황을 뚫고 나가다, 6·25동란 와중에 지리산으로 들어가 행방불명되기까지의 과정을 시간 순으로 그리고 있다.

이 이야기가 '유태림의 수기'와 어떻게 연관되는지를 따져 읽는 것은 『관부연락선』의 성격을 규명하는 핵심적인 논점이라 할 수 있다. 우선 서술 형식에 있어서 '유태림의 수기'가 유태림을 일인칭 화자로 설정하여 주관적 시선에서 보여주는 데 반해, 유태림의 해방기 행로를 다룬 이야기는 객관적 화자의 서술로 이루어져 있다는 점에서 이 두 서사는 상호보완적이다. 또 이야기가 다루는 시간에 있어서 이 두 서사는 선후관계를 지니고 있기도 하다.[60] 그러나 더 중요한 문제는 이두 액자 안 이야기 사이의 내적 연관이다.

해방기 유태림의 행로를 요약하면 다음과 같다. 고향인 C시로 돌아

---

60) 정호웅은 이 점에 대해 '유태림의 수기와 유태림의 생애에 대한 증언 두 부분을 교직하는 이 작품의 구성은 해방 전후의 연속성, 그처럼 연속적인 해방 전후 현실과 내내 불화할 수밖에 없었던 유태림의 삶이 지닌 특성을 효과적으로 드러내는 형식'이라고 지적했다. 정호웅, 「해방 전후 지식인의 행로와 그 의미」, 『한국의 역사소설』, 역락, 2006, 123쪽.

와 C고등학교 교사가 된 그는 교사로서 좌우 이념대립에 휘말리지 않고 공부하는 학풍을 세우는 데 힘썼고, 좌우 대립의 와중에 희생되는 학생이 없도록 하는 데 온힘을 기울였다. 한편 이념적 입장에서는 좌익과 우익 사이에서 균형 있는 입장을 취하고자 했다. 계급적 배경으로는 우익일 수밖에 없었지만, 좌익인사와 터놓고 토론하였고, 때로는 자신의 사랑방에 좌익인사와 우익인사가 모여 시국토론을 하기도 했다. 그는 좌익의 모험주의에도 반대했지만, 우익의 단정수립 움직임에도 극구 반대했다. 유태림은 해방기의 좌우 대립의 틈바구니에서 끝까지 자기 삶에 충실하고자 하지만, 결국 전쟁의 소용돌이 속에 휘말려 행방불명되고 만다.

눈여겨 볼 대목은 해방기 유태림의 행로에서 상당 부분이 좌우 이념에 대한 토론으로 채워져 있다는 점이다. 이 작품이 해방기 상황을 이념 토론을 통해 제시한 이유에 대해서는 다음 두 가지로 답할 수 있다. 하나는 토론 형식이 해방기에 제기된 이념 혹은 가치체계의 유효성 내지 현실정합성을 따져 묻는 효과적인 형식이었기 때문이라는 것이다. 이는 해방기 좌익과 우익의 논리 모두가 그 자체로 초월적인 가치를 지니지 못하며 따라서 그 어느 것도 역사의 방향이 될 수 없다는 확인이기도 하다. 다른 하나는 이념 토론이 학병세대의 분화와 파국을 드러내는 장치였다는 것이다. 학병세대로서 경험을 공유한 이들이 좌익과 우익으로 나누어져 모두가 비극적인 운명을 맞이하게 되는데, 이념 토론은 이러한 비극적 운명의 전조인 동시에 그것을 피할 방법은 없었는지에 대한 가정법적 물음을 내포한 것이었다.

여기에서 학병세대에게 해방기 경험이 무엇이었는지, 학병세대가 해방기의 이념 대립과 그 결과로서의 분단을 어떻게 인식하였는지에 대한 물음으로 옮겨가게 된다. 학병세대에게 있어서 자기 세대 사이의 일체감은 그 무엇보다 우선하는 가치였음에 틀림없다. 자신들을 떠받치고 있던 역사가 통째로 무너진 상황에서, 학병에서 귀환한 이들이 자기 세대의 정체성을 확인하는 유일한 길은 학병 경험을 나누어 가진 이들 사이의 일체감일 수밖에 없었기 때문이다. 그러나 해방기는 이마저 불가능한 것으로 만들었다. 유태림이 좌우로 나누어진 옛 동료들 사이에서 이 두 입장을 중재하기 위해 그토록 애를 쓰고 있는 것도, 그리고 그것이 불가능한 것으로 판명되었을 때 가지게 되는 절망도 이런 맥락에서 설명될 수 있다. 이렇게 본다면 유태림의 행방불명은 해방기의 학병세대가 처한 역사적 실존을 보여주는 것이라 할 수 있다. 분단이 점차 고착화되면서 유태림은 이념 대립을 중재하면서 소극적으로 상황과 맞서는 위치를 고수하기 어렵게 된다. 단정수립을 끝끝내 반대하였으며 그렇다고 공산주의자가 될 수도 없었던 유태림이 전쟁 속에서 결국 행방불명된 것은 불가피한 귀결이었다.

『관부연락선』이 표현하고 있는 학병 세대의 분단 인식은 여타의 학병 서사와 구별된다. 신상초의 『탈출』 등이 그리고 있는 학병 탈출은 일제의 억압으로부터의 탈출인 동시에 공산주의로부터의 탈출이기도 하였으며, 따라서 이러한 서사는 이념 대립과 분단 상황을 대한민국이라는 한 국가의 논리로 수용하는 것이었다. 『관부연락선』은 이와 다른 지점에 서 있다. 『관부연락선』은 해방기를 학병 세대 자신들의 분화와 파국의 역사로 그린다. 결국 『관부연락선』이 탐색하고자 한 역사는 민족국가의 역사로 수렴되지 않은 학병세대 자신의 역사였던 셈이다. 이러한 학병세대의 분단 인식은 작가 이병주가 쓴 「조국의 부재」에 잘 반영되어 있다. 학병세대의 분단 인식이 다다른 귀결이 중립통일론이라는 점은 음미할 만하다.

그러기에 어떠한 수단을 써서라도 국토는 통일되어야 한다. 국민의
한 사람의 희생도 이 이상 더 내서는 안 된다.
　이건 분명히 '디렘마'다. 그러나 이 '디렘마'를 성실하게 견디지 못하
는 정신을 우리는 기피한다. 그리고 이 '디렘마'를 풀기 위한 이념의 일
단으로서 한국중립화론이 대두되기도 했다.
　중립 통일이란 이 심각한 '한국적' 현황 속에서 고민에 빠진 젊은 지
성인들의 몸부림이다. 중립통일론은 고민 끝의 하나의 결론이다.[61]

　한편 해방기 유태림의 행로를 그린 액자 안 이야기에서 중요한 한
축을 이루는 것은 서경애와 유태림의 사랑 이야기이다. 서경애는 『관
부연락선』의 두 액자 안 이야기를 이어주는 연결고리이기도 하다. 동
경 유학 시절 서경애는 유태림의 책을 빌렸다가 그 책이 빌미가 되어
일경에 체포되어 복역하게 된다. 서경애는 책의 주인이 유태림이라는
사실을 끝끝내 함구하고 이 때문에 모진 고문을 당하지만 유태림에 대
한 내면의 사랑을 키우는 것으로 이에 맞선다. 한편 유태림은 자신이
이미 결혼한 사람이라는 것 때문에 서경애를 사랑할 수 없다는 사실에
절망하고, 서경애가 일경에 붙들려간 것을 알지만 자신의 힘으로 어떤
일도 할 수 없다는 것 때문에 또 절망한다. 서경애는 해방 후 좌익 운
동가가 되어 여러 차례 유태림을 만나기 위해 C시로 찾아오지만 유태
림과의 이념적 거리를 확인하게 되고, 결국 유태림을 따라 산으로 들어
가 함께 행방불명된다. 이러한 유태림과 서경애의 비극적 사랑 이야기
는 학병세대의 운명에 허무주의적 색채를 더한다.
　서경애와 관련된 이야기는 형식적으로는 결함이 없지 않다. 예컨대,
서경애가 처음 C시로 유태림을 만나기 위해 찾아왔을 때, 서경애가 화
자의 약혼녀인 최영자에게 유태림과 관련된, 그리고 일경에게 체포되
어 고문당한 내력을 밝혔다는 설정은 다소 무리하다. 여기에서 던져야

---

61) 이병주, 「조국의 부재」, 『중립의 이론』, 국제신보사, 1961, 141쪽.

할 물음은 다음과 같다. 이런 무리에도 불구하고 유태림과 이어져 있는 여인, 서경애는 대체 누구인가? 서경애와 유태림의 사랑 이야기의 의미는 무엇인가? 그녀는 유태림의 학병세대로서의 내적 경험을 설득력 있게 제시하기 위해 설정된 가공의 인물이다. 서경애는 자신이 감옥에 있는 동안 유태림이 학병에 지원한 것 때문에 큰 충격을 받게 된다. '조선인 학생 전부가 지원을 해도 유태림 씨만은 그럴 수가 없다'[62]는 것이다. 한편 해방기 좌익운동가로 나선 서경애의 유태림에 대한 비판은 신랄하다. 그녀는 유태림의 교사로서의 행동에 대해, '양심은 없으면서 술책으로만 학생을 사로잡으려는 태도'라며 이를 '타락'으로 규정한다. 그러나 서경애는 유태림을 비판하면서도 그에 대한 사랑을 포기하지 않으며 끝내 유태림을 찾아 사지(死地)로 들어가게 된다.

그러나 이러한 사랑이 현실의 사랑일 수 있을까? 이 지점에서 서경애의 존재, 서경애의 유태림에 대한 사랑은 더 넓은 상징의 영역으로 옮겨가게 된다. 그녀의 존재는 유태림의 학병 지원에 대한 원죄마저도, 그리고 해방기 유태림의 무기력과 절망마저도 지고지순한 사랑으로 감싸안는 것처럼 보이기 때문이다. 이러한 그녀의 사랑으로 인해 유태림의 학병 지원과 해방기 행로는 그녀의 비판에도 불구하고 역설적으로 정당화된다.

이제 『관부연락선』의 이야기는 학병 세대의 동경 유학시절 경험, 학병 지원, 귀환, 그리고 해방기의 행로가 모두 유태림의 행방불명로 수렴되어 학병세대의 운명에 복합적인 의미를 더해 준다. 유태림의 행방불명은 전쟁에 의한 불가항력적인 희생이라는 의미를 넘어 더 큰 영역으로 확장된다. 유태림의 행방불명은 최종률의 죽음과 겹쳐지는 대목에서 일차적으로 학병이라는 원죄에 대한 자기처벌로서의 의미를 지닌

---

62) 『관부연락선』(상), 앞의 책, 64쪽.

다. 동시에 그의 학병 지원과 행방불명이 서경애와의 비극적인 사랑과 겹쳐지는 대목에서는 이념 대립과 분단, 그리고 전쟁의 참화에 대한 대속(代贖)으로서의 희생이라는 의미를 지니게 된다.

# 4. 유년기의 식민지 기억과 그 재현

## - 하근찬과 최인훈의 경우 -

### 유년기 식민지의 기억과 서사의 균열

하근찬과 최인훈은 전후세대 작가로서 같은 시대를 경험한 이들이지만, 작품 경향은 크게 달라 같은 자리에서 논의된 경우는 거의 없다. 두 작가 모두 식민지와 분단의 경험을 작품을 통해 표현하였지만, 하근찬이 '일작품주의'[63]를 고수한 데 반해 최인훈은 식민지와 분단 등 한국의 근대 경험의 모순을 다양한 형식 실험을 통해 드러내고자 했다. 흥미롭게도 1970년대에 이르러 두 작가는 유년기의 식민 경험을 담은 작품을 발표함으로써 한 지점에서 만나게 된다.

식민지 유년기의 경험을 담은 소설의 경우 유년의 경험과 그것을 환기하는 시점 사이의 거리가 형식적 특징이 된다. 특히 유년의 경험이 식민지의 경험인데 반해 이를 환기하는 시점은 해방된 지 20여 년이 지난 시점이라는 점에서, 경험의 주체와 기억의 주체 사이의 분열, 그리고 그로 인해 발생하는 서사의 균열이 드러나게 된다.

하근찬은 1970년대 이후 식민지 말기를 배경으로 한 작품을 발표하였다. 그의 작품은 한국전쟁을 소재로 한 1950, 60년대 작품과 식민지 말기 유년기 기억을 다룬 1970년대 작품으로 크게 나누어지는데,[64] 이

---

63) 하근찬은 자신의 소설의 성격을 '일작품주의'라고 규정한 바 있다. '전쟁을 집요하게 물고 늘어지되, 전쟁을 정면으로 그린 것이 아니라, 시골 소읍이나 농촌을 배경으로 전쟁의 그늘을 그린 것'이라는 설명이다. 하근찬, 「전쟁의 아픔, 기타」, 『산울림』, 흔 겨레, 1988, 4-5쪽.

64) 작가 스스로도 자신의 작품 경향을 6·25를 소재로 한 것과 일제 말엽의 체험을 소재로 한 것으로 나누고, 1969년에 발표한 「낙발」 이후 일제 말엽의 체험에 바탕을

구분은 매우 뚜렷하여 같은 시기에 두 경향이 서로 섞여 있지 않다는 점이 특징이다. 이는 작가에게 있어 유년기 기억을 다룬 소설은 한국전쟁 서사를 경유함으로써만 쓸 수 있었던 사정이 내재해 있었음을 짐작하게 해 준다. 한편, 최인훈은 1970년『두만강』에서 유년기 식민지 기억을 재현하고 있는데, 이 작품은 전통적인 소설의 재현 방식을 따른다는 점에서 그 이전 작품과 구별된다.『두만강』연재 당시 '작가의 말'에 따르면 이 작품은 데뷔작인「그레이 구락부 전말기」보다 앞서 씌어진 처녀작이었는데, 그동안 발표하지 않다가 1970년이 되어서야 발표하게 된다. 그 '사정'에 대해 작가는 다음과 같이 말하고 있다.

> 그 사정 가운데서 순전히 문학적인 그리고 가장 주요하기도 한 사정만을 말한다면 이 소설을 써가면서 처음에 내다보지 못한 국면들이 새롭게 나에게 질문해왔기 때문입니다. 글쓰는 사람이면 으레 겪는 일입니다. 그것들은 어렵고 갈피를 잡을 수 없이 헝클어진 것들입니다.[65]

위 인용문은 유년기 식민지의 기억을 재현하고자 할 때 발생하는 문제를 제기한다. 유년기 기억을 재현하려면 유년기 초점화자를 설정하여 어린아이의 목소리로 이야기를 서술하는 것이 자연스러운데, 이 경우 식민지에 대한 거시적인 조망이 불가능하고, 이 협소한 시야를 벗어나고자 하는 작가의 시선이 끊임없이 개입해 들어오게 됨으로써 서사는 균열되게 된다.[66] 유년기 식민지의 기억을 재현한 하근찬과 최인

---

둔 작품으로 변모하였음을 밝힌 바 있다(하근찬,「전쟁의 아픔, 기타」,『산울림』, 흔겨레, 1988). 한편 그의 작품 연보를 보면,「낙발」이전에도「나무열매」(《사상계》, 1962. 2),「그 욕된 시절」(《문학춘추》, 1964, 10) 등에서 일제 말엽의 체험을 다루고 있음을 확인할 수 있다.

65)  최인훈,「작가의 말」,『하늘의 다리/두만강』, 문학과지성사, 1994, 121쪽.

66) 『두만강』이 완성되지 못한 이유에 대해 작가는 '써 나가는 동안에 자꾸 더 넓은 문맥에서 그것을 봐야만 하겠다 하는 욕심이 계속되었던 때문'이며, 또 발표 당시 잘

훈의 소설은 이 문제를 공통적으로 안고 있는 것으로 보이는데, 이 문제를 다루는 방식은 사뭇 다르다. 하근찬의 소설이 어른의 시선, 즉 식민지 이후의 역사적 시선을 적극 개입시킴으로써 국가주의의 시선으로 유년의 기억을 환기하는 데 반해, 최인훈의 소설은 이를 의도적으로 배제하고자 한다. 이러한 시선의 차이로 인해 두 작가의 소설이 환기하는 식민지 기억이 재현되는 방식도 달라지게 된다.

최인훈의 『두만강』과 하근찬의 1970년대 이후 소설에 대한 논의는 그간 많이 이루어지지 않았고, 대체로 부정적인 평가가 주를 이루었다.[67] 『두만강』은 최인훈 작품을 전반적으로 논의하는 자리에서 부분적으로 언급되었을 뿐 작품 자체로 논의되지 못하였다. 한편, 하근찬의 1970년대 이후 작품의 경우 최근 이를 새롭게 규명하고자 하는 논의가 이어지고 있다. 이들 연구는 하근찬의 소설에 나타난 기억에 주목하면서, 유년기 식민지의 기억 및 전쟁의 기억이 재현되는 양상을 규명하고자 하였다.[68]

이 두 작가가 1970년을 전후로 유년기 식민지의 기억을 재현하고자 한 데는 한일협정이 가져다 준 기억의 위기가 놓여 있는 듯하다. 이 시기는 식민지 경험을 망각하려는 경향으로부터 어느 정도 벗어나 그것

---

라버린 뒷부분은 '소년의 눈으로는 감당하기 어려운 독립운동가가 나타나는 부분' 으로 되어 있었다고 밝힌 바 있다. 이창동(대담), 「최인훈의 최근의 생각들」, 『작가세계』, 4, 1990, 봄, 47쪽.

67) 대표적인 것으로 정희모의 논의를 들 수 있는데, 그는 이 시기 작품에 대해, '소년 시절 겪었던 일제 말엽의 생활상이 체험 그대로 소설의 전면을 차지'하게 되어, '경험의 보고서와 같은 무미건조한 상태를 보이게' 되었다고 평가한다. 정희모, 「1950, 60년대 하근찬 소설 연구」, 『1950년대 한국문학과 서사성』, 깊은샘, 1998

68) 이정숙, 「전쟁을 기억하는 두 가지 방식」, 『현대소설연구』 42, 2009; 류동규, 「식민지 학교의 기억과 그 재현」, 『우리말글』 51, 2011; 한수영, 「유년의 입사형식과 기억의 균열」, 『현대문학의 연구』 52, 2014.

을 기억의 대상으로 인식할 수 있는 시간적 거리를 어느 정도 확보한 시점이었으면서도, 과거 식민 지배자와의 극적인 관계 변화를 받아들일만한 사회적 합의는 이루어지지 못한 시점이었다. 다시 말해 해방 후 신생 독립국가로서 구성해 온 집단 정체성이 결코 안정된 상태의 것이 될 수 없다는 사실이 드러났지만, 이를 대체할만한 새로운 정체성을 어떻게 구성할 것인지에 대해서는 미처 준비되지 못한 불안정한 상황이었던 것이다. 이러한 상황에서 하근찬과 최인훈은 유년기 식민지의 기억을 환기함으로써 새로운 정체성을 구성하고자 한 것으로 이해할 수 있다.

## 유년기 식민지 기억의 공간

유년기 식민지 기억의 공간은 가족과 학교, 그리고 그 주변 등 어린아이의 시선이 미칠 수 있는 영역으로 제한된다. 특히 학교는 어린아이가 식민지 체제와 대면하게 되는 공적인 공간이라는 점 때문에 유년기 식민지 기억을 재현하는 데 있어 가장 중요한 공간이 된다. 이 공간은 대체로 어린아이의 시선으로 그려지지만, 그것이 재현되는 방식에서 하근찬의 소설과 최인훈의 소설은 크게 다르다. 하근찬의 소설이 국가주의의 시선을 적극적으로 개입시켜 유년기 식민지 기억의 공간을 식민지의 차이가 구조화된 곳으로 재현하는 데 반해, 최인훈의 소설은 국가주의의 시선을 가능한 한 배제함으로써 우울과 체념의 정서로 가라앉은 식민지의 일상 공간을 그린다.

하근찬의 1970년대 소설은 시간적으로는 1940년경부터 해방에 이르는 시기를, 공간적으로는 식민지 학교와 그 주변을 배경으로 하고 있다. 1931년 출생하여, 전주 사범학교 1학년이던 1945년, 15세의 나이에 해방을 맞이한 하근찬에게 있어 학교는 식민지 체제를 직접 경험하게 된 첫 계기였을 것이다. 또 그의 부친이 교사이기도 했고, 하근찬 역시 해방 후 교원 생활을 한 데에서 알 수 있듯이, '학교'는 그가 작가로서 이야기를 구성할 수 있는 가장 익숙한 공간이기도 했다. 이 점에서 학교는 하근찬에게 있어서 식민지의 기억이 머물고 있는 공간이 된다고 하겠다.

하근찬의 소설에서 식민지의 기억을 환기하는 공간은 학교와 그 주변의 농촌 마을인데, 작가는 이 공간을 식민지적 차이와 금기가 구조화된 공간으로 재현한다. 하근찬의 소설에서 식민지의 기억을 소재로 한 첫 작품은 「오동 열매」[69]이다. 작품은 세 편의 짧은 이야기로 구성되어 있는데, 이 짧은 이야기들 앞에 다음과 같은 프롤로그가 배치되어 있다.

> 두 개의 국민학교가 있었다. 하나는 북쪽에 자리잡고 있다 해서 북국민학교라고 했고 하나는 남쪽에 놓여 있다 해서 남국민학교라고 불렀다.
> 북국민학교는 우리들이 다니는 학교였고, 남국민학교는 일본 아이들이 다니는 학교였다. 우리 북국민학교는 이십 학급 가까이 되어서 교사(校舍)도 제법 의젓했고, 운동장도 꽤 넓었다. 남국민학교는 생도 수가 불과 서른 남짓 밖에 되지 않았다. 그러니 학교인들 클 까닭이 없었다. 교사라는 것이 꼭 성냥갑을 세워 놓은 것 같았다. 운동장도 여간 좁지가 않았다. 우리 학교 운동장에는 이백 미터의 트랙 선이 여유 있게 그려져 있는데 비해서 이 학교에는 육십 미턴가 칠십 미터짜리가 간신히 그려져 있는 것이었다. 그러나 운동기구와 놀이 기구는 우리 학교보다 여러 가지가 잘 갖추어져 있었다. 철봉을 비롯해서 평행봉, 사다리틀, 미끄럼틀, 그리고 그네와 시이소오까지 마련되어 있었다. 우리 학교에는 그네와 시이소오가 없었다. 우리는 내심 그게 여간 부럽지가 않았다. 그러나 우리는 노상 이 학교를 얕잡아 보았다. 「오모짜노 각꼬」

---

69) 이 작품은 1962년 2월 『사상계』에 발표된 것으로, 발표 당시 제목은 「나무 열매」였으나 『일본도』에 수록되면서 「오동 열매」로 개제되었다.

(노리개감 학교)라느니 「센세이와 후다리, 세이도와 산쥬」(선생은 둘, 생도는 서른)라느니 하고 업신여겼다. 선생이 둘 뿐이었던 것이다.[70]

이처럼 학교라는 공간은 식민지적 차이가 구조화된 공간으로서, 이는 아이들에게 억압이 되거나 금기의 대상이 된다. 「족제비」(1970)에서는 식민지 기억의 공간이 하시모도 농장과 주재소 등 마을 전체로까지 확장되지만, 그 성격은 크게 달라지지 않는다. '철망이 둘러쳐진 넓은 터전에 큼직큼직한 창고가 들어서 있는' 하시모도 농장은 아이들의 눈에는 금기를 동반한 외경의 대상이다. 아이들을 비롯한 마을 사람들은 이 농장 주인인 하시모도라는 일본인이 어떤 사람인지, 그리고 그의 저택 뒤 대나무숲에 살고 있다는 족제비가 어디에 살고 있는지 등 식민지적 차이가 만들어 놓은 금기에 대한 호기심을 갖게 된다. 하근찬 소설에서 식민지 학교는 소위 '총력전' 시기로 접어들면서 점차 전시 체제로 전환되는데, 이러한 상황의 변화는 식민지적 차이를 더 심화함으로써 작중 주인공들에게 큰 억압을 가하게 된다. 「그 해의 삽화」(1970)에서 학교 운동장은 일본 군대의 임지 주둔지가 되기도 하고, 「조랑말」(1973)에서는 고구마 밭으로 바뀌기도 한다. 한편 「죽창을 버리던 날」(1971), 「삼십이 매의 엽서」(1972) 등은 해방 직전 작가의 전주 사범학교 시절 경험을 소재로 한 것으로, 이들 작품에서 학교는 전시 군대체제를 갖춘 공간으로 제시된다. 이곳에서 소년 주인공은 극심한 육체적 고통과 더불어 심리적 모멸감을 경험하게 된다.

한편, 최인훈의 『두만강』 프롤로그는 식민지의 국경도시 '1943년 H읍'을 다음과 같이 재현해 놓고 있다.

---

70) 하근찬, 「오동 열매」, 『일본도』, 전원문화사, 1977, 6쪽.

빼앗긴 들에도 봄은 온다는 것은 슬프고 무섭고—멍하도록 신비한 일이다. 1943년의 H읍, 북쪽의 대강(大江) 두만강변에 있는 소도시다. 육진의 한 고을로 군대에는 여진족도 살고 있다. 일제 '조선군'의 세 연대 가운데 한 연대 고사포대·아포대·군마보급대·비행대가 집결한 군사 도시다. 주민 분포에서 일인이 차지한 비율이 아만큼 높은 도시는 조선 안에는 없었을 것이다. 근교에 양질의 유연탄광이 있고, 백두산 일대에서 베어낸 목제가 뗏목으로 흘러내려 H에서 집산한다. 제재제지 공장도 당연히 있게 마련이다. (중략) 엄청난 봄을 앞에 두고도 예삿봄의 징후밖에는 비치지 않는 역사의 돈환 같은 속모를 깊이. --물론 어리석은 자에게만이지만, 1943년의 H읍은 이런 아지랑이 속에 있다.[71]

『두만강』은 유년기 기억의 시공간을 '1943년의 H읍'으로 유별나게 의식한다. 그리고 이 시공간을 '아지랑이'로 표현하고 있다. 여기에는 '1943년 H읍'이라는 유년기 경험의 공간과, 이를 환기하는 시점 사이의 거리가 예민하게 표현되어 있다. 그리고 이 두 시간 사이에 놓여 있는 '빼앗긴 들'과 '엄청난 봄'사이의 거리를 표현하고 있기도 하다. 『두만강』이 재현하는 유년기의 시공간은 아직 '엄청난 봄'을 알지 못하는, '빼앗긴 들'의 시공간인 셈이며, 따라서 그것은 '아지랑이' 속에 있는 시공간이다. 이 시공간에서는 싱가포르 함락 소식이 전해지자 일본인과 조선인이 한데 섞여 축제가 열리고, 어린아이는 이 축제에서 일본인 소녀 마리짱을 만나 놀이에 빠져든다. 이 시공간에서 소학교 교사인 경선은 서울로 유학 가 있는 성철을 기다리면서, 자신의 정열에 비해 성철의 태도가 미지근한 점을 염려한다. 일본 헌병 다나까는 식민지의 처녀 경선을 짝사랑하여 애를 태운다. 동철의 아버지 한의사, 경선의 아버지 현도영 등 어른들도 전쟁이 오래 갈까를 걱정할 뿐, 일본의 승리를 의심하지 않는다.

---

71) 최인훈, 앞의 책, 125쪽.

그러나 『두만강』이 '1943년 H읍'을 '빼앗긴 들'이라고 표현하는 순간 여기에는 이미 '엄청난 봄'의 시선이 개입되어 있는 것으로 보아야 한다. 작가 스스로도 말한 것처럼, '1943년 H읍'을 그리는 데 있어서 더 큰 맥락이 끊임없이 개입해 들어오고 있으며, 이 점은 작품 곳곳에 징후적으로 드러나 있다. 이처럼 식민지의 일상을 재현하는 시선이 이미 '엄청난 봄'을 알고 있는 기억의 주체의 시선이라는 점 때문에, '엄청난 봄'을 알지 못하는 이들의 식민지의 일상은 체념과 우울이 뒤섞인 시공간으로 그려지게 된다.

## 식민지적 차이와 그 재현 : 하근찬의 소설

### ① 식민지배자를 정형화하기

하근찬의 소설은 식민지적 차이의 기억을 완화하거나 차이의 관계를 역전시키기 위한 장치를 마련한다. 식민지 학교는 식민지적 차이가 구조화된 공간으로서, 작중 인물인 아이들은 식민 지배자와의 대면을 통해 피식민자로서의 위치를 받아들인다. 이때 식민 지배자를 기억하는 것은 불편하고 고통스러운 과정인데, 이를 피하기 위해 하근찬의 소설은 식민 지배자를 정형화하여 재현한다. 또 식민지 현실에 구조화된 차이와 억압을 놀이의 세계로 치환하여 재현함으로써 식민/피식민의 이항대립을 무화시키거나 역전시키고자 한다. 이러한 재현 방식은 이전까지 익숙하게 받아들여 왔던 집단 정체성이 불안정한 상태에 놓여 있음을 보여주는 것이라 할 수 있다.

기억의 공간 및 이와 관련된 기억은 과거의 투명한 재현이 아니라, 특정한 선택과 망각의 산물이다. 문제는 이러한 특정한 선택과 망각이 어떤 방식으로 일어나는가 하는 점인데, 하근찬 소설에서 이 점은 식민지 학교를 배경으로 하여 펼쳐지는 이야기에서 정형화(streotype)된 인물들을 통해 그 흔적을 찾아볼 수 있다. 식민지 학교에서 식민지적 차이를 표상하는 인물은 식민 지배자들, 즉 '교장'과 '여교사'이다. 교장과 여교사는 식민 지배자의 성격이 정형화되고 있는 지점을 잘 보여주는 인물들로, 교장은 언제나 야만적인 인물로 희화화의 대상이 되고 있는 반면, 일본인 여교사는 언제나 선망의 대상으로 그려지고 있다.

(가) 고약한 성미였다. 이만저만 단기(短氣)가 아니었다.

우선 얼굴 생김새부터가 그래 보였다. 어찌된 셈인지, 가다오까 교장은 뾰족한 턱에 수염이 전혀 없었다. 면도로 밀어서 그런 것이 아니라, 애초부터 수염이라곤 한 오라기도 돋아나지가 않았다. 턱뿐이 아니라, 코 밑도 그렇고, 양쪽 볼도 마찬가지였다. 온통 민숭했다.

오십이 넘은 터에 그런 민숭한 얼굴은 아무래도 말이 아니었다. 게다가 머리까지 빡빡 깎았으니, 영락없는 중이었다. 중이라도 고승(高僧)으로 보이는 게 아니라, 어쩐지 땡땡이 중 같았다. 얼굴이 도리납작하고, 턱이 뾰족한데다가, 이마까지 낮고 좁기 때문에 그런 모양이었다.

그런 얼굴에 두 눈썹만은 유난히 짙었다. 새까만 먹물을 붓으로 답삭 묻혀 놓은 듯했다. 그런 새까맣고 답삭한 눈썹은 어쩐지 사람됨을 더 작아 보이게 했고, 소가지가 말라보이게 했다.[72]

(나) 「아오야기」(靑柳) 선생의 도시락은 타원형이었다. 그리고 그것이 어찌나 얇고 작은지, 마치 무슨 장난감 같았다. 아침 등교 때면 아오야기 선생의 도시락은 생도들 사이에 인기가 대단했다. 서로 그것을 들려고 애를 쓰는 것이었다. (중략)

그러나 아오야기 선생의 풍금 소리를 매끄러웠다. 지금까지 들어온 담임 선생의 풍금 소리와는 같은 풍금에서 나오는 소리면서도 희한하게 달랐다. 페달을 밟는 소리부터가 달랐다. 담임 선생이 페달으르 밟을 때는 오래 되어 이가 잘 맞지 않는 풀무처럼 곧장 비거덕 비거덕

---

72) 「일본도」, 앞의 책, 142-143쪽.

소리가 나는데, 아오야기 선생은 같은 페달을 밟는데도 전혀 그런 소리
가 나지 않고 부채질을 하는 것 같은 연한 소리가 났다.[73]

　(가)에서처럼 교장은 '훈도시'나 '일본도' 등 야만적이고 폭력적인 상
징물과 더불어 재현된다. 「오동 열매」에서 미야오까 교장은 '훈도시'
바람으로 꽃밭에 물을 주고 있다가 아이들의 조롱거리가 되기도 하고,
아이들의 왜오동나무 열매를 줍느라 울타리 너머로 들어오는 것을 못
마땅하게 여겨 나무를 통째로 베어 버리기도 한다. 교장의 이러한 기행
(奇行)은 「일본도」(1971)에서도 반복된다. 가다오까 교장은 부부 싸움
끝에 일본도를 빼들고 부인을 뒤쫓다가 매화나무를 잘라버리기도 하
고, B29의 공습을 피해 방공호로 들어가 있던 아이들 앞에 일본도를
번쩍 쳐들고 나타나기도 한다. 「기울어지는 강」(1972)의 이누카이 교
장 역시 아이들에게 심한 욕설과 체벌을 일삼는 등 인간으로서의 예의
와 염치를 찾아볼 수 없는 인물이다. 이들은 조선인에 대한 차별이 심
한 것은 물론이고, 아이들의 작은 잘못에도 욕을 퍼붓는가 하면 심지어
신고 있던 슬리퍼를 벗어 들고 뺨을 때리기도 한다. 이러한 교장은 성
격은 외양 묘사를 통해서 더 강화된다.
　한편, (나)에서처럼 여교사는 아이들의 선망의 대상으로서, 목가적인
분위기 속에서 재현된다. '아오야기 선생의 도시락은 타원형이었다.'로
시작되는 「그해의 삽화」(1970)에서, 아오야기 선생은 타원형의 도시락
과 매끄러운 풍금 소리, 그리고 밝고 티없는 웃음으로 기억되는 인물이
다. 「준동화」(1977)의 하나미 선생 역시 '이마가 하얗고 눈매가 고운
일인 여선생'으로 웃을 때 '윗입술 밑으로 살짝 내다보이는 하얀 덧니'
가 매력적인 인물이다. 이 두 작품에서 조선인 소년은 창가 시간에 노

---

73) 「그해의 삽화」, 위의 책, 100-103쪽.

래를 잘 못 부른 것이 계기가 되어 여교사와 친해지고, 더 나아가 풋사랑에 빠지게 된다. 여교사를 사랑한 조선인 소년 이야기는 뒤이어 일본 장교가 등장하게 되면서 흐지부지 되고 말지만, 그렇다고 해서 여교사에 대한 소년의 사랑이 철회되는 것도, 여교사의 순수하고 매력적인 이미지가 사라지는 것도 아니다.

교장과 여교사를 재현하는 과정에서 나타나는 이러한 정형화는 식민지적 차이를 기억하는 두 가지 방식을 보여주는 것이라 할 수 있다. 식민화된 존재는 식민 지배자와의 차이를 통해 자신의 정체성을 구성하게 되는데, 이때 '차이'란 한편으로는 배제와 억압으로서의 의미를 지니지만, 다른 한편으로는 결핍된 것에 대한 선망이 되기도 한다. 식민 지배자를 억압의 기표로 재현하고자 할 경우, 이러한 기억을 떠올리는 것은 고통스럽다. 따라서 이러한 고통을 완화할 수 있는 장치가 필요하였는데, 이는 식민 지배자의 강함을 우스꽝스러운 것으로 고착시키는 방식으로 드러나게 된다. 다른 한편 식민 지배자를 선망의 기표로 재현하고자 할 경우, 이러한 기억을 떠올리는 것은 수치스럽다. 그리고 이러한 수치스러움을 완화하기 위해 목가적인 것을 재현의 장치로 활용할 수 있을 것이다. 그것이 비록 식민지적 차이에서 비롯되는 것일지라도 목가적인 것이 환기하는 아름다움은 식민과 피식민의 상황 그 너머에 위치하는 것이기 때문이다.[74)]

이러한 정형화를 통해 타자의 형상을 구성함으로써 하근찬의 소설은 타자의 형상에 대비된 조선인의 집단 정체성을 구성하고자 하지만, 이

---

74) 바바는 식민주의 담론이 타자성을 재현하는 방식으로 정형성에 대해 논의하는데, 그에 따르면 정형성은 단정적인 만큼이나 또한 불안하며, 복합적·양가적이고 모순적인 재현의 양식이다. 하근찬 소설이 보여주는 정형화의 두 가지 방식은 상상계에 연루된 동일시의 두 형식인 공격성과 나르시즘을 각각 보여주는 것이라 할 수 있다. 호미 바바(나병철 옮김), 『문화의 위치』, 소명출판, 2002, 제3장 참고.

렇게 해서 구성되는 집단 정체성은 여전히 불안정하다. 왜냐하면 이러한 정형화가 식민지적 차이를 서로 다른 방식으로 고착화함으로써 얻어지는 것인데 반해, 식민 지배자라는 타자는 이 두 가지 성격을 동시에 지니기 때문이다. 작품에서 아이들은 교장의 일본도에 대해 우스꽝스럽게 느끼는 동시에 강함에 대한 선망을 지니며, 여교사의 아름다움을 선망하지만 그 아름다움은 억압적인 것과 결탁하게 되는 등 식민 지배자의 정형화된 형상이 양가적인 면모를 드러내는 것은 이를 잘 보여준다.

이처럼 식민 지배자에 대한 정형화된 재현이 양가적 면모로 드러나고 있는 것은 포스트식민적 기억 상실 및 포스트식민적 기억하기의 과정으로 설명할 수 있을 것이다. 식민 이후 사회에서 식민 지배자의 아름다움을 그대로 재현하는 것은 불가능한 일이었다. 그것은 식민지 경험을 거부하는 의식의 검열을 거치게 되면서 변형되기 때문이다. 하근찬 소설에서 이러한 변형은 식민 지배자의 아름다움을 특정 인물과 그 인물을 환기하는 대상, 예컨대 여교사의 도시락이라든가 풍금 소리 등으로 치환함으로써 식민지의 기억을 거부하려는 의식의 검열을 어느 정도 피하려는 시도로 나타나게 된다. 마찬가지로 식민 지배자의 강함을 그대로 재현하는 것도 불가능한 일이었을 것이다. 그것은 억압의 경험을 동반하는 것인 만큼 고통스러운 기억이기 때문이다. 따라서 하근찬의 소설은 이를 교장의 기이한 외양과 행동으로 치환함으로써 기억의 고통을 다소간 완화하고자 한 것이다.

## ② 식민/피식민의 이항대립의 해체

더 나아가 하근찬의 소설은 이러한 식민지적 차이의 공간을 놀이의 공간으로 바꾸어 놓음으로써 식민지적 차이로 인해 만들어진 식민/피식민의 이항대립을 해체하고자 한다. 아이들의 놀이의 세계에서 식민 지적 차이는 더 이상 고착된 것이 아니며, 식민/피식민의 우열관계는 역전된다.

「오동 열매」의 짧은 이야기 중 하나인 '달밤'에서 아이들은 밤에 일본인 학교 운동장에 가서 놀게 되는데, 이는 식민지적 금기에 대한 위반을 의미하는 것이었고, 따라서 위험하지만 그렇기 때문에 더욱 신나는 놀이가 된다. 놀이를 마치고 돌아올 즈음 미야오까 교장에게 들키게 되지만, 달아나면서 아이들은 '노리개감 학교' 선생님을 조롱하는 노래를 불러댄다. 다음 날 남국민학교의 교문이 닫혀 있어 운동장 안으로 들어갈 수 없게 되지만, 아이들의 놀이는 그것으로 그치지 않는다. 아이들은 페인트칠이 되어 있는 교문에다 일본인 교장을 조롱하는 낙서를 하면서 환호성을 지른다. 또 '나무 열매'에서는 교장 관사에 서 있었던 왜오동나무가 금기의 대상으로 환기된다. 울타리 밖에서 왜오동나무 열매를 줍던 아이들은 급기야 울타리에 개구멍을 뚫어 안으로 기어 들어가기에 이른다. 이러한 아이들의 놀이는 또 다시 중단될 수밖에 없는데, 그것은 미야오까 교장이 왜오동나무를 잘라버렸기 때문이다. 놀란 아이들은 교장 관사를 향해 돌을 던지는 것으로 복수한다. 이처럼 일본인 학교와 그 학교의 교사는 식민지적 차이의 기표이지만, 놀이의 세계에서 이는 조롱의 대상이 되어 식민지적 차이가 만들어 놓은 우열관계는 역전된다.

작가가 아이들의 놀이를 묘사하는 장면에서 식민 지배자의 언어와 문화를 동원하고 있다는 점은 의미심장하다. 일본인 학교에서 놀다가 미야오까 교장에게 들킨 아이들은 일본어로 된 노래를 부르면서 달아나는데, 작품은 이 노래를 그대로 옮겨 놓고 있다.

오모짜노 각꼬노 센세이와
이찌 다수 니모 세라나이데
고꾸방 다다이데 나이데 이루.
(노리개감 학교의 선생님은
하나 더하기 둘도 할 줄 몰라서
흑판 두들기며 울고 있네.)75)

식민 지배자의 언어와 문화는 식민지 아이들의 놀이 안으로 편입되
면서 그 맥락이 바뀌어 전혀 다른 의미를 만들어 내게 된다. 식민 지배
자의 학교가 '오모짜노 각꼬(노리개감 학교)'가 되고, 그 학교의 교사
역시 조롱의 대상이 된다. 이 점은 「족제비」에서도 드러난다. 윤길이
와 학섭이는 하시모도 농장이 있는 마을 곳곳을 누비며 놀이를 하는데,
놀이의 신호가 되는 휘파람의 곡조는 '신빼이상(新兵님)은 불쌍하고나-
오늘밤도 누워 울겠지-'로 시작되는, 일본 군대에서 취침 신호로 부는
나팔소리의 곡조이다. 식민 지배자의 군대에서 불리는 군가는 아이들
이 부르는 노래로 바뀌면서 때로는 놀이의 신명을 돋우기도 하고 때로
는 식민지의 우울을 표현하기도 한다.

신빼이상은 불쌍하고나- 오늘 밤도 누워 울겠지- 신빼이상은 불쌍하
고나- 오늘 밤도 누워 울겠지- 신빼이 상은 불쌍하고나-.
똑같은 곡을 되풀이 불어대는 것이었다. 경쾌하면서도 어딘지 모르
게 애수 같은 것을 띠고 있는 그 곡이 차츰 이상하게 덜덜덜 떨렸다.
윤길이는 학섭이를 가만히 돌아보았다. 울고 있는 것이었다. 학섭이
는 조끼주머니에 두 손을 찌른 채 꼿꼿이 서서 울고 있었다. 신빼이상
은 불쌍하고나-를 계속하면서 울고 있었다. 눈물과 콧물이 뒤범벅이 되
어 흐르고 있었다.76)

75) 「오동 열매」, 앞의 책, 13-14쪽.
76) 「족제비」, 『서울개구리』, 한진출판사, 1979, 112쪽.

한편 여교사를 향한 조선인 소년의 사랑은 이를 훔쳐보는 다른 소년들에게 놀이의 대상이 된다. 아이들은 이를 '냉가이'라 부르며 재미있어 한다. '냉가이'는 '랭아이(戀愛)'의 조선식 발음으로, 아이들이 벌이는 일종의 기표 놀이라 할 수 있는데, 이 말 속에는 식민지 아이들의 식민 지배자에 대한 선망과 조롱이 동시에 담겨져 있다. 조선인 생도와 일본 여교사가 연애(랭아이)를 한다는 것은 있을 수 없는 일이었고, 일본인 여교사의 입장에서 보면 그것은 연애라고 할 수 없는 것이겠지만, 이를 훔쳐보는 조선인 아이들에게 있어서 그것은 분명 '냉가이'이다. 뿐만 아니라 아이들의 시선에 의하면, 여교사와 일본 장교의 연애, 일본 군대의 주둔 등은 모두 아이들의 놀이의 세계로 들어오게 되어 식민/피식민의 차이는 극히 모호한 것이 되어 버린다.

하근찬의 소설이 '놀이'를 통해 식민지의 기억을 재현하는 것은 불편하고 고통스러운 식민지의 기억을 재현하기 위한 장치로 이해할 수 있다. '놀이'는 식민지적 차이를 모호한 것으로 만들고, 고착화된 차이의 서열 관계를 역전시킨다는 점에서 억압된 기억을 보다 친숙한 것으로 바꾸어 놓는다. 그리고 이렇게 하여 새롭게 구성되는 집단 정체성은 초기소설의 수난 서사가 구성하는 집단 정체성과는 다른 지점에 놓인다. 식민 지배자의 형상이 불안정한 것과 마찬가지로 놀이의 세계에서 구성되는 식민지 아이들의 정체성 역시 불안정하다. 아이들은 어떤 대목에서는 식민자의 언어에 대해 거부감을 표시하기도 하지만, 대부분의 경우 식민지적 차이에 대해 차라리 무감각하다고 해야 할 만큼 식민자의 언어와 문화를 쉽게 받아들이고 있다.

그러나 하근찬의 소설에서 이러한 불안정성이 오래 지속되지는 않는다. 이 시기 하근찬의 소설은 동일한 식민지의 기억을 다른 방식으로 재현하고자 한 시도가 눈에 띈다. 동일한 소재를 반복해서 다룸으로써 처음 식민지의 기억을 환기할 때의 불편함을 어느 정도 벗어나게 되고, 집단 정체성의 불안정함을 해소하고 있는 것이다. 특히 전주 사범학교 시절의 경험을 다룬 작품을 발표하게 되면서 이러한 불안정성은 점차 사라지게 된다. 이들 작품은 이제 유년의 세계를 벗어나 식민주의 체제와 대면하게 된 소년 주인공을 그리고 있다. 이들 작품에서 주인공은 총동원기 학교 체제를 신체적, 심리적 억압으로 경험하게 되고, 작품의 서사는 해방이라는 극적인 사건을 배치함으로써 주인공이 억압으로부터 벗어나게 되는 과정을 그린다. 이에 이르면 하근찬의 소설은 수난에서 해방으로 나아가는 극적인 서사로 수렴되게 된다.

## 식민지 유년의 황홀한 비극 : 최인훈의 『두만강』

『두만강』의 가장 인상적인 장면은 유년기 소년 동철의 시선으로 싱가포르 함락 축하 행렬을 재현한 장면이다.

> 그것은 일본이 전쟁을 시작하여 영국의 요새 싱가포르를 함락시킨 것을 축하하느라고 열린 '죠찡 행렬'(초롱불 행진)의 밤이었다. 온 읍은 흥성흥성한 잔칫날 기분에 온통 파묻혀 있었다. 이런 저녁부터 행사 마련을 하느라고 일인들은 바삐 돌아다녔다. (중략)
> 조선 사람들은 일본 사람들이 서두는 통에 자기도 모르게 흥이 옮아와서 통들어 거리로 나왔다. 처녀들은 마치 이 행사가 보통 때면 얼굴도 오래 바라보아서는 안 되는 젊은 남자들을 실컷 자기들에게 보여주기 위하여 마련된 것이거나 한 것처럼 머리를 곱게 땋고 옷장을 위저어 가장 자신 있는 옷을 떨쳐입고는 죄 없는 어머니들의 등 뒤에 자꾸 파고드는 체하면서 어깨 너머로 부엉이 같은 눈으로 반드르한 사내들의 코빼기를 노려보고 있다.[77]

---

77) 최인훈, 앞의 책, 140-141쪽.

싱가포르 함락 소식에 온 H읍은 축제 분위기에 젖어들고, 처녀들은 처녀들대로 아이들은 아이들대로 각기 자기 즐거움에 빠져든다. 여기에 일본인과 조선인의 구별이 없다. 어린아이의 시선으로 그려지는 이 장면에서 축제는 황홀의 경험이다. 동철은 이 축제에서 마리꼬를 만나게 되고, 이후 거의 매일 마리꼬의 집에 가서 소꿉장난을 하고 논다. 동철에게 있어 마리꼬와의 놀이는 어떤 결핍도 없는 동화적 세계에서의 놀이로 그려지고 있다.

한편 동철이 다니고 있는 식민지 말기의 전시학교이다. 공부 대신 작업을 해야 하고, 작업을 하면서 아시아의 적인 '베이에이'와 싸우고 있는 일본군을 생각해야 한다. 그러나 이러한 식민지 말기의 학교도 동철에게 식민지적 차이나 억압의 공간이 아니다. 적 베이에이를 무찔러 대동아 공영권을 세워야 한다는 것을 표명하는 데 동철은 물론 소학교 교원도 일말의 고민이 없다. 동철에게 고민이 있다면 창호라는 아이가 자신을 괴롭히는 데 대한 것뿐이다.

이런 방식의 식민지 재현은 경선을 초점 인물로 설정하는 대목에서도 크게 달라지지 않는다. 경선에게 있어서 고민은 자신이 성철에게 정열을 갖는 만큼 성철은 자신에게 그런 감정을 표현하지 않는다는 것이다. 그리고 자신은 이런 시골에서 초라하게 사는 것을 슬퍼한다. 겨울 방학에 오지 않겠다던 성철이 갑자기 귀향하고, 그 귀향의 이유가 성철의 출정 때문이라는 것이 드러나지만, 이 대목에서조차 서사는 식민지적 억압으로 나아가지 않는다.

그러나 『두만강』 작품 전체를 통해 이런 유년 화자의 시선이 일관되게 관철되는 것은 아니다. 그 유년의 세계를 벗어난 시선이 작품 곳곳에 개입되어 있다.

그뿐만 아니다. 독립 운동가들은 이 강을 넘어 지치고 잠든 백성에게 민족의 정기를 불어넣으려 온다.
이 강은 H의 상징이요, 어머니다.
어머니 두만강.
이 고장 사람이라는 지방 의식은 두만강을 같이 가졌다는 것으로 뚜렷해진다.[78]

1943년의 H읍을 '일상 속에 주저앉은 비극', 혹은 '아지랑이' 등으로 표현하는 데에는 유년기 세계 바깥의 시선이 개입되어 있다. 그것은 두 말 할 것도 없이 '무쇠와 같은 사람들'의 세계에 속한 시선이다. 『두만강』은 어린아이의 시선으로 시점을 제한함으로써 '아지랑이'로 표현되는 유년기의 세계를 그려낼 수는 있었지만, '무쇠와 같은 사람들'이 만들어가는 세계를 표현할 수는 없었다.

이처럼 유년의 바깥을 이미 통찰하고 있는 화자가 이러한 인식을 제한하면서 유년의 눈으로만 한정하여 그려놓은 식민지의 일상이 바로『두만강』의 세계라 할 수 있다. 『두만강』이 어린아이의 세계를 그리고 있음에도 불구하고 '1943년 H읍'의 일상이 우울과 체념의 정서로 가득차 있는 것은 이러한 형식과 관련되어 있다. 황홀하고 완결된 유년의 세계가 실은 '빼앗긴 들'의 상황이라는 것을 아는 화자에 의해 서술되는 유년의 세계는 파국을 기다리고 있는 황홀경일 수밖에 없기 때문이다.

그렇다면 애초에 이 작품을 쓸 때 어린아이의 시점을 선택함으로써 '더 넓은 문맥'을 제한하고자 했던 이유는 무엇이었을까? 또 어린아이의 시점을 끝까지 관철시킬 수 없도록 작품 안으로 밀고 들어온 '더 넓은 문맥'이란 무엇이었으며, 그것이 작품 안으로 들어오고자 했던 힘은

---

78) 위의 책, 165쪽.

어디에서 비롯된 것이었을까?

여기에서 집단기억과 개인의 기억이 갈라서는 지점을 포착할 수 있다. 어린아이의 시점을 선택함으로써 이 작품은 아늑한 유년기의 세계를 표현할 수 있다. 일본인들과 식민지 조선인들이 섞여 살아가는 H읍의 일상은 지극히 평화롭고 아늑하다. 이것은 아직 체제와 대면하기 이전, 그래서 아직 분열을 알기 전의 자아에 의해 포착된 세계상이며, 이는 최인훈 개인의 내밀한 기억으로 자리 잡고 있는 유년기 고향의 모습이다.

> 그동안 내 마음에는 늘 이 '강'이 흐르고 있었습니다. 그러나 그 강물에 다시 들어서기에는 너무 초심에서 멀리 와버렸습니다. 기억 속에 있는 강물은 삶의 강물과는 다릅니다. 삶의 시간에서는 다시 같은 강물에 들어설 수 없지만 문학의 강은 어느 아늑한 곡선을 돌아 처음과 끝은 맺어져 있습니다. 수원(水源)과 바다가 하나이며, 어머니와 딸이 한 인물인 이상한 세계입니다. 여기서는 흘러가면서도 흐르지 않고 흐르면서도 제자리걸음을 합니다.[79]

위 인용문은 최인훈에게 있어서 'H읍'의 기억이 어떤 의미를 지니는지를 비유적으로 표현해 주고 있다. 그것은 '삶의 강물'과 '기억 속에 있는 강물'이 다르다는 것, 이 차이로 인해 삶의 강물을 따라 내려온 자아는 분열되어 있다는 것, 그리고 그에게 있어서 문학은 삶의 강물과 기억의 강물을 이어주는 것으로서의 의미를 지닌다는 것이다. 문학의 강에서는 '수원(水源)과 바다가 하나이며, 어머니와 딸이 하나인 이상한 세계', '흘러가면서도 흐르지 않고 흐르면서도 제자리걸음'을 하는 세계로 존재한다.

그러나 '삶의 강물'과 '기억 속에 있는 강물'을 잇고자 하는 이러한 시

---

79) 「두만강-작가의 말」, 위의 책, 121쪽.

도는 처음부터 균열을 내포한 것이었는데, 그 이유는 1952년, 혹은 1970년의 최인훈이 1943년 H읍을 바라보는 시선에는 이미 국가주의의 시선이 내재되어 있기 때문이다. 『두만강』은 프롤로그에서 이를 분명히 보여주고 있으며, 작품 곳곳에서 이런 의도를 드러내고 있다. 작가가 1943년 H읍을 '일상 속에 주저앉은 비극'[80)]이라고 표현한 것은, 식민 지배자와 피식민지인이 아무런 거리낌 없이 섞여 살아가고 있는 상황을 비판하고, 그 이면에 들끓고 있었을 것으로 짐작되는 정치적 소용돌이를 포착하고자 한 의도를 보여주는 것이다. 이 두 시선이 통합되지 못한 채 한 작품 안에 들어와 있음으로 인해 『두만강』은 중단될 수밖에 없었다. 『두만강』은 최인훈의 소설 가운데 전통적인 소설의 형식을 가장 충실하게 따르고 있는 작품이지만, 이러한 형식으로는 분열된 자아에 대한 탐구를 수행할 수 없었다.

이처럼 아직 분열을 알지 못하는 아늑한 유년기의 세계가 식민주의 체제였다는 것은 이제 유년기의 원환적 세계를 벗어나 이를 다시 환기하는 자아에게 있어서 양가적인 경험이 된다. 자아의 내밀한 기억은 유년기의 세계 그 자체를 그리워하고 긍정하지만, 국가주의는 이 시기를 부정하고 있기 때문이다. 『두만강』을 쓸 당시 최인훈이 이 두 시선 사이의 분열을 지니고 있었음은 물론이다. 『두만강』의 곳곳에 어린아이의 시선으로는 포착될 수 없는 외부 세계에 대한 암시가 드러나고 있는 것은 이를 잘 보여준다.

---

80) 「두만강-프롤로그」, 위의 책, 125쪽.

# 참고문헌

## 1. 텍스트

김광식, 『식민지』, 을유문화사, 1963.

김광식, 『문학적 인생론』, 신구문화사, 1981.

김동리, 『김동리 전집』 2, 민음사, 1995.

김동리, 『해방』, 『어문론총』 37-39, 2002-2003.

선우휘, 『불꽃』, 을유문화사, 1959.

선우휘, 『현대한국문학전집』 12, 신구문화사, 1981.

선우휘, 『노다지』, 동서문화사, 1986.

손창섭, 『낙서족』, 일신사, 1959.

손창섭, 『현대한국문학전집』 3, 신구문화사, 1981.

손창섭, 『유맹』, 실천문학사, 2005.

이병주, 『관부연락선』, 기린원, 1980.

이호철, 「1기 졸업생」 1-4, 『이단자』, 창작과비평사, 1976.

장용학, 『원형의 전설』, 사상계사, 1962.

장용학, 「위사가 보이는 풍경」, 『사상계』, 1963. 11.

장용학, 『장용학문학전집』, 국학자료원, 2001.

채만식, 『어머니』, 〈조광〉, 1943. 3-10.

채만식, 『채만식 전집』 4-5, 창작사, 1987.

채만식, 『채만식 전집』 8-9, 창작과비평사, 1989.

최인훈, 『하늘의 다리/두만강』, 문학과지성사, 1994.

최인훈, 『총독의 소리』, 문학과지성사, 1994.

최인훈, 『길에 관한 명상』, 솔과학, 2005.

하근찬, 『현대한국문학전집』 13, 신구문화사, 1967.

하근찬, 『야호』, 삼성출판사, 1973.

하근찬, 『일본도』, 전원문화사, 1977.

하근찬, 『기울어지는 강』, 삼성출판사, 1978.

하근찬, 『서울 개구리』, 한진출판사, 1979.

하근찬, 『산울림』, 흔겨레, 1988.

하근찬, 『내 안에 내가 있다』, 엔터, 1997.

황순원, 『별과 같이 살다』, 정음사, 1950.

황순원, 『기러기』, 명세당, 1951.

〈동아일보〉, 〈조선일보〉, 『조광』, 『인문평론』, 『신천지』, 『학병』, 『사상계』
    등 신문·잡지

## 2. 국내 논문 및 저서

강경화, 「해방기 김동리 문학에 나타난 정치성 연구」, 『현대소설연구』 18, 2003.

강심호, 「이병주 소설 연구 - 학병 세대의 내면 의식을 중심으로」, 『관악어
    문연구』 21, 2002.

강진호, 「재일 한일들의 수난사」, 『작가연구』 1, 1996.

공임순, 「한국 근대 역사소설의 장르론적 연구」, 서강대 박사논문, 2000.

공종구, 「강요된 디아스포라」, 『한국문학이론과 비평』 32, 2006.

구재진, 「해방전후의 기억과 망각」, 『한중인문학연구』 17, 2006.

군산대학교 채만식연구센터 편, 『채만식 중장편소설 연구』, 소명출판, 2009.

권명아, 「모성 신화와 가족주의, 그 파시즘적 형식에 대하여」, 『현대문학의
    연구』, 13, 1999.

권명아, 「한국 전쟁과 주체성의 서사 연구」, 연세대 박사논문, 2002.

권명아, 「기념/공유기억 연구 방법론과 탈민족주의 연구 경향에 대한 비판적
    고찰」, 『상허학보』 16, 2006.

권용립 외, 『우리 안의 이분법』, 생각의 나무, 2004.

권혁태, 「'재일조선인'과 한국사회 - 한국사회는 재일조선인을 어떻게 '표상'
    해 왔는가」, 『역사비평』 2007 봄.

권혁태, 「역사와 안보는 분리 가능한가 - 일본의 우경화와 한일관계」, 『창작
    과 비평』 163, 2014 봄.

권혁태, 「한국의 일본 언설의 '비틀림'」, 『현대문학의 연구』 55, 2015.

김경미, 「해방기 이광수 문학의 자전적 글쓰기의 전략과 의미」, 『한민족어문
    학』 59, 2011.

김남식, 『남로당 연구』, 돌베개, 1984.

김남천, 『김남천 전집』 1-2, 박이정, 2000.

김동석, 「해방기 소설의 비판적 언술 연구」, 고려대 박사논문, 2005.

김동춘, 『전쟁과 사회』, 돌베개, 2006.

김동춘 외, 『자유라는 화두』, 삼인, 1999.

김동환, 「1930년대 후기 장편소설에 나타나는 '풍속'의 의미」, 『관악어문연구』 15, 1990.

김민철, 『기억을 둘러싼 투쟁』, 아세아문화사, 2006.

김외곤, 「이병주 문학과 학병 세대의 의식 구조」, 『지역문학연구』 12, 2005.

김윤식, 『한국근대문예비평사연구』, 일지사, 1976.

김윤식, 『한국현대문학사』, 일지사, 1976.

김윤식, 「민담, 민족적 형식에의 길」, 『소설문학』, 고려원, 1986.

김윤식, 「지리산의 사상 - 이병주의 『지리산』론」, 『문학사와 비평』 1, 1991.

김윤식, 「작가 이병주의 문학세계」, 『문학사상』, 1992. 5.

김윤식, 『해방공간 문단의 내면풍경』, 민음사, 1996.

김윤식, 『일제말기 한국인 학병세대의 체험적 글쓰기론』, 서울대학교출판부, 2007.

김윤식 외 편, 『역사의 그늘, 문학의 길』, 한길사, 2008.

김종회, 「이병주 문학의 역사의식 고찰」, 『한국문학논총』 57, 2011.

김주현, 「김동리의 『해방』 연구」, 『어문학』 121, 2013.

김재용, 『협력과 저항』, 소명출판, 2004.

김진기, 「반공주의와 자유주의」, 『현대소설연구』 25, 2005.

김치수, 「소설의 사회성과 서정성」, 『말과 삶과 자유』, 문학과지성사, 1985.

김학민·정운현 엮음, 『친일파 죄상기』, 학민사, 1993.

김한식, 「해방기 황순원 소설 재론」, 『우리어문연구』 44집, 2014.

김형규, 「'재일(在日)'에 대한 성찰과 타자 지향」, 『한국문학이론과 비평』 57, 2012.

대한민국정부 발행, 『한일회담백서』, 1965.

류동규, 『전후 월남작가와 자아정체성 서사』, 역락, 2009.

류동규, 「전후 작가의 식민지 기억과 그 재현」, 『현대소설연구』 44, 2010.

류동규, 「식민지 학교의 기억과 그 재현 - 하근찬의 경우」, 『우리말글』 51, 2011.

류동규, 「김동리의 『해방』에 나타난 친일의 표상」, 『국어교육연구』 51, 2012.

류동규, 「채만식의 『어머니』 개작과 식민지 전사의 재구성」, 『어문학』 120, 2013.

류동규, 「채만식의 해방기 역사소설과 식민지 전사의 재현」, 『어문논총』 59, 2013.

류동규, 「이호철의 역사소설과 식민지 역사의 재현」, 『국어교육연구』 55, 2014.

류동규, 「하근찬의 민족수난 서사와 아버지의 표상」, 『국어교육연구』 58, 2015.

류동규, 「65년체제 성립기의 학병 서사」, 『어문학』 130, 2015.

류보선, 『한국 근대문학의 정치적 (무)의식』, 소명출판, 2005.

류시현, 「태평양전쟁 시기 학병의 '감성동원'과 분노의 기억」, 『호남문화연구』 52, 2012.

류종렬, 「채만식의 역사소설 『옥랑사』 연구」, 『국어국문학』 25집, 1988.

류종렬, 「채만식의 소설 「여자의 일생」 연구」, 『국어국문학』 23, 1986.

류종렬, 『가족사연대기소설연구』, 국학자료원, 2002.

류희식, 「장용학 소설의 삶문학적 특성 연구」, 경북대 박사논문, 2015.

문제안 외, 『8·15의 기억』, 한길사, 2005.

문학과비평연구회, 『탈식민의 텍스트, 저항과 해방의 담론』, 이회, 2003.

문학과사상연구회 편, 『채만식문학의 재인식』, 소명출판, 1999.

민족문제연구소, 『한일협정을 다시 본다』, 아세아문화사, 1995.

박수현, 「한국 민주화와 친일청산 문제」, 『기억과 전망』 24, 2011.

박영순, 「김동리 『해방』 연구」, 『국어국문학』 99, 1988.

박은태, 「『별과 같이 살다』에 나타난 소설 구조의 역사적 의미」, 『비평문학』 17, 2003.

박은태, 「김동리의 『해방』 연구」, 『한국문예비평연구』 20, 2006.

박지향, 『윤치호의 협력 일기』, 이숲, 2010.

박지향 외, 『해방전후사의 재인식』 1-2, 책세상, 2006.

박진, 「황순원 소서르이 서정적 구조 연구」, 고려대 박사논문, 2002.

박진희, 「한일 양국의 한일협정 반대운동 논리」, 『기억과 전망』 16호, 2007.

박찬승, 「6·3 학생운동의 이념」, 『한국민족운동사연구』 57, 2008.

박태순·김동춘, 『1960년대 사회운동』, 까치, 1991.

박헌호, 「30년대 후반 '가족사연대기' 소설의 의미와 구조」, 『민족문학사연구』 4, 1993.

박헌호, 「김동리의 『해방』에 나타난 이념과 통속성의 관계」, 『현대소설연구』 17, 2002.

박혜경, 『황순원 문학의 설화성과 근대성』, 소명출판, 2001.

방민호, 「현실을 포회하는 상징의 세계」, 『관악어문연구』 19집, 1994.

방민호, 『채만식과 조선적 근대문학의 구상』, 소명출판, 2001.

방민호, 『한국 전후문학과 세대』, 향연, 2003.

백낙청 편, 『민족주의란 무엇인가』, 창작과비평사, 1981.

변화영, 「소수자로서의 개인적 체험과 사회적 정체성 - 손창섭의 『유맹』을 중심으로」, 『한국문학논총』 61, 2012.

서은선, 「최인훈 소설 「총독의 소리」, 「주석의 소리」의 서술 형식 연구」, 『문창어문론집』 37, 2000.

서준섭, 「이야기와 소설」, 『작가세계』 24, 세계사, 1995.

서중석, 『한국현대민족운동연구』, 역사비평사, 1991.

손혜숙, 『이병주 소설과 역사 횡단하기』, 지식과교양, 2012.

송건호 외, 『해방전후사의 인식』 1, 한길사, 1989.

송하춘, 「전후시각으로 쓴 일제체험 – 손창섭의 『낙서족』론」, 『작가연구』 창간호, 새미, 1996.

신상성, 「1930년대 한국 가족사소설 연구」, 동국대 박사논문, 1986.

신상초, 『탈출』, 녹문각, 1966.

신형기, 『해방기 소설 연구』, 태학사, 1992.

심진경, 「채만식 문학과 여성」, 『한국근대문학연구』 3, 2002.

양윤모, 「타자의 시선을 통한 현실의 이해」, 『어문론집』 40, 1999.

연남경, 「냉전 체제를 사유하는 방식 – 최인훈의 『총독의 소리』를 중심으로」, 『상허학보』 43, 2015.

오생근 엮음, 『황순원 연구-황순원 전집 12』, 문학과지성사, 1985.

오태영, 「해방과 기억의 정치학」, 『한국문학연구』 39, 2010.

오창은, 「분단 상처와 치유의 상상력」, 『우리말글』 52, 2011.

우한용, 「소설에 있어서 풍속의 의미」, 『전북대학교 논문집』 27, 1985.

우현주, 「재일 디아스포라 인물들의 정체성 연구 – 손창섭의 『낙서족』과 『유맹』을 중심으로」, 『차세대 인문사회연구』 5, 2009.

유성호, 「해방 직후 북한 문단 형성기의 시적 형상」, 『인문학연구』 제64집, 2013.

유영렬, 「63 학생운동의 이념에 대한 고찰」, 『한국민족운동사연구』 36, 2003.

유종호, 『동시대의 시와 진실』, 민음사, 1982.

유종호, 『나의 해방전후』, 민음사, 2004.

6·3 동지회, 『6·3 학생운동사』, 역사비평사, 2001.

윤해동 외, 『근대를 다시 읽는다』 1-2, 역사비평사, 2006.

윤해동, 『근대 역사학의 황혼』, 책과함께, 2010.

이강수, 「해방직후 국군준비대의 결성과 그 성격」, 『군사』 32, 1996.

이강수, 『반민특위 연구』, 나남출판, 2003.

이동하, 「한국문학의 전통지향적 보수주의 연구」, 서울대 박사논문, 1989.

이민영, 「해방기의 자기 고백과 식민 사회의 기억」, 『우리어문연구』 42, 2012.

이병주 외,『중립의 이론』, 국제신보사, 1961.

이봉범,「잡지미디어, 불온, 대중교양 - 1960년대 복간『신동아』론」,『한국 근대문학연구』 27, 2013.

이봉범,「일본, 적대와 연대의 이중주」,『현대문학의 연구』 55, 2015.

이임하,『여성, 전쟁을 넘어 일어서다』, 서해문집, 2004.

이재선,『한국현대소설사』, 홍성사, 1979.

이정숙,「전쟁을 기억하는 두 가지 방식」,『현대소설연구』 42, 2009.

이주형,『한국근대소설연구』, 창작과비평사, 1995.

이주형,『한국 현대소설과 민족현실의 인식』, 역락, 2007.

이주형 외,『한국현대작가연구』, 민음사, 1989.

이주형 편,『채만식 연구』, 태학사, 2010.

이현석,「손창섭 소설에서 나타나는 부정성의 의미 변화에 관하여」,『한국문 학논총』 50, 2008.

이혜령,「1930년대 가족사연대기 소설의 형식과 이데올로기」,『상허학보』 10, 2003.

이혜령,「해방(기): 총 든 청년의 나날들」,『상허학보』 27, 2009.

1·20동지회 편,『청춘만장』, 농경출판사, 1973.

임종명,「조선국군준비대와 건군운동(1945. 9-1946. 1)」,『한국사학보』 2, 1997.

임진영,『황순원 소설의 변모양상 연구』, 연세대 박사논문, 1998.

임화,『문학의 논리』, 학예사, 1940.

장준하,『돌베개』, 사상, 1985.

전진성,『역사가 기억을 말하다』, 휴머니스트, 2005.

정수현,「현실인식의 확대와 이야기의 역할」,『한국문예비평연구』 7, 2000.

정영훈,「최인훈 소설에 나타난 주체성과 글쓰기의 상관성 연구」, 서울대 박 사논문, 2005.

정종현,「3·1운동 표상의 문화정치학 - 해방기˜대한민국 건국기의 3·1운동 표상을 중심으로」,『한민족문화연구』 23, 2007.

정철훈,「두 번 실종된 손창섭」,『창작과 비평』 144, 2009 여름.

정호웅,「해방공간의 자기비판소설 연구」, 서울대 박사논문, 1993.

정호웅,『우리 소설이 걸어온 길』, 솔, 1994.

정호웅,『한국의 역사소설』, 역락, 2006.

정희모,『1950년대 한국문학과 서사성』, 깊은샘, 1998.

조동일, 『민중영웅이야기』, 문예출판사, 1992.

조영일, 「학병 서사 연구」, 서강대 박사논문, 2015.

조윤정, 「전후세대 작가들의 언어적 상황과 정체성 혼란의 문제」, 『현대소설
연구』 37, 2008.

조윤정, 「전장의 기억과 학병의 감수성」, 『우리어문학회』 40, 2011.

조은정, 「1949년의 황순원, 전향과 『기러기』 재독」, 『국제어문』 66집, 2015.

조현일, 「손창섭·장용학 소설의 허무주의적 미의식에 대한 연구」, 서울대 박
사논문, 2002.

천정환, 「해방기 거리의 정치와 표상의 생산」, 『상허학보』 26, 2009.

최다정, 「민족번역과 혼종적 정체성」, 『이화어문논집』 29, 2011.

최성만, 『발터 벤야민 기억의 정치학』, 도서출판 길, 2014.

최원식, 『민족문학의 논리』, 창작과비평사, 1982.

최재서, 「토마스 만 「붓덴부로크 일가」」, 『인문평론』, 1940. 2.

최지현, 「학병의 기억과 국가」, 『한국문학연구』 32, 2007.

최현주, 「탈식민주의 문학교육과 이병주의 『관부연락선』」, 『한국문학이론과
비평』 53, 2011.

표영수, 「일제말기 병력동원정책의 전개와 평양학병사건」, 『한일민족문제연
구』 3, 2002.

표영수, 「일제강점기 조선인 지원병제도 연구」, 숭실대 박사논문, 2008.

한국역사연구회 근현대청년운동사연구반 편, 『한국근현대청년운동사』, 청
년사, 1995.

하정일, 「한국전쟁의 시공간성과 1960년대 소설의 새로움」, 『한국언어문학』
40, 1998.

하정일, 「탈식민 서사와 식민적 무의식」, 『작가연구』 14, 2002.

하정일, 『탈식민의 미학』, 소명출판, 2008.

한수영, 「한국의 보수주의자 선우휘」, 『역사비평』 57, 2001 겨울.

한수영, 「선우휘 연구 2 - 반공이데올로그의 사상과 문학」, 『역사비평』 59,
2002 여름.

한수영, 「교과서 문학 정전화의 이데올로기와 탈정전화」, 『문학동네』, 2006 봄.

한수영, 『전후문학을 다시 읽는다』, 소명출판, 2015.

한일민족문제학회 엮음, 『재일조선인 그들은 누구인가』, 삼인, 2003.

한일, 연대21 엮음, 『한일 역사인식 논쟁의 메타히스토리』, 뿌리와이파리, 2008.

허명숙, 「민족수난사의 환유와 신화적 사고의 표상」, 『한국문예비평연구』 26, 2008.

허동현, 「6·3 학생운동의 역사적 배경에 관한 연구」, 『한국민족운동사연구』 57, 2008.

허종, 『반민특위의 조직과 활동』, 선인, 2003.

황국명, 『채만식 소설 연구』, 태학사, 1998.

황순원 외, 『말과 삶과 자유』, 문학과지성사, 1985.

황정아, 「지나간 미래와 오지 않은 과거 - 코젤렉과 개념사 연구 방법론」, 『개념과 소통』 13, 2014.

황호덕, 「아카이브 밖으로 - 문학국가비밀, '국민문학'비판론들에 부쳐」, 『문학동네』 12-3, 2005 가을.

황호덕, 「끝나지 않는 전쟁의 산하, 끝낼 수 없는 겹쳐 읽기 - 식민지에서 분단까지, 이병주의 독서편력과 글쓰기」, 『사이間SAI』 10, 2011.


## 3. 국외 저서

강상중(임성모 옮김), 『내셔널리즘』, 이산, 2004.

고마고메 다케시(오성철 외 옮김), 『식민지제국 일본의 문화통합』, 역사비평사, 2007.

고모리 요이치(송태욱 옮김), 『포스트콜로니얼』, 삼인, 2002.

니시카와 나가오(윤대석 옮김), 『국민이라는 괴물』, 2002.

니시카와 나가오(한경구·이목 옮김), 『국경을 넘는 방법』, 일조각, 2006.

서경식(임성모·이규수 옮김), 『난민과 국민 사이』, 돌베개, 2006.

오카 마리(김병구 옮김), 『기억·서사』, 소명출판, 2004.

우에노 치즈코(이선이 옮김), 『내셔널리즘과 젠더』, 박종철출판사, 1999.

이효덕(박성관 옮김), 『표상 공간의 근대』, 소명출판, 2002.

Anderson, Benedict(윤형숙 옮김), 『상상의 공동체』, 나남출판, 2002.

Assmann, Aleida(변학수·채연숙 옮김), 『기억의 공간』, 경북대학교출판부, 2003.

Bakhtin, M. M.(전승희 외 옮김), 『장편소설과 민중언어』, 창작과비평사, 1988.

Benjamin, Walter(반성완 옮김), 『발터 벤야민의 문예이론』, 민음사, 1983.

BhaBha, Homi(나병철 옮김), 『문화의 위치』, 소명출판, 2002.

Gandhi, Leela(이영욱 옮김), 『포스트식민주의란 무엇인가』, 현실문화연구, 2002.

Heidegger, Martin(박찬국 옮김), 『니체 2』, 길, 2012.

Jenkins, Keith(최용찬 옮김), 『누구를 위한 역사인가』, 혜안, 1999.

Goudsblom, Johan(천형균 옮김), 『니힐리즘과 문화』, 문학과지성사, 1988.

Koselleck, Reinhart(한철 옮김), 『지나간 미래』, 문학동네, 1998.

LaCapra, Dominick(육영수 옮김), 『치유의 역사학으로 : 라카프라의 정신분
        석학적 역사학』, 푸른역사, 2008.

Lukacs, Georg(이영욱 옮김), 『역사소설론』, 거름, 1987.

Morson, G. S. & Emerson, C.(오문석 외 옮김), 『바흐친의 산문학』, 책세상, 2006.

Mosse, George(서강여성문학연구회 옮김), 『내셔널리즘과 섹슈얼리티』, 소
        명출판, 2004.

Nandy, Ashis(이옥순 옮김), 『친밀한 적』, 신구문화사, 1993.

Nora, Pierre(김인중 · 유희수 외), 『기억의 장소 1』, 나남, 2010.

Nöth, W. "Crisis of representation?", in Semiotica, Vol. 143, No. 1-4.

Olick, K. J.(최호근 외 옮김), 『국가와 기억』, 민주화운동기념사업회, 2006.

Renan, Ernest(신행선 옮김), 『민족이란 무엇인가』, 책세상, 2002.

Ricoeur, Paul(김한식 옮김), 『시간과 이야기』, 문학과지성사, 2004.

White, Hayden(천형균 옮김), 『메타역사』 1-2, 지식을만드는지식, 2011.

# 찾아보기